新選明文東洋古典大系

中國古典漢詩人選 3
改訂增補版

新 譯

白 樂 天

張基槿 譯著

明文堂

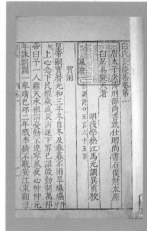

〔上左〕 **백씨장경집**(白氏長慶集) **전책**(全冊) 백낙천은 822년, 그의 나이 51세 때 충주자사(忠州刺史)의 임기를 마치고 장안(長安)에 돌아왔다가 권력다툼의 소용돌이를 피하기 위해 자진해서 항주자사(杭州刺史)가 된다. 그때부터 항주의 아름다운 풍광(風光)에 촉발되어 시를 계속 썼고 시인인 친구 원진(元稹)과 만나는 것을 계기로 824년까지 《백씨장경집》 50권을 편집했다.

〔上右〕 **백씨장경집 1권 본문의 첫머리**

〔中〕 **백낙천의 입상**(立像) 작자 불명(作者不明).

〔下〕 **백낙천의 묘**(墓) 향산사지(香山寺趾) 안에 있는 백낙천의 묘. 백낙천은 829년, 58세 때 태자빈객분사동도(太子賓客分司東都 : 洛陽에 거주하는 황태자 교육담당관)가 되어 75세로 죽기까지 낙양에서 살았는데 '마음은 불도(佛道)에 향하고 뜻은 시주(詩酒)에 있다'고 했으며 향산거사(香山居士)라 호한 적도 있는데 이 향산사에 자주 들르곤 하였다.

〔上〕 **왕소군**(王昭君)　백낙천을 비롯 이백(李白) 등 여러 시인들이 왕소군을 소재로 한 시를 많이 썼다. 왕소군은 현재의 호북성(湖北省) 흥산현(興山縣) 출신으로서 한나라 원제(元帝) 때 흉노의 호한야선우(呼韓邪單于)의 후궁으로 끌려간 비극의 주인공이다.

〔下〕 **왕소군의 상**(像)　호북성 흥산현 남교(南郊)의 소군고리(昭君古里) 부근에는 소군정(昭君井), 소군대(昭君臺) 등 왕소군과 관계 되는 유적이 많이 있다. 또 내몽고 프프포트시 남쪽에는 소군묘(昭君墓)가 있고 그 가까이에는 왕소군과 관계가 있는 문물의 진열실도 있다. 왕소군의 동상은 그 묘 가까이에 있는데 몇몇 무리를 이끌고 이민족에게 시집가는 모습이 조형되어 있다.

〔上〕 **백낙천의 친필**(親筆)
우향운담각미화(雨香雲澹覺微和)
수송춘성입도가(誰送春聲入棹歌)
훤근북당천토조(萱近北堂穿土早)
유편동면수풍다(柳偏東面受風多)
호첨수색소잔설(湖添水色消殘雪)
강송조두용만파(江送潮頭湧漫波)
동수신년부동상(同受新年不同賞)
무유축지욕여하(無由縮地欲如何)
(제2구의 春자 다음에 있는 聲자가
빠졌다)

〔中〕 **서안**(西安 : 옛날의 長安)**의 고루**
(鼓樓)

〔下〕 **마외**(馬嵬)**에 있는 양귀비의 묘**
(墓) 서안(西安)에서 60km 거리에
있다.

개정증보판(改訂增補版) 서언(序言)

이 책은 《중국고전 한시인선, 백낙천(白樂天)》을 개정하고 증보한 것이다.

구판 《백낙천》의 종서(縱書)를 횡서(橫書)로 개편했으며, 한시 원문 위에, 한글로 자음을 달았다. 아울러, 구판에 수록하지 못한 '백낙천의 중요한 시'를 약 20수 더 증보했다.

기타 체제는 대략 구판의 체제와 같으며, '원문(原文), 한글 풀이, 어석(語釋), 대의(大意) 및 해설' 순으로 꾸몄다.

구판 《백낙천》은 1977년에 초판이 나온 이래, 오늘까지 약 25년간 이상을 두고, 많은 인현(仁賢)들이 꾸준히 찾고, 애독(愛讀)해 주시고, 또 전화나 서신으로 문제점을 지적해 주시기도 했다. 이에 필자는 감사하며 약간이나마 미비한 점을 보충하려고 생각했었다.

마침, 옛날부터의 지기(知己)이신, 명문당(明文堂) 김동구(金東求) 사장님이 개정증보판의 출판을 승낙해 주심으로 서둘러 편찬하여, '한시동호가(漢詩同好家)' 제위의 학습자료로 제공하는 바이다. 동시에 여러 가지로 부족하고 미비하여 송구한 마음으로, 대방 제위의 너그러운 용서를 비는 바이다.

2002년 8월 현옥련서재(玄玉蓮書齋)에서
장기근(張基槿) 삼가 씀

서언(序言)

'예술은 길고 인생은 짧다'고 한 말은 바로 백낙천(白樂天)을 두고 한 말 같다. 그는 이 말뜻을 철저히 의식했고 또한 이 말을 철저히 생활화한 시인이었다.

그는 일생을 오직 시를 위해 살았다고 해도 과언이 아닐 것이다. 자신의 삶만이 아니라 남의 삶도 시로써 순화·미화했고 그 아름다운 열매, 즉 진·선·미로 결정(結晶)된 시를 모든 사람에게 안겨주고자 했다.

그는 어디까지나 인생을 위해서 시를 썼다. 그러나 그가 원하는 인생은 현실로 있는 그대로의 추악한 인생이 아니라 시문학으로 아름답게 승화된 '진·선·미의 인생'이었다.

따라서 그는 시나 문학으로써 현실을 순화하고 한 발이라도 이상으로 높이 끌어올리고자 애를 쓰기도 했다. 즉 그는 40세를 전후한 약 10년간을 강렬한 정치의식과 현실 고발 정신으로 온갖 사회의 부조리와 포악에 정면으로 도전했고, 한편으로는 무고하게 유린되고 학대를 받고 있는 서민들을 옹호하고 구제하고자 했던 것이다. 이러한 의미에서 볼 때 그는 사실주의적이면서 이상주의적 로맨티스트라 하겠다.

언제나 현실 정치 앞에 이상주의는 꺾이게 마련이다. 백낙천도 결국은 혼탁한 정치세력에 밀리고 쫓기어 지방으로 유적되었다. 이럴 때 지식인이 걷는 길은 크게 나눠 세 가지라 하겠다. 굴원(屈原)같이 끝까지 싸우다가 죽느냐? 반대로 죽림칠현(竹林七賢)같이 애당

초부터 체념하고 철저히 은신(隱身)하느냐? 혹은 굴복하고 어물쩡 일신의 안일을 탐내느냐?

그러나 백낙천은 이 세 가지를 다 초월한 다른 차원에서 한평생을 슬기롭고 보람있게 보냈다. 즉 그는 현실과 악착같이 싸우지도 않았다. 또 그는 철저하게 현실도피도 하지 않았다. 물론 그는 추악한 현실에 붙어 찌꺼기를 핥지도 않았다. 그렇다면 그는 어떻게 살았을까?

이상에 들은 셋은 사람이 사는 방법일 것이다. 그러나 백낙천은 사람이 사는 길을 택하지 않고 오직 예술이 사는 길을 택했던 것이다. 따라서 그는 현실세계에서 떠나지 않았고, 그 속에서 아름다움을 찾아 결정(結晶)지어 시라고 하는 구슬을 다시 현실세계에 되돌려 모든 사람들에게 아름다움과 사랑과 빛과 기쁨과 가치를 부여했던 것이다.

백낙천은 바로 자신이 좋아했던 백학(白鶴)같이 살았다. 흙물 속에서 모이를 찾아 먹지만, 자신의 청고(淸高)한 몸을 긴 두 다리로 받쳐 높이고 절대로 흙탕물에 엉키지 않는다. 그러다가 이따금 날개를 펴고 높이 날기도 한다. 그러나 다시 땅에 고고(孤高)한 모습을 버티고 서서 사람들에게 청아(淸雅)와 청진(淸眞)한 품을 옮겨준다.

후반기에 그는 안분지족(安分知足)·명철보신(明哲保身)·허정염담(虛靜恬淡)·표일자적(飄逸自適)했다. 이러한 생활태도는 어떻게 보면 은일(隱逸)같이 느껴질지도 모른다. 그러나 백낙천의 경우는 그렇지가 않다. 오직 그는 소인배들의 정치도에서 벗어나고자 했을 뿐 현실과 인생을 잊거나 벗어나고자 했던 것은 아니다.

그는 사상적으로도 전반기에는 유가(儒家)의 겸제(兼濟) 사상이 짙었고, 후반기에는 노장(老莊)에 기울었고, 또 더 나아가서는 도교(道敎)의 신선불로(神仙不老)의 도술에도 관심을 보였고 한편 불교

(佛敎)의 좌선(坐禪)으로 정적(靜寂)에 빠지기도 했었다. 그러나 결국 그 모든 사상도 그를 흡수해 버릴 수는 없었다. 오히려 그가 그 모든 사상을 잘 활용하고 살리어 그의 시를 빛내게 했을 따름이다.

이러한 의미에서 백낙천은 철두철미한 예술인이요, 완벽한 시인이라 하겠다.

우리는 백낙천으로부터 배울 것이 너무나 많다. 우선 그의 폭넓은 현실 긍정적인 아량과 끝없이 높은 이상정신이다. 다음으로는 그의 자상하고 섬세한 어진 마음[仁心]이다. 또 다음으로는 그의 평민애(平民愛)이다. 그러나 무엇보다도 우리가 그로부터, 혹은 그의 시를 통하여 배워야 할 것은 다름이 아니다.

여하한 현실이나 사회에 있어서도 아름답게 살 수 있는 예지와 아울러 또한 모든 사람들에게 아름다움과 사랑을 나누어 줄 수 있는 힘을 배워야 할 것이다.

나는 백낙천을 위대한 시인이라고 높이지 않겠다. 본인도 그렇게 생각하지 않았고, 또 그렇게 되고 싶지도 않았을 것이다. 그러나 그는 아름다움과 사랑을 추구하는 모든 평범한 사람들의 영원한 벗일 것이다.

丁巳년 5월 15일

仁旺書齋에서 張基槿 識

차 례

제1장 섬세纖細한 감각感覺

제 2 장　인자仁慈한 시인

제 3 장 풍유諷諭의 고조시古調詩

14

제4장 풍유諷諭의 신악부新樂府

제 7 장 백낙천白樂天의 사회시社會詩

백낙천 관계 지도

서 장

백낙천과 그의 사상

1. 평민(平民)의 벗, 백낙천의 모습

(1) 철저한 시인 기질

백거이(白居易, 772~846)는 두보(杜甫)·이백(李白)과 함께 당(唐)을 대표하는 3대 시인(詩人)의 한 사람이다.

그의 자(字)는 낙천(樂天)이고, 향산거사(香山居士) 또는 취음선생(醉吟先生)이라고도 호했다.

평범한 관료(官僚) 가문에서 태어났으나 소년시절에는 빈곤과 전란에 시달려 강남(江南)으로 표박(漂泊)하기도 했다.

'불쌍하게도 어릴 때에는 줄곧 비천하게만 지냈노라(可憐小壯日, 適在貧賤時).' 〈비재행(悲哉行)〉

'난세와 기근에 시달려 되는 일 없고, 형제는 서로 뿔뿔이 흩어졌노라. 전란에 휩쓸린 농촌은 조락했고, 골육이 길거리로 흩어져 방황했노라(時難年荒世業空, 弟兄羈旅各西東. 田園寥落干戈後, 骨肉流離道路中).' 〈기부양대형(寄浮梁大兄)〉

한편 어려서부터 독실하게 유학(儒學)을 공부한 그는 '자신의 학문과 덕행을 쌓아 백성들을 잘살게 다스리겠다'는 수기치인적(修己治人的) 신념에 철저했다. 따라서 그는 장년시절을 주로 '겸제(兼濟)' 즉 '온 천하를 다같이 구제하겠다'는 사상에 투철하고자 했다.

29세에 진사에 급제했고 35세에 과거에 올라 37세에 좌습유(左拾遺)가 된 백거이는 자기의 포부를 현실정치에 반영코자 했다. 즉 그는 지공무사하고 광명정대한 덕치가 펼쳐져 백성들이 안락하게 살기를 바랐으며, 따라서 자신을 돌보지 않고 부지런히 임금에게 글을 써

올렸고 대담하게 직언과 간쟁(諫諍)을 했다. 그러나 정치적 현실에서 강직은 꺾이기 쉽다. 백거이도 이 점을 잘 알고 있었다.

'나에게는 고고한 성품이 있고, 강직을 좋아하며 유약함을 싫어하노라. 곧기 때문에 꺾여진 칼을 가볍게 보지 말아라, 구부러진 채 온전한 갈고리보다 꺾인 칼이 훌륭하도다(我有鄙介性, 好剛不好柔 : 勿輕直折劍, 猶勝曲全鉤).' 〈절검두(折劍頭)〉

결국 그는 44세에 강주(江州)의 사마(司馬)로 쫓겨나고 말았다.

이때를 고비로 그의 생활태도나 시·문학의 표현이 크게 변했다. 전에는 적극적으로 현실을 개혁하겠다는 생각과 불쌍한 서민을 구제하겠다는 인심(仁心)으로, 때로는 위정계급의 횡포·모순 및 타락·부패를 규탄도 했고 또 때로는 유린된 백성들의 고난이나 억울함을 시를 통해 대변하고 고발하기도 했었다. 한 마디로 정치의식이 짙은 문학활동을 전개했었다.

그러나 강주로 폄적된 후로는 전같은 적극성이나 정치성은 시들었고 독선(獨善), 즉 '자신이라도 옳고 바르게 수양하며 지키자'는 생각으로 은일(隱逸)과 명철보신(明哲保身)에 기울게 되었다. 그리하여 그는 시에 있어서도 한적(閑適)·감상(感傷)을 주로 읊었으며, 사상적으로도 노(老)·장(莊) 및 도교(道敎)와 불교(佛敎)에 깊이 들어가게 되었던 것이다. 후에 그는 강주사마에서 풀려 다시 소환되었으며 여러 벼슬에도 올랐다.

그러나 그의 명철보신하겠다는 태도는 크게 변하지 않았으며 75세로 일생을 마칠 때까지 무난하게 벼슬자리를 지키면서 독선적 풍류의 시인생활을 잘 즐길 수 있었다. 그러나 여기서 강조해야 할 점이 하나 있다. 비록 적극적인 정치의식을 표면에 나타내지는 않았으나 그의 '평민을 위한 시인의 면모'는 평생토록 변하지 않았던 것이다.

우선 그는 철저한 평민시인(平民詩人)이라 하겠다. 그는 평민을 위해서 썼고 평민을 그렸고, 평민에게 잘 읽히는 시를 지었고 또 평민적인 눈으로 보았고 자신도 평민적으로 생활했던 것이다.

다음에 그는 철두철미한 시인이었다. 그의 모든 생활은 오직 시를 위해서 바쳐진 것이나 다름이 없었다. 만년에 안분지족(安分知足)하고 유연자적(悠然自適)하면서도 끝내 벼슬자리에 앉아 녹을 먹은 것은, 사실은 시를 쓰는 시인생활을 유지하기 위해서였다. ──노장의 도가사상을 높이면서도 그가 철저한 허무주의에 빠지지 않고 현실과 현실을 사는 모든 평범한 사람들을 사랑했던 것이다.

따라서 그는 생전에 그의 시가 남들에게 널리 읽혀지고 사랑을 받았을 뿐만이 아니라, 모든 현실을 긍정하고 무엇이든지 시로 읊었으므로 그는 또한 3천8백 수라고 하는 가장 많은 시를 남길 수도 있었으며, 또한 그는 손수 여러 차례나 자기의 시나 글을 집대성하기도 했던 것이다.

시에 철두철미했던 자신을 다음과 같이 스스로 그렸다.

'말쑥하게 말라 비틀어진 몰골이지만 시 쓰는 게 버릇이 되었노라(淸瘦詩成癖).' 〈사십오(四十五)〉

'평생 갚아야 할 빚이 바로 시와 노래인가 보다(平生債負歌詩).' 〈자해(自解)〉

'나를 알아주는 사람은 시선이라 하고, 잘 모르는 사람은 시마라고 한다(知我者以爲詩仙, 不知我者以爲詩魔).' 〈여원구서(與元九書)〉

'전생의 나는 필경 시를 쓰는 중이었을 것이다(前生應是一詩僧).' 〈애영시(愛詠詩)〉

백거이는 시와 거문고와 술을 삼우(三友)라 하여 좋아했다. 그 중에서도 시와 술을 더욱 즐겼다.

'평생 시와 술을 즐겼노라(平生好詩酒).' 〈쇠병무취인음소회(衰病無趣因吟所懷)〉

'술에 마냥 취하니 시마가 발동하여 낮부터 저녁까지 서글피 읊노라(酒狂又引詩魔發, 日午悲吟到月西).' 〈취음(醉吟)〉

'전에는 시의 미치광이였으나, 이제는 주정뱅이 병든 노인이니라(昔是詩狂客, 今爲酒病夫).' 〈영주증별왕팔사군(郢州贈別王八使君)〉

'비록 가난해도 노상 술은 있고, 늙었으나 아직도 시를 버리지 않았노라(縱貧長有酒, 雖老未抛詩).' 〈구분사동도기우상공십운(求分司東都寄牛相公十韻)〉

'봄을 맞이하니 나날이 시상이 더해지고, 늙은 나이 보내며 노상 술에 미친 듯 취하노라(迎春日日添詩思, 送老時時放酒狂).' 〈한출멱춘희증랑관(閑出覓春戲贈郞官)〉

그러나 그는 노상 외로운 술꾼이요 시인이었다.

'술 다 마시고 나면 함께 묵을 손 없고 시를 다 짓고 나서는 홀로 외롭게 읊노라(酒散更無同宿客, 詩成長作獨吟人).' 〈군중한독기미지급최호주(郡中閑獨寄微之及崔湖州)〉

위로는 왕이나 귀족에서부터 아래로는 졸부나 가기(歌妓)에 이르기까지 누구에게나 사랑을 받던 백거이는 이렇듯 외롭고 또 슬픈 시인이었다.

'어려서는 부지런히 고생하여 공부를 했으며, 늙어서는 슬픔과 아픔에 눈물 많이 흘렸노라(早年勤卷看書苦, 晩歲悲傷出淚多).' 〈안암(眼暗)〉

그는 10세에 책을 해독했고 15세에 글을 지었으며, 젊어서 너무 공부에 열중하여

'입이 터지고, 손에 못이 박혔었다(口舌成瘡, 手肘成胝).' 〈여원구서(與元九書)〉

이러한 열성과 집념이 있었기에 그는 그토록 철저한 시인으로 일생을 보냈고 또 그토록 많은 시를 지었고 또 그토록 여러 차례나 자신

이 직접 시집을 엮을 수 있었던 것이다. 다음에서는 그의 시문집 분류와 편찬에 대해서 살펴보겠다.

(2) 시가(詩歌)의 분류

백거이는 일찍이 강주(江州)에 있으면서 자신의 시 8백 수를 추려 15권으로 엮을 때부터 자기의 시를 풍유(諷諭)·한적(閑適)·감상(感傷)·잡률(雜律)의 네 가지로 분류했다. 다음에 그 분류를 따라 간략하게 설명하겠다.

① 풍유시(諷諭詩)

백거이의 겸제(兼濟) 사상을 나타낸 시들로서 대부분 40세를 전후해서 지은 것들이다. 즉 36세에 한림학사(翰林學士), 이듬해에는 좌습유(左拾遺)가 되어 궁중에 들어갔다가 44세에 강주(江州) 사마(司馬)로 폄적되었을 때까지 약 10년 간에 지은 100편의 풍유시와 50편의 신악부(新樂府)를 합친 시들이다. 수량에 있어서는 1백50수로 그의 시 전체 3천8백40수에 비하면 대단치는 않지만, 이들 풍유시를 백거이 자신은 가장 높게 생각했던 것이다(뒤에 있는 儒家思想 참조).

풍유시는 중국시의 정통(正統)인 《시경(詩經)》의 〈국풍(國風)〉을 이어받은 것이다. 시는 인간의 성(性)·정(情)을 순수하고 솔직하게 나타내지만 그 표현에 있어서는 어디까지나 아름답고 리드미컬한 언어에 의지한다. 성(性)은 이성이나 심리라 하겠고, 정(情)은 감정이다. 따라서 옛날에는 인간의 성을 다스리는 데는 예(禮)를 가지고 했고, 정을 고르게 하는 데는 악(樂)을 가지고 했다. 따라서 옛날의 덕치(德治)나 교화(敎化)는 예악(禮樂)에 의지했던 것이다. 즉 인간의 성·정을 순수하고 솔직하게 표현하는 시를 정치에 활용하자는 생각은 예로부터 있었다.

그러므로 육경(六經) 중에서도 《시경》을 가장 높였으며, 시로써 위는 아래를 교화하고, 아래는 위를 흉간하고자 했다. 이것이 시교(詩敎)이다. 《시경》 대서(大序)에 있다.

'시는 뜻을 나타낸 것이다. 마음에 있는 것이 뜻이고 말로 표현된 것이 시다(詩者, 志之所之也. 在心爲志, 發言爲詩).'

'고로 득실을 바로잡고 천지나 귀신까지도 감동시키는 데 있어 시보다 더한 것이 없다(故正得失, 動天地, 感鬼神, 莫近於詩).'

'위는 시를 가지고서 아래를 교화하고, 아래는 시를 가지고서 위를 풍자한다. 시라고 하는 아름다운 표현에 의지해서 흉간하니 말하는 자도 죄를 받지 않을 것이고, 듣는 자도 잘 훈계로 삼을 수가 있을 것이다(上以風化下, 下以風刺上 : 主文而譎諫, 言之者無罪, 聞之者足以戒).'

백거이가 풍유시를 쓴 의도나 목적도 바로 이러한 것이었다. 즉 그는 풍유시를 통하여 시폐(時弊)를 바로잡고 무고하게 시달리는 서민(庶民)들을 '다같이 구제〔兼濟〕'하고자 했던 것이다. 그는 〈신악부서(新樂府序)〉에서 말했다.

'(50편의 신악부 시들은) 일정한 구법은 없다. 오직 뜻을 중시했고 수식적인 면에는 치중하지 않았다. 첫 구절에서 주제를 내세웠고 끝 구절에서 뜻을 밝혔으며, 《시경》 3백 편의 본정신을 따랐다.'

'문사(文辭)를 실질적이고 직설적으로 쓴 까닭은 보는 사람이 쉽게 알 수 있도록 하기 위해서였다. 또 말을 강직하고도 절실하게 쓴 까닭은 듣는 사람이 깊게 훈계로 삼을 수 있도록 하기 위해서였다. 내용을 사실대로 밝힌 까닭은 멀리 퍼지기를 바라서였다. 또 문체를 부드럽고 자유롭게 한 까닭은 음악이나 가곡에 맞추어 잘 전파되기를 바라서였다. 한 마디로 추려 말하면, 임금·신하·백성·만물 및 만사를 위해서 지은 것이지 수식이나 꾸밈을 위해서 지은 것

이 아니다.'

또 백거이의 문학정신이나 이론이 잘 나타난 〈여원구서(與元九書)〉에서는 다음과 같이 말했다.

'문장이나 시가는 모두 현실 정치나 일들을 잘되게 하기 위해서 저술하는 것이다(文章合爲時而著, 歌詩合爲事而作).'

또 〈기당생(寄唐生)〉이란 시에서는 다음과 같이 읊었다.

'음율의 뛰어남을 구하지 않았고, 문자의 기묘한 표현에 애를 쓰지도 않았다. 오직 백성들의 고생을 노래하고, 천자가 알아주기를 바랐다(非求宮律高, 不務文字奇 : 惟歌生民病, 願得天子知).'

이상은 바로 백거이의 시정신(詩精神)이자 그의 문학이론(文學理論)이기도 했다. 따라서 풍유시는 그의 시문학에 있어서는 절대적 지위를 차지한다고도 하겠다. 한 마디로 그의 풍유시는 현실주의적 정치의식의 반영이며 어디까지나 인생 및 사회를 위한 문학인 것이다. 특히 풍유시에 있어 두보(杜甫)의 시와 깊은 관련이 있음을 밝혀 둔다.

② 한적시(閑適詩)

주로 전반기에 쓰여진 풍유시가 유가(儒家)의 겸제(兼濟)를 위한 것이라면, 후반기에 쓰여진 한적시들은 안분지족(安分知足)과 명철보신(明哲保身)을 위한 독선(獨善)의 시들이다. 따라서 그는 우선 시를 쓰기에 앞서 한적하게 살며 성정(性情)을 염정(恬靜)·담아(淡雅)하게 가다듬기 위하여 노장(老莊) 사상과 아울러 도교(道敎) 및 불교(佛敎)에 깊이 기울었던 것이다. 그러므로 한적시에는 이러한 사상들이 다각적으로 나타나기도 한다. 다음에서 한적시의 내용과 그 특색을 두서너 개 추려보겠다.

〈송재자제(松齋自題)〉라는 시에서 그는 다음과 같이 읊었다.

'늙지도 젊지도 않은 나이 30을 넘기고, 조정의 명을 받고 벼슬에 올라 천하지도 귀하지도 않은 몸이다(非老亦非少, 年過三紀餘 :

非賤亦非貴, 朝登一命初).'

'재주가 없으니 쉽게 분수에 만족하고, 마음이 푸근하니 몸도 언제
나 편하여라(才小分易足, 心寬體長舒).'

'책을 읽어도 깊이 따지지 않고, 어물쩡 거문고 타며 혼자 즐기노라
(書不求甚解, 琴聊以自娛).'

'하늘의 도리를 따라 몸을 맡기고, 가슴 속 마음을 공허하게 비워놓
노라(形骸委順動, 方寸付空虛).'

'이렇게 날을 보내니, 자연히 안일하여라(持此將過日, 自然多晏如).'

'멍청하니 말이 없노라. 영악하지도 않고 또한 어리석지도 않노라
(昏昏復默默, 非智亦非愚).'

〈영졸(詠拙)〉에서는 다음과 같이 읊기도 했다.

'귀한 사람 부럽고 천한 몸 되기 싫으며, 부유함이 좋고 가난은 싫
어라. 남과 같이 천지간에 태어났거늘, 난들 왜 다르겠는가? 그러
나 내가 타고난 운수가 그러하거늘, 억지로 하늘의 명수를 어겼다
가는 도리어 고생스럽게 되리라. 따라서 나의 분수에 만족하고, 가
난하고 막혀도 노상 즐겁게 사노라(慕貴而厭賤, 樂富而惡貧 : 同
出天地間, 我豈異於人 : 性命苟如此, 反則成苦辛 : 以此自安分,
雖窮每欣欣).'

'조용히 옛사람의 책을 잃으며, 한가롭게 맑은 위수에서 낚시질하네
(靜讀古人書, 閑釣淸渭濱).'

'이렇듯 높은 한가로운 심정으로 조용히 한평생을 마치리(優哉復遊
哉, 聊以終吾身).'

〈자영(自詠)〉에서는 다음과 같이 읊었다.

'오직 시와 술과 벗하면, 잠도 밥도 잊노라(但遇詩與酒, 便忘寢
與飱).'

'큰 소리로 한바탕 시를 읊으니, 마치 시 속의 신선이 된 듯하여라

(高聲發一吟, 似得詩中仙).'

'철철 넘치게 술 한 잔 마시고, 이 세상 모든 걱정을 몽땅 잊노라(引滿飮一盞, 盡忘身外緣).'

한 마디로 속세와 물욕(物慾)을 멀리하고 더 나아가서는 생사(生死)도 잊고 안빈낙도(安貧樂道)하는 경지가 바로 한적시의 세계였다. 따라서 그는 도연명(陶淵明)을 몹시 좋아했으며, 그의 시를 본뜬 〈효도잠체시(效陶潛體詩)〉 16수를 지은 일도 있었다.

③ 감상시(感傷詩)

백거이는 다정다감한 시인이었다. 따라서 그는 모든 사람은 물론 동물이나 초목 혹은 모든 사물에 대해서도 쉽사리 감동하고 연민의 정을 쏟았다. 이것은 그의 인심(仁心)에서 우러나오는 측은의 정이 넓게 뻗은 증좌라 하겠다. 그리고 그의 측은의 정은 언제나 평민적으로 불쌍한 사람을 위해 눈물을 쏟았다. 그의 대표작으로 알려진 〈장한가(長恨歌)〉에서 그는 현종(玄宗)을 일개 사랑을 잃은 사나이로 끌어 내려놓고 마냥 동정을 했다.

또 〈비파행(琵琶行)〉에서는 일개의 노기(老妓)를 엄숙한 심정으로 회고했다. 이러한 점에서도 그의 평민적 시인의 면모가 잘 나타났다고 하겠다. 다음에서 그의 감상시를 몇 개 추려보겠다.

자상한 가장(家長)인 백거이는 가족들에 대한 감상의 시가 퍽 많다. '가을 기러기 다 날아갔으나 서신이 없어, 병든 몸 일으켜 깁 두건 쓰고 무리하게 나왔노라. 황막한 동산에 홀로 올라 동북쪽 바라보며 해 기울고 땅거미 지도록 서글퍼 했노라(秋鴻過盡無書信, 病戴紗巾强出門 : 獨上荒臺東北望, 日西愁立到黃昏).' 〈기상대형(寄上大兄)〉

특히 어린 딸 금란자(金鑾子)를 잃었을 때 그는

'병들어 시달리던 내가 어찌 너의 죽음을 슬퍼하게 될 줄 알았으랴!

누운 몸 베갯머리에서 놀라 일어나 등잔 앞에서 통곡했노라(豈料吾方病, 翻悲汝不全. 臥驚從枕上, 扶哭就燈前).' 〈병중곡란자(病中哭鸞子)〉

라고 했다. 기타 자기의 어머니, 형제 및 아내나 딸아이 및 조카들에 대한 시도 많다.

백거이는 원진(元稹)을 비롯하여 많은 문우(文友)와 사귀었으며, 후반기에는 절의 선승(禪僧)이나 도사(道士)들과 사귀었다. 따라서 이들 벗에 대한 감상의 시들도 많았다.

한편 그는 자신을 감상한 시도 많이 지었다. 〈탄로(歎老)〉에서 그는 읊었다.

'아침에 일어나 맑은 거울 비추어 보니 몰골이 처량하구나(晨興照靑鏡, 形影兩寂寞).'

'만물이 차츰 변하듯 나도 모르게 노쇠했으며, 거울에 비친 얼굴은 어제보다 훨씬 늙었네(萬化成於漸, 漸衰看不覺, 但恐鏡中顔, 今朝老於昨).'

'내가 아는 바 편작이 자고로 뛰어난 의사라 하고, 모든 병을 고친다 하되 오직 늙음을 고칠 약만은 못 만들리라(吾聞善醫者, 今古稱扁鵲. 萬病皆可治, 唯無治老藥).'

기타 모든 세상 사람들에 얽힌 서글픈 일들을 읊은 시로는 〈장한가〉, 〈비파행〉을 필두로 하여 너무나 많다. 〈야문가자(夜聞歌者)〉에서는 17, 8세 된 어린 여인을 애절하게 읊었다.

'밤에 앵무주에 묵을 새, 가을 강물에 달이 밝아라! 옆 배에서 들리는 노래, 가락이 너무나 처절하네! 노래 마치자 울음소리 들려오며, 다시 흐느껴 우네! 찾아가 보니 여인의 얼굴 흰눈같이 고와라. 돛대에 기대선 품 아리따운 17, 8세의 여인! 밤에 떨구는 눈물은 마치 진주알 같고, 방울방울에 명월이 반짝이노라! 어느 집 누구이기에 노래하며 우느냐 물었으나, 오직 옷깃 적실 뿐, 끝내 말 못하고 고개를 숙이고 마네!(夜泊鸚鵡洲, 秋江月澄澈 : 鄰船有歌者, 發調堪愁絕 : 歌罷繼以泣, 泣聲通復咽 : 尋聲見其人, 有婦顏如雪 : 獨倚帆檣立, 娉婷十七八. 夜淚似眞珠, 雙雙墮明月 : 借問誰家婦, 歌泣何凄切 : 一問一霑襟, 低眉終不說).'

기타 자연의 풍정에서 감상하는 시는 이루 다 헤아릴 수가 없이 많다.

④ 잡률시(雜律詩)

주로 시체로 분류해서 오언율시, 칠언율시, 오언절구, 칠언절구 및 격시(格詩)들로 나누어 수록했으며, 이 중에 많은 시가 후세에 애송되었다.

(3) 전반적 특색

백거이는 그의 시정신이나 문학이론에 있어 정통(正統)을 《시경(詩經)》에서 이어받았고, 아울러 많은 것을 굴원(屈原), 도연명(陶淵明) 및 두보(杜甫)로부터 배웠다. 한편 그는 어려서부터 부지런하고 또 열심히 많은 책을 읽었으므로 박학다식하고 아울러 사상적으로도 다양했다. 그러므로 그의 시는 훌륭한 전통 위에 넓고 다양하면서도 올바르게 꽃필 수 있었던 것이다. 다음에서 그의 시의 특색을 몇 개 추려보겠다.

① 현실주의와 인생주의(人生主義)

특히 유가사상에 투철했던 전반기의 풍유시에서 두드러지게 나타나고 있다. 이 점에 대해서는 뒤에 그의 유가사상을 참조하기 바란다. 또 앞에 있는 시가 분류 중 풍유시에서도 언급한 바 있으니 길게 논하지 않겠다.

② 섬세하고 정확한 예술적 표현

백거이는 다정다감하면서도 냉철하게 명철보신(明哲保身)할 수 있었다. 따라서 그는 시에 있어서도 자신이 작자임을 의식하고 냉정한 제삼자적 위치에서 대상을 객관적으로 내다볼 수 있었으며 동시에 하나의 예술품을 완성하기 위하여 많은 지식과 기교를 유감없이 발휘할 수가 있었다. 그러므로 그의 시는 섬세하고 치밀·정확한 예술품으로서 남들을 감동시킬 수가 있었다. 왕약허(王若虛)는 〈호남시화(瀟南詩話)〉에서 다음과 같이 말했다.

'백낙천의 시는 감정을 치밀하고 곡진하게 다 풀었다. 따라서 모든 사람의 간이나 폐부 속 깊이 파고들어간다. 또 구상적인 물체 표현에 있어서도 충분하고 만족할 만하여 현실적인 물체 그대로와 같다.'

백거이의 시는 지나치게 사실적이다. 특히 풍유시에 있어서는 현실을 예리하게 직시하고 에누리없이 묘사했다. 이러한 점에서 그의 표상이 더욱 구체적인 형상으로 두드러지게 나타났던 것이다. 한 예를 〈중부(重賦)〉에서 들겠다.

'아득하게 1년이 지나고 천지도 문을 닫은 듯 암담하며, 황폐한 마을에는 음산한 바람만이 불고 있노라(歲暮天地閉, 陰風生破村).'

'밤은 깊었으나 불기나 연기가 통 없고 흰 눈보라만이 분분히 휘날리노라(夜深烟火盡, 霰雪白紛紛).'

'어린아이는 몸 가리지 못하고 노인의 몸엔 따뜻한 기운이 없네(幼者形不蔽, 老者體無溫).'

이렇게 처참한 평민의 생활상을 그리고 나서 그는 이어 다음과 같이 귀족들의 생활을 대비시켰다.

'어제 나머지 세금을 바치기 위해 갔다가 관청의 창고를 보았노라. 비단이 산같이 쌓였고, 실이 구름덩이같이 엉켜 있더라(昨日輪殘稅, 因窺官庫門 : 繒帛如山積, 絲絮似雲屯).'

'우리들의 몸을 따뜻하게 할 것을 빼앗아 너희들의 출세에 도구로 삼노라(奪我身上煖, 買爾眼前恩).'

이처럼 대담한 대조가 한층 그의 표상을 생생하고 절실하게 해주는 수법이라 하겠다.

③ 대중성과 평이한 언어

그는 〈신악부서(新樂府序)〉에서 '남들이 쉽게 알아보기 위하여 문자를 실질적이고 간결하게 썼다'고 했다. 즉 그는 의식적으로 시를 쉬운 말로 표현하여 누구나 알기 쉽게 했던 것이다. 이 점은 옛날의 문인 중 아무도 백거이를 따를 수 없는 특성이라 하겠다. 〈냉재야화(冷齋夜話)〉 중에 다음과 같이 있다.

'백낙천은 시를 한 편 지으면 늙은 할머니에게 보이고, 그가 알겠다면 그대로 기록해 발표했고, 그가 모르겠다면 다시 고쳤다.'

이 말이 사실인지 어떤지는 모르겠다. 그러나 다른 사람들도 백거이의 시의 평이성은 다 지적한다. 단 이것 때문에 천속(賤俗)하다는 악평을 면하지 못하기도 하지만.

기타 백거이의 시는 사회성을 지녔다, 정치의식이 잘 나타났다, 또는 사상성이 짙다는 등의 특성도 있으나, 이런 것은 사상을 논할 때 아울러 풀이하겠다.

④ 시문집(詩文集)의 자찬(自撰)

그는 15세에 〈강남송북객(江南送北客)〉〈강루망귀(江樓望歸)〉 등을 지었고, 16세에는 〈고초원송별(古草原送別)〉이라는 훌륭한 시가지 지을 수가 있었다. 그리고 너무나 유명한 〈장한가(長恨歌)〉를 그의 나이 35세에 지었던 것이다. 그리고 40세 이전에 원진(元稹)과 함께 새로운 문학운동을 일으켰고 그들의 신악부시(新樂府詩)가 사회에 넓게 퍼졌었다. 따라서 백거이의 〈장한가〉와 〈진중음(秦中吟)〉 등은 이미 내외(內外) 각 층에 애송되었던 것이다.

그리고 44세에 강주로 쫓겨간 그는 자신의 원고를 정리하여 약 8백 수의 시를 15권으로 엮었다. 이에 대한 경과와 내용을 〈여원구서(與元九書)〉에서 대략 다음과 같이 자술하고 있다.

'나는 요 몇 달 동안에 걸쳐 내가 지은 모든 시를 분류하여 몇 권으로 엮었습니다. 그 중에는 무덕(武德)에서 원화(元和)에 이르는 동안에 지은 풍자와 풍간의 시들로 신악부(新樂府)라 할 만한 것이 150수가 있으며 풍유시(諷諭詩)라고 했습니다. 또 홀로 은일하게 지내며 지족보화(知足保和)하는 경지에서 성정을 읊은 1백 수의 시를 한적시(閑適詩)라고 했습니다. 또 주위의 여러 가지 사물에 대하여 감동되고 느낀 바를 읊은 1백여 수의 시를 감상시(感傷詩)라 했습니다. 그리고 또 5언, 7언, 장구(長句)로부터 1백 운에 이르기까지의 4백여 수의 시를 추려 잡률시(雜律詩)라고 했습니다. 이들 8백 수를 추려 15권으로 엮었습니다.'

그리고 특히 그는 다음과 같이 강조했다.

'풍유시는 겸제의 뜻을 담은 것이고, 한적시는 독선의 뜻으로 지은 것입니다. 따라서 나의 시를 보면 나의 사상이나 태도를 알 수가 있을 것입니다. 기타 잡률시는 때따라 사물따라 가볍게 지은 것들이며 제 자신도 별로 높이는 것이 아닙니다.'

백거이의 시를 오늘도 대략 풍유(諷諭)·한적(閑適)·감상(感傷)·잡률(雜律)로 분류하고 있지만, 이것도 자신이 그렇게 한 것이며, 특히 그가 풍유와 한적을 겸제(兼濟)와 독선(獨善)에 맞추고 있음에 주의해야 하겠다. 따라서 〈장한가(長恨歌)〉나 〈비파행(琵琶行)〉은 비록 모든 사람에게 애창되기는 했지만 백거이 자신은 그러한 감상시를 크게 높이고 있지 않음도 알겠고 따라서 그의 시정신도 잘 알 수가 있을 것이다.

백거이는 53세(長慶 4년)에 항주자사(杭州刺史)의 자리를 물러나 낙양에서 2천1백91수의 시를 추려 《백씨장경집(白氏長慶集)》50권을 추렸다. 원진(元稹)은 서문에서 대략 다음과 같이 말했다.

'《백씨장경집》은 태원(太原)의 백거이가 지은 것이다.'

'장경 4년 낙천이 항주자사로부터 우서자(右庶子)로 소환되었으며, 손수 자기의 시와 글 2천1백91수를 50권에 추렸다.'

그 후 백거이는 57세(太和 2년)에 다시 새로 지은 시를 합쳐 《장경집후집(長慶集後集)》20권을 추렸다.

또 다음해인 태화(太和) 3년에는 유우석(劉禹錫)과 화창한 시 1백38수를 모아 《유백창화집(劉白唱和集)》2권을 편찬했다.

다시 64세(太和 9년)에는 2천9백64수를 60권으로 묶었으며, 이를 강주(江州) 동림사(東林寺)에 보관케 했다.

그리고 다시 1년 후인 65세(開成 元年)에 또 다시 3천2백55수의 시를 추려 65권으로 묶었으며 낙양(洛陽) 성선사(聖善寺)에 보관케 했다.

그리고 68세(開成 4년)에는 3천4백87수를 추려 67권의 《백씨문집》을 만들어 소주(蘇州) 남선원(南禪院)에 보관케 했다.

또한 69세(開成 5년)에는 태자빈객(太子賓客)으로 동도(東都)를 분사한 지 12년이 되던 해로 그간 지은 시 8백 수를 10권으로 추려 《백씨낙중집(白氏洛中集)》이라 하고 용문(龍門) 향산사(香山寺)에 맡겼다.

그후 5년이 지난 74세(會昌 5년)에는 다시 3천8백40수를 추려 마지막 문집 75권을 엮었다. 이때는 그가 죽기 바로 1년 전이었다. 《백씨집》 후기(後記)에서 그는 다음과 같이 썼다.

'전에 지은 《백씨장경집(白氏長慶集)》50권은 원미지(元微之)가 서를 썼고, 후집(後集) 20권은 내가 서를 썼다. 이제 다시 속집(續集) 5권을 엮어 내가 후기를 썼다. 이로써 모두 75권에 3천8백40

수를 추렸다. 나의 시문집은 모두 5본이 있다. 즉 여산(廬山) 동림사(東林寺)에 하나, 소주(蘇州) 남선사(南禪寺)에 하나, 동도(東都) 승선사(勝善寺)에 하나, 그리고 조카 귀랑(龜郎)과 외손(外孫) 담각동(談閣童)에게 하나씩을 맡겨 후세에 전하도록 했다. 일본이나 신라 등 여러 나라와 장안이나 낙양에 있는 여러 사람들 사이에 전하는 것으로 이 안에 기술 못한 것도 있다.'

대략 이상으로서 백거이가 얼마나 자기 작품을 아끼고 또 잘 추려 후세에 전하고자 했는가를 알 수가 있고, 따라서 그의 많은 작품이 오늘에도 잘 전해졌음을 잘 알 수가 있을 것이다.

2. 백낙천의 생평(生平)

(1) 출생과 성장(成長)

백거이는 당(唐) 대종(代宗) 대력(大曆) 7년(772) 정월 20일에 형양(滎陽)에서 출생했다. 형양은 옛날의 정(鄭)나라 땅으로 당시에는 신정현(新鄭縣)이라 했다. 그러므로 백거이가 지은 〈취음선생묘지(醉吟先生墓誌)〉에는 자기의 출생지를 신정현 동곽리(東郭里)라고 했다.

백거이의 선조는 본래가 태원(太原)에 살았으나 6대조 건(健)이 한성(韓城)으로 옮겼고, 다시 증조(曾祖) 온(溫)이 하규(下邽)로 옮겼다. 조부 횡(鍠)이 전중시어사(殿中侍御史)와 공현령(鞏縣令)을 지냈으며 만년에 형양의 풍토를 좋아하여 그곳으로 천거했던 것이다. 백거이의 아버지 계경(季庚)은 명경(明經) 출신으로 소산현위(蕭山縣尉),

송수사호참군(宋州司戶參軍), 팽성현령(彭成縣令)을 거쳐 끝으로 양주별가(襄州別駕)를 지냈다. 이렇듯 백거이의 집안은 유학을 바탕으로 한 선비의 향문제(香門第)였다. 한편 그의 어머니 진씨(陳氏)는 인자하고 현명한 분으로 항상 객지에서 벼슬사는 아버지를 대신해서 어린 백거이에게 교학했다고도 한다.

백거이는 모두 4형제로 위로 형 유문(幼文)이 있고 아래로 동생 행간(行簡)과 금강노(金剛奴)와 두 누이동생이 있었다. 백거이는 이들 친형제뿐만이 아니라 큰집의 형제들과도 화목했고 만년에는 그들의 유족들을 모두 거두어 부양하기까지 했다.

백거이의 부인은 양씨(楊氏)로 홍농인(弘農人)이었다. 그녀의 사촌 오빠가 양우경(楊虞卿)으로 당시 권세와 지체가 높았고 백거이와도 교우가 깊었다. 양우경의 친척 동생 양여사(楊汝士)가 바로 백거이의 처남으로 결혼 전부터 그들과 친숙했다. 그러나 양여사나 양우경은 우승유(牛僧儒)·이종민(李宗閔)의 당에 가담했으나, 백거이는 당파 싸움에는 휩쓸리지 않고자 몹시 조심했다.

백거이는 35세에 양씨와 결혼했는데, 부인은 몸이 약했던 모양이며 아들을 보지 못하고 딸만 넷을 낳았다. 그러나 백거이는 성실하게 자기 부인과 어린 딸들을 사랑했다. 백거이는 형제나 처자들을 위해 쓴 시가 퍽 많은데, 이들 시를 읽으면 그가 얼마나 자상하고 성실한 가정인이었는가를 잘 알 수가 있다(가족이나 교유에 대해서는 시에 붙인 해설에서 언급하겠다).

백거이는 태어나면서 총명하여 6, 7개월 되었을 때에 이미 '무(無)'와 '지(之)'자를 터득했다고 한다. 그리고 5, 6세에 시 짓기를 배웠고 9세에는 성운(聲韻)을 터득했다고 한다.

11세에는 팽성현령(彭城縣令)으로 부임한 아버지를 따라 어머니와 같이 부리(符離) 주진촌(朱陳村)으로 가서 살았다. 그곳에서 약 10여년을 사는 동안 그는 오(吳)·월(越) 또는 장안(長安)으로 여행을 하기도 했다. 주진(朱陳)은 그에게는 제2의 고향이라고도 할만큼 인상 깊은 곳이었는데, 그는 〈주진촌(朱陳村)〉이란 시를 써서 순박하고 평화로웠던 옛날을 회상하기도 했다.

그후 난을 피하여 오·월 간으로 피신했다. 당시 소주(蘇州)의 자사(刺史)가 위응물(韋應物)이었고, 항주(杭州)의 자사는 방유복(房孺復)이었다. 이들의 높은 명성과 시주(詩酒)의 풍류를 당시 열네댓 살밖에 안되던 백거이가 선망했음은 후에 쓴 그의 글(〈吳郡詩石記中〉)에서 볼 수가 있다. 뿐만 아니라 열네댓 살 때에 그가 지은 시로 〈강루망귀(江樓望歸)〉〈강남에서 서주에 있는 형제에게 글을 붙인다(江南送北客因憑寄徐州兄弟書)〉〈추강야박(秋江夜泊)〉 등이 있다.

15세 때는 장안(長安)에 와서 고황(顧況)에게 시를 보이고 그를 크게 감탄케 했다고도 한다(〈賦得古原草送別詩〉 참조). 17세 때에는 〈왕소군(王昭君)〉 2수를 지었다. 그는 당시 장안을 드나들면서 과거를 보고 높은 자리에 올라 빛나게 살아보겠다고 마음먹었다. 〈여원구서(與元九書)〉에 다음과 같이 있다.

'15세에 비로소 진사가 된다는 것을 알았고 애써서 글공부를 했다. 그리고 20세 이후에는 낮에는 부(賦), 밤에는 서(書), 또 틈틈이 시를 공부하여 잠도 제대로 못잤다(十五始知有進士, 苦節讀書. 二十已來, 晝課賦, 夜課書, 間又課詩, 不遑寢息矣).'

드디어 20세에 그는 수재(秀才)에 올랐으나, 여전히 부리(符離)에 있었으며, 23세(貞元 10년, 794)에는 그의 부친 계경(季庚)이 임지인 양양(襄陽)에서 별세했다.

부친이 서거한 후 그의 식구들은 생계에 궁핍했으며 부량현(浮梁縣)의 주부(注簿)로 있는 형 유문(幼文)의 힘으로 간신히 지탱할 수가 있었다. 당시 백거이는 2천5백 리나 떨어진 부량으로 가서 형에게 양식을 받아 부리로 돌아왔으며, 그때의 고생스런 회상을 시나 부로 적기도 했다〈將之饒州江浦夜泊〉〈傷遠行賦〉).

(2) 급제와 출사(出仕)

당(唐)대에서 출세하려면 반드시 과거에 급제해야 한다. 이미 15세 때에 진사에 급제하고자 뜻을 세운 백거이는 28세 때 형 유문이 벼슬 사는 부량에 가서 선주(宣州) 향시(鄕試)에 붙고 이듬해 29세(貞元 16년, 800년) 때에는 진사에 급제하고 이듬해에 부리로 돌아왔다.

32세(貞元 19년, 803)에는 장안에서 서판(書判) 발췌과(拔萃科)에 뽑히어 교서랑(校書郞)이 되었다. 이때에 원진(元稹)도 같이 뽑히어 교서랑이 되었다. 당시 백거이는 장안 동시(東市) 동쪽 흥경궁(興慶宮) 남쪽 상락리(常樂里)라는 곳에 살면서 동사(同事)들과 어울려 같이 시를 짓고 함께 술마시며 만족하게 살았다.

33세에는 부리에 가서 모친을 모시고 장안으로 돌아와 장안 동쪽 위상(渭上)에 집을 짓고 살았다. 위상은 바로 증조부 온(溫)이 한성(韓城)에서 옮겨왔던 하규(下邽)로 백거이의 옛 고향이었다. 위남 동쪽으로는 화산(華山)이 솟았고, 남쪽에는 위수(渭水)가 흘러, 그는 이따금 낚시를 드리우기도 했으며, 마냥 유한자득(悠閑自得)할 수가 있었다.

35세가 되던 원화(元和) 원년(806)에는 전년에 죽은 덕종(德宗)의 뒤를 이었던 순종(順宗)이 이내 죽고 헌종(憲宗)이 자리를 이었다. 이때에 백거이는 원진과 함께 교서랑에서 물러나 제책(制策)에 응시하고자 화양관(華陽觀)에 들어가 두문불출했다. 그리고 그해 4월에 원진은 3등으로, 백거이는 4등으로 뽑혔으며, 백거이는 주질현위(盩

屋縣尉)가 되었다. 같은해 12월에 선유사(仙遊寺)에서 진홍(陳鴻)·
왕질부(王質夫)와 함께 놀다가 서로 이야기가 나와 백거이는 〈장한가
(長恨歌)〉를 지었다.

〈장한가〉는 일시에 만인들에게 애창되었고 천하를 풍미했다. 심지
어는 선종(宣宗)까지도 주검을 애도하는 백거이의 시에서

'아이들까지 장한곡을 읊었고, 오랑캐 아이들도 비파편을 노래했다
(童子解吟長恨曲, 胡兒能唱琵琶篇).'

고 했을 정도다.

〈장한가〉와 더불어 백거이의 이름도 높아졌고 동시에 그의 작품활
동도 활발해졌으며, 수백편에 달하는 악부(樂府)와 잡시(雜詩) 및 사
회상을 비평한 풍간시(諷諫詩)가 쏟아져 나왔다. 마침 헌종(憲宗)은
원화(元和) 2년 가을에 그를 진사의 시험관으로 임명했다. 이어 집현
교리(集賢校理), 11월에는 한림학사(翰林學士)에, 그리고 다시 수개
월 후에는 좌습유(左拾遺)에 임명되었다. 좌습유는 위계로는 그다지
높지 못하지만 직위는 매우 중요했다. 즉 황제를 가까이 모시고 백관
을 탄핵하고 아울러 천자에게 간언을 올리는 중책을 맡는다. 두보(杜
甫)나 진자앙(陳子昂)도 이 자리를 지낸 일이 있었다.

백거이는 황제로부터 넘치는 은총을 받자 더욱 감격하여, 충군애국
의 정성이 더욱 불탔고 살신성인의 기개로써 제악멸사(除惡滅私)코
자 했다. 그는 교서랑 때같이 한가롭지 못했다. 따라서 위촌에 살지
못하고 장안 동남쪽 선평방(宣平坊)에 집을 빌려 옮겨 왔다. 또 이때
에 그는 비로소 양씨 부인을 맞아 장가도 들었다.

간관으로서의 직책을 다함에 있어 그는 강정불아(剛正不阿)했고
권귀의 눈치를 살피지 않았다. 한 예를 들겠다. 회남절도사(淮南節度
使)로 있던 왕악(王鍔)이 입조하여 많은 예물을 바치고 한편으로는
환관(宦官)에게 뇌물을 주어 재상의 자리를 매수하려고 했다. 이에

백거이는 간했다.

"재상의 자리는 신하로서는 가장 높은 자리라 청망대공(淸望大功)이 아니고서는 내릴 수 없사옵니다."

"왕악은 5년이나 절도사로 있으면서 백방으로 주구(誅求)하여 많은 재물을 축적했으며, 자신이 입조하여 재상이 되고자 했습니다. 만약 이를 허락하신다면, 사방의 번진(藩鎭)들은 한결같이 왕악이 재물을 바치어 자리를 얻은 것이라 생각할 것이며 따라서 서로 다투어 백성들로부터 가렴주구하여 재물을 모을 것이니, 백성들의 고통이 어떠할 것입니까?"

결국 왕악의 야심은 좌절되고 말았다. 기타 파병(罷兵)·감조(減租)나 비용 절약 등을 권해 올림으로써 백성들의 고통을 덜고자 했다. 그의 많은 풍간시(諷諫詩)도 바로 이때에 지어진 것임에 주의해야 한다.

원화(元和) 5년 6월에는 헌종(憲宗)에게 하북(河北) 지방의 병(兵)을 거둘 것을 거듭 상주했다가 헌종의 노여움을 산 일이 있었다. 다행히 이강(李絳)의 중재로 쫓겨남을 면했다. 한편 가장 친한 동사이자 글벗인 원진(元稹)이 강릉(江陵)으로 폄척(貶斥)되자 그를 구하기 위해 여러 차례 상주하기도 했다. 그러나 이때부터 이미 그는 한계점을 느꼈고 이른바 정치에서 발을 빼겠다는 쪽으로 기울기 시작했다.

마침내 백거이는 모병가빈(母病家貧)을 핑계로 경조부판사(京兆府判司)가 되기를 자청하여 자리를 옮겼다. 이렇게 해서 그는 구속 많던 궁중에서 벗어나 자유를 누리게 되었다.

40세(元和 6년, 811)에 모친상을 당하자 벼슬에서 물러나 하규(下邽)에서 복상했다.

약 10년에 걸친 벼슬살이에서 풀려난 그는 제법 한적하게 지낼 수가 있었음을 당시에 지은 여러 시에서 잘 알 수가 있다. 그러나 사랑스럽던 딸 금란자(金鸞子)의 요절은 그의 슬픔을 더해주었고, 그는 육친을 위와 아래로 잃은 애통에 깊이 빠졌다. 이때에 그는 조부·조모·선친의 묘를 하규의 의진향(義津鄕) 북쪽으로 옮기기도 했다.

(3) 강주(江州)로 폄적(貶謫)

백거이는 43세(元和 9년)에 탈상하고 입조하여 태자좌찬선대부(太子左贊善大夫)에 제수되었으며 다시 장안으로 들어가 소국방(昭國坊)에 살았다. 이 자리는 한가로운 벼슬자리였으므로 그는 근처에 있는 자은사(慈恩寺)나 곡강(曲江) 등으로 소요하며 한적한 생활을 즐길 수 있었다. 한편 그의 생활이나 사상도 전같이 진취성을 띠지 않고 차츰 해탈과 초연으로 기울게 되었으며 명리(名利)를 도외시하고 중들과 어울려 좌선(坐禪)에 가담하기도 했다.

이듬해인 원화 10년에 뜻밖의 변이 발생했다. 재상 무원형(武元衡)이 오원제(吳元濟)와 이사도(李師道) 등의 반도들이 보낸 자객에 의해 살해되었다. 그럼에도 불구하고 조정의 고관대신들은 겁만 먹고 조속히 역적을 잡을 방도를 강구하지 못하고 있었다. 이에 백거이가 황제에게 상소하여 즉시 역적의 체포를 간청했다. 그러자 당시의 조정에서는 백거이가 간직(諫職)이 아닌데도 감히 상소를 했다는 죄명으로 그를 강주사마(江州司馬)로 폄척하기에 이르렀다.

표면적으로는 상소문이 이유가 되었으나, 실은 전에 백거이가 좌습유로 있을 때, 강직하게 풍간한 여러 가지 처사에 대한 불만을 품은 정적들이 트집을 잡고 그를 내쫓은 것이라 하겠다. 어떤 자는 백거이의 모친이 꽃구경을 하다가 우물에 빠져서 죽었는데도 백거이가 우물이나 꽃을 노래했으니 그의 태도는 명교(名敎)를 해치는 것이므로 의당히 조관(朝官)에서 내쫓아야 한다고 모함하기도 했다. 당시 그는 양우경(楊虞卿)과 원진(元稹)에게 보낸 글에서 소인배들의 질시에 의해서 자기가 쫓겨났음을 분명히 했다.

강주폄적(江州貶謫)은 백거이에게는 가장 심각한 타격을 안겨주었다. 이로 인해 그의 정신은 시들고 그의 심령은 흐리게 되었으며, 결국 그는 선악·시비·화복·영고(榮枯)의 분간을 의심하게 되었다. 과연 천지간에 그 무엇이 있을까 하는 의구심과 더불어 곧바로 노장(老莊)에 기울게 되었던 것이다. 당시에 지은 5수의 〈방언(放言)〉은 가장 대표작이라 하겠다.

'삶이나 죽음이나, 왔다가 가는 것이 모두가 환상이다. 환상에 사는 인간이 어찌 슬프다 즐겁다 하리요(生去死來都是幻, 幻人哀樂繫何情).'

특히 〈자회(自誨)〉에서는

'낙천! 낙천아! 크게 슬퍼하지 마라! 앞으로는 배고프면 먹고, 목마르면 마시고, 낮에는 일어나고 밤에는 자고, 터무니없이 좋아하거나 허망하게 슬퍼하지도 말고, 병들면 눕고, 죽으면 편히 쉬어라! (樂天樂天! 可不大哀! 而今以後, 汝宜餓而食, 渴而飮, 晝而興, 夜而寢. 無浪喜, 無妄憂 : 病則臥 死則休!)'

라고 하여 오직 하늘에 모든 것을 맡기고자 했다. 그의 자 낙천(樂天)이란 바로 천명을 즐기라는 뜻이다. 위대한 체념은 해탈오도에 통한다고 하겠다.

창졸간에 쫓겨난 그는 미처 집안 정리도 하지 못하고 혈혈단신 추색이 짙은 8월에 경사를 떠나 강주로 향했다. 낙엽이 가을바람에 휘날리는 길을 가던 그의 마음은 더없이 슬펐으며, 모든 풍정은 그에게 처절한 시를 많이 짓게 해주었다.

그해 겨울에 강주에 도착한 백거이는 도리어 한적을 즐길 수 있었다. 본래 사마(司馬)라는 직책은 한직이었다. 매일 등청할 필요도

없었으므로 그는 강주 일대의 명산·고적·명승지를 두루 찾아다녔
고 뜻맞는 사람들과 어울려 시(詩)·주(酒)·금(琴)의 풍류생활을
보냈다.

한편 경제적으로는 여유있는 봉록을 받음으로써 안정되었으며 이듬
해에는 처자와 동생 행간(行簡) 일가도 불러 단란할 수도 있었다.

유명한 〈비파행(琵琶行)〉을 지은 때가 바로 이듬해인 원화 11년이
었고, 그 다음해 즉 원화 13년에는 여산(盧山) 향로봉(香盧峰) 밑에
초당을 새로 짓고 안주했다.

(4) 만년(晩年)과 은일(隱逸)

원화(元和) 13년(818, 47세) 겨울에 백거이는 마침내 충주자사(忠
州刺史)로 임명되었다. 이에 그는 마치 그물에서 풀려난 새나 물고기
같이 좋아했다. 그간 4년을 강주사마라는 한직에 있으면서 〈비파행〉
에서 '강주사마청삼습(江州司馬靑衫濕)'이라 하듯 청삼(靑衫)을 입던
그는 이제부터는 붉은 도포[緋袍]를 입고 어대(魚袋)를 지닐 수 있
게 되었다. 그는 자기를 충주자사에 천거하는 데 애를 써준 재상 최
군(崔群)에게 감사하는 시를 비롯하여 많은 시를 지어 흥겨워했다.

충주(忠州)는 지금의 사천성(四川省) 충현(忠縣)이다. 험준한 산협
을 지나 이듬해, 즉 원화 14년(819) 봄에 그는 가족과 함께 편벽한
임지에 도달했다. 이곳에서 1년 남짓 자연과 수목을 사랑하며 외로움
을 달랬던 그는 마침내 원화 15년(820) 겨울에 소환되어 상서사문원
외랑(尙書司門員外郞)이 되었고 이어 12월에는 주객낭중지제고(主
客郞中知制誥)에 임명되었다.

장안에서 50세를 맞이한 백거이는 신창리(新昌里)에 새집을 장만
하고 안정할 수 있었다. 그 해에 헌종(憲宗)의 뒤를 이어 즉위한 목

종(穆宗)이 연호를 장경(長慶)이라 개원했으며, 백거이는 다시 조산대부(朝散大夫)에 끼어 정식으로 비포(緋袍)를 입을 수 있게 되었고, 한편 그의 부인 양씨(楊氏)도 홍농군(弘農君)이 되었다. 그리고 얼마 후 백거이는 다시 조산대부에서 상주국(上柱國)으로 전임되고 중서사인지제고(中書舍人知制誥)에 올랐다.

그러나 조정을 중심으로 한 관계에서는 우승유(牛僧孺)와 이덕유(李德裕)의 당쟁이 날로 심하여 몹시 어지러웠다. 이에 백거이는 여러 차례 상소문을 올렸으나 잘 받아들여지지 않았고 결국 그는 자청하여 장경 2년(822)에 항주자사(杭州刺史)가 되어 10월에는 항주에 도달했다. 항주는 풍광명미한 곳이었다. 백거이는 자사로서도 청렴결백했으며 아울러 많은 치적을 올렸으나, 문인시객으로서도 높은 격위에 올랐고 그의 풍류생활도 원숙한 경지에 도달했었다. 그러나 점차로 노쇠하고 신병에 시달리기 시작한 그의 시는 자연 감상적(感傷的)인 것이 많게 되었다.

장경 4년(824, 53세)에 그는 좌서자(左庶子)로 임명되어 낙양(洛陽)으로 돌아왔으며 이때에 《백씨장경집(白氏長慶集)》을 추렸다. 그리고 다시 이듬해인 경종(敬宗) 보력(寶歷) 원년(825)에는 소주자사(蘇州刺史)가 되어 그곳으로 갔다. 소주는 물산이 풍부하고 번화한 곳이었다. 약 1년도 못 되는 기간이었으나 백거이는 그곳에서 제법 낭만적인 생활을 즐겼음을 당시의 시로 알 수가 있다. 산과 절, 호수를 찾아 놀면서 여러 사람들과 어울려 시와 술과 가무(歌舞)를 즐겼다.

보력 2년에 경종이 죽고 문종(文宗)이 자리에 올라 태화(太和)로 개원하자, 백거이는 비서감(秘書監)으로 불리어 다시 장안에 갔고, 이듬해에는 형부시랑(刑部侍郎)이 되었다. 높은 자리와 풍족한 생활에 부러울 것 없이 안정된 듯싶었다. 그러나 이미 노쇠했고 또 신병에 시달리게 된 그는 이듬해인 태화 3년(829, 58세)에는 관직을 사하고 낙양으로 돌아와 태자빈객(太子賓客)으로서 동도(東都)를 분사(分司)하게 되었다. 다음해에는 하남윤(河南尹)이 되었고, 61세에는 향산거사(香山居士)라 호를 지었으며, 62세에는 하남윤을 사임하고 다시 태자빈객이 되었다.

그후 68세(開成 4년, 839)에는 중풍으로 가기(家妓)들을 내보내고 스스로《취음선생전(醉吟先生傳)》을 지었다. 그러는 동안에도 그는 줄곧 불교와 도교에 기울어 좌선과 재계(齋戒)에 힘을 썼으며 한편 많은 문인들과 청유(淸遊)와 수창(酬唱)을 계속하였음은 두말할 필요도 없다.

74세에 그는《백씨문집(白氏文集)》15권을 추렸고, 이듬해인 무종(武宗) 회창(會昌) 6년 8월, 75세로 불귀의 객이 되어 상서우복야(尙書右僕射)를 추증받았으며, 그해 11월에 용문(龍門)에 매장되었다.

3. 백낙천의 사상

(1) 서인(序引)

백거이의 사상을 종합해서 볼 때 크게는 유교(儒敎)를 바탕으로 하고 있으나 한편 만만치 않게 도교(道敎)와 불교(佛敎)의 영향을 받고 있음을 알 수가 있다. 이러한 삼교(三敎)의 공존은 비단 백거이의 경우만이 아니라 일반적으로 당(唐)대의 지식인, 특히 문인에게서는 흔히 찾아볼 수 있는 특성이기도 하다.

대체로 백거이의 사상을 논할 때 그가 44세에 강주사마(江州司馬)

로 폄적(貶謫)되었던 시기를 놓고 전과 후로 양분한다. 즉 초반기에는 유가사상이 짙고 특히 겸제(兼濟)에 적극성을 띠었으나 후반기에는 도(道)·불(佛)에 기울어 은퇴와 독선(獨善)을 높였다고 본다.

그러나 초기에도 도가적 취향이 전무(全無)하지 않았고 한편 후반기에도 유가적 인애(仁愛)와 겸제를 말끔히 잊은 것이 아님은 두말할 필요가 없다. 따라서 우리는 역시 백거이는 평생을 두고 유가적 인애와 겸제 사상을 발양하고자 했던 휴머니스트[仁者]였다고 말할 수가 있을 것이다. 또한 이러한 점에서 백거이도 다른 전통적 독서인과 같이 '수기치인(修己治人)'을 지향했던 유학도(儒學徒)라고 하겠다.

단 백거이의 경우는 때에 따라서는 유교 이외로 도교·불교의 장점이 잘 나타났으며, 한편 백거이 자신은 이 삼교를 한 몸에 잘 조화시키고 있었다고 평할 수가 있을 것이다. 즉 유교의 충(忠 : 天道)과 서(恕 : 人道)를 '일이관지(一以貫之)'하는 궁리진성(窮理盡性)과 추기급물(推己及物)의 인의(仁義)사상과 아울러 무위자연(無爲自然)·허무염정(虛無恬靜)·지족안분(知足安分)·명철보신(明哲保身)하는 도가와 겸해서 전미개오(轉迷開悟)·성불탈속(成佛脫俗)하겠다는 불교의 특성을 잘 조화시키고 또 활용했다고 하겠다.

그러나 그의 가장 핵심적인 유가의 인애와 겸제 사상이 높이 발현(發顯)되지 못한 것은 역시 그가 시(時)를 얻지 못했던 탓이라 아니할 수가 없다. 다음에서 그의 사상을 유·도·불로 나누어 논하고 결론적으로 그의 생활태도를 살피겠다.

⑵ 유가사상(儒家思想)

백거이는 선조 대대로 학문 높은 선비의 가문, 즉 서향문제(書香門第)에서 태어났으며 따라서 전통적인 유가의 훈도를 받았다. 따라서 그는 자술했다.

'나는 본래 유학에 젖은 집의 자손이다(僕本儒家子).' 〈군중춘연
인증제객(郡中春宴因贈諸客)〉

'지금은 진나라 땅 함양의 나그네이지만 전에는 추나라의 맹자, 노
나라의 공자를 따른 유학자였노라(自念咸秦客, 嘗爲鄒魯儒).' 〈동
남행일백운기통주원구등(東南行一百韻寄通州元九等)〉

'높이 주공과 공자의 가르침을 좇노라(上遵周孔訓)' 〈우물감흥인
시자제(遇物感興因示子弟)〉.

유가사상의 핵심은 인애(仁愛)이다. 태어날 때부터 인애로운 성품
을 지닌 백거이는 더욱 인심(仁心)을 모든 사람을 비롯하여 자연 만
물에까지 확대하여 발휘했다. 우선 그는 가난하고 짓밟히고 억눌린
서민들에게 끝없는 동정과 연민의 정을 쏟았고 아울러 그들을 구제하
고자 염원했다.

새로 솜옷을 만들어 입고 따뜻하게 겨울을 지낼 수 있게 되자 그
는 남들도 자기와 같이 포근한 솜옷을 갖기를 바라면서 이렇게 읊
었다.

'(두툼한 솜옷을 입으니) 엄동추위도 모르겠고 봄날같이 지체가 포
근하다. 깊은 밤에 문득 느끼는 바 있어 솜옷을 쓸며 서성대노라.
대장부는 겸제를 귀중하게 여겨야 하거늘, 어찌 내 한 몸 좋다고
만족하겠는가? 어찌하면 만리 넓이의 큰 솜옷을 만들어 온 사방의
백성들에게도 나같이 포근히 감싸주고 천하에 떠는 사람 없게 하리
요!(誰知嚴冬月, 支體暖如春 : 中夕忽有念, 撫裘起逡巡 : 丈夫貴
兼濟, 豈獨善一身. 安得萬里裘, 蓋裹周四垠 : 隱暖皆如我, 天下無
寒人).' 〈신제포구시(新製布裘詩)〉

두보(杜甫)의 시 〈모옥위추풍소파가(茅屋爲秋風所破歌)〉를 연상
케 하는 이 시에서 그는 '사내 대장부는 겸제를 귀중하게 여긴다(丈夫

貴兼濟)'고 했다.

《맹자(孟子)》에서 대장부(大丈夫)의 바른 뜻을 찾아보면 다음과 같은 구절이 있다.

'천하의 넓은 집에 몸을 담고, 천하의 바른 위치에 서고, 천하의 대도를 행하며, 뜻을 얻으면 만민과 함께하고, 뜻을 얻지 못하면 혼자만이라도 바른 길을 걷는다. 부귀에도 빠지지 않고 빈천에도 넘어가지 않고, 위세나 무력에도 굽히지 않으니, 그를 바로 대장부라 한다(居天下之廣居, 立天下之正位, 行天下之大道, 得志與民由之 : 不得志獨行其道, 富貴不能淫, 貧賤不能移, 威武不能屈, 此之謂大丈夫).' 〈등문공 하(滕文公 下)〉

'천하의 넓은 집(天下之廣居)'은 인(仁)이며, '천하의 바른 위치(天下之正位)'는 예(禮)이고, '천하의 대도(天下之大道)'는 의(義)라고 주자(朱子)가 풀었다. 즉 대장부는 예(禮)와 인(仁)·의(義)를 지키는 사람이다. 위세나 무력에도 굴하지 않고 부귀에도 팔리지 않고 빈천에도 넘어가지 않는 의연한 인간이다.

또한 대장부는 뜻을 얻으면 백성과 함께 뻗고, 뜻을 못 얻으면 혼자만이라도 선도(善道)를 지킨다. 맹자는 다음과 같이도 말했다.

'옛사람은 뜻을 얻어 도를 펼 수 있으면 백성에게 은택을 더해 주고, 그렇지 못하면 자신을 수양하여 세상에 이름을 낸다. 즉 궁하고 막히면 자신을 착하고 바르게 간직하고, 트이고 달하면 온 천하 만민을 함께 착하고 바르게 해준다(古之人, 得志澤加於民 : 不得志, 修身見於世. 窮則獨善其身, 達則兼善天下).' 〈진심 상(盡心 上)〉

이러한 맹자의 '겸제독선(兼濟獨善)' 혹은 '궁독달겸(窮獨達兼)'의 주장을 백거이는 전적으로 동감, 이를 철저하게 지켰다. 그는 〈원구에게 보내는 글(與元九書)〉에서 말했다.

'옛사람이 이르기를, 궁하면 독선기신하고 달하면 겸제천하하라고 했습니다. 저는 비록 불초이지만 늘 이 말을 스승같이 높이고자 합니다. 대장부는 도를 지키고 또 때를 기다려야 합니다(古人云 : 窮則獨善其身, 達則兼濟天下. 僕雖不肖, 常師此語. 大丈夫所守者道, 所待者時).'

백거이는 또한

'백성을 귀중히 여기어, 사직은 그 다음이고 임금은 또 그 다음으로 대단치 않다(民爲貴, 社稷次之, 君爲輕).' 〈진심 하(盡心 下)〉

고 한 맹자의 사상에 동조하여 항상 백성들 편에 섰었다. 특히 정치악과 가렴주구에 시달리는 평민들을 연민하는 많은 시를 썼다. 다음에서 몇 개의 구절들을 추려 보겠다.

'또 가난에 쪼들린 아낙네가, 아이를 안고 옆에 있다. 오른손으로는 떨어진 보리를 줍고, 왼손에는 낡은 광주리를 걸었노라. 그녀의 말을 들으니 너무나 비상(悲傷)하구나! 집안의 곡물을 세금으로 털리었으므로 이렇게 떨어진 이삭을 주워 굶주린 창자를 채운다고야!(復有貧婦人, 抱子在其旁 : 右手秉遺穗, 左臂懸弊筐 : 聽其相顧言, 聞者爲悲傷 : 家田輸稅盡, 拾此充飢腸)' 〈관예맥(觀刈麥)〉

'벼슬아치들이 밤에 문을 두드리며 큰 소리로 곡물세를 바치라고 독촉한다. 사람들은 날 밝기를 기다릴 사이도 없이, 즉시 불을 켜고 곡물세를 바친다. 구슬 같은 알곡을 키로 까불어 수레에 30곡을 실어 바쳤네! 그래도 납세량이 차지 못할까 걱정하며 머슴아이들을 매질하며 꾸짖네(有吏夜扣門, 高聲催納粟 : 家人不待曉, 場上張灯燭 : 揚簸靜如珠, 一車三十斛 : 猶憂納不中, 鞭責及僮僕).'" 〈납속(納粟)〉

'본래는 법으로 정한 세금 외에 하나만 더 거두어도 법을 어겼다고 논죄했거늘, 어찌하랴 세월이 오래 지나고 탐관오리들이 고식하여 나로부터 재물을 훔쳐 빼앗아 위에 바치어 총애를 받고자 겨울·봄

없이 가렴주구하노라(稅外加一物, 皆以枉法論 : 奈何歲月久, 貪吏
得因循 : 浚我以求寵, 斂索無冬春).'

'미처 비단을 한 필도 못 짰으며, 소사(繅絲)가 한 근도 안되었거늘
이서(里胥)는 바치라 성화를 떨며 잠시도 여유를 주지 않네! 세모
의 날 저물어 천지도 닫혀진 듯, 폐허같은 마을에 찬바람만 불고,
밤 깊은데 불연기도 끊기고 흰 눈발이 분분히 날리노라! 어린것은
몸 가릴 옷이 없고 늙은이 추위에 떨고 있어라(織絹未成疋, 繅絲
未盈斤 : 里胥迫我納, 不許暫逡巡 : 歲暮天地閉, 陰風生破村 : 夜
深煙火盡, 霰雪白紛紛 : 幼者形不蔽, 老者體無溫).'

'나머지 세금 바치러 가서, 관청 창고를 엿보니 비단이 산같이 쌓였
고 실이 구름덩이같이 쌓였더라(時日輸殘稅, 因窮官庫門, 繒帛如
山積, 絲絮似雲屯).'

'선여물(羨餘物)이라 이름지어 지존한 임금에게 바치어, 나로부터
빼앗아 자기네 은총을 사네(號爲羨餘物, 隨月獻至尊 : 奪我身上煖,
買爾眼前恩).'

'경림고에 쌓아둔댔자, 오래 가면 먼지로 화할 것을(進入瓊林庫, 歲
久化爲塵).' 〈중부(重賦)〉

결국 먼지로 화할 것을 왜 극성을 부리며 백성들로부터 수탈해 가
느냐고 항변하고 있다. 〈지황을 캐는 사람(采地黃者)〉이라는 시에서
그는, 천재(天災)로 농사를 망쳐 굶주린 농민들이 밭에서 지황을 캐
가지고 귀족들에게 팔아 입에 풀칠을 하고자 하나, 한편 귀족들은 그
지황을 자기네가 타는 말에게 먹이고 있다고, 날카롭게 가진 자와 못
가진 자 사이의 모순을 고발했다.

'봄에는 비가 안 와서 보리가 죽었고, 가을에는 이른 서리가 내려 농
사를 망쳤으며, 한 해가 저물어도 먹을 것이 없으므로 밭에서 지황
을 캐다가 양식과 바꾸려 한다(麥死春不雨, 禾損秋早霜 : 歲晏無

口食, 田中采地黄 : 采之將何用, 持以易糇糧).'

'붉은 대문에 사는 희멀건 귀족들의 자제에게 팔면, 그들은 말에게 먹여 윤기를 돋우고자 한다(攜來朱門家, 賣與白面郞 : 與君啖肥馬, 可使照地光).'

'말이 먹다 남은 찌꺼기라도 얻어 굶주린 창자를 채우고 싶어라(願易馬殘粟, 救此苦飢腸).' 〈채지황자(采地黃者)〉

〈매탄옹(賣炭翁)〉이란 시에서는 엄동설한에도 홑옷을 입고 떨면서 숯을 팔겠다는 늙은이에게 새파랗게 젊은 벼슬아치가 나타나 천여 근의 숯을 비단 조각을 댓가로 주고 몰수해가는 비정(非情)을 그렸다.

백거이의 냉혹한 비판과 예리한 현실고발은 물론 비평이나 고발 자체를 위한 것이 아니었다. 오직 충군애민(忠君愛民)하겠다는 충정에서 우러나온 것이었다. 그는 자기의 작시(作詩) 목적을 밝힌 바 있다.

'시의 음률의 고상함을 찾거나 또는 문자 표현의 기묘함에 애를 쓰지 않았다. 오직 오늘의 모든 사람들의 괴로움을 노래로 불러, 천자로 하여금 알게 하기를 바라노라!(非求宮律高, 不務文字寄. 惟歌生民病, 願得天子知).' 〈기당생(寄唐生)〉

백거이는 35세 때에 원진(元稹)과 함께 화양관(華陽觀)에서 과거를 위한 준비를 했으며, 그때에 이미 〈책림 75도(策林七十五道)〉를 지어 다각적으로 인정덕치(仁政德治)를 논했다. 또한 40세 전후에 대량으로 지은 풍유시(諷諭詩)들도 결국은 백성을 구제하고 왕덕을 밝히자는 충군애민(忠君愛民)에서 나온 것이다. 특히 37세에 그가 좌습유(左拾遺)에 올라 임금에게 말할 수 있게 되자 참다운 대장부의 기개로 시정을 풍간(諷諫)했다. 그러나 현실정치는 언제나 냉혹하고 부조리하게 마련이었다. 그는 결국 정상배들에게 몰리고 쫓기어 결국은 44세에 강주(江州)로 폄적되었던 것이다.

물론 궁중에는 백거이의 충정(忠貞)을 알아주는 사람도 있었다. 특히 이강(李絳)은 여러 차례 제왕 앞에서 그를 두둔하고 변호하였다. 《자치통감(資治通鑑)》에 이렇게 나타나 있다.

'백거이가 시사를 논하고 임금의 처사를 그르다 아뢰었다. 이에 임금이 심각한 표정으로 승지 이강을 불러 말했다. "백거이는 불손하다. 쫓아내라!" 이에 이강이 아뢰었다. "폐하께서 직언을 용납하시므로 여러 신하들이 충성을 다하고 숨김없이 아뢰어 올리는 것입니다. 백거이가 비록 생각이 모자라는 말을 했다 해도 그것은 어디까지나 충성을 바치자는 뜻에서입니다. 따라서 이제 폐하께서 그를 벌주시면 모든 사람들이 입을 다물고 말 것이오니 이는 총명을 넓히고 성덕을 밝히시는 도리가 아닐 것입니다." 이에 임금이 기꺼이 받아들이고 백거이를 전같이 대우했다.' 〈통감(通鑑) 238권〉

《구당서(舊唐書)》 본전(本傳)에도 이런 말이 전한다. 백거이가 얼마나 충정(忠貞)한 선비였는가를 잘 알 수가 있다. 자신도 시에서 자기의 정고강직(貞苦剛直)을 읊었다.

'나는 역시 정절로서 고생만 하는 선비니라. 따라서 그대와 비로소 결혼을 하니라(我亦貞苦士, 與君新結婚).' 〈증내(贈內)〉

'탁한 샘물은 마시지 않으며, 굽은 나무 그늘에는 쉬지 않노라! 조금이라도 의에 어긋난다면 황금 천 량이라도 분토같이 버리겠노라(不飮濁泉水, 不息曲木陰 : 所逢苟非義, 糞土千黃金).' 〈구중유일사(丘中有一士)〉

오직 인자(仁者)라야 참으로 선을 좋아하고 악을 미워할 수가 있다. 《논어(論語)》에 '오직 인자(仁者)라야 능히 선한 사람을 사랑할 줄 알고 반면에 악한 자를 미워할 수도 있다(唯仁者, 能好人, 能惡人)'라고 했다. 백거이는 고결한 성품과 행동으로써 인도(仁道)를 의연하게 지켰다. 후반기의 은퇴도 말하자면 인도를 지키기 위한 것이

지 패배(敗北)나 퇴폐적인 도피는 아니었다.

인자(仁者)의 높은 경지는 사람만을 사랑하는 것이 아니고 자연만물에게까지 사랑을 베푼다. 즉 추기급물(推己及物)이다. 백거이도 그의 연민의 정을 넓게 뻗었다. 그의 시를 보면 그가 우리에 갇힌 닭을 사서 자기집 동산에 해방시켜 주었다던가, 또는 두 마리의 물고기를 사서 연못에 풀어 주었으나 그래도 안되어서 남호(南湖)에 풀어 주었다는 이야기가 있다.

'제자리 얻지 못한 것이 불쌍하여 다시 남호로 옮겨 주었다. 남호는 서강에 이어졌으니 주저말고 어서 가거라! 나는 은혜를 베풀고 보답을 바라는 그런 인간이 아니다(憐其不得所, 移放於南湖 : 南湖連西江, 好去勿踟躕 : 施恩郎望報, 吾非斯人徒).' 〈방어(放魚)〉

충정(忠貞)의 절개를 지킨 백거이는 특히 송(松)·죽(竹)을 애호했다. 따라서 그는 송죽에 대한 많은 시를 지었다. 〈재송(栽松)〉이란 시에서 그는

'그대가 늦도록 절개 지킴을 사랑하고, 또한 그대가 곧고 우아한 성품을 지녔음에 공감하노라(愛君抱晚節, 憐君含直文).'

고 읊었다. 이때의 그대는 소나무이자 바로 백거이 자신이기도 했다. 또 〈정송(庭松)〉에서는

'이 소나무들이 바로 유익한 벗이거늘 다시 현명한 인사들과 사귈 필요가 있겠는가(卽此是益友, 豈必交賢才).'

라고 하여 익우(益友)로도 보았다. 또 〈송죽과 어울리다(翫松竹)〉라는 시에서는

'나도 나의 오두막집을 좋아한다. 그 속에서 나의 길을 즐기노라! 앞에는 소나무 뒤에는 대나무가 있으니, 누워서 노경을 지내리라! 저마다 분수를 지키고 다른 욕심이 없노라(吾亦愛吾廬, 廬中樂吾道 : 前松後修竹, 偃臥可終老 : 各附其所安, 不知他物好).'

고 안분지족(安分知足)과 유유자적(悠悠自適)을 송·죽과 함께하고
있음을 기쁘게 읊었다.

부귀에 아첨하지 않고 권세에 굽히지 않던 백거이는 마침내 쫓겨나
고 말았다. 그래서인지 그는 자기를 강직(剛直)하기만 하다가 꺾여진
칼에 비유하기도 했다. 〈부러진 칼 끝(折劍頭)〉이란 시에서 그는 이
렇게 읊었다.

'부러진 칼 끝을 주웠노라. 칼의 연유는 모르겠으나(拾得折劍頭, 不
知折之由)'

'아마도 큰 고래를 잘랐거나, 혹은 교룡을 찔렀겠지(疑是斬鯨鯢, 不
然刺蛟虬)'

'지금은 부러져 흙속에 버려져 아무도 거두지 않는다(缺落泥土中,
委棄無人收).'

'나도 독특한 성품을 지녔노라! 강직한 것을 좋아하고 허물함을 싫
어하노라! 고지식하여 꺾이고 부러진 이 칼을 멸시하지 말아라! 굽
히고 아첨하여 온전한 갈고리보다 뛰어났노라(我有鄙介性, 好剛不
好柔 : 勿輕直折劍, 猶勝曲全鉤).'

백거이는 〈자제사진시(自題寫眞詩)〉에서

'강직하고 의연하여 때문은 속세와 어울리기 어렵다(況多剛猖性,
難與世同塵).'

고도 했다. 강직(剛直)은 충신(忠臣)의 특색이기도 하며, 충(忠)은 바
로 효(孝)에서 나온다. 본시 인자(仁慈)한 바탕이 있으면 집에서는 효
도하고 나라에서는 충성을 바치게 마련이다. 《논어(論語)》에도 있다.

'효와 제(悌)는 바로 인을 이룩하는 바탕이니라(孝悌也者, 爲仁之
本與).'

백거이의 효심(孝心)은 특히 그의 시 〈자오야제(慈烏夜啼)〉와 〈연
시시유수(燕詩示劉叟)〉에서 잘 볼 수 있다. 또 〈촉로석부(蜀路石婦)〉

에서는 효부열녀(孝婦烈女)를 읊었다.

백거이의 유가사상에 붙여 그의 유가적 정치의식을 살펴보겠다.

그는 억눌린 사람들의 고통을 덜어주기 위하여 많은 시를 썼다. 앞에서 든 것 이외로도 신악부(新樂府)로 〈전융인(縛戎人)〉에서는 당(唐)대판 《25시》라 할 수 있는 전쟁포로의 어처구니없는 비극을 그렸고, 또 〈두릉수(杜陵叟)〉에서는 고생하는 농민을 동정했으며, 〈요릉(繚陵)〉에서는 여공(女工)을 연민했다. 기타 〈홍선담(紅線毯)〉 〈진길료(秦吉了)〉 〈상양백발인(上陽白髮人)〉 등 모두가 유린되고 학대받는 무고한 사람들을 위해 쓰여진 시들이며 백거이는 그들의 피와 눈물로 얼룩진 생생한 비참상을 리얼하게 그려 호소함으로써 위정자들에게 각성과 구제를 바랐던 것이었다.

백거이의 정치적 주장은 〈책림(策林) 75도(道)〉에 잘 나타나 있다. 우선 그는 인정(仁政)은 바로 애민(愛民)이며, 민의(民意)를 잘 알고 받들어야 한다고 주장했다. 따라서 임금은 백성들의 뜻을 잘 알기 위해 간쟁(諫諍)하고 풍의(諷議)하는 관을 높여야 한다고 했다.

〈책림 70〉에서는 대략 다음과 같이 말했다.

'천자 한 사람의 귀와 눈과 마음만으로 듣고 보고 생각해서는 총(聰)·명(明)·성(聖)할 수가 없다. 천하 모든 사람의 귀와 눈과 마음을 합해서 듣고 보고 생각해야 총·명·성할 수가 있다. 따라서 옛날의 성왕(聖王)은 간쟁풍의지관(諫諍諷議之官)을 세워 임금을 도와 권선하고 충성으로 계도하는 길[獻替啓沃之道]을 터서 유루없이 살피고 임금의 총명을 돕게 했다. 그래도 충분치 못할까 걱정하고 간고(諫鼓)와 진선(進善)하는 기정(旗旌)과 비방하는 나무를 세웠다.'

백거이는 또한 옛날같이 채시관(採詩官)의 설립을 주장했다. 〈책림 69〉에서 민간의 시를 통해 민풍(民風)을 살피고, 민의(民意)의 소재

를 알고 아울러 왕정(王政)의 득실을 알기 위하여 채시관을 세우라고
했다. 시를 통해서 백성들의 뜻과 기풍을 살피는 제도는 주(周)나라
때에 있었던 제도다. 시의 함축성있는 표현으로 정치를 비판하거나
풍자해도 '말한 자는 죄를 짓지 않고 듣는 자는 삼가게 된다(言之者
無罪, 聞之者足以戒)'고 했다. 상하가 시를 활용하여 서로 통하고 서
로 훈계했던 것이다.

백거이는 이러한 정치적 기풍을 다시 세우자고 했다. 사실은 그 자
신이 시를 지은 뜻도 바로 정치를 바로잡자는 데 있었던 것이다.《시
경(詩經)》서문에도 있다.

'잘 다스려진 나라의 음악은 안락하게 들린다. 그것은 정치가 중화
를 이루었기 때문이다. 반대로 난세의 음악은 애처롭고 서글프다.
그것은 백성들이 곤궁에 빠져 있기 때문이다(治世之音, 安以樂, 其
政和. 亂世之音, 怨以怒, 其政乖. 亡國之音, 哀以思, 其民困).'

이러한 생각이 중국의 시교(詩敎)·시관(詩觀)의 전통이다. 또《한
서(漢書)》〈예문지(藝文志)〉에 있다.

'옛날에는 시를 수집하는 관리가 있었으며, 왕은 시로써 풍속을 살
피고 득실을 알고 스스로 바르게 하는 데 이바지했다(古有采詩之
官, 王者所以觀風俗, 知得失, 自考正也).'

옛날에는 시와 음악은 불가분의 밀접한 관계에 있었다. 따라서 시
를 살피거나 음악을 가리거나 같은 경지에서 민풍을 알 수가 있었다.

백거이의 정치적 주장도 그가 강주로 폄적됨으로써 아무런 열매도
맺지 못했다.

(3) 도가(道家)와 도교(道敎)

천하를 겸제(兼濟)하겠다던 전반기에는 유가사상이 크게 머리를

들고 나타났으나, 44세에 강주로 유적(流謫)된 후부터는 '자기 한 몸
이라도 잘 지키자(獨善其身)'는 생각에서 주로 도가와 불교에 기울어
자기의 성행(性行)을 수양하며 '낙천지명(樂天知命)'하는 경지에서
안주(安住)하고자 했다.

당(唐)대에는 유(儒)・불(佛)・도(道)의 3교가 정립(鼎立)했고, 자
유롭게 믿었다. 그러나 본시 백거이는 초반기에는 유교에 독실했고
오히려 불교를 배척한 때도 있었으며, 한편 도교에 대해서도 깊이 들
어가기를 꺼렸다. 그러나 후반기에는 불선(佛禪)을 독신했고, 또한 도
교에 대해서도 깊이 빠졌는데 자신이 벽곡(辟穀)・연단(煉丹)까지 했
던 것이다.

도교는 당대(唐代)에 크게 성했다. 노자・장자의 사상, 즉 도가(道
家)의 사상을 바탕으로 하고 신선불로(神仙不老)의 도술(道術)을 가
미한 것이 도교이다. 이러한 도교에서 백거이는 무엇을 찾았을까? 우
선 노(老)・장(莊)이 주장하는 바 '삶과 죽음을 하나로 보고[生死
一]', 또 '나와 만물을 같이 봄[萬物齊]'으로써 현실세계의 명리와 권
모술수에 엉킨 추악에서 해탈하여 허무염정(虛無恬靜) 속에서 보신
양생(保身養生)할 수가 있었다. 한 마디로 시간과 공간의 제약을 받
는 현상세계와 간악한 인간들의 속세를 해탈하여 참다운 자유를 누리
며 유유자적(悠悠自適)할 수가 있었다. 백거이는 이러한 경지를 일찍
초반기에도 동경하고 있었다. 29세에 지은 〈제증정광상인(題贈定光
上人)〉에서 그는 읊었다.

'만약 내가 터득하는 바 있다면 깊이 마음으로써 몸을 밝히리! 잘
못하여 듣고 보는 현상세계에 빠져들어 걱정하거나 기뻐하면서 나
의 몸과 정신을 다치고 있노라! 어떻게 하면 듣고 보는 현상세계
를 버리고 아득한 참된 하늘나라에 돌아갈 수가 있을까?(我來如
有悟, 潛以心照身 : 誤樂聞見中, 憂喜傷形神 : 安得遺耳目, 冥然

反天眞).'

그러나 그가 깊은 관심을 노·장에 쏟은 것은 역시 후반기부터였다. 강주로 쫓겨난 후에 지은 시 〈조춘(早春)〉에서 읊었다.

'장자나 노자의 책을 펴지 않고 누구와 말하려 하나(不開莊老卷, 欲與何人言).'

또 〈독장자(讀莊子)〉에서 읊었다.

'서울과 집을 하직하고 타향에 폄적되어도 스스로 이상하게 느껴질 만큼 가슴속이 아프거나 우울하지 않다. 그것은 장자로부터 돌아갈 곳을 배웠고 따라서 어디나 다 본고향임을 깨달았기 때문이니라(去國辭家謫異方, 中心自怪少憂傷. 爲尋莊子知歸處, 認得無何是本鄉).'

또 〈독도덕경(讀道德經)〉에서 읊었다.

'현원황제인 노자가 도덕경을 써서 남겼으므로 검은 두건을 쓴 은자들이 고맙게 덕을 입는다. 금이나 옥이 집 가득히 있어도 내 것이라 할 수 없고, 자손들도 결국은 껍질 벗은 허물이며 남이라 하겠노라. 세상도 나와는 관계가 없고, 천하에 나와 친한 사람 하나도 없노라(玄元皇帝著遺文, 烏角先生仰後塵. 金玉滿堂非己物, 子孫委蛻是他人. 世間盡不關吾事, 天下無親於我身).'

노자나 장자를 통해 현실 속세를 해탈할 수 있었고 또 미련을 벗어날 수 있었다. 그리고 한층 더 나아가서는 유연하게 소요(逍遙)할 수가 있었다. 〈영의(詠意)〉에서 그는 다음과 같이 읊었다.

'언제나 장자가 지은 《남화경》을 읽고, 재주있는 자는 고생하고 지혜있는 자는 근심·걱정 많음을 알았노라. 차라리 무능한 꼴로 먹고 빈둥빈둥 노는 게 좋겠다. 나도 평소에 그 길을 그리워했거늘 이제 가까이 갈 수 있으며, 특히 심양군으로 폄적되어 1년이나 지나는 동안 흑백도 따지지 않고 오직 때와 더불어 부침하고 있노라

(常聞南華經, 巧勞智憂愁 : 不如無能者, 飽食但遨遊 : 平生愛慕
道, 今日近此流 : 自來潯陽郡, 四序忽已周 : 不分物黑白, 但與時
沈浮).'

'몸이나 마음에 걸리는 것이 하나도 없고, 호호탕탕 빈 배와 같아라.
부귀를 누려도 괴로움이 따를 것이니, 그것은 바로 마음의 걱정이
라 하겠고, 빈천해도 즐거움이 있으려니, 그것은 바로 몸의 자유로
움이라 하겠네(身心一無繫, 浩浩如虛舟 : 富貴亦有苦, 苦在心危
憂 : 貧賤亦有樂, 樂在身自由).'

또 〈소요영(逍遙詠)〉에서는 다음과 같이 읊었다.

'이 몸을 그리워도 말고 또한 싫어하지도 말아라! 이 몸은 만겁 번
뇌의 뿌리이거늘 어찌 그리워하랴! 또 이 몸은 허공 같은 먼지가
뭉친 것이니 어찌 싫어하랴! 그리움도 없고 싫어함도 없어야 비로
소 소요하는 사람이라 하리라(亦莫戀此身, 亦莫厭此身 : 此身何足
戀, 萬劫煩惱根 : 此身何足厭, 一聚虛空塵 : 無戀亦無厭, 始是逍
遙人).'

또 〈한제기왕옥장도사(閑題寄王屋張道士)〉에서 읊었다.

'황홀하게 취향에 놀며 아득한 현묘의 경지에 이르렀네! 《도덕경》
5천 언을 읽고 터득하니 12년 동안이나 한가롭구나! 부귀를 바라
지도 탐내지도 않으며, 오직 천단의 장도사와 이따금 내왕을 하네
(恍惚遊醉鄕, 希夷造玄關 : 五千言下悟, 十二年來閑 : 富者我不
顧, 貴者我不攀 : 唯有天壇子, 時來一往還).'

진세(塵世)를 해탈하고 부귀를 탐내지 않고 유연(悠然)하려는 경
지는 노장(老莊)과 아울러 불교에도 있다. 따라서 백거이는 노장과
함께 불교를 끌어들였다. 〈신창……40운……기원낭중장박사(新昌…四
十韻…寄元郞中張博士)〉에서

'드디어 작록도 버리고 또한 누린내나는 것도 끊고자 한다. 장자를

높이고 천축을 받드네(終須拋爵祿, 漸擬斷腥羶 : 大底宗莊叟, 私
心事竺乾).'

'불경 12부와 노자의 글 5천 자! 시비를 꿈에 맡기니, 말을 하든
침묵을 하든 선(禪)에 지장이 없구나(梵部經十二, 玄書字五千 : 是
非都付夢, 語默不妨禪).'

라고 하였다. 또 〈증표직(贈杓直)〉에 있다.

'일찍이 몸을 해탈하고 소요편의 경지로 쏠렸으나, 근래에는 마음을
남종의 선(禪)으로 향했노라(早年以身代, 直赴逍遙篇 : 近歲將心
地, 廻向南宗禪).'

불교사상에 대해서는 후에 다시 풀기로 하고 여기서는 도가와 불
교가 함께하여 그의 해탈을 도와주고 있음을 밝히겠다. 그러나 백거
이는 노자나 장자를 맹신하지 않고 자기 나름대로 맞는 점만을 따서
활용했다고도 하겠다. 그는 〈독노자(讀老子)〉에서 다음과 같이 비꼬
았다.

'말하는 자는 알지 못하고 아는 자는 침묵한다고 나는 노자로부터
배웠다. 만약 노자가 참으로 아는 자라면 왜 5천 자의 《도덕경》을
저술했을까(言者不知知者默, 此語吾聞於老君 : 若道老君是知者,
緣何自著五千文).'

또 〈독장자(讀莊子)〉에서도 다음과 같이 장자의 생각을 반박하기
도 했다.

'장자는 만물이 다 같고 다 하나로 돌아간다고 했으나 내 생각에는
같은 중에서도 같지 않음이 있다고 본다. 모든 것이 한결같이 본성
을 따라 소요하는 것은 사실이지만, 그러나 난새나 봉황새는 어디
까지나 뱀이나 벌레보다는 뛰어났노라(莊生齊物同歸一, 我道同中
有不同 : 遂生逍遙雖一致, 鸞凰終校勝蛇蟲).'

이것은 백거이의 나이 63세에 지은 시다. 결국 백거이는 노·장의

사상에서 딸 만한 것을 따서 자기의 '독선기신(獨善其身)'하는 데 활용했을 뿐, 전부를 무조건 받아들인 것이 아님을 알 수가 있다.

도교(道敎)는 노(老)·장(莊)의 도가(道家) 사상을 바탕으로 한 것이다. 도가 사상은 본래 인위적(人爲的) 간교나 지나친 욕심을 버리고 무위자연(無爲自然)의 도(道)에 돌아가서 영원하고 참다운 삶을 살기를 바란다. 물론 이때의 진생(眞生)은 현상계에서 말하는 생(生)만을 가리키지 않고 생(生)과 사(死)를 초월한 것이며 죽음도 그대로 있는 것인 이상 역시 삶이나 같다고 본다.

사람들은 생과 사를 대립적으로 보므로 생의 반대인 사를 무로 보고 피하려고 몸부림친다. 그러나 순간적인 생에 비하면 끝없는 사(死)가 오히려 더 영원한 실재일지도 모른다. 결국 작은 삶인 생에만 매달리지 말고 큰 삶인 죽음도 아울러 가지라고 한다.

이러한 도가사상을 바탕으로 하면서도 인간적인 힘으로(어떤 의미에서는 욕심으로) 영원히 늙지 않고 죽지 않는 자연과 일치한 신선이 되어 보겠다고 작위(作爲)를 하는 것이 도교라 하겠다. 도가에서 말하는 간교한 작위를 부정하면서 자연에서 불로장생하고 우화등천할 수 있는 도술이나 연단(煉丹)을 터득하고 만들어 가지고 때문은 속세에서 벗어나고 동시에 시간과 공간의 제약을 안받는 신선이 되고자 했던 것이다.

이러한 도교의 신선(神仙) 사상은 육조(六朝)의 죽림칠현(竹林七賢)의 은둔(隱遁)과 방임(放任)과 선유(仙游)와 통하며, 동시에 백거이의 '독선(獨善)'에 맞는 것이다. 그러나 도교는 한편으로는 끝없이 살고 젊어지겠다는 욕심과 아울러 끝없이 향락하겠다는 환락주의로 타락할 소지도 있었다(사실 당대나 후세에 많은 부유층들이 음탕 탐욕으로 도교를 믿었던 것이다).

백거이는 물론 도교의 좋은 점을 따랐다. 해탈(解脫)·염담(恬

淡)·방임자재(放任自在)의 경지를 주로 했다. 그러나 한편 그도 '벽곡연단(辟穀煉丹)'하여 불로불사하고 신선이 되겠다고 이른바 도술을 배우기도 했었다. 그러나 이내 그는 그러한 도술의 허무하고 옳지 않음을 알고 다음과 같이 읊기도 했다. 〈몽선(夢仙)〉에 있다.

'아침에는 운모산을 먹고, 밤에는 이슬의 정기를 마시고, 홀로 산에서 30년을 숨어 살면서 매일같이 태양만을 바라보았노라. 그런데도 끝내 자기를 맞이할 난학(鸞鶴)이 오지 않았으며 결국 늙어 시들어 이와 머리가 빠지고 귀와 눈도 어둡게 되어 어느 날 아침에 죽어 흙먼지가 되고 말았네! 신선이 정말 있을지 모르나 속인으로는 될 수 있는 경지가 아니고, 천성으로 온전한 골상을 타고나지 못하면 단대(丹臺)에 오를 수가 없을 것이다. 그렇거늘 공연히 벽곡법을 쓰고 연단 빚는 일을 힘쓰며 무한 애만 쓰고 백 년이 되도록 성공하지 못하노라! 슬프도다, 신선을 꿈꾸는 자여! 그 꿈으로 일생을 망치나니(朝湌雲母散, 夜吸沆瀣精 : 空山三十載, 日望輼軒迎 : 前朝過已久, 鸞鶴無來聲 : 齒髮日衰白, 耳目減聰明 : 一朝同物化, 身與糞壤并 : 神仙信有之, 俗力非可營 : 苟無全骨相, 不列丹臺名 : 徒傳辟穀法, 虛受燒丹經 : 只自取勤苦, 百年終不成 : 悲哉夢仙人, 一夢誤一生).'

〈해만만(海漫漫)〉에서도 불로불사약을 구하기 위하여 봉래도(蓬萊島)로 사신을 보낸 진시황과 한무제의 허망한 일을 비꼬았다. 그러나 노경에 접어들자 혹 자기도 선적(仙籍)에 들 수는 없을까, 또는 불로장수할 수 없을까 하고 망설였으며, 한편으로는 혼탁하고 모략에 엉킨 사회를 버리고 자연 속에서 해탈하기 위하여 더욱 도사(道士)들과 깊이 사귀기도 했다. 또한 도교에서 실망할 때는 불교에 쏠리거나 술에 취하기도 했으니 결국 백거이는 몸과 마음의 안주(安住)를 얻고자 도교 속에서 방황했으며, 결과적으로는 큰 소득을 얻지 못했다.

(4) 불교사상(佛敎思想)

유가사상으로 사직을 바로잡고 백성을 구제하겠다던 충군애민(忠君愛民)과 겸제(兼濟) 사상이 소인배들의 농락으로 무너져 쫓겨나게 되자, 그는 노장(老莊)과 아울러 도교(道敎)에 기울었었다. 그러나 거기에서도 안주를 얻지 못한 그는 노경에는 더욱 불교에 기울게 되었다.

본래 백거이는 44세 이전에는 불교를 믿지 않음은 물론, 도리어 정책적으로 반대까지 했었다.

나이 38세에 지은 신악부 〈양주각(兩朱閣)〉에서 그는 귀족들이 너무 절을 많이 지어, 이러다가는 사람들 살 곳이 없을 거라고 한탄했었다.

'절 문에는 임금이 써 준 금빛 글자가 걸렸고, 여승의 암자나 절 마당은 마냥 넓기만하며, 푸른 이끼에 명월이 비쳐들어 한가롭기만하다. 그러나 겹겹이 들어선 피곤한 사람들의 주택가에는 몸둘 곳조차 없구나(寺門勅牓金字書, 尼院佛庭寬有餘 : 靑苔明月多閒地, 比屋疾人無處居).'

'공주들이 죽어 선녀가 되어 하늘로 가자 그들의 집을 절로 만들었으니, 이러다가는 사람 사는 고장이 온통 절로 변하겠구나(仙去雙雙作梵宮, 漸恐人間盡爲寺).'

덕종(德宗)의 두 공주 의양(義陽)과 의장(義章)이 살았을 때는 많은 평민의 집을 몰수하여 호화로운 저택을 만들어 살더니 후에 그들이 죽자 절로 꾸민 것을 비판했다.

또 〈책림(策林) 67〉에서는 특히 불로도식(不勞徒食)하는 중의 무리들이 너무나 많아 비생산적 사회문제가 된다고 건의했다.

'하물며 중들이 날로 늘어나고 절이 날로 불어나 남의 노동력과 남의 재물을 소비하고 있습니다(況僧徒月益, 佛寺日崇, 勞人力於土

木之功, 耗人利於金寶之飾).'

'지금 천하에는 헤아릴 수 없이 많은 중이나 여승이 있어 남의 생산에 기대어 먹고 입고 있으니, 신이 생각하건대 육조시대의 국력이 피폐한 것도 그러한 까닭이라고 여겨집니다(今天下僧尼不可勝數, 皆待農而食, 待蠶而衣. 臣窃思之. 晋宋齊梁以來, 天下凋弊未必不由此矣).'

그러나 백거이의 불교에 대한 태도는 이내 바뀌었다. 〈양주각(兩朱閣)〉을 지은 지 2년만에 자기의 어린 딸 금란(金鑾)을 죽이고 다시 다음해에는 모친상을 당하고 위촌(渭村)으로 퇴거(退去)해서부터는 생각이 달라졌다. 즉 위촌에서 보낸 3년간 그는 모친과 딸을 잃은 애통한 슬픔에 그의 몸과 마음이 너무나 아프고 초췌하였고 나이 40전후에 이미 백발이 성했고 치아가 빠졌던 것이다. 한편 같은 나이의 벗들이 건강하고 용모에 빛이 나는 것에 비하여 자신이 너무나 일찍 노쇠함을 깨달은 백거이는 불교에 들어가고자 했다. 이런 그의 심정이 〈자각(自覺)〉이란 시에 잘 나타나 있다.

'나이 40은 아직 늙은이라 못하겠거늘, 슬픔에 시달려 벌써 꼴이 못쓰게 되었네(四十未爲老, 憂傷早衰惡).'

'동갑인 최사인은 용모가 번들번들하니, 비로소 알겠노라. 슬픔과 즐거움에 따라 나이나 모습이 더 늙는 것을(同歲崔舍人, 容光方灼灼 : 始知年與貌, 衰盛隨憂樂).'

'두려워 말고 슬퍼하지 않음이 노병을 없애는 약이리라(不畏復不憂, 是除老病藥).'

'아침에는 죽은 딸을 슬퍼하고 저녁에는 돌아가신 어머니를 위해 통곡하니(朝哭心所愛, 暮哭心所親)'

'슬픔에 사지가 늘어지고 눈물에 두 눈이 흐렸노라(悲來四肢緩, 泣盡雙眸昏).'

'그러므로 나이 40에 마음은 70노인 같구나(所以年四十, 心如七十人).'

'나는 들었노라 불교의 가르침에 해탈문이 있다고. 마음을 명경지수같이 갖고 몸을 뜬구름같이 보고, 때 묻은 옷을 떨어 버리고, 생과 사의 테두리도 벗어나리라(我聞浮圖敎, 中有解脫門 : 置心爲止水, 視身如浮雲 : 抖擻垢穢衣, 度脫生死輪).'

'맹서하리라! 지혜의 물로 번뇌의 먼지를 영원히 씻고, 다시는 인간적인 은애의 정에 엉키어 걱정과 슬픔의 씨를 뿌리지 않겠노라(誓以智慧水, 永洗煩惱塵 : 不將恩愛子, 更種憂悲根).'

한마디로 인생의 번뇌(煩惱)에서 벗어나 몸과 마음 붙일 곳을 찾아 불교에 의지하고자 함을 알 수가 있다. 따라서 명리(名利)를 멀리하고 염정(恬靜)을 찾겠다는 노·장의 도가 사상의 경지나 또는 불로장생하기 위하여 벽곡연단(辟穀煉丹)하고자 한 도교에 쏠리던 때보다는 더 절실했다. 즉 몸과 마음이 못견딜만큼 아팠고, 그 아픔에서 벗어나려고 했던 것이다.

백거이가 〈자각(自覺)〉을 지었던 나이 40세를 전후하여 불교에 쏠렸거늘 이에 설상가상으로 그에게 결정적인 타격을 준 것은 44세에 그가 소인배들의 모함에 의해 강주사마(江州司馬)로 쫓겨났던 일이다. 이에 그의 사상은 다시는 돌이킬 수 없을 정도로 깊게 도가·도교적 신선, 불교 사상에 기울었고 또한 이들을 활용한 명철보신(明哲保身)의 생활에 몰두했던 것이다.

물론 그렇다고 그가 노경에 아주 유가의 겸제(兼濟) 사상을 말끔히 잊어버렸다는 것은 아니다. 이따금 그러한 생각이 내밀기도 했으며, 그의 시에도 나타났다. 그러나 끝내 겸제를 구현할 때와 큰 바탕을 얻지 못했으니 그대로 시들었다고 할 수밖에 없다.

백거이가 불교를 어떻게 보고 어떠한 태도로 대했는가는 그의 시 〈화신광(和晨光)〉에 잘 나타나 있다.

'자비스러운 부처는 참 진리로서 속세의 중인들 구제하고자 한다. 왼쪽으로는 가섭에게 명하고 오른쪽으로는 환제인에게 일러주고 수천 만의 보살과 백 억의 귀신들을 거느리고, 위로는 비상무색(非想無色)인 하늘로부터 아래로는 풍수(風水) 휘몰아치는 땅에 이르기까지 우주만물을 구제한다(慈氏發眞念, 念此閻浮人 : 左命大迦葉, 右召桓提因 : 千萬化菩薩, 百億諸鬼神 : 上自非想頂, 下及風水輪).'

'선과 악도 논하지 않거늘, 어찌 미움이나 사랑을 가리리오! 눈뜬 장님을 바르게 보게 하고 번뇌의 먼지를 말끔히 씻어주네(無論善不善, 豈間冤與親 : 抉生盲眼, 擺去煩惱塵).'

이 시는 백거이가 원진(元稹)이 도사(道士) 신하(晨霞)를 높인 시를 짓자 화작(和作)한 것으로 불교가 도교보다 차원이 높음을 알리고자 한 것이다.

강주로 폄적된 후에는 더욱 불교에 기울었고 노상 여산(廬山) 일대의 절이나 이름난 명승(名僧) 또는 선사(禪師)를 찾아 불법(佛法)을 묻고 또 좌선(坐禪)을 하며 해탈과 아울러 한적(閑適)했던 것이다.

'아침에는 오직 약초를 먹고 밤에는 등불만을 벗하니 청삼(靑衫)만 없다면 바로 중이라 하겠노라(朝飧唯藥茱, 夜伴只紗燈 : 除郤靑衫在, 其餘便是僧).' 〈산거(山居)〉

'오직 해탈문이 있으니, 능히 노쇠의 괴로움도 넘길 수 있네(祇有解脫門, 能度衰苦厄).' '늙고 시드는 것 아랑곳 없네, 머리 깎고 중이 돼도 아깝지 않네(衰白何足言, 剃落猶不惜).' 〈인목감발기랑상인(因沐感髮寄朗上人)〉

강주에서 약 3년의 유적(流謫) 생활을 한 다음 47세부터 다시 벼슬에 올랐다(〈연보〉 참조). 따라서 정신적 고통도 전보다는 가벼웠고 또 분망하게 지내느라고 불교에 대한 믿음도 전보다는 엷어졌다고 하겠다. 그러나 역시 그는 절이나 중을 찾아 청아(淸雅)·한유(閑幽)를 즐겼으며 특히 61세에는 향산사(香山寺)와 깊게 관계를 맺고 자신도 향산거사(香山居士)라는 호까지 지었다.

단 만년에 접어든 백거이의 신불(信佛) 태도는 어느 면에서는 풍류를 즐기는 듯도 했다. 불교만이 아니라 도가나 도교적 경지도 함께 했고 심지어는 음주(飮酒)와 좌선(坐禪)을 이웃하기도 했다.

'보랏빛 영지 앞에 있는 백의거사는 반은 취했고 반은 시를 읊는 듯 반은 좌선을 하고 있네! 오늘 유마힐 만나고 이어 술을 마시고 언제나 상산사호(商山四皓) 기리계(綺里季)따라 돈을 따지지 않네 (白衣居士紫芝仙, 半醉半歌半坐禪 : 今日維摩兼飮酒, 當年綺季不論錢).' 〈자영(自詠)〉

'매일밤 좌선하며 물과 달 바라보고, 때로는 취하여 바람에 흔들리는 꽃을 사랑하노라(每夜坐禪觀水月, 有時行醉翫風花).'

'몸은 출가하지 않고 오직 마음만 출가했노라(身不出家心出家).' 〈조복운모산(早服雲母散)〉

노경에 들어서는 더욱 탈속(脫俗)·해탈(解脫)을 불교에서 구하고 좌선으로 양신(養身)·양성(養性)하겠다는 경향이 짙어졌다. 따라서 그의 불교 속에는 도교나 도가적 기미가 어색하지 않게 끼어들기도 했음을 거듭 지적하고자 한다.

(5) 낙천(樂天)과 해탈(解脫)

백거이의 생애와 그의 사상을 통해서 그의 인간상을 종합하면 온화(溫和)·청아(淸雅)·은일(隱逸)·염정(恬靜)의 군자상을 그려낼 수가 있을 것이다. 높푸르게 맑은 하늘에 우뚝 솟은 노송(老松) 밑에 서성대고 있는 한 마리의 백학과도 같은 그의 고고한 모습을 연상할

수가 있다. 그는 평생을 두고 명리(名利)나 애욕(愛慾)에 엉킨 진세
(塵世)에서 해탈하고자 했다. 그는 안분지족(安分知足)하면서 자기에
게 주어진 삶을 지나치게 애착하지도 않고 또 지나치게 미워하지도
않고 담담하고 맑게 살고자 했다.

따라서 그는 평생을 거문고[琴]와 시(詩)와 술[酒]을 벗으로 삼았
다. 〈취음선생전(醉吟先生傳)〉에서 그는 말했다.

'천성으로 술 잘 마셨고 거문고를 즐겼고 시 읊기를 좋아했으므로
모든 술꾼이나 음악쟁이나 시객들이 모여들어 서로 사귀었노라(性
嗜酒耽琴謠詩, 凡酒徒琴侶詩客多與子遊).'

〈북창삼우(北窓三友)〉에서는 다음과 같이 읊었다.

'오늘도 북창 앞에서 무엇을 할까, 스스로 묻노라! 그리고는 즐거이
세 벗과 짝하고자 하니, 그들은 누구일까? 거문고를 물리고는 이내
술을 들고, 술 마시고는 이어 시를 읊노라. 이렇게 세 벗들을 서로
돌려가며 짝하고 언제까지나 끝없이 즐기노라(今日北窓下, 自問何
所爲, 欣然得三友, 三友者爲誰, 琴罷輒擧酒 酒罷輒吟詩. 三友遞
相引, 循環無已時).'

'어찌 나 혼자만이 이렇듯 수졸(守拙)하기 좋아했다고 할 것이냐?
옛사람도 많이들 그러했노라! 도연명은 시를 좋아했고, 영계기는
거문고를 좋아했고 유령(劉伶)은 술을 좋아했는데, 이들 셋은 다
나의 스승이다(豈獨吾拙好, 古人多若斯 : 嗜詩有淵明, 嗜琴有啓
期 : 嗜酒有伯倫, 三人皆我師).'

생활인으로서의 백거이는 이렇듯 풍류인이었다. 다음에서 좀 자세
히 그의 생활태도를 나누어 살피겠다. 《논어》에서 공자는 말했다.

'군자는 도를 좇지 밥을 좇지 않는다(君子謀道不謀食).'

'군자는 도를 걱정하지 가난을 걱정하지 않는다(君子憂道不憂貧).'

또 공자는 다음같이 안연(顔淵)을 칭찬했다.

'안회는 슬기롭다! 대나무 그릇의 밥과 표주박의 물을 마시며 누추한 곳에서 가난하게 살고 있다! 남같으면 그러한 빈천에 못견디고 수를 썼을 것이지만 안회는 비천을 개의치 않고 언제까지나 안빈낙도(安貧樂道)하는 생활태도를 고치지 않고 있다. 안회는 참으로 슬기롭다(賢哉回也, 一簞食, 一瓢飮, 在陋巷 : 人不堪其憂, 回也不改其樂. 賢哉回也!).'

유가사상에 투철했던 백거이도 이러한 공자의 가르침을 깊이 이해하고 따랐다. 즉 그는 도(道)를 따라 청빈(清貧)을 높이고 절대로 명리(名利)의 욕심을 채우고자 혼탁한 속세에 끼어들지 않았다. 그는 언제나 삶을 고맙고 만족스럽게 여길 줄 알았다. 〈광언시제질(狂言示諸姪)〉에서 그는 '이럭저럭 시문도 지을 줄 알고 벼슬자리에도 끼었고 또 병이나 근심없이 지내니 얼마나 다행하냐'라 했고 이어서 읊었다.

'이것저것 탐내지 않으니 마음이 편하고 또 엉키는 것 없으니 몸도 태평하다. 그렇듯이 10년을 지내니 몸이나 정신이 한가롭기만 하다. 더욱이 나이 늙으니 더욱 많은 것들 필요하지도 않구나! 옷 하나면 겨울 따뜻이 나겠고, 밥 한 끼면 종일 배가 부르겠다. 집이 작다고 말하지 마라. 방 하나면 잠잘 수 있다! 말도 많을 필요가 없다. 두 마리 말을 탈 수도 없을 것이다! 나같이 행복한 사람은 열 중 일곱은 있을 것이나, 나같이 안분지족할 줄 아는 사람은 백 중의 하나도 없을 것이다(心安不移轉, 身泰無牽率 : 所以十年來, 形神閑且逸 : 況當垂老歲, 所要無多物 : 一裘煖過冬, 一飯飽終日 : 勿言舍宅小, 不過寢一室 : 何用鞍馬多, 不能騎兩匹 : 如我優幸身, 人中十有七 : 如我知足人, 人中百無一).'

자기같이 안분지족할 수 있는 사람은 백 중의 하나일 거라고 대단하게 자부하고 있다. 〈증내(贈內)〉에서 그는 읊었다.

'사람은 살아 있는 동안은 육신의 존재를 잊을 수가 없다. 그러나 배부르고 춥지 않게 옷이나 음식을 취하면 되고, 조촐하고 간소한 음식으로 메우면 되지 고량진미를 먹을 필요가 없다. 또 추위를 막을 솜옷이면 족하지 비단을 두를 필요도 없다(人生未死間, 不能忘其身：所須者衣食, 不過飽與溫：蔬食足充飢, 何必膏粱珍：繒絮足禦寒, 何必錯繡文).'

'그대의 가문에서도 청백하라고 자손에게 가르쳤으며 나도 곧게 살며 어려움을 견디는 선비로서 그대와 결혼했으니, 바라건대 가난과 소탈함을 간직하고 우리 즐겁게 해로합시다(君家有貽訓, 淸白遺子孫：我亦貞苦士, 與君新結婚：庶保貧與素, 偕老同欣欣).'

한편 도가나 불교 사상은 현상계의 비실재성과 명리나 권세의 허무함을 더욱 강조했다. 따라서 백거이의 안빈낙도는 한층 높은 차원에서 은일(隱逸) 소요(逍遙)와 진속(塵俗) 해탈로 확대되었다.

'부귀는 와도 오래가지 못한다. 기와에 내린 서리같이 이내 없어진다. 권세 또한 부싯돌 번개불같이 이내 없어진다. 차라리 오래 갈 수 있는 빈천을 지키는 편이 좋으리라(富貴來不久, 倏如瓦溝霜：權勢去尤速, 瞥若石火光：不如守貧賤, 貧賤可久長).' 〈우의(寓意)〉

'마음 족한 것이 바로 부고, 몸 한가로운 것이 바로 귀니라. 부귀는 그러한 속에 있거늘 하필 높은 자리에 오를 필요가 있나(心足卽爲富, 身閑乃富貴：富貴在此中, 何必居高位).' 〈한거(閑居)〉

'혹은 시를 읊고, 혹은 차를 마시노라. 마음이나 몸에 걸리는 것이 하나도 없으니, 빈 배모양 호호탕탕하노라! 부귀를 누려도 괴로움이 있을 것이니, 바로 마음 속의 근심 걱정이니라! 한편 빈천해도 즐거움은 있을 것이니, 그것은 바로 몸의 자유이니라(或吟詩一章, 或飲茶一甌：身心無一繫, 浩浩如虛舟：富貴亦有苦, 苦在心危憂：貧

賤亦有樂, 樂在身自由).'

자유롭게 유연히 자적하는 속에서 즐거움을 찾은 백거이는 따라서 '뜬 이름과 허망한 자리는 모두 몸에 부속되는 군것들이다(浮名與虛位, 皆是身之賓).' 〈초제호조희이언지(初除戶曹喜而言志)〉

라고 했다. 또 그는 젊은이들에게 다음과 같이 가르치기도 했다.

'그대들이여, 명예를 구하지 마라, 명예는 몸을 묶는 쇠사슬이다. 또 이득을 찾지 마라, 이득은 몸을 태우는 불이니라(勸君少干名, 名爲錮身鎖 : 勸君少求利, 利是焚身火).' 〈한좌간서태제소년(閑坐看書貽諸少年)〉

한 마디로 명리(名利)를 서로 다투는 속세나 속인들의 꼴을 그는 '부싯돌 번개불같은 허무하고 찰나적인 이 세상에 몸을 두고 있으면서 왜 달팽이 두 뿔이 서로 싸우듯하느냐(蝸牛角上爭何事? 石火光中寄此身).'

라며 비꼬았던 것이다. 명리만이 허무한 것이 아니다.

'삶이나 죽음 자체도 허무한 것이 아니냐? 그렇거늘 꿈같은 인생에서 슬프다 즐겁다 하는 정도 허무니라(生去死來都是幻, 幻人哀樂繫何情).' 〈방언(放言)〉

장자(莊子)는

'자기의 삶을 잘 사는 자는 자기의 죽음을 잘 죽는 자다(善我生者, 乃所以善我死也).'

라고 했다. 또 장자는

'천지가 나와 더불어 있고 만물이 나와 하나이다(天地與我並生, 萬物與我爲一).'

라고도 했다. 백거이도 바로 이런 표일한 경지에 살고자 했다. 그는 〈효도잠체시(效陶潛體詩)〉에서

'달인의 경지에서 볼 때 만화가 다 한 길로 이루어진다(是以達人

觀, 萬化同一途).'

라고 했다. 이러한 낙천지명(樂天知命)하는 경지를 그리워했고 또 그렇게 살고자 했기에 그는 자(字)를 낙천(樂天)이라 했던 것이다. 44세에 강주에 있으면서 그는 〈자회시(自誨詩)〉를 지었다.

'낙천아! 낙천아! 오너라 내 너에게 이르겠다(樂天樂天, 來與汝言).'

'낙천아! 불쌍하구나! 이제부터는 배고프면 먹고, 목마르면 마시고, 낮에는 일어나고 밤에는 잠자라! 함부로 기뻐하지도 말고, 또 걱정하지도 말아라! 병들면 눕고 죽으면 쉬도록 해라. 그렇게 하는 경지가 바로 너의 집이자 너의 본 고향이니라! 왜 그것을 버리고 불안한 세상을 택하고자 하느냐? 들뜨고 불안한 속에서 어찌 편안히 살고자 하느냐? 낙천아! 낙천아! 본 고장으로 돌아오너라(樂天樂天, 可不大哀. 而今而後, 汝宜飢而食, 渴而飲, 晝而興, 夜而寢. 無浪喜, 無妄憂. 病則臥, 死則休. 此中是汝家, 此中是汝鄉. 汝何捨此而去, 自取其遑遑. 遑遑兮欲安住哉, 樂天樂天歸去來).'

낙천(樂天)은 바로 천도(天道)를 즐기는 것이다. 노자는 '도는 자연을 본받았다(道法自然)'라고 했다. 따라서 백낙천은 바로 자연에 귀일(歸一)한 경지에서 안주(安住)하고자 했다.

그러므로 그는 어리석음[拙]과 게으름[慵]을 마냥 부렸다. 이 '용(慵)·졸(拙)'은 그의 시에 너무나 많이 나타난다.

'본성이 어리석으니 몸이 더욱 한가롭고, 마음이 게으르니 엉키는 일이 없네(性拙身多暇, 心慵事少緣).' 〈북원(北院)〉

'천성으로 몸이 게으르니 억지로 해도 안되고, 본성이 어리석으니 노상 우물쭈물하노라(身慵難勉强, 性拙易遲廻).' 〈자희(自喜)〉

'완적은 어리석은 체했고, 혜강은 게으름 핀다(阮籍謀身拙, 嵇康向事慵).' 〈추(秋)〉

백낙천은 흔히 관(冠), 대(帶)도 갖추지 않았을 뿐만 아니라 머리를 빗거나 세수하는 것조차 게을리했다. 물론 직분을 버려둔 채 늦잠을 자거나 또는 거문고 타고 시 쓰는 일을 잊은 때도 많았다. 그의 '용(慵)·졸(拙)'은 바로 소탈과 방탕에 통했다. '소(疏)·방(放)'에 대한 시도 많다.

'옛날에는 시 읊는 미치광이었으나 이제는 술에 병들은 몸이로다 (昔是詩狂客, 今爲酒病夫).' 〈영주증별왕팔사군(郢州贈別王八使君)〉

용졸(慵拙)은 소방(疏放)에 통하고 자연히 술이 따르게 마련이다. 그리고 당(唐)대의 발달한 창기(倡妓)들이 그들의 호방한 음주행락에 끼어들게 마련이다. 이에 백거이도 늦게까지 가기(家妓)를 두고 자신의 연락에 시종들게 했었다.

한편 백거이는 시(詩)·금(琴)·주(酒)의 삼우(三友) 이외도 돌[石]과 학(鶴)을 몹시 좋아했음을 부기한다.

〈附〉 主要參考書

《白香山詩集》　世界書局版
《白居易硏究》　王拾遺 著
《白居易評傳》　劉維崇 著
《白樂天硏究》　堤留吉 著
기타

제 *1* 장

섬세纖細한 감각感覺

창 너머 밖에 밤비 내리는 줄 알겠네
파초 잎의 빗방울 소리 먼저 들리니
隔窓知夜雨
芭蕉先有聲

밝은 가을달 쳐다보더라도 옛일일랑 회상하지 마시오
그대의 얼굴 상하고 그대의 수명 줄까 두렵구려
莫對月明思往事
損君顏色減君年

시인 백낙천(白樂天)은 자신을 포류(蒲柳)같이 약질(弱質)이지만 마음은 미록(麋鹿)같이 길들이기 어렵다고 했다〈自題寫眞〉).

　　그는 자연의 아름다움에는 너무나 약하고 섬세했다. 그러나 그는 인간악·사회악에 대해서는 억척같이 강하게 맞섰다.

　　제1장에서는 5·7언 절구(絶句)만을 추렸다.

1. 鶴 학
^학

1. 人各有所好　物固無常宜
^{인 각 유 소 호　물 고 무 상 의}

2. 誰謂爾能舞　不如閒立時
^{수 위 이 능 무　불 여 한 립 시}

사람들은 저마다 기호가 다르고, 만물에겐 일정한 척도가 없노라

누가 너의 나는 품이 좋다 했느뇨? 한가로이 서있는 품이 더욱 좋거늘

(語釋) ○有所好(유소호)—좋아하는 바가 있다. 저마다 좋아하는 바가 틀린다는 뜻. ○無常宜(무상의)—상(常)은 언제나. 의(宜)는 좋다. 즉 절대로 변하지 않는 선(善)의 기준이 없다는 뜻. ○誰謂(수위)—누가 생각했느냐? 누가 말했느냐? ○爾(이)—너. 즉 학. ○能舞(능무)—날고 춤출 수 있다고 ○不如(불여)—다음의 것보다 떨어지다. ~만하지 못하다. ○閒立時(한립시)—학이 한가롭게 서있을 때의 품.

(解說) 사람은 저마다 취미나 기호가 다르고, 한편 모든 것에는 절대적인 기준이 없다. 따라서 남이 무엇을 좋아하든지 상관할 바는 아니다. 그러나 역시 학(鶴)은 한가롭게 서있는 품이 가장 좋다고 했다. 백낙천은 학을 몹시 좋아해서 학을 주제로 한 시가 퍽 많다. 청정(淸淨)하고 고고(孤高)한 모습이나 느낌에 공감된 바가 많았으리라. 따라서 그는 아주 먼 곳으로 이사할 때에도 가족과 함께 학을 배에 태우고 갔다.

2. 晚望 만 망 저녁에 바라보다

1. 江城寒角動 沙洲夕鳥還
   강 성 한 각 동 　 사 주 석 조 환
2. 獨坐高亭上 西南望遠山
   독 좌 고 정 상 　 서 남 망 원 산

강가의 성에서 울리는 외로운 뿔피리, 모래밭으로 새들이 돌아
올 새
높은 정자에 홀로 앉아서, 서남쪽 먼 산을 바라보네

語釋 ○江城(강성)−강가에 높이 있는 성, 또는 마을. ○寒角動(한각동)−
외롭고 애처롭게 울리는 뿔피리 소리. ○沙洲(사주)−강에 있는
모래섬.

大意 　강을 내려다보는 강가의 성에서 듣기에도 차가운 듯 처절한 뿔피
리 소리가 들려온다. 한편 강에 있는 흰 모래섬으로 저녁 새들이 되
돌아오고 있다.
　홀로 높이 정자에 앉아, 황혼에 저물어 가는 서남쪽의 먼 산을
바라보고 있노라.

解說 　황혼에 저물어 가는 먼 산을 바라다보는 시인의 가슴은 서글프
리라! 저녁 새들도 잠자리를 찾아 되돌아오고 있다. 강가에 있는
성과 마을도 이내 어둠에 묻혀 잠이 들겠지! 그 누가 저렇듯 차가
운 뿔피리 소리를 울려대는가? 황혼을 맞는 시인의 가슴은 한결
애절하리라!

3. 夜雨 밤비
야 우

조공제부헐　　잔등멸우명
1. 早蛩啼復歇　殘燈滅又明

격창지야우　　파초선유성
2. 隔牕知夜雨　芭蕉先有聲

초가을 귀뚜라미 울다가 문득 멈추고, 새벽의 등불이 꺼질 듯
다시 밝으니

창 너머 밖에 밤비 내리는 줄 알겠네. 파초 잎의 빗방울 소리
먼저 들리니

(語釋) ㅇ早蛩(조공)－초가을의 귀뚜라미. ㅇ啼復歇(제부헐)－울다가 다시
멈춘다. ㅇ殘燈(잔등)－꺼지지 않고 홀로 새벽까지 남아 있는 등불.
ㅇ滅又明(멸우명)－꺼질 듯하다가 다시 밝게 피어나다. ㅇ隔牕(격
창)－창 너머로, 자기는 방 안에 있으나 밖에 비가 내리는 줄 알겠다
는 뜻.

(大意) 초가을의 귀뚜라미가 마냥 처량하게 울다가 문득 울음소리를 멈
추었고, 또 방안에 남아 있던 등불도 갑자기 꺼질 듯하다가 다시 밝
아진다. 무언가 심상치 않구나 했더니 아니나 다를까! 파초 잎에
후드득 빗방울 소리가 들려오니, 필시 밖에 밤비가 내리는 줄 알겠
노라!

(解說) 너무나 섬세하고 예민한 감촉의 시다. 기계문명과 소음(騷音) 속
에 오염된 현대인에게는 이런 청신(淸新)과 신비(神秘)가 좀처럼 느

꺼지기 어려우리라! 그러나 잠시 고요한 자리에 눈 감고 앉아 이 시를 외면 수상하게 울다가 멈추는 귀뚜라미와 깜박이는 등잔불빛을 통해 밖의 야기(夜氣)가 술렁이고, 이어 파초 잎에 떨어지는 빗방울 소리에, '그렇지 밤비가 내리는구나'하고 깨달을 수가 있으리라!

불과 20자로 엮어진 오언절구지만, 그 속에는 너무나 많은 것이 담겨져 있다. 조공(早蛩)·잔등(殘燈)·야우(夜雨)·파초(芭蕉)는 소슬한 가을밤의 정경을 꾸미기에 충분하고, '제부헐(啼復歇)'과 '멸우명(滅又明)'은 심상치 않은 야기(夜氣)의 움직임을 소리와 빛의 유동(流動)과 곡절(曲折)로써 잘 나타냈으며, 더욱이 '파초선유성(芭蕉先有聲)'으로 방안에 앉아 '격창지야우(隔牕知夜雨)'했다는 기교는 순수하면서도 절묘하다.

조 추 독 야
4. 早秋獨夜　초가을 밤에 홀로

　　　정 오 량 엽 동　　인 저 추 성 발
　1. 井梧涼葉動　　鄰杵秋聲發
　　　독 향 첨 하 면　　각 래 반 상 월
　2. 獨向簷下眠　　覺來半牀月

우물가 오동잎이 싸늘하게 나부끼고, 가을의 이웃집 다듬이 소리 울릴 새
홀로 처마 밑에 잠자다 깨어 보니, 침상 머리에 달빛이 환하여라

語釋　ㅇ早秋獨夜(조추독야)―초가을 밤에 홀로 자다가 깨어나서 읊은 노래다. ㅇ井梧(정오)―우물가에 있는 오동나무. ㅇ涼葉動(양엽동)―싸늘한 가을바람에 오동잎이 흔들린다. ㅇ鄰杵(인저)―이웃집에서 두

드리는 다듬이 소리. ㅇ秋聲發(추성발)―다듬이 소리가 가을바람을
타고 들려온다. 하기야 다듬이 소리가 바로 가을 소리이다. ㅇ簷下
(첨하)―처마 밑. ㅇ覺來(각래)―깨어 보니. ㅇ半牀月(반상월)―달빛
이 침상 반쯤까지 비쳐들었다.

(大意)　　우물가의 오동잎이 싸늘한 가을바람에 흔들리고, 바람을 타고 가
을의 풍정을 돋는 이웃집의 다듬이 소리가 서글프게 들려온다.
　　얼큰히 취해 홀로 처마 가에 누워 자다가 싸늘한 가을바람과 다
듬이 소리에 깨어나 보니, 환히 밝은 달빛이 침상 깊이 비쳐들고 있
었다.

(解說)　　섬세한 감정으로 맑은 가을의 달밤을 읊었다. 작자는 필경 초저
녁에 술을 마셨고, 거나해서 일찍 잠이 들었을 것이다. 물론 함께
술 마시던 벗들도 다 제 집으로 돌아갔고 홀로 처마 끝에 잠들었을
것이다. 그러자 싸늘한 가을바람과 이웃집 다듬이 소리에 그는 깨어
났다. 깨어나 보니 밝은 달빛이 침상 반쯤까지 환하게 비쳐들고 있
었다. 어쩌면 환한 달빛에 깨어났는지도 모를 일이다.
　　20자밖에 안되는 오언절구다. 그 북돋아주는 시 속에 가을의 풍
정(風情)을 유발하는 모든 것이 있다. '우물가의 오동나무[井梧]'
'찬바람에 흔들리는 잎' '다듬이 소리[杵聲]' '빛[月]'이 다 있다.
그리고 그 속에 홀로 깨어난 작자가 감상(感傷)하고 있는 것이다.

5. 夜雪 (야 설) 밤에 내린 눈

1. 已訝衾枕冷 (이 아 금 침 랭)　復見牕戸明 (부 견 창 호 명)

2. 夜深知雪重 (야 심 지 설 중)　時聞折竹聲 (시 문 절 죽 성)

금침이 유난히 차갑구나 여기며, 창문 바라보니 또한 훤하
여라!

깊은 밤에 내린 눈이 무거워, 대나무 꺾이는 소리 들려오네

(語釋) ㅇ已訝(이아)-벌써부터 이상하게 여겼다. ㅇ衾枕(금침)-이불과 베
개. ㅇ復見(부견)-또한 보다. 보고 알다. ㅇ牕戶(창호)-창이나 문.
ㅇ知雪重(지설중)-눈이 많이 쌓여 무거운 줄 알겠다. ㅇ時聞(시
문)-때마침 들린다, 또는 간간이 들린다. ㅇ折竹聲(절죽성)-무거
운 눈 때문에 대나무가 꺾이는 소리.

(解說) 앞의 밤비〔夜雨〕와 비슷한 시다.
    잠을 자다가 유난히 이불이 차구나 하고 이상하게 여긴 작자가
눈을 들어 창문이 환한 것을 보고, 깊은 밤에 눈이 내렸음을 알았
다. 아울러 무거운 눈에 눌려 대나무가 꺾이는 소리를 듣고 있다.
역시 섬세하고 예민한 감성이 나타난 걸작이다. 이렇듯 깊은 밤에도
자연은 생동(生動)하고 있는 것이다.

미 우 야 행
6. 微雨夜行   부슬비 내리는 밤길

막 막 추 운 기   초 초 야 한 생
1. 漠漠秋雲起   悄悄夜寒生
   자 각 의 상 습   무 점 역 무 성
2. 自覺衣裳濕   無點亦無聲

    막막한 검은 구름 가을 하늘 덮고, 초초한 어둔 밤에 한기 스
며들어

스스로 옷 젖는 줄 알겠으나, 빗방울도 빗소리도 없어라!

(語釋) ㅇ微雨夜行(미우야행)—부슬비 맞으면서 밤길을 가다. ㅇ漠漠(막막)—아득하고 어둡다. ㅇ悄悄(초초)—맥없이 외롭고 처량한 품. ㅇ無點(무점)—빗방울도 떨어지지 않는다는 뜻.

(解說) 빗방울도 안 보이고 소리도 없이 축축히 옷을 적시는 부슬비를 맞으며 밤길을 가는 풍정이 잘 나타나 있다.

북 정 독 숙
7. 北亭獨宿 홀로 북정에 묵다

　　초 초 벽 하 상　　사 롱 경 잔 촉
1. 悄悄壁下牀　　紗籠耿殘燭
　　야 반 독 면 각　　의 재 승 방 숙
2. 夜半獨眠覺　　疑在僧房宿

벽 밑에 놓인 침상 초초하고, 비단 등롱에 어스름 촛불 남았네
깊은 밤에 어렴풋이 깨어나, 승방이 아닌가 의아해하노라

(語釋) ㅇ悄悄(초초)—외롭고 조용하고 맥빠진 품. ㅇ紗籠(사롱)—얇은 비단으로 두른 등롱. ㅇ耿(경)—흐릿하게 비추다. ㅇ殘燭(잔촉)—남은 촛불. ㅇ獨眠覺(독면각)—혼자 자다가 저절로 깨어나다. ㅇ疑(의)—의심하다. 의아하게 여기다. ㅇ僧房(승방)—절. 중들이 사는 방. ㅇ宿(숙)—묵다. 잠자다.

(解說) 밤중에 홀로 자다가 깨어나 보니 벽 밑에는 초초하게 놓인 침상, 그 앞에는 비단 등롱으로 흐릿하게 촛불이 번져 나오고 있다. 너무

나 한적한 분위기에 혹 자기가 절에서 묵고 있는 것이 아닐까 하고
의아하게 여기고 있다.

8. 菊花 ^{국 화} 국화

^{일 야 신 상 착 와 경}
1. 一夜新霜著瓦輕　　^{파 초 신 절 패 하 경}
　　　　　　　　　　芭蕉新折敗荷傾

^{내 한 유 유 동 리 국}
2. 耐寒唯有東籬菊　　^{금 속 화 개 효 갱 청}
　　　　　　　　　　金粟花開曉更清

간밤에 첫 서리 기와에 가볍게 내리자, 파초 잎 새삼 꺾이고
시들은 연꽃 기울었노라

오직 동쪽 울타리의 국화만이 추위를 이기고, 노란 꽃송이들
밝은 아침 더욱 맑게 빛내노라

語釋 ○著瓦輕(착와경)—지붕 기와에 가볍게 내렸다. ○敗荷(패하)—시들
은 연꽃. ○耐寒(내한)—추위를 이기다. ○東籬菊(동리국)—동쪽 울
타리의 국화. 도연명(陶淵明)의 시에 있다. '채국동리하(採菊東籬
下), 유유견남산(悠悠見南山)'. ○金粟(금속)—여기서는 황국(黃菊)
의 뜻이다.

解說 　첫서리가 내리자 모든 꽃나무가 시든다. 그러나 오직 황국(黃菊)
만은 더욱 아침 하늘을 맑게 빛내주고 있다.

9. 暮江吟 (모강음) 해지는 강에서

1. 一道殘陽鋪水中 (일도잔양포수중) 半江瑟瑟半江紅 (반강슬슬반강홍)
2. 可憐九月初三夜 (가련구월초삼야) 露似眞珠月似弓 (노사진주월사궁)

한줄기 석양 빛이 강물에 번지니, 강은 절반이 푸르고 절반이 붉었네

마침 구월 초사흘 청명한 밤인지라, 이슬방울 진주같고 달은 활같아라

語釋 ○暮江吟(모강음)─저물어가는 강에서 읊는다. ○一道殘陽(일도잔양)─한 줄기 빛을 던지고 있는 석양. ○鋪(포)─빛이 활짝 퍼진다. ○瑟瑟(슬슬)─엷은 푸른색. 원래는 푸른 보석을 슬슬이라고 한다. ○可憐(가련)─청명하고 아름답다는 뜻.

解說 활달하고 아름다운 시다. 활짝 퍼지는 낙조(落照)에 강물이 반은 푸르고 반은 붉으레했으나, 더욱 아름다운 것은 진주같은 이슬방울과 활같은 초승달이다.

10. 村夜 (촌야) 촌마을의 밤

1. 霜草蒼蒼蟲切切 (상초창창충절절) 村南村北行人絶 (촌남촌북행인절)
2. 獨出門前望野田 (독출문전망야전) 月明蕎麥花如雪 (월명교맥화여설)

　풀들 서리에 시들고 벌레소리 애절하며, 촌마을에는 오가는 사람도 없네

　홀로 문전에 나가 들을 바라보니, 밝은 달에 메밀꽃이 눈같이 희네

語釋　○霜草(상초)—서리에 시들은 풀. ○蟲切切(충절절)—절절이 애절하게 우는 벌레소리. ○蕎麥花(교맥화)—메밀꽃.

解說　사람의 발도 끊긴 고요한 가을밤, 서리에 시들은 희끗희끗한 풀 사이에서 벌레들이 끝없이 애절한 사연을 호소하는 듯 울고 있다. 조락하고 서글픈 가을, 가슴 속에 수심이 가득한 시인! 답답함에 못 견디어 홀로 문전에 나와 보니, 메밀밭에 밝은 달이 비춰 마치 백설에 덮인 평원을 바라보는 듯 후련하다!

11. 모 립
暮 立 황혼에 지다

황 혼 독 립 불 당 전　만 지 괴 화 만 수 선
1. 黃昏獨立佛堂前　滿地槐花滿樹蟬

대 저 사 시 심 총 고　취 중 장 단 시 추 천
2. 大抵四時心總苦　就中腸斷是秋天

황혼질 무렵 불당 앞에 홀로 섰노라니, 빽빽하게 피어난 회나무 꽃 사이에 매미소리 요란하여라

대저 사시 사계절에는 노상 마음이 괴로웁거늘, 가을철에는 더욱 창자가 끊어질 듯 아프다!

(語釋) ㅇ滿地槐花(만지괴화)—절의 뜰이 온통 회나무 꽃으로 덮였다. ㅇ滿樹蟬(만수선)—모든 나무에는 매미들이 요란스럽게 울고 있다. ㅇ心總苦(심총고)—마음이 노상 쓰리다. ㅇ秋天(추천)—여기서는 가을철의 뜻. 현대말로 가을을 추천이라 한다.

(解說) '만지괴화만수선(滿地槐花滿樹蟬)'은 어수선한 심정을 잘 상징하고 있다. 1년 내내 가슴 편할 때가 없으나 더욱 가을에는 단장(斷腸)의 쓰라림이 더하다는 표현도 좋다.

12. 聞 蟲 벌레소리
문 충

1. 暗蟲唧唧夜綿綿　況是秋陰欲雨天
암 충 즉 즉 야 면 면　황 시 추 음 욕 우 천

2. 猶恐愁人暫得睡　聲聲移近臥牀前
유 공 수 인 잠 득 수　성 성 이 근 와 상 전

　길고 긴 밤을 찌륵찌륵 우는 숨은 벌레, 비를 내릴 듯 음산한 가을하늘 스산할 새

　흡사 근심 많은 사람 잠들까 겁내는 듯, 침상 앞에 가까이 다가오며 더욱 찢어져라 우네

（語釋）　o聞蟲(문충)—벌레소리가 들려온다. o暗蟲(암충)—보이지 않게 숨어서 우는 벌레. o唧唧(즉즉)—찌륵찌륵 하고 우는 소리. o夜綿綿(야면면)—끝없이 이어진 듯한 밤. 길고 긴 밤. o況是(황시)—하물며. 더욱이. o秋陰(추음)—음산한 가을 날씨에. o欲雨天(욕우천)—하늘에서 비가 내릴 듯하다. o猶恐(유공)—마치 두려워하는 듯, 싫어하는 듯. o愁人(수인)—수심이 많은 사람. o暫得睡(잠득수)—잠시라도 잠을 잘 수가 있다. o移近(이근)—벌레소리가 더욱 침상으로 가까이 온다.

（解說）　조용하고 섬세한 관찰로 쓰여진 시다. 걱정이 많아 잠을 못 자는 시인을 한시라도 더 잠재우지 않으려는 듯 벌레소리가 더욱 가까워지며 크게 들려온다. 음산한 가을밤, 비가 내릴 듯 불안하고 끝없이 길기만 한 어둠의 가을밤에 신경을 곤두세우고 있으니까 더욱 벌레소리가 날카롭게 귀청을 때리는 것이리라! 너무나 센시티브한 현대

시의 한 토막 같다.

13. 贈^증 內^내　아내에게

막 막 암 태 신 우 지

1. 漠漠闇苔新雨地

미 미 양 로 욕 추 천

　　　微微涼露欲秋天

막 대 월 명 사 왕 사

2. 莫對月明思往事

손 군 안 색 감 군 년

　　　損君顔色減君年

(語釋) ○贈內(증내)─부인에게 주는 시다. 백낙천의 처는 양여사(楊汝士)의 누이동생으로 원화(元和) 2년(807년)에 결혼했다. 이 시는 위촌(渭村)에서 어머니 복상(服喪)을 하고 있을 때에 지은 것이다. ○漠漠(막막)─아득하다. 끝없이 넓다의 뜻. 여기서는 이끼가 후미진 곳에 온통 번져 났다는 뜻이다. ○闇苔(암태)─암(闇)은 암(暗)과 같다. 그늘지고 후미진 곳. 태(苔)는 이끼. ○微微(미미)─숨어서 몰래. 차츰차츰 알지도 못하는 사이에. ○涼露(양로)─차가운 이슬 내리고 ○欲秋天(욕추천)─가을에 접어들고자 한다. ○莫(막)─부정사. ~하지 마라. ○思往事(사왕사)─지난 일을 생각하다. ○損君顔色(손군안색)─그대의 고운 얼굴이 상하리라. ○減君年(감군년)─그대의 나이, 즉 수명을 감소시킬 것이다.

(解說)　백낙천은 자상하고 마음씨가 고왔다. 부모에 대한 효성심은 말할 것도 없고, 형제 처자 및 이웃에 대한 사랑과 인정이 넘쳤다. 그는 처에게 보내는 시를 많이 지었는데 우선 칠언절구(七言絶句)를 먼저 들었다.

88

동 이 십 일 취　억 원 구
14. 同李十一醉, 憶元九　취하여 원구를 생각하다

화 시 동 취 파 춘 수　취 절 화 지 작 주 주
1. 花時同醉破春愁　醉折花枝作酒籌

홀 억 고 인 천 제 거　계 정 금 일 도 양 주
2. 忽憶故人天際去　計程今日到梁州

꽃철에 봄 시름을 잊고자 함께 술 마시며, 취하자 꽃가지 꺾어 술잔 셈으로 삼았으나

홀연 먼 길 떠난 친구 생각이 나서, 오늘에는 양주에 갔을까 하고 길을 헤아렸노라

(語釋) ㅇ李十一(이십일)-이름은 건(建), 자는 표직(杓直). 당시 중서사인 (中書舍人)으로 있었으며, 백낙천과 벗했었다. ㅇ同醉(동취)-함께 마시고 취한다. ㅇ破春愁(파춘수)-봄의 시름을 잊는다. ㅇ酒籌 (주주)-술잔을 계산하는 숫가지. 셈대. ㅇ天際去(천제거)-하늘 끝 먼 곳으로 가다. ㅇ計程(계정)-여정(旅程)을 헤아린다. ㅇ梁州 (양주)-섬서성(陝西省) 남쪽에 있다.

(解說)　시상(詩想)이 잘 짜여진 시다. 가장 친한 원진(元稹)과 헤어진 백낙천은 봄을 맞이해도 즐거울 수가 없었다. 그래서 이건(李建)과 같이 술이나 마시고 시름을 잊고자 했으나 술 취하니 더욱 떠난 벗 생각이 생생하게 떠올라, 술잔 셈대로 쓰던 꽃가지로 떠난 벗의 여 정(旅程)을 헤아렸던 것이다.

초 폄 관 과 망 진 령
15. 初貶官過望秦嶺　벼슬 쫓겨 망진령을 넘어가다

초 초 사 가 우 후 사　지 지 거 국 문 전 도
1. 草草辭家憂後事　遲遲去國問前途

망 진 령 상 회 두 립　무 한 추 풍 취 백 수
2. 望秦嶺上回頭立　無限秋風吹白鬚

허둥지둥 집 떠나니 뒷일이 걱정되며, 머뭇머뭇 서울 벗어나
앞길을 물어가네

　망진령 올라 마지막 뒤돌아 볼 새, 가을바람 끝없이 흰 수염을
불어 날리네!

(語釋)　ㅇ初貶官(초폄관)—처음으로 벼슬에서 폄척(貶斥)되다. 백낙천은
44세에 강주사마(江州司馬)로 쫓겨났다. ㅇ過望秦嶺(과망진령)—
망진령을 넘어가다. 장안(長安) 동남쪽에 있는 망진령을 넘으면 서
울 장안이 안보인다. 옛날에는 장안이 바로 진(秦)나라 땅이었다.
그러므로 '진을 바라보는 고개[望秦嶺]'라고 이름지었었다. ㅇ草草
(초초)—허둥지둥. 부산하게. ㅇ辭家(사가)—집을 떠나다. 가족과
헤어지다. ㅇ遲遲(지지)—느릿느릿. 머뭇머뭇. ㅇ去國(거국)—도
읍을 떠나다. 장안을 떠나다. ㅇ前途(전도)—앞길. 강주로 가는 길.
ㅇ回頭立(회두립)—고개를 돌려 장안을 바라보고 서있다. ㅇ無限秋
風(무한추풍)—끝없이 서글픈 가을바람이 불어 흰 수염[白鬚]을 날
린다.

(解說)　백낙천은 원화(元和) 10년(815년)에 황제에게 직간(直諫)했다가
노여움을 사 강주사마(江州司馬)로 폄척(貶斥)되었다. 이 시는 집

과 장안을 뒤에 두고 망진령(望秦嶺)을 넘어가며 마지막으로 뒤를 돌아다보고 지은 시다. 처절한 심정을 끝의 '무한추풍취백수(無限秋風吹白鬚)'에서 잘 읽을 수가 있다. 다음의 두 수(首)도 강주로 가는 길에 지은 시다.

주 중 독 원 구 시
16. 舟中讀元九詩 　 배 안에서 시를 읽다

파 군 시 권 등 전 독 　 시 진 등 잔 천 미 명
1. 把君詩卷燈前讀 　 詩盡燈殘天未明
안 통 멸 등 유 암 좌 　 역 풍 취 랑 타 선 성
2. 眼痛滅燈猶闇坐 　 逆風吹浪打船聲

그대의 시집을 들고 등불에 대고 읽었네. 다 읽었으나 아직도 날 밝지 않고 등불 밝거늘

눈이 아파 불 끄고 어둠에 앉아 있을 새, 역풍에 밀린 물결 뱃전 치는 소리 들리네

（語釋） ○讀元九詩(독원구시) - 원구(元九)는 원진(元稹)이다. 백낙천이 가장 아끼던 문우(文友)였다. ○把(파) - 잡다. 들다. ○詩卷(시권) - 시를 쓴 두루마리. 또는 시집이나 책. ○猶(유) - 그대로. 여전히. ○逆風吹浪(역풍취랑) - 역풍에 밀린 물결.

（解說） 백낙천이 아끼던 벗 원진(元稹)은 당시 강릉(江陵)으로 폄적(貶謫)되어 병에 시달리고 있었다. 뒤늦게 강주로 쫓겨나는 백낙천이 배 안에서 그의 시를 읽었으니, 그 감개가 어떠했으랴! '눈이 아파 등불을 끄고 어둠 속에 조용히 앉아 있는(眼痛滅燈猶闇坐)' 시인에

게 철썩철썩 들리는 뱃전을 치는 물결소리는 마치 자기 가슴을 치는 듯 더욱 아프게 했을 것이다.

이때에 원진도 백낙천이 강주로 폄적됐다는 소식을 듣고 다음과 같은 시를 지었다.

잔등무도영당당(殘燈無焰影幢幢), 차석문군적구강(此夕聞君謫九江),

수사병중경기좌(垂死病中驚起坐), 암풍취면입한창(闇風吹面入寒窓)'

깊은 밤 꺼질 줄 모르는 등불은 빛을 잃은 채 술렁이거늘, 이 밤에 그대가 구강으로 쫓겨났다는 소식을 듣고,

죽어가는 병든 몸이지만 놀라서 일어나 앉았을 새, 어둠을 타고 차가운 창문으로 스며드는 바람이 나의 뺨을 훑치고 있소

두 시인의 호흡이 너무나 잘 맞는다고 하겠다. 두 편의 시도 서로가 잘 어울리고 있다.

포 중 야 박
17. 浦中夜泊 물가에서 밤을 새다

암 상 강 제 환 독 립 　 수 풍 상 기 야 릉 릉
1. 闇上江隄還獨立　水風霜氣夜稜稜

회 간 심 포 정 주 처 　 노 적 화 중 일 점 등
2. 回看深浦停舟處　蘆荻花中一點燈

어둠에 강둑에 올라 홀로 우뚝 서있자니, 서리에 엉킨 강바람 밤에 더욱 차갑구나

뒤돌아 오목한 물가에 정박한 배를 바라보니, 갈대 꽃술 너머

92

로 한 점 등불이 외롭구나!

语释)○浦中夜泊(포중야박)-물가에 배를 정박하고 밤을 지내다. ○闇上
江隄(암상강제)-어둠 속 강둑에 오른다. ○還(환)-여전히. 또한.
○水風(수풍)-물기가 축축한 강바람. ○霜氣(상기)-서리에 젖
어 차가운 야기(夜氣). ○稜稜(능릉)-날카롭고 매섭다. ○深浦(심
포)-깊게 움푹 파진 물가. ○蘆荻(노적)-갈대.

解説)   역시 강주(江州)로 폄척되어 가는 길에 지은 시다. 배를 타고 쫓
기어 가는 길의 서러운 가슴을 서리가 엉킨 냉랭하고 매서운 야기
가 더욱 아프게 해준다. 사방을 둘러보아도 어둠 속에 보이는 것은
하나도 없다. 저 멀리 물가에 대놓은 자기 배의 등불이 외로운 듯
갈대 꽃숲 너머로 흐려 보일 뿐이다. '노적화중일점등(蘆荻花中一點
燈)'은 담백하면서도 끝없는 여운을 남겨주는 구절이다.

숙 동 려 관
18. 宿桐盧館   동려관에 묵다
〈최존도와 같이 취하고 지음(同崔存度醉後作)〉

강 해 표 표 공 여 유   일 준 상 권 산 궁 수
1. 江海漂漂共旅遊   一樽相勸散窮愁
야 심 성 후 수 환 재   우 적 오 동 산 관 추
2. 夜深醒後愁還在   雨滴梧桐山館秋

물따라 표표히 함께 떠도는 몸, 통술 서로 권하며 시름 풀었네
깊은 밤에 깨어나니 시름 되오고, 오동잎에 빗방울 떨어지는
산관의 가을

語釋 ㅇ桐廬館(동려관)-산관(山館)의 이름. 주위에 오동나무가 우거졌을 것이다. ㅇ崔存度(최존도)-누군지 확실하지 않다. ㅇ漂漂(표표)- 표표하게 떠돌다. ㅇ旅遊(여유)-여행하며 놀다. ㅇ樽(준)-술통. 여기서는 통술의 뜻. ㅇ散窮愁(산궁수)-가슴에 탁 막힌 시름을 풀다. ㅇ愁還在(수환재)-시름이 그대로 있다. ㅇ雨滴(우적)-빗방울이 떨어지다.

解說 함께 여행을 하던 나그네와 산관(山館)에 들어 술잔을 주고받으며 가슴에 엉킨 시름을 풀었다. 그러나 깊은 밤에 깨어난 시인의 가슴에는 시름이 자리하고 있었다. 아니다, 그는 시름 때문에 깊은 밤에도 잠을 자지 못하고 깨어났으리라! 걱정스러운 심정을 하늘이 알아주는 듯, 밖에서는 빗방울이 후드득 오동잎에 떨어지고 있다. '우적오동산관추(雨滴梧桐山館秋)', 맑고 높은 표현 속에 애수가 깃들어 있다.

19. 江南送北客, 因憑寄徐州兄弟書
강남에서 길손에게 편지를 부탁하다

1. 故園望斷欲何如　　楚水吳山萬里餘
2. 今日因君訪兄弟　　數行鄕淚一封書

가로막힌 고향 바라볼 뿐 어찌할 도리가 없네, 초(楚)의 강물과 오(吳)의 산으로 만여 리나 떨어진 고향

오늘 그대가 내 형제 찾아간다고 하기에, 고향 생각 눈물 흘리며 몇 줄 적어 보내노라

94

語釋 ○江南(강남)-백낙천은 11세 때 강남 지방인 소주(蘇州)와 항주(杭州)로 난을 피해 갔었다. ○送北客(송북객)-북쪽으로 가는 사람을 전송한다. ○因憑(인빙)-인(因)은 그런 연유로, 빙(憑)은 의지하다, 부탁하다. ○寄(기)-편지를 보내다. ○徐州兄弟(서주형제)-서주(徐州)는 강소성(江蘇省) 동산현(銅山縣). 당시 백낙천의 아버지가 이곳에서 벼슬을 살았고, 형제들도 있었다. ○望斷(망단)-바라보아도 도중에서 끊긴다. 또는 고향으로 가고 싶은 소망이 끊겼다. ○欲何如(욕하여)-어찌하랴! ○楚水(초수)-옛날의 초나라 땅, 즉 호남(湖南)·호북(湖北) 일대의 강물. 양자강과 그 지류들이다. ○吳山(오산)-옛날의 오나라 땅. 즉 강소성(江蘇省) 일대의 산들. ○鄕淚(향루)-고향이 그리워 흘리는 눈물.

解說　이 시는 백낙천이 15세 때에 지은 것이다. 당시 그는 강남에 있었으며 북쪽에 아버지와 형제가 살고 있었다. 마침 고향으로 가는 길손이 있어 편지를 부탁하고 지은 시다. 어린 소년이 지은 시지만 후일 대가가 될 소질을 충분히 나타낸 훌륭한 솜씨가 보인다.

감 구 시 권
20. 感舊詩卷　낡은 시집(詩集)

야심음파일장우　노루등전습백수
1. 夜深吟罷一長吁　老淚燈前濕白鬚
이십년전구시권　십인수화구인무
2. 二十年前舊詩卷　十人酬和九人無

밤이 깊어 낡은 시집 다 읽고 길게 탄식하노라, 등불 앞에 늙은이 눈물 흘리며 흰 수염 적시노라
20년 전 낡은 시집 함께 쓴 벗들, 열 명 중의 아홉은 이미 갔

노라!

語釋 ○感舊詩卷(감구시권)-옛 친구들과 함께 쓴 시집을 보니 감개무
량하다. ○吟罷(음파)-읊기를 다하다. ○吁(우)-탄식하다. 한숨쉬
다. ○酬和(수화)-수창(酬唱) 화동(和同)하다.

解說   20년 전에 함께 어울려 화창(和唱)하던 벗들이 열 명 중 아홉이
나 타계했다. 옛벗들의 시를 읽으며 밤늦게 등불 앞에서 흰 수염을
적시는 백낙천의 처절한 심정이 잘 나타나 있다.

공 규 원
21. 空閨怨   외로운 아내

한 월 침 침 동 방 정   진 주 렴 외 오 동 영
1. 寒月沈沈洞房静   眞珠簾外梧桐影
추 상 욕 하 수 선 지   등 저 재 봉 전 도 랭
2. 秋霜欲下手先知   燈底裁縫剪刀冷

차가운 달은 밤 깊이 고요한 규방에 비쳐들고, 진주 구슬발 밖
으로 오동나무 그림자 지네
가을 서리 내리려나? 손끝이 야릇하구나! 등불 밑에 바느질
할새 가위 싸늘하여라

語釋 ○空閨怨(공규원)-텅 빈 규방에 홀로 있는 아낙네의 원한을 읊은
시다. ○沈沈(침침)-밤이 깊어 침침하다. ○洞房(동방)-집안 속
깊이 있는 규방. ○梧桐影(오동영)-오동나무의 그림자는 독수공방
하는 아낙네의 가슴속의 그림자리라. ○手先知(수선지)-손끝이

먼저 서리가 내릴 것을 감지(感知)한다. ㅇ剪刀(전도)-가위.

(解說)　차가운 달과 독수공방(獨守空房)하는 아낙네의 싸늘한 심정을 잘
어울려 놓았다. 오동나무 그림자를 가지고 아낙네의 가슴속의 어두
운 수심을 상징했으며, 손끝의 싸늘한 가위를 가지고 가을 서리가
올 것이라고 읊은 시인의 감각은 너무나 예민하다.

22. 王昭君-其一　왕소군-제1수

왕소군

만면호사만빈풍　미소잔대검소홍
1. 滿面胡沙滿鬢風　眉銷殘黛臉銷紅
수고신근초췌진　여금각사화도중
2. 愁苦辛勤顦顇盡　如今却似畵圖中

얼굴은 오랑캐 먼지에 덮였고 머리는 바람에 휘말렸으며, 눈썹
검정 흐리고 볼의 연지 지워졌네
　마음 쓰리고 몸 고달퍼 초췌한 모습, 이제 바로 초상화같이 볼
품없어라

(語釋)　ㅇ胡沙(호사)-오랑캐 땅의 모래. 호(胡)는 북방의 만족(蠻族).
ㅇ眉銷殘黛(미소잔대)-눈썹에 엷게 남았던 눈썹 그림의 검정마저
지워졌다. ㅇ臉銷紅(검소홍)-뺨에는 붉은 연지가 지워졌다. 검(臉)
은 얼굴이나 뺨. 소(銷)는 소(消)와 같다. ㅇ愁苦(수고)-가슴속이
쓰리도록 걱정에 찼다. ㅇ辛勤(신근)-고생하다. ㅇ顦顇(초췌)-초
췌(憔悴)와 같다. ㅇ盡(진)-완전히 초췌하게 되었다. ㅇ如今(여
금)-지금. 현재. ㅇ却(각)-도리어. ㅇ似畵圖中(사화도중)-초상화

속에 그려진 못난 얼굴을 닮았다.

解說　왕소군(王昭君)은 한(漢)나라의 미인이었으며 이름은 장(嬙)이라 했다. 원제(元帝) 때에 흉노(匈奴)의 추장 호한야(呼韓邪) 선우(單于 : 추장·임금의 뜻)가 강대한 무력을 배경으로 한나라의 궁녀를 달라고 했다. 이에 원제는 많은 궁녀들의 초상화를 가지고 심사하여 가장 미운 궁녀를 오랑캐에게 하가(下嫁)시키기로 했으며, 이에 뽑힌 궁녀가 왕소군이었다. 그런데 막상 하직 인사를 할 때에 보니, 가장 미워야 할 그녀가 가장 예쁘지 않은가?

왕이 놀라 배후를 조사한 결과, 궁중의 화가 모연수(毛延壽)란 자가 궁녀들로부터 뇌물을 받고 추한 여자를 예쁘게 그렸으며 뇌물을 바치지 않은 왕소군을 가장 추하게 그렸음을 알게 되었다. 원제는 이에 모연수를 처벌했으나, 강력한 오랑캐에게는 어쩔 수 없이 약속대로 가장 아름다운 궁녀 왕소군을 보냈던 것이다.

시인은 호지(胡地)에 쫓겨난 왕소군이 모랫바람에 시달리고 가슴속으로 서러워하는 나날을 보내느라고 이제야말로 진짜로 모연수가 그린대로 추한 꼴이 되었다고 읊은 것이다.

왕 소 군
23. 王昭君 - 其二　　왕소군 - 제2수

한 사 각 회 빙 기 어　　황 금 하 일 속 아 미
1. 漢使却廻憑寄語　　黃金何日贖蛾眉
군 왕 약 문 첩 안 색　　막 도 불 여 궁 리 시
2. 君王若問妾顏色　　莫道不如宮裏時

한나라로 돌아가는 사신에게 전할 말을 부탁하노라. 황금으로 미인을 다시 사갈 날짜는 언제인가고

　　임금께서 저의 얼굴이 어떻더냐 물으셔도, 한나라 대궐에 있을 때만 못하다 이르지 마세요!

（語釋）　○却廻(각회)－물러나 돌아간다. 귀환한다.　○憑寄語(빙기어)－의지하여 말을 부탁하다.　○贖(속)－사다. 여기서는 오랑캐에게 돈을 주고 다시 자기를 사서 한나라에 가게 해 달라는 뜻.　○蛾眉(아미)－나비 눈썹, 즉 미인의 뜻.　○莫道(막도)－말하지 마시오　○不如(불여)－같지 않다. 못하게 되었다.

（解說）　　오랑캐에게 팔려온 여인의 애달픈 심정이 잘 나타나 있다. 어서 나를 한나라로 되돌아가게 부탁하고, 아울러 오늘의 내가 초췌한 몰골로 쇠퇴했다는 말을 하지 말라고 애절하게 부탁하고 있다.
　　백낙천은 이 시를 17세 때에 지었다고도 한다. 놀라운 천재적 자질을 이렇듯 조기에 발휘했음을 알 수가 있다.

연 자 루
24. 燕子樓－其一　　연자루－제1수

만 창 명 월 만 렴 상　　　피 랭 등 잔 불 와 상
1. 滿窗明月滿簾霜　　被冷燈殘拂臥牀

연 자 루 중 상 월 야　　　추 래 지 위 일 인 장
2. 燕子樓中霜月夜　　秋來只爲一人長

　　명월이 창문에 가득하고 싸늘한 서리 주렴에 엉길 새, 새벽 등불에 냉랭한 이불 뒤치며 잠을 못자네
　　연자루에 깃든 서리에 차가운 달밤은, 가을철 외로운 그대에겐 더욱 지루하리!

語釋 ㅇ滿窓(만창)-창(窓)은 창(窓). 가득히 밝은 달빛이 창문에 비쳐들고 있다. ㅇ簾(염)-발. ㅇ被冷(피랭)-이불이 냉랭하다. ㅇ燈殘(등잔)-등불을 새벽까지 켜두고 ㅇ拂臥牀(불와상)-잠을 이루지 못하고 침대에서 술렁댄다. 전전반측(輾轉反側)이나 전전불매(輾轉不寐)의 뜻. ㅇ秋來(추래)-가을에 접어들자. 가을 이래로.

解說 이 시에는 대략, 다음과 같은 기다란 서문(序文)이 적혀 있다. 지금은 작고한 서주(徐州)의 장상서(張尙書)(이름은 愔)에게는 애기(愛妓) 관반반(關盼盼)이 있었다. 백낙천이 교서랑(校書郞)을 지냈을 때, 즉 정원(貞元) 18년에서 영정(永貞) 원년(802~805년) 사이에 서주에 갔다가 장상서가 베푼 주연 자리에서 반반을 본 일이 있었으며, 그녀에게 '술 취한 교태는 더욱 아름답고, 바람에 쏠리는 모란꽃 송이로다(醉嬌勝不得, 風嫋牡丹花)'라는 시구까지 지어준 일이 있었다.

그후 12년간 그녀의 소식을 듣지 못했으나 우연히 장적지(張積之)라는 사람을 통해, 장상서는 죽었고, 반반은 그대로 옛집에 있는 연자루(燕子樓)에 남아서 10여년을 쓸쓸하게 홀로 지내고 있다는 사실을 알았다. 그리고 장적지가 지은 〈연자루(燕子樓)〉라는 세 수의 시가 좋기에 그 시제(詩題)를 가지고 3개의 절구(絶句)를 지었다.

이상으로써 백낙천의 〈연자루〉 3수의 시가 임을 잃고 외롭게 수절하고 있는 관반반(關盼盼)이라는 기생의 처지를 연민한 것임을 알 수가 있다.

연 자 루
25. 燕子樓-其二   연자루-제2수

전 운 나 삼 색 사 연   기 회 욕 착 즉 산 연
1. 鈿暈羅衫色似煙   幾回欲著卽潸然

자 종 불 무 예 상 곡   첩 재 공 상 십 일 년
2. 自從不舞霓裳曲   疊在空箱十一年

금비녀도 흐리고 비단옷도 바래어 연기빛같이 되었네. 여러 차
례 꺼내어 몸에 걸치고자 하나 눈물만 쏟았노라

예상곡을 춤추지 않게 된 이래로, 11년간 빈 옷장에 접어 넣었네

(語釋) ㅇ鈿(전)-금비녀. ㅇ暈(운)-흐리게 되었다. ㅇ羅衫(나삼)-엷은 비
단옷. 삼(衫)은 저고리나 웃옷. ㅇ似煙(사연)-연기같이 흐리게 바
랬다. ㅇ幾回(기회)-여러 차례. 몇 번이고. ㅇ欲著(욕착)-옷을 입
어보고자 했다. ㅇ卽(즉)-이내. 즉시. ㅇ潸然(산연)-펑펑 눈물을
쏟았다. ㅇ自從(자종)-이래로. 그때부터. ㅇ霓裳曲(예상곡)-예상우
의곡(霓裳羽衣曲). 당(唐)대에 궁중이나 귀족들 사이에서 유행했던
가무(〈長恨歌〉참조). ㅇ疊在(첩재)-접어서 두다.

(解說)   임을 여의고 홀로 남은 기녀(妓女)의 애달픈 심정이 잘 나타나
있다. 화려했던 옛날을 회상하며 이제는 낡고 바랜 옷을 차마 걸치
지 못하고 눈물만 펑펑 쏟는 관반반은 애처롭기만 하다. 《시순(詩
醇)》에서는 '일창삼탄(一唱三歎), 그 여운이 대들보에 감도는 듯하
다'고 했다.

연 자 루
26. 燕子樓-其三   연자루-제3수

금 춘 유 객 낙 양 회   증 도 상 서 묘 상 래
1. 今春有客洛陽廻   曾到尚書墓上來

견 설 백 양 감 작 주   쟁 교 홍 분 불 성 회
2. 見說白楊堪作柱   爭教紅粉不成灰

금년 봄에 낙양에서 온 나그네가, 장상서의 무덤을 찾아갔었는데

무덤에 자란 백양목이 기둥에 쓸만큼 굵었다고 하더군. 그러니 관반반의 붉으레 고운 얼굴이 어찌 시들지 않으리요!

(語釋) ○洛陽廻(낙양회)-낙양에서 되돌아오다. ○曾(증)-전에. ○尚書墓(상서묘)-장상서 장음(張愔)의 묘. ○見說(견설)-말하는 것을 들었다. 말하더라. 견(見)은 피동을 나타낸다. ○白楊(백양)-백양나무. 흔히 무덤가에 심는다. ○堪作柱(감작주)-기둥으로 쓸 수 있을 만큼 굵게 자랐다는 뜻. ○爭(쟁)-어찌. 현대 백화의 즘(怎)과 같다. ○教(교)-시키다. 사역의 조동사. ○紅粉(홍분)-붉은 연지와 흰 분. 즉 관반반(關盼盼)의 아름다운 얼굴. ○不成灰(불성회)-어찌 재가 되지 않겠느냐?(爭~不成灰)

(解說) 담담하게 쓴 시 같으나, 그 속에 관반반에 대한 끝없는 애련의 정이 나타나 있다. 장상서의 무덤가에 심은 백양목이 기둥으로 쓸 수 있을 만큼 굵었다고 했다. 10여년이 지났음을 말한 것이다. 그러니 그의 애기(愛妓)였던 관반반도 시들지 않겠는가?

고 열 제 항 적 사 선 실
27. 苦熱題恒寂師禪室　무더위

인 인 피 서 주 여 광　　독 유 선 사 불 출 방
1. 人人避暑走如狂　　獨有禪師不出房

가 시 선 방 무 열 도　　단 능 심 정 즉 신 량
2. 可是禪房無熱到　　但能心靜卽身涼

사람들은 더위를 피하려고 미친 듯이 갈팡질팡하거늘, 홀로 항
적선사(恒寂禪師)만은 방안에 묻혀 있네
어찌 선방 안인들 열기가 닥쳐오지 않으리요만, 오직 마음이
고요할 수 있으니 몸도 시원하리라

(語釋) ㅇ苦熱(고열)－못견딜만큼 심한 더위에. ㅇ題(제)－시나 글을 짓는
다. ㅇ恒寂師禪(항적사선)－선사의 이름이 항적(恒寂)이다. 상세히
는 알 수가 없다. 〈항적사(恒寂師)〉라는 시도 있다. 백낙천이 이 선
사를 따라 좌선(坐禪)을 했을지도 모른다. 원화(元和) 10년 장안에
서 지은 시일 것이다. ㅇ走如狂(주여광)－더위를 피하려고 미친 듯
이 이리저리 간다. ㅇ可是(가시)－가히 그럴까? 반대의 뜻을 나타낸
다. ㅇ無熱到(무열도)－더위가 미치지 않을까? 앞에 있는 가시와
연결된다. ㅇ但(단)－오직.

(解說) '마음이 조용하니까 몸도 시원하다(心靜卽身涼)'고 한 것은 비단
더위를 피하는데 맞는 말만이 아니리라. 보다 더 복잡하고 고뇌(苦
惱)에 찬 속세에서의 해탈한 경지를 암시하는 말이리라!

28. 曲江有感   곡강에서
곡 강 유 감

곡 강 서 안 우 춘 풍   만 수 화 전 일 노 옹
1. 曲江西岸又春風   萬樹花前一老翁

우 주 봉 화 환 차 취   약 론 추 창 사 하 궁
2. 遇酒逢花還且醉   若論惆悵事何窮

곡강의 서쪽 언덕에 봄바람이 다시 불 새, 만 그루 꽃나무 앞
에 외로운 노인이 혼자
술마시며 꽃 바라보며 얼근히 취했노라. 슬픈 사연 끝없거늘
새삼 논해 무엇하리!

(語釋) ㅇ曲江(곡강)-장안(長安) 동남쪽에 있는 연못의 이름. 봄이 되면
고귀한 사람들이 모여 놀았다. ㅇ遇酒逢花(우주봉화)-술과 꽃을
대하다. ㅇ惆悵(추창)-슬프다. ㅇ事何窮(사하궁)-그런 일이 어찌
끝이 없겠느냐?

(解說)   무리하지 않고 소탈하게 쓴 시다. 끝없는 걱정을 가슴에 지녔건
만 봄꽃이 활짝 피어났으니 잠시나마 술에 도연히 취해보자! 이러
한 심정은 백낙천만이 느끼는 것이 아닐 것이다.

^{야 량}
29. 夜涼　차가운 밤에

^{노백풍청정호량}　　^{노인선착협의상}
1. 露白風淸庭戶涼　　老人先着夾衣裳
^{무요가수포하처}　　^{유대무현금일장}
2. 舞腰歌袖抛何處　　唯對無絃琴一張

이슬 희고 바람 맑고 뜰 싸늘하여, 늙은이 남보다 먼저 겹옷
입었네
춤추고 노래하던 기녀들 간 데 없고, 오직 줄없는 거문고만 앞
에 있구나

語釋 ○夜涼(야량)—밤이 더욱 싸늘하게 느껴진다. ○露白(노백)—이슬이
달빛을 머금고 더욱 창백하게 빛난다. ○風淸(풍청)—달밝은 가을밤
의 바람이 맑다. ○老人(노인)—백낙천 자신이다. 개성(開成) 4년
(839년) 그의 나이 68세였으며 중풍에 걸려 가기무첩(歌妓舞妾)들
을 내보냈다. ○先着(선착)—먼저 입는다. ○夾衣裳(협의상)—겹
옷. ○舞腰(무요)—춤추는 여인의 허리, 춤추는 날씬한 기녀(妓女).
○歌袖(가수)—노래하는 여인의 소매. 소매를 곱게 일렁이며 노래하
는 가기(歌妓). ○抛何處(포하처)—어디에 버렸는가? 가기무첩(歌
妓舞妾)들이 스스로 떠난 것이 아니고 백낙천이 중풍에 걸려 그들
을 내보냈던 것이다. 그러니 더욱 처절하다. ○無絃琴(무현금)—줄
없는 거문고 소통(蕭統)의 《도연명전(陶淵明傳)》에 있다. '연명은
음악도 모르면서 줄없는 거문고를 지니고 있다(淵明不解音律, 而蓄
無絃琴一張).'

(解說) 　노쇠폐잔(老衰廢殘)한 백낙천의 처절한 심정을 가을밤의 싸늘한
바람에 붙여 읊었다.

대 주
30. 對 酒-其一　술을 대하고-제1수

　　　　교 졸 현 우 상 시 비　　하 여 일 취 진 망 기
　1. **巧拙賢愚相是非　何如一醉盡忘機**
　　　　군 지 천 지 중 관 착　　조 악 난 황 각 자 비
　2. **君知天地中寬窄　鵰鸚鸞皇各自飛**

　　잘났다 못났다 영악하다 어리석다 서로 시비를 가리지만, 흠뻑
취하여 속세의 간계를 잊음이 어떠하리
　　그대 아는가? 천지는 끝없이 넓으면서도 좁아, 사나운 보라매
나 상스러운 봉황이 저마다 날 수 있다네

(語釋) ○對酒(대주)-문종(文宗) 태화(太和) 원년(827년) 비서감(秘書監)
이 되었고 이듬해에 형부시랑(刑部侍郞)이 된 백낙천이 장안(長安)
에서 지은 시로 다섯 수 중 세 수만을 풀었다. 이 다섯 수는《후집
(後集)》제9권에 있으며, 같은 대주(對酒)라는 시제의 시가 여러 편
있다. ○巧拙(교졸)-재주가 있는 것과 없는 것. ○盡(진)-완전히.
○忘機(망기)-속세의 농간이나 간계(奸計) 같은 것을 잊는다. ○寬
窄(관착)-넓다면 넓고 좁다면 좁다고 할 수 있다. ○鵰鸚(조악)-
보라매 같은 맹조(猛鳥). 즉 악한 사람이나 소인배(小人輩)를 암시
한다. ○鸞皇(난황)-난새나 봉황새. 평화롭고 상스러운 서조(瑞鳥)
다. 덕있는 사람을 상징한다.

解說 벼슬에 올라 있으면서도 편치 않았던 백낙천이 한시나마 술에 취해 속세를 잊고자 했다.

31. 對 酒-其二 술을 대하고-제2수

1. 蝸牛角上爭何事 石火光中寄此身
   (와우각상쟁하사) (석화광중기차신)

2. 隨富隨貧且歡樂 不開口笑是癡人
   (수부수빈차환락) (불개구소시치인)

달팽이 뿔 위에서 싸운들 무엇하리, 부싯돌 번쩍하듯 찰나에 사는 몸

부귀 빈천 주어진대로 즐겁거늘, 입 벌려 웃지 않는 자는 바보로다

語釋 ○蝸牛角上(와우각상)-달팽이 뿔 위에서 싸운다는 뜻.《장자(莊子)》〈즉양편(則陽篇)〉에 있다. 와우(蝸牛), 즉 달팽이 왼쪽 뿔에 사는 촉씨(觸氏)와 오른쪽 뿔에 사는 만씨(蠻氏)라는 두 부족이 서로 싸웠다는 우화(寓話)가 있다. ○石火光中(석화광중)-돌과 돌이 맞부딪칠 때 번쩍하고 나타나는 불빛 속. 즉 찰나(刹那). ○寄此身(기차신)-이 몸을 의지하고 있다. ○隨(수)-따라서. ○且(차)-그런대로, 잠시나마. ○癡人(치인)-어리석은 사람. 치(癡)는 치(痴).《장자》〈도척편(盜跖篇)〉에 있다. '입을 벌리고 웃는다 해도 한 달에 4,5일밖에 지나지 않는다(開口而笑者, 一月中過四五日而已)'.

(解說)　짧은 절구에 《장자(莊子)》에서 인용한 구절이 두 개나 있는 것으로 보아, 백낙천의 한적(閑適) 사상 속에 노장(老莊)이 많은 영향을 주고 있음을 알 수가 있다.

대 주
32. 對 酒-其三　술을 대하고-제3수

백세무다시장건　일춘능기일청명
1. 百歲無多時壯健　一春能幾日晴明
상봉차막추사취　청창양관제사성
2. 相逢且莫推辭醉　聽唱陽關第四聲

백 세를 살아도 건장한 시절 짧고, 봄철인들 맑은 날 며칠이나 되나
모처럼 만났으니 사양말고 취하고, 귀 기울여 양관의 이별가를 듣게나

(語釋)　o百歲(백세)-비록 백 세를 산다 해도　o無多時(무다시)-얼마 되지 않는다.　o壯健(장건)-건강한 때.　o莫(막)--~하지 마라.　o推辭醉(추사취)-술 취하기를 사양하지 마라.　o聽唱(청창)-노랫소리를 들어라.　o第四聲(제사성)-백낙천은 주를 달았다. 즉 '그대에게 권하노니 한 잔 더 들게, 서쪽으로 양관을 나서면 벗들도 없을 것일세(勸君更盡一杯酒, 西出陽關無故人)'(〈王維〉).

(解說)　백 살을 산다고 해도 술 마실 수 있는 날이 며칠이나 되겠는가? 모처럼 서로 만났으니 취하도록 마시자! 어차피 우리들도 또 헤어질 것이니 허무한 일생이 아니냐!

제 2 장

인자仁慈한 시인

풍년이라 사람들 마음 즐겁고
아침부터 밤까지 마냥 놀아라
歲熟人心樂
朝遊復夜遊

집집마다 등불 번쩍이고,
곳곳마다 피리와 노랫소리
燈火家家市
笙歌處處樓

핼쑥히 야윈 주제에 시 쓰는 버릇 있고
억세고 거센 성품에 술 마시면 광태부린다
淸瘦詩成癖
粗豪酒放狂

원래 백낙천은 인간(사람 사는 곳)을 사랑
했고 있는 그대로의 자연을 좋아했다. 그러나
현실적 정치는 그로 하여금 속세(俗世)를 버
리고 술과 더불어 인간과 격리(隔離)된 자연
속에서 상산사호(商山四皓)를 찾게 했다.
　제2장에는 5·7언의 율시(律詩)를 추렸다.

부득고원초송별
33. 賦得古原草送別 송별의 시 고원초를 짓다

이리원상초　일세일고영
1. 離離原上草　一歲一枯榮

야화소부진　춘풍취우생
2. 野火燒不盡　春風吹又生

원방침고도　청취접황성
3. 遠芳侵古道　晴翠接荒城

우송왕손거　처처만별정
4. 又送王孫去　萋萋滿別情

어지럽게 헝클어진 언덕의 풀, 해마다 한 번 시들고 다시 우거지니
들불에 타서도 없어지지 않고, 봄바람에 불리어 다시 되살아나네
멀리 방초가 옛길 덮어 가리고, 산뜻하게 푸른 초목은 황성에 엉키었네
또다시 왕손을 전송하니, 벅차게 이별의 정이 엉키어드네

(語釋) ㅇ賦得古原草(부득고원초)-고원초라는 시를 지어 가지고. ㅇ送別(송별)-송별하다. ㅇ離離(이리)-풀이 어수선하게 엉키어 자란 모양. ㅇ原上草(원상초)-평원 또는 고원 위에 자란 풀. ㅇ一枯榮(일고영)-한번 시들었다가 다시 자라난다. ㅇ燒不盡(소부진)-들불에 모두 타도 죽지 않고 ㅇ吹又生(취우생)-봄바람에 불리어 다시 살아난다. ㅇ遠芳(원방)-먼 곳에 자란 방초(芳草). ㅇ侵古道(침고도)-풀이 우거져 옛길을 덮어 가리고 있다. ㅇ晴翠(청취)-빛이 산

112

뜻하게 푸른 풀. ㅇ接荒城(접황성)-무성한 풀이 황성까지 이어졌다. ㅇ又送(우송)-전에도 사람을 이별했으나 이번에는 또 왕손을 떠나 보낸다. ㅇ萋萋(처처)-풀이 무성하다. 여기서는 가슴속의 어수선한 이별의 정을 상징하기도 한다. ㅇ滿別情(만별정)-이별의 정이 넘친다.

(解說) 멀리 떠나는 왕손과 작별을 할 시인의 가슴은 허전하고 어수선할 것이다. 마치 눈앞에 끝없이 펼쳐진 풀밭이 헝클어지고 무성한 그대로라 하겠다. 시의 표현이 물이 줄줄 흐르듯 거침없이 이어졌으면서도 그 속에 처절한 감회가 잘 나타나 있다. 고황(顧況)이 이 시를 보고 크게 탄복했다고 한다. 15세에 지은 시다.

정 월 십 오 일 야 월
34. 正月十五日夜月　정월 대보름 밤

　　세 숙 인 심 락　　조 유 부 야 유
1. 歲熟人心樂　朝遊復夜遊
　　춘 풍 래 해 상　　명 월 재 강 두
2. 春風來海上　明月在江頭
　　등 화 가 가 시　　생 가 처 처 루
3. 燈火家家市　笙歌處處樓
　　무 방 사 제 리　　불 합 염 항 주
4. 無妨思帝里　不合厭杭州

풍년이라 사람들 마음 즐겁고, 아침부터 밤까지 마냥 놀아라
새해의 봄바람이 바다에서 불어오고, 밝은 보름달은 강물 넘어 돌아오네

집집마다 등불이 찬란하게 번쩍이고, 곳곳마다 피리와 노랫소리 퍼지네

이 밤따라 장안 생각 없으리마는, 그렇다고 항주를 싫다 할 수 없어라

語釋 ㅇ歲熟(세숙)-풍년이 들어 추수가 풍성했다. ㅇ春風(춘풍)-새해의 봄바람. ㅇ家家市(가가시)-집들이 많은 시내. 즉 항주(杭州) 성내를 말한다. ㅇ處處樓(처처루)-여기저기에 있는 누각. ㅇ笙歌(생가)-피리와 노래. ㅇ無妨(무방)-무방하다. ㅇ帝里(제리)-제도(帝都)·수도. 즉 장안(長安). ㅇ不合厭(불합염)-불합(不合)은 맞지 않다. 염(厭)은 싫어하다. 미워하다. 즉 장안을 생각하는 것은 무방하지만, 그렇다고 항주를 나쁘다고 생각할 수 없다는 뜻.

解說 풍년과 새해를 맞은 항주(杭州) 사람들이 정월 대보름날 밤을 유쾌하게 즐기고 있다. 백낙천은 평이하고 경쾌한 필치로 생생하게 그렸다.

우선 즐거운 마음으로 들떠서 주야로 노는 사람들을 '세숙인심락(歲熟人心樂), 조유부야유(朝遊復夜遊)'라 했고 이어 '봄바람이 바다를 타고 오며, 명월이 강머리에 있다(春風來海上, 明月在江頭)'라고 했다. 즉 봄·바람·바다·명월·강물 모든 것이 밝고 즐거운 마음으로 술렁이고 있다. 이어 온 시가의 모든 집들에서도 불빛이 반짝반짝 잠도 잊은 듯하고(燈火家家市), 한편 사방의 누각에서 피리 소리 노랫소리가 요란하게 들려온다(笙歌處處樓)며 매우 생동적(生動的)으로 묘사했다.

백낙천은 있는 그대로를 받아들이고 즐겼다. 낙천(樂天)이란 바로 그런 뜻이다. 이 시도 아마 그가 남쪽으로 좌천되어 갔을 때에 지은 시일 것이다. 그러나 남을 원망하고 미워하지 않고 자기가 있는 그 자리에서 안주(安住)하려는 그의 생각이 잘 나타났다고 하겠다.

35. 秋暮郊居書懷　늦가을을 교외에서 살다

추 모 교 거 서 회

1. 郊居人事少　　晝臥對林巒
   교 거 인 사 소　　주 와 대 림 만

2. 窮巷厭多雨　　貧家愁早寒
   궁 항 염 다 우　　빈 가 수 조 한

3. 葛衣秋未換　　書巷病仍看
   갈 의 추 미 환　　서 항 병 잉 간

4. 若問生涯計　　前溪一釣竿
   약 문 생 애 계　　전 계 일 조 간

교외에 사니 사람과 엉키는 일 없고, 낮에도 누워서 푸른 산을 쳐다보네

궁핍한 거리에 자주 내리는 비가 싫고, 가난한 살림에 빠른 추위 걱정 되네

갈포 걸친 채 가을에도 갈아입지 못하고, 병든 몸이지만 책만은 여전히 읽네

평생을 어떻게 살 것이냐 묻는다면, 앞 시냇물에 낚싯대 드리운다 대답하리

語釋　○秋暮(추모)-가을이 저물다. ○郊居(교거)-시골에 살다. ○書懷(서회)-느낌을 적는다. ○對林巒(대림만)-숲이 푸르게 우거진 산을 바라본다. ○窮巷(궁항)-궁핍한 마을. 빈촌이나 빈민가. ○葛衣(갈의)-갈포로 만든 옷. ○未換(미환)-아직도 겹옷이나 솜옷으로 바꿔 입지 못했다. ○病仍看(병잉간)-병든 몸이지만 여전히 책

은 읽는다. ○生涯計(생애계)-평생에 대한 생계. ○釣竿(조간)-낚싯대.

(解說) 가난과 신병(身病)에 시달리면서도 '하늘도 원망하지 않고, 남도 탓하지 않는다(不怨天, 不尤人)'(《論語》)는 생활태도가 잘 나타나 있다.

야 좌
36. 夜坐 밤에 앉아서

　　　　사 월 입 전 영　　초 초 야 좌 정
　1. 斜月入前楹　迢迢夜坐情
　　　　오 동 상 계 영　　실 솔 근 상 성
　2. 梧桐上階影　蟋蟀近牀聲
　　　　서 방 창 간 지　　추 종 점 상 생
　3. 曙傍窓間至　秋從簟上生
　　　　감 시 인 억 사　　불 침 도 계 명
　4. 感時因憶事　不寢到雞鳴

　기운 달이 앞 기둥 넘어 비쳐들 무렵, 초조한 심정으로 앉아 밤을 지새울 새

　오동나무 그림자 차츰 층계에 오르고, 귀뚜라미 소리도 침상 머리로 다가오네

　동트는 빛이 창가로 스며들 듯 번지고, 대자리 밑으로 가을 기운이 올라오네

　어수선한 때와 세상사를 탄식하며, 닭이 울 때까지 한잠도 못 잤노라

語釋 ○斜月(사월)-비스듬히 비쳐드는 달빛. 또는 차츰 서쪽으로 기울고 있는 달빛. ○前楹(전영)-마루 앞에 있는 기둥. ○迢迢(초초)-아득하고 막막하다. 즉 밤에 앉아 있는 정[夜坐情]이 그렇다는 뜻. ○上階影(상계영)-달이 기울자 차츰 오동나무 그림자도 층계를 하나하나 타고 올라온다. 예민하고 섬세한 관찰이며 현대적 감각에 통한다. ○蟋蟀(실솔)-귀뚜라미. ○近牀聲(근상성)-더욱 침상으로 가까워지는 소리. 밤이 더욱 고요해짐에 따라 귀뚜라미 소리가 한층 가까이 들려온다. ○曙(서)-새벽 동트는 밝음. 서광. ○傍窗間(방창간)-방(傍)은 옆으로 따라오다, 창간(窗間)은 창문 틈 사이로 간(間)은 간(間)과 같음. ○從簟上(종점상)-종(從)은 쫓아서 온다. 점상(簟上)은 대[竹]로 짠 자리. 즉 대자리를 통해 밑에서 가을의 찬 기운이 올라온다. ○感時(감시)-감(感)은 한탄, 탄식. 시(時)는 계절과 시대의 뜻을 겸했다. ○因憶事(인억사)-인(因)은 따라서, 억사(憶事)는 모든 세상사를 회상한다.

解說　서쪽으로 기울어지는 달빛이 마루 앞의 기둥 너머로 깊이 비쳐들고 있다. 백낙천은 때와 더불어 세상사가 한탄스러워서 깊은 밤에도 잠을 이루지 못하고 막막한 심정으로 앉아 있다. 달이 기울고 밤이 깊어짐에 따라, 오동나무 그림자가 층계를 타고 기어오르고 한편 귀뚜라미 소리가 더욱 가까이 귀청을 울린다.

어느덧 새벽의 서광이 창문 틈으로 스며들고 또 앉아 있는 대자리 밑으로 차가운 가을의 기운이 올라옴을 알겠다. 홀연히 앉아 뜬 눈으로 지새운 밤에 시인은 말없이 움직이지도 않고 있었다. 그러나 그의 가슴이나 몸에는 느끼는 것이 많았으리라. 시인은 '사월입전영(斜月入前楹)' '오동상계영(梧桐上階影)' '서방창간지(曙傍窗間至)'를 통해 달밝은 가을밤을 지샌 과정을 아름답게 그렸다.

도 중 감 추
37. 途中感秋   가을에 길을 가며

1. 節物行搖落   年顔坐變衰
   <small>절물행요락   연안좌변쇠</small>

2. 樹初黃葉日   人欲白頭時
   <small>수초황엽일   인욕백두시</small>

3. 鄕國程程遠   親朋處處辭
   <small>향국정정원   친붕처처사</small>

4. 唯憐病與老   一步不相離
   <small>유련병여로   일보불상리</small>

계절 따라 만물 더욱 영락하고, 나이 따라 얼굴 차츰 노쇠하네
나뭇잎이 노랗게 시들고, 나의 머리 하얗게 덮일 무렵
더더욱 고향에서 멀리 떨어져, 이곳저곳 친구들과 작별을 했네
오직 아픔과 늙음만이, 한 발짝도 떨어지지 않음이 딱하구나!

語釋 ○途中感秋(도중감추)-강주(江州)로 좌천되어 가는 길에 가을을 감상(感傷)하고 지은 시다. ○節物(절물)-가을철의 자연 만물. ○行(행)-더욱, 자꾸만, 갈수록. ○搖落(요락)-시들어 떨어지다. 영락하다. 가을바람에 불려 떨어지다. ○年顔(연안)-나이와 얼굴. 또는 늙은 얼굴. ○坐(좌)-가만히 있어도 저절로 차츰, 어느덧, 시름시름. ○程程(정정)-한 걸음 한 걸음 길을 갈 때마다. 또는 여정(旅程)을 따라.

解說 만물이 조락하는 가을철에 백발로 변하는, 노쇠한 나그네가 고향과 벗을 뒤로 정처없이 먼 길을 가고 있다. 오직 끝까지 떨어지지

않는 것은 병고(病苦)와 노쇠(老衰)뿐이니, 그 어찌 한탄스럽지 않으랴! '유련병여로(唯憐病與老), 일보불상리(一步不相離)' 인생이란 결국 늙어 병들고 종국에는 가게 마련이리라!

38. 冬初酒熟－其一　초겨울에 술 담그고－제1수
<small>동 초 주 숙</small>

<small>상 번 취 정 류</small>　<small>풍 리 전 지 하</small>
1. 霜繁脆庭柳　風利剪池荷

<small>월 색 효 미 고</small>　<small>조 성 한 갱 다</small>
2. 月色曉彌苦　鳥聲寒更多

<small>추 회 구 요 락</small>　<small>동 계 우 여 하</small>
3. 秋懷久寮落　冬計又如何

<small>일 옹 신 배 색</small>　<small>평 부 춘 수 파</small>
4. 一甕新醅色　萍浮春水波

서리 잦자 뜰의 버드나무 시들었고, 바람 세차서 못의 연꽃 줄기 꺾이었네

달빛은 새벽에 더욱 창백하고, 새소리 겨울에 더욱 시끄럽네
가을의 심정 줄곧 서글프거늘, 겨울을 또한 어찌 지나야 할까?
새로 담근 한 독의 술빛이, 봄철의 물에 뜬 마름 같구나!

(語釋) ○霜繁(상번)－서리가 자주 내린다. 또는 많이 내린다. ○脆(취)－시들고 마르다. ○風利(풍리)－바람이 세차고 날카롭다. ○剪(전)－자르다. ○池荷(지하)－연못에서 자란 연꽃 줄기. ○曉彌苦(효미고)－새벽에 더욱 창백하게 빛나다. ○寒更多(한갱다)－추운 날씨에는 새소리가 더욱 시끄럽게 들린다. ○寮落(요락)－적적하고 영락했

다. ㅇ甕(옹)—독, 술독. ㅇ醅色(배색)—새로 빚은 술빛. ㅇ萍浮(평부)—마름이 떠 있다.

解說　조락한 초겨울의 정원과 매서울만큼 창백한 겨울의 달빛과 더욱 시끄럽게 들리는 겨울 새들의 울음소리는 실의(失意)에 젖은 시인의 가슴을 한층 무겁고 걱정스럽게 찍어누를 것이다. 이미 가을에 상심(傷心)하여 기진맥진한 그는 장차 길고 고된 겨울을 어떻게 지낼까 막연할 수밖에 없다. 술이나 마실 수밖에! 새로 담근 술독들 들여다보니 마치 새봄의 강물이 출렁출렁 파도를 일고 있으며, 그 위에 마름이 떠 있는 듯하다면서 백낙천은 숲속에서 피안(彼岸)을 바라보고 있다.

39. 冬初酒熟－其二　초겨울에 술 담그고－제2수

1. 酒熟無來客　因成獨酌謠
2. 人間老黃綺　地上散松喬
3. 忽忽醒還醉　悠悠暮復朝
4. 殘年多少在　盡向此中銷

술은 잘 익었으나 찾아오는 손님 없어, 별 수 없이 독작으로 마시며 읊조린다

마치 속세에 사는 하황공과 기리계 같고, 또한 지상에 내린

적송자나 왕자교 같다

홀홀히 깨었다가 또다시 취하고, 유유히 밤과 낮에 계속 마신다

얼마 남지 않은 앞으로의 여생, 술 속에 묻혀 지내리라

(語釋) ㅇ因(인)-따라서. ㅇ成(성)-하다. 작(作)이나 위(爲)와 같은 뜻. ㅇ獨酌謠(독작요)-홀로 술잔 들어 마시며 시를 읊조린다. 백낙천을 취음(醉吟)선생이라고도 했다. ㅇ老黃綺(노황기)-진(秦)나라 말기에 난세를 피하여 상산(商山)에 은거한 네 명의 백발 노인, 즉 동원공(東園公)·하황공(夏黃公)·녹리선생(甪里先生)·기리계(綺里季)를 상산사호(商山四皓)라고 하였다. 노(老)는 늙은이, 황(黃)은 하황공, 기(綺)는 기리계다. ㅇ散(산)-유유자적하고 있는, 산보하는. 또는 한가하게 지내는. ㅇ松喬(송교)-옛날의 신선 적송자(赤松子)와 왕자교(王子喬). ㅇ殘年(잔년)-여생. 나머지 수명. ㅇ多少在(다소재)-술 마시고 얼마간 있다. 약간 남아 있다. ㅇ盡(진)-몽땅, 전부. ㅇ向此中(향차중)-술마시고 취하여 시를 읊는 그러한 속에서. ㅇ銷(소)-소(消)와 같다. 다 써버리자. 여생을 술이나 마시며 지내자.

(解說) 백낙천을 취음선생(醉吟先生)이라고도 했다. 어수선한 세상을 술로 달래고자 한 심정을 읊은 시는 이것말고도 많다. 그러나 대체로 조용하고 차분한 테두리를 벗어나지 않은 것이 그의 특색이다. 두보(杜甫)처럼 뼈를 깎는 듯 심각하지 않고 또 이태백(李太白)같이 호탕 수일하지도 않다.

40. 四十五　사십오세

1. 行年四十五　兩鬢半蒼蒼
   <small>행 년 사 십 오</small>　<small>양 빈 반 창 창</small>

2. 淸瘦詩成癖　粗豪酒放狂
   <small>청 수 시 성 벽</small>　<small>조 호 주 방 광</small>

3. 老來尤委命　安處卽爲鄕
   <small>노 래 우 위 명</small>　<small>안 처 즉 위 향</small>

4. 或擬廬山下　來春結草堂
   <small>혹 의 여 산 하</small>　<small>내 춘 결 초 당</small>

어느덧 나이가 45세로 접어들고, 양쪽의 귀밑털도 반백으로 변했노라

헬쑥히 야윈 주제에 시 쓰는 버릇 있고, 억세고 거친 성품 술 마시면 광태부린다

늙어서 천명에 의탁하게 되었고, 조용히 있는 곳이 바로 고향이려니

내년 봄에는 여산 기슭에, 초당이나 엉성하게 엮을까 한다.

語釋　○四十五(사십오)—백낙천이 강주(江州) 사마로 쫓겨난 다음해다. ○行年(행년)—나이. ○兩鬢(양빈)—양쪽의 살쩍. ○半蒼蒼(반창창)—태반이 희끗희끗하게 되었다. ○淸瘦(청수)—기품이나 몸매가 말쑥하고 야위었다. ○詩成癖(시성벽)—시가 버릇이 되었다. 자나깨나 시를 짓는 버릇이 있다. ○粗豪(조호)—거칠고 호탕하다. 원래는 청수(淸瘦)했으나, 때와 환경을 못만나 조호하게 되었다. ○酒放

122

狂(주방광)-술에 방광(放狂)하다. 방광은 광태를 부리다. ㅇ老來(노래)-늙어지면서. ㅇ尤(우)-더욱. ㅇ委命(위명)-천명에 맡기다. ㅇ擬(의)-장차 ~하고자 한다. ㅇ廬山(여산)-구강부(九江府)에 있다. 백낙천이 은거했던 향로봉(香爐峯)도 여산의 한 봉우리다.

(解說) 강주사마(江州司馬)로 쫓겨간 이듬해에 나이 45세가 된 백낙천은 머리도 희끗희끗 반백이 되었다. 원래 청수(清瘦)한 성품을 타고난 그가 왜 술을 마시고 조호(粗豪)하게 광기를 부리게 되었는지 짐작이 갈 만하다. 그러나 차분한 백낙천이다. 다시 '안주하는 곳이 내 고향(安處卽爲鄕)'이라고 하여 주어진 천명에 모든 것을 맡기고자 했다.

숙 죽 각
41. 宿竹閣   숙죽각에 묵다

만 좌 송 첨 하　소 면 죽 각 간
1. 晚坐松簷下　宵眠竹閣間

청 허 당 복 약　유 독 저 귀 산
2. 清虛當服藥　幽獨抵歸山

교 미 능 승 절　망 응 불 급 한
3. 巧未能勝拙　忙應不及閒

무 로 별 수 도　즉 차 시 현 관
4. 無勞別修道　卽此是玄關

저녁에는 소나무 처마 아래 앉았고, 밤에는 대나무 누각에 들어 잠자니
청허한 심경은 마치 선약을 복용한 듯, 유수한 한적은 마치 산

속에 들어간 듯

재치는 어리석음만 못하고, 바쁨은 한가로움만 못하니

별로 수도하고자 애쓸 것 없다. 이것이 바로 현묘의 문이로다

語釋 ○宿竹閣(숙죽각)─죽각에 묵다. 죽각은 대나무로 지은 집. 혹은 대나무 숲속에 지은 누각. ○松簷(송첨)─소나무 가지가 맞닿은 처마. ○閒(간)─간(間)과 같다. ○淸虛(청허)─환경이나 가슴속이 청명(淸明)·허정(虛靜)하다. ○當(당)─해당하다, 마치 ~같다. ○服藥(복약)─선약(仙藥)을 복용하다. ○幽獨(유독)─유수(幽邃)와 한적(閑寂). 독(獨)은 홀로 조용하다. ○抵(저)─해당된다. 마치 ~와 같다. ○巧(교)─처세하는 데 재치나 꾀를 부리는 것. ○未能勝(미능승)─이겨내지 못한다. ○拙(절)─우직하고 어리석다. '졸'로 발음하는데 고음(古音)은 '절'. ○忙(망)─바쁘게 서둘다. ○應不及(응불급)─응당 미치지 못한다. ○閒(한)─한가롭다. ○無勞(무로)─고생하지 마라. 애쓰지 마라. ○別(별)─별도로 따로. ○修道(수도)─도를 닦는다. ○玄關(현관)─이렇게 한적하게 지내는 것이 바로 유현(幽玄)에 들어가는 길이다. 관(關)은 관문. 문(門)으로 된 판본도 있다.

解說 선약을 복용하거나 깊은 산중에 가야지 유현(幽玄)을 맛보는 것이 아니다. 한적한 환경에서 마음이 한가로우면 바로 신선과 같이 청허(淸虛)하게 지낼 수가 있다.

124

한 영
42. 閒詠 한가로움

보월련청영　　면송애녹음
1. 步月憐淸景　　眠松愛綠陰

조년시사고　　만세도정심
2. 早年詩思苦　　晚歲道情深

야학선다좌　　추견흥잠음
3. 夜學禪多坐　　秋牽興暫吟

유연양사외　　무처갱류심
4. 悠然兩事外　　無處更留心

　　맑은 빛이 정다워 달 아래 거닐며, 푸른 그늘 사랑하여 솔밭에
자네
　　어려서는 시 짓느라 고심했고, 늙어서는 도 닦는 데 몰두했다
　　밤에는 선(禪)을 익히고자 줄곧 정좌하고, 가을에는 흥에 끌려
한 수 읊기도 하네
　　유연히 두 가지만 일삼으며, 다른 일엔 마음 쓰지 않노라

語釋　○閒詠(한영)－한가롭게 읊는다. ○步月(보월)－달빛 아래 거닐다.
○憐(연)－사랑하다. 정을 느끼다. ○淸景(청영)－달의 청명한 빛.
경(景)은 영(影)으로 읽는다. ○眠松(면송)－소나무 아래 또는 숲
에서 자다. ○詩思苦(시사고)－시를 짓겠다는 생각으로 고심했다.
○道情深(도정심)－도에 대한 생각이 깊다. ○學禪(학선)－선의 경
지를 터득하고자. ○多坐(다좌)－늘 좌선하다. ○牽興(견흥)－가을
의 풍경에 끌려. ○暫吟(잠음)－잠시 시를 읊기도 한다. ○悠然(유

연)-유연한 태도로 살다. 유유자적하다. ㅇ無處(무처)-~하는 곳이 없다. ㅇ更留心(갱류심)-더욱 마음을 두다.

解說   자연과 더불어 유유자적하며 시를 읊고 선도(禪道)에 정진하고 있는 모습이 잘 나타나 있다. 누구나 늙으면 이렇게 되어야 하느니라!

화 춘 심
43. 和春深-其一   늦봄에 화창한다-제1수

하 처 춘 심 호   춘 심 부 귀 가
1. 何處春深好   春深富貴家

마 위 중 로 조   기 작 후 정 화
2. 馬爲中路鳥   妓作後庭花

나 기 편 론 대   금 은 용 식 거
3. 羅綺編論隊   金銀用飾車

안 전 하 소 고   유 고 일 서 사
4. 眼前何所苦   唯苦日西斜

어디에서 무르녹은 봄을 좋아할까? 부귀를 누리는 집에 봄이 깊었으니

말은 중매장이 새같이 오락가락하고, 기녀들은 후정화의 가무를 연주하네

비단옷 걸친 미녀들이 대오를 짜고, 금은보배 장신구로 수레를 장식했네

그들. 앞에 고생되는 일 없거늘, 오직 해가 짧아 걱정이리라!

126

語釋 ○和春深(화춘심)—원진(元稹)이 지은 〈봄이 깊다(春深)〉라는 시에 맞추어 지었다. 8수가 있으나 여기서는 2수만 들었다. ○中路鳥(중로조)—중매를 드는 청조(靑鳥). 서왕모(西王母)에 얽힌 고사로 푸른 새가 날아다니며 남녀의 중매를 든다고 한 게 있다. ○後庭花(후정화)—가무의 곡명. 원명은 옥수후정화(玉樹後庭花)로 남북조(南北朝) 진후주(陳後主)가 지었다고 한다. ○羅綺(나기)—비단옷. 비단옷 입은 미녀들. ○編論隊(편론대)—편을 짜고 군사훈련을 한다. 손무(孫武)가 궁녀들을 가지고 무술의 조련을 해보였다. 여기서는 대오를 지어 가무(歌舞)하는 모습을 비유했다. ○飾車(식거)—수레를 장식하다. ○日西斜(일서사)—해가 서쪽으로 기울다.

解說 풍류와 비판의 시다. 무르익은 봄을 빙자하여 즐기는 사람과 도리어 고생하는 사람들을 대조시켰다.

제1수에서는 봄철에 놀고 즐기는 부귀인(富貴人)을, 제2수에서는 춘경(春耕)에 피폐한 빈천인(貧賤人)을 그렸다.

기타 권력있는 어사(御史), 또는 유배되는 천객(遷客), 혹은 은자(隱者)·어부(漁夫)·통음가(痛飲家) 등을 내세웠다. 율시로서는 품격이 높다고 할 수 없으나, 풍간시(諷諫詩)로서는 주목할 만하다.

화 춘 심
44. 和春深-其二 늦봄에 화창한다-제2수

1. 何處春深好　春深貧賤家
하 처 춘 심 호　춘 심 빈 천 가

2. 荒涼三徑草　冷落四鄰花
황 량 삼 경 초　냉 락 사 린 화

3. 奴困歸傭力　妻愁出賃車
노 곤 귀 용 력　처 수 출 임 거

도 궁 평 로 험   거 족 극 포 야
4. 途窮平路險　擧足劇褒斜

어디에서 무르녹은 봄을 좋아할까? 빈천에 쪼들리는 집에 봄
이 깊었으나

황량한 뜰안 길 풀이 마구 자랐고, 사방 둘레에 시들은 꽃 흩
어졌네

남편은 밭갈이에서 지쳐 돌아왔거늘, 아낙은 나가 고생스런 품
팔이하네

곤궁에 빠진 그들에겐 평탄한 길도, 포야 언덕보다 험난하여
걷기 힘드네

(語釋) ○荒涼(황량)-봄인데도 집안의 뜰이 황량하다. ○三徑(삼경)-뜰안
의 작은 길. ○草(초)-풀이 마구 자랐다. ○四鄰花(사린화)-집 둘
레 사방에는 영락한 꽃이 흩어져 있다. ○奴困(노곤)-사내는 피곤
하여. ○歸傭力(귀용력)-힘든 밭일에서 돌아오다. ○妻愁(처수)-
아낙은 가난한 살림이 걱정이 되어. ○出賃車(출임거)-품팔이 수
레를 끌고 나간다. ○途窮(도궁)-길이 막히다. 인생이 곤궁에 빠지
면. ○平路險(평로험)-평탄한 길도 험하고 힘겹게 느껴진다. ○擧
足(거족)-발을 들다, 걷다, 걸어가다. ○劇(극)-더욱 심하다, 극심
하다. ○褒斜(포야)-섬서성(陝西省) 종남산(終南山)에 있는 험준
한 계곡의 이름. 사(斜)는 '야'로 읽는다.

(解說)　같은 봄이지만 한편에서는 즐기고 있으나, 한쪽에서는 이토록 곤
비(困憊)하고 있다. 백낙천은 비판하거나 심각하게 파고들지 않고
오직 담담하게 그리고만 있다. 백낙천 문학의 특색이자 한계를 이
시에서 볼 수 있을 것 같다.

128

하 처 난 망 주
45. 何處難忘酒-其一　술 생각날 때-제1수

하 처 난 망 주　　천 애 화 구 정
1. 何處難忘酒　天涯話舊情

청 운 구 부 달　　백 발 체 상 경
2. 靑雲俱不達　白髮遞相驚

이 십 년 전 별　　삼 천 리 외 행
3. 二十年前別　三千里外行

차 시 무 일 잔　　하 이 서 평 생
4. 此時無一盞　何以叙平生

어떤 때에 술을 잊지 못할까? 하늘 끝 헤어졌던 벗과 정담할 때지

다같이 청운의 뜻을 펴지 못하고, 백발이 성성한 데 서로 놀라고
20년 전에 헤어져 떠돌다, 3천 리 밖에서 다시 만나니
이럴 때에 술 한 잔이 없다면, 평생의 사연 어찌 토하리?

(語釋) ○何處(하처)－어느 곳. 어떤 처지. 또는 어느 때에. ○難忘酒(난망주)－술을 잊기가 어렵다. ○天涯(천애)－하늘 끝으로 서로 헤어졌던 옛 친구. ○話舊情(화구정)－옛날의 정이나 이야기를 나눈다. 정(情)은 정, 또는 이야기, 옛날의 일들. ○靑雲(청운)－높은 뜻. 높은 벼슬. ○俱(구)－둘이 다. ○遞(체)－서로 ○盞(잔)－술잔. ○叙(서)－서술하다. 풀다.

(解說) 20년 전에 헤어졌던 옛 친구를 3천 리 먼 객지에서 만났다. 둘이 다 청운의 뜻을 펴지 못하고 평범한 나그네로 떠도는 신세였다. 그

러나 둘이 다 백발이 성성한 노인이 되었다. 서로 놀라고 서로 한탄하며 옛정을 풀고 아울러 옛날을 회상할 새, 어찌 술이 생각나지 않겠는가?

하 처 난 망 주
46. 何處難忘酒 - 其二   술 생각날 때 - 제2수

하 처 난 망 주　　　상 정 로 병 옹
1. 何處難忘酒　　霜庭老病翁

암 성 제 실 솔　　　건 엽 낙 오 동
2. 闇聲啼蟋蟀　　乾葉落梧桐

빈 위 수 선 백　　　안 인 취 잠 홍
3. 鬢爲愁先白　　顔因醉暫紅

차 시 무 일 잔　　　하 계 내 추 풍
4. 此時無一盞　　何計奈秋風

어떤 때에 술을 잊지 못할까? 서리 덮인 뜰에 병든 노옹이
숨어서 우는 귀뚜라미 소리 듣고, 말라 떨어진 오동잎 보며
수심에 겨워 귀밑털이 회게 되었네. 잠시나마 취해야 얼굴 붉
을 것이니
이럴 때 한 잔의 술이 없다면, 어찌 가을바람 이겨내리요

語釋　○霜庭(상정)－서리가 하얗게 덮인 뜰. ○闇(암)－암(暗)과 같다.
숨어서. 안보이게. ○蟋蟀(실솔)－귀뚜라미. ○鬢(빈)－귀밑털. ○爲
愁(위수)－수심·걱정 때문에. ○因醉(인취)－취해야. ○何計奈(하
계내)－어떠한 계략을 꾸미겠는가? 여기서는 어떻게 쓸쓸하고 차가
운 가을바람을 견디어 내겠는가의 뜻.

130

(解說)　오동나무 마른 잎을 떨구고, 귀뚜라미는 숨어서 소란하게 울고
있다. 서리가 희게 내린 뜰에 서 있는 노쇠하고 병든 노인은 수심에
겨워 머리가 더욱 희게 되었다. 잠시라도 좋다! 술 취하면 얼굴이
붉으레할 것이 아니냐? 한잔 술 없이 어찌 가을바람을 맞을 수가
있겠느냐?

불 여 래 음 주
47. 不如來飲酒　차라리 술 마셔라

막 입 홍 진 거　　영 인 심 력 로
1. 莫入紅塵去　令人心力勞
상 쟁 양 와 각　　소 득 일 우 모
2. 相爭兩蝸角　所得一牛毛
차 멸 진 중 화　　휴 마 소 리 도
3. 且滅嗔中火　休磨笑裏刀
불 여 래 음 주　　온 와 취 도 도
4. 不如來飲酒　穩臥醉陶陶

붉은 먼지 혼탁한 속세에 들어가, 마음과 정력 헛되게 마라
달팽이 뿔 위에서 서로 싸운들, 얻는 것은 한 가닥 소털뿐이리
잠시 노여움의 불길도 끄고, 웃음 뒤에 칼도 갈지 마라
차라리 와서 함께 술이나 마시며, 조용히 누워 도연히 취하세!

(語釋)　○不如來飲酒(불여래음주)─와서 술마시는 게 좋다. 불여(不如)는
~만 하지 못하다. 차라리 ~하는 게 좋다. ○紅塵(홍진)─붉은 먼지
가 일어나는 속세의 거리. ○勞(노)─피곤하다. 헛되게 만든다. ○兩
蝸角(양와각)─달팽이의 두 뿔 위에서 서로 싸우다. 《장자(莊子)》에

있다(七言絶句〈對酒〉참조). ㅇ所得(소득)-얻는 바. ㅇ一牛毛(일
우모)-소의 털 하나. 지극히 작다는 뜻. ㅇ嗔中火(진중화)-노여움
의 불길. 불같은 노여움. ㅇ休磨(휴마)-갈던 것을 멈추어라. 갈지
마라. ㅇ笑裏刀(소리도)-웃음 속에 숨긴 칼. 정치 사회에서는 흔하
게 있다. ㅇ穩臥(온와)-조용히 눕다. ㅇ陶陶(도도)-도연히. 흠뻑.

(解說) 이 시도 7수가 있다. 백낙천은 권모술책으로 서로 다투고 빼앗는
속세에 들어가지 말고 차라리 술마시고 도연히 취해 잠이나 자라고
했다. 한편 같은 제목의 시에서 그렇다고 깊은 산으로 은거하거나
또는 신선이 되겠다는 부질없는 짓도 하지 말라고 했다. 즉 그는 삶
을 있는 그대로 조용히 자연과 더불어 즐기라고 주장한 것이다. 그
는 안온한 현실주의자라 하겠다.

48. 食後 식 후

	식 파 일 각 수	기 래 양 구 차
1.	食罷一覺睡	起來兩甌茶
	거 두 간 일 영	이 부 서 남 사
2.	擧頭看日影	已復西南斜
	낙 인 석 일 촉	우 인 염 년 사
3.	樂人惜日促	憂人厭年賖
	무 우 무 락 자	장 단 임 생 애
4.	無憂無樂者	長短任生涯

　식사를 마치고 한바탕 낮잠을 자고, 깨어나 두 사발의 차를
마시며
　머리를 들어 해 그림자를 바라보니, 벌써 서남쪽으로 기울고

있네

즐거운 사람에겐 해가 짧아 애석하겠고, 걱정스런 자에겐 세월 길어 염증나겠지

나같이 즐거움도 걱정도 없는 자에겐, 길거나 짧거나 한 평생을 맡기고 살 뿐

語釋 ○食罷(식파)—식사를 마치고 ○一覺睡(일각수)—한바탕 자다. 각(覺)은 형용사. 여기서는 별로 뜻이 없다. ○甌(구)—사발. ○已復(이부)—오늘도 벌써. ○惜日促(석일촉)—해가 촉박하여 애석할 것이다. ○賒(사)—길다. 오래다. ○任生涯(임생애)—한 세상을 맡기고 산다.

解說 강주사마(江州司馬)로 내려와서 한적하게 지낼 때 지은 시다. 남들같이 좋다 나쁘다 또는 해가 길다 짧다라며 안달을 하지 않고, 오직 하늘 땅과 함께 그날그날을 편하게 보낸다. 이러한 생활태도가 바로 낙천(樂天)이란 호에 어울린다 하겠다.

장안조춘려회
49. 長安早春旅懷　이른 봄 장안에 와서

헌 거 가 취 훤 도 읍
1. 軒車歌吹諠都邑　　중 유 일 인 향 우 립
中有一人向隅立

야 심 명 월 권 렴 수
2. 夜深明月卷簾愁　　일 모 청 산 망 향 읍
日暮青山望鄉泣

풍 취 신 록 초 아 탁
3. 風吹新綠草芽拆　　우 새 경 황 유 조 습
雨灑輕黃柳條濕

차 생 지 부 소 년 춘
4. 此生知負少年春　　부 전 수 미 욕 삼 십
不展愁眉欲三十

수레와 노랫소리 시끄러운 서울, 한구석에 홀로 외롭게 서있
는 나

깊은 밤 밝은 달을 발 걷고 쳐다보며 슬퍼했고, 해 떨어진 푸
른 산너머 고향을 바라보며 울었노라

봄바람에 신록이 나부낄 새 풀 싹이 트고, 사뿐히 내리는 비
에 연두색 버들가지 물이 트네

봄을 등진 젊은 나의 인생이여, 이맛살 찌푸린 채 30이 되려
하네

(語釋) ○旅懷(여회)─객지에 와서 느끼는 감회. ○軒車(헌거)─높은 사람
들이 타는 수레. ○歌吹(가취)─불러대는 노래나 악기 소리. ○諠
(훤)─시끄럽다. ○向隅立(향우립)─구석을 향해 보고 서있다. ○卷
簾(권렴)─발을 걷어올리고 달을 쳐다본다. ○望鄕泣(망향읍)─고
향을 바라보며 운다. ○拆(탁)─트다. ○灑(새)─뿌리다. ○輕黃(경
황)─엷은 황색. 노리끼한 버들가지의 색깔. ○柳條(유조)─버들가
지. ○此生知(차생지)─차생(此生)은 나 또는 나의 인생. 지(知)는
알다. ○負少年春(부소년춘)─부(負)는 등지다. 소년춘(少年春)은
젊어서 마냥 즐길 수 있는 봄철. ○不展(부전)─펴지 못하다. ○愁
眉(수미)─걱정스러워 찌푸리는 눈썹.

(解說) 백낙천이 진사(進士)에 급제한 때는 29세였다. 이 시는 그 1년
전에 지은 것으로 그는 과거를 보기 위하여 혼자 낯설은 장안에 왔
었다. 생소한 장안에서 봄의 즐거움도 외면하고 각고면려하는 긴장
감마저 느껴진다.

주 중 만 기
50. 舟中晚起　배 안의 늦잠

일고유엄수창면　침담청량팔월천
1. 日高猶掩水窗眠　枕簟淸涼八月天

박처혹의고주점　숙시다반조어선
2. 泊處或依沽酒店　宿時多伴釣魚船

퇴신강해응무용　우국조정자유현
3. 退身江海應無用　憂國朝廷自有賢

차향전당호상거　냉음한취이삼년
4. 且向錢塘湖上去　冷吟閒醉二三年

해가 높아도 여전히 창문 닫고 배 안에서 늦잠을 잔다. 베개나 대자리가 맑고 싸늘하니 8월의 가을 계절이렸다

아무 곳에나 술 파는 가게 있는 곳에 배를 정박하고, 고기 낚는 배들 틈에 끼어 하룻밤을 묵고 가겠노라

은퇴한 몸이니 강·바다에서 쓸모가 없을 것이고, 나라 걱정은 조정에 있는 현신들이 할 것이로다

이제 전당호로 가서 2, 3년간을, 한가롭게 술 취하고 시나 읊으리

(語釋) ○舟中晚起(주중만기)―배 안에서 늦게 일어나다. ○掩水窗(엄수창)―배의 창문을 닫고. ○枕簟(침담)―베개와 대자리. ○泊處(박처)―배를 정박하는 곳. ○依(의)―의지하다. ○沽(고)―매매하다. 팔고 사다. ○多伴(다반)―많이 짝하다. ○退身(퇴신)―물러난 몸. ○且(차)―이제는, 잠시. ○錢塘湖(전당호)―항주(杭州)에 있는 서호(西湖). ○冷吟閒醉(냉음한취)―냉정하게 시나 읊고 한가롭게 취하자.

解說 백낙천은 장경(長慶) 2년(51세)에 자청하여 항주자사(杭州刺史)가 되어 장안(長安)을 떠났다. 이 시는 번거롭던 궁중생활에서 벗어나 배를 타고 항주로 가는 도중에 지은 것이다. '퇴신강해응무용(退身江海應無用), 우국조정자유현(憂國朝廷自有賢)'에서 왜 그가 스스로 은퇴하고자 했는가를 엿볼 수 있다.

남 호 조 춘
51. 南湖早春 남쪽 호수의 초봄

풍 회 운 단 우 초 청
1. 風廻雲斷雨初晴

반 조 호 변 난 부 명
返照湖邊暖復明

난 점 쇄 홍 산 행 발
2. 亂點碎紅山杏發

평 포 신 록 수 빈 생
平鋪新綠水蘋生

시 저 백 안 비 잉 중
3. 翅低白雁飛仍重

설 삽 황 리 어 미 성
舌澁黃鸝語未成

부 도 강 남 춘 불 호
4. 不道江南春不好

연 년 쇠 병 감 심 정
年年衰病減心情

바람 되돌아 구름 흩어지고 비 멈추어 날이 맑을 새, 반사하는 석양 빛에 호수는 다시 포근하고 밝아라

만발한 살구꽃이 울긋불긋 산에 어지럽게 얼룩졌고, 산뜻한 마름풀이 푸릇푸릇 강물에 평평하게 깔려 있네

날개 처진 흰기러기 나는 품 아직 무거운 양, 혀가 떫은(어린) 노란 꾀꼬리 말소리 아직 서투른 듯

강남 봄이 좋지 않다는 게 아니로되, 해마다 병으로 시들어 가니 흥겨움도 덜하여라

語釋 ㅇ南湖早春(남호조춘)-강남의 호수가에서 초봄을 노래한 시다. ㅇ風廻(풍회)-바람의 방향이 바뀌다. ㅇ雲斷(운단)-비를 내리던 구름도 흩어졌다. ㅇ雨初晴(우초청)-비가 멈추고 비로소 날이 개었다. ㅇ返照(반조)-반사하는 낙조 ㅇ亂點碎紅(난점쇄홍)-울긋불긋 붉은 살구꽃이 여기저기 피어난 형용. ㅇ平鋪(평포)-평탄하게 깔려 있다. ㅇ水蘋(수빈)-물 위에 뜬 풀, 마름. ㅇ翅低(시저)-날개가 처지다. ㅇ舌澁(설삽)-혀가 떫다. ㅇ鸝(리)-꾀꼬리.

解說 초봄의 풍물과 정경을 다각적이고도 섬세하게 그렸다. 비·바람·구름이 개인 하늘과, 포근하고 밝게 석양을 반사하고 있는 호수, 붉게 울긋불긋 피어난 살구꽃들과 산뜻하게 물 위에 살아난 마름풀, 아직도 날기에 무거운 듯한 흰기러기 또는 노래가 무딘 듯한 꾀꼬리 소리들, 이 모든 것은 새로운 싹·새 삶·새 기쁨을 상징하는 것이다. 그러나 병들고 노쇠한 시인은 해를 거듭할수록 봄을 맞는 감흥이 떠름하기만 하다.

향 로 봉 하 초 당 초 성
52. 香爐峯下草堂初成   향로봉 기슭의 초당

일 고 수 족 유 용 기   소 각 중 금 불 파 한
1. 日高睡足猶慵起   小閣重衾不怕寒

유 애 사 종 의 침 청   향 로 봉 설 발 렴 간
2. 遺愛寺鐘欹枕聽   香爐峯雪撥簾看

광 려 편 시 도 명 지   사 마 잉 위 송 로 관
3. 匡廬便是逃名地   司馬仍爲送老官

심 태 신 녕 시 귀 처   고 향 하 독 재 장 안
4. 心泰身寧是歸處   故鄉何獨在長安

해가 높도록 마냥 잤으나 일어나기 싫으며, 작은 방에 겹겹이
이불 덮었으니 추위가 두렵지 않네

유애사의 종소리를 베개에 머리 돋아 들으며, 향로봉의 설경을
발을 걸어 바라본다

여산은 본래 속세의 명리를 버리고 은거하는 고장이고, 사마
란 직책은 바로 늙음을 달래는 한직이니

마음 태평하고 몸이 안녕하면 그곳이 바로 귀의할 곳이거늘,
어찌 오직 나의 고향이 장안에만 있다 하겠느냐?

語釋 ○香爐峯下草堂初成(향로봉하초당초성)−원제(原題)는 〈향로봉하
(香爐峯下), 신복산거(新卜山居), 초당초성(草堂初成), 우제동벽(偶
題東壁)〉이다. 백낙천은 원화(元和) 12년(817년) 3월 27일에 초당
을 지었다. 전부 5수가 있다. ○睡足(수족)−잠을 흡족하게 잤다.
○猶(유)−아직도. 그런데도 역시. ○慵起(용기)−일어나기 싫다.
○重衾(중금)−두꺼운 이불. 또는 여러 겹의 이불. ○不怕(불파)−
두렵지 않다. ○遺愛寺(유애사)−향로봉 북쪽에 있다. ○欹枕(의
침)−베개를 돋아 머리를 높이고 또는 베개 위에 머리를 높이 세우
고 ○撥(발)−걷어 제치고 ○匡廬(광려)−여산의 별명. 주(周)나라
때의 광유(匡裕)라는 선인이 이곳에 움[廬]을 짓고 살았다고 해서
붙인 이름. ○逃名地(도명지)−명리(名利)를 피해 사는 곳. ○司馬
(사마)−백낙천은 강주(江州)사마의 직분으로 이곳에 왔다. ○送老
官(송로관)−늙음을 보내는 벼슬, 즉 한직이다. ○心泰身寧(심태신
녕)−몸이나 마음이 편하다. ○歸處(귀처)−안주할 곳.

解說 강주사마로 쫓겨온 백낙천은 차츰 마음의 평정을 찾았으며, 2년
째 되던 해에는 향로봉 밑에 초당을 지어 한적한 생활을 즐겼다. 한
직(閒職)에 있으면서 마냥 게으름을 피는 자신을 구김살없이 잘 표
현했다.

138

면 한 유
53. 勉閒遊   한가롭게 노닐다

천시인사상다고 　 일세춘능기처유
1. 天時人事常多故　　一歲春能幾處遊

불시진애편풍우 　 약비질병즉비우
2. 不是塵埃便風雨　　若非疾病卽悲憂

빈궁심고다무흥 　 부귀신망부자유
3. 貧窮心苦多無興　　富貴身忙不自由

유유분사관흡호 　 한유수로미능휴
4. 唯有分司官恰好　　閒遊雖老未能休

천운이나 인간사에는 항상 많은 탈이 나게 마련이니, 1년에 한 번 맞는 봄철 몇 차례나 놀 수 있으랴!

티끌 먼지 아니면 바람 비에 막히고, 질병이 아니면 슬픔 걱정에 시달리네

가난에 쪼달리면 마음고생 많으니 흥이 안나고, 부귀를 누리면 몸이 바빠 자유롭지 못하노라

오직 분사의 벼슬이 나에게는 알맞으니, 비록 늙어도 한유를 끝없이 즐기리라

語釋 ㅇ勉閒遊(면한유)—한가롭게 노니는 일이나 힘쓰겠다. ㅇ天時(천시)—천운이나 천명. ㅇ人事(인사)—인간이 하는 일. ㅇ故(고)—사고 탈. ㅇ塵埃(진애)—먼지. 티끌. ㅇ分司(분사)—백낙천은 동도(東都)의 분사 관직을 맡았었다. ㅇ恰好(흡호)—가장 좋다.

(解說) 　백낙천은 58세와 62세 두 차례에 걸쳐 태자빈객(太子賓客)으로
서 동도분사(東都分司)라는 한직을 맡았었다. 동도는 낙양(洛陽)이
며 분사는 명목상의 직책이었으므로 그는 이렇듯 한가로운 시를 지
을 수가 있었다. 물론 노경에 처한 그는 도가와 불가에 기울어 속세
에 나가 엉키는 일을 싫어했었다. 그렇다고 무일푼으로 가난에 쪼달
리면 한적할 수 없음을 잘 알고 있었던 그는 결국 '빈궁심고다무흥
(貧窮心苦多無興), 부귀신망부자유(富貴身忙不自由)'라고 　읊었던
것이다.

　　영　회
54. 詠 懷　감회

　　　　자 종 위 순 임 부 침　　　점 각 연 다 공 용 심
　1. 自從委順任浮沈　　漸覺年多功用深
　　　　면 상 감 제 우 희 색　　　흉 중 소 진 시 비 심
　2. 面上減除憂喜色　　胸中消盡是非心
　　　　처 아 불 문 유 탐 주　　　관 개 개 용 지 포 금
　3. 妻兒不問唯耽酒　　冠蓋皆慵只抱琴
　　　　장 소 영 균 부 지 명　　　강 리 총 반 고 비 음
　4. 長笑靈均不知命　　江蘺叢畔苦悲唫

　본시 천명을 따르고 세상 흐름에 몸 담고자 했거늘, 점차 늙어
가면서 더욱 수양과 효험이 깊어졌노라
　얼굴에는 기쁨이나 슬픔의 기색도 지워졌고, 가슴속에는 시비
를 따지는 극성도 사라졌으며
　처자도 모른 체 오직 술을 탐내고, 벼슬도 귀찮다고 거문고만
타노라

굴원이가 천명을 알지 못하고 부질없이 고민하고, 물가 풀밭을 떠돌며 슬피 읊던 꼴이 우습구나

(語釋) ㅇ詠懷(영회)-감회를 읊는다. ㅇ自從(자종)-~한 이래로. ㅇ委順(위순)-맡기고 순종하다. ㅇ任浮沈(임부침)-부침이나 흥망(興亡)에 맡긴다. ㅇ漸覺(점각)-점차로 알게 되었다. ㅇ功用(공용)-효험. 공(功)은 수양·공부·노력. 용(用)은 효용. ㅇ減除(감제)-감소되고 없어진다. 깊은 수양과 덕을 지닌 사람은 쉽사리 얼굴에 희노애락의 빛을 나타내지 않는다. ㅇ消盡(소진)-지워 없애다. ㅇ是非心(시비심)-옳다 그르다 하고 극성스럽게 따지는 생각. ㅇ耽酒(탐주)-술에 빠지다. 탐(耽)은 탐닉. ㅇ冠蓋(관개)-관면(冠冕)이나 차개(車蓋). 즉 관직을 상징한다. ㅇ慵(용)-게으름 피다. 귀찮게 여기다. ㅇ靈均(영균)-굴원(屈原)의 자(字). ㅇ江蘺叢畔(강리총반)-리(蘺)는 향풀〔香草〕. 총(叢)은 풀숲. 즉 택반(澤畔)의 풀밭, 혹은 풀이 우거진 강가. ㅇ唫(음)-음(吟)과 같다.

(解說) 인간의 능력에는 한계가 있다. 아무리 애를 써도 넘어설 수가 없는 한계가 있으며, 따라서 숙명이니 천명이니 하게 마련이다. 피곤한 인생, 실의에 젖었을 때 흔히 천명을 찾고, 그 품속에서 안주(安住)하고자 한다. 한편 무(無)에서 나와 무로 복귀(復歸)한다는 노장(老莊)이나 불교의 경지에서 명리에 매달린 속세를 초월할 수도 있다. 그렇다고 현재의 삶을 완전히 저주하거나 포기하라는 것도 아니다. 술과 거문고를 가지고 이승의 삶을 달래고 즐겨야 한다. 이 시는 이상과 같은 깊은 철학이 담겨져 있음에 주의해야 하겠다. 이러한 생활태도가 바로 백낙천이 산 말년의 은일한 풍격이었다.

55. 放言 방언
방 언

1. 泰山不要欺毫末　　顔子無心羨老彭
태 산 불 요 기 호 말　　안 자 무 심 선 노 팽

2. 松樹千年終是朽　　槿花一日自爲榮
송 수 천 년 종 시 후　　근 화 일 일 자 위 영

3. 何須戀世常憂死　　亦莫嫌身漫厭生
하 수 연 세 상 우 사　　역 막 혐 신 만 염 생

4. 生死去來都是幻　　幻人哀樂繫何情
생 사 거 래 도 시 환　　환 인 애 락 계 하 정

높고 큰 태산은 작은 털끝을 속이지 않을 것이며, 요절한 안자
는 장수했다던 노팽을 부러워 않았으리

천년 자란 소나무도 결국은 시들어 넘어지고, 하루 피는 무궁
화도 제멋의 영화를 누리거늘

어찌 현세에만 연연하고 죽기를 두려워하나, 또한 육신과 인생
을 함부로 싫어하지 말지어다

살고·죽고·가고·오는 일이 모두가 꿈이거늘, 꿈에 사는 인
간이 어이 애환의 정에 엉키리요

(語釋) ○放言(방언)—함부로 말한다. 거침없이 말한다. ○泰山(태산)—산
동성(山東省)에 있는 명산으로 오악(五嶽) 중의 하나이다. 일반적으
로 높고 큰 산을 대표하기도 한다. ○不要(불요)—~할 필요가 없
다. ~하지 않을 것이다. ○欺(기)—속이다. ○毫末(호말)—털끝. 사
마천(司馬遷)의 〈보임소경서(報任少卿書)〉에 있다. '사람은 누구나

한 번 죽는다. 죽음은 태산보다 중(重)하다고 할 수 있고 혹은 기러기 털보다 가볍다고도 하겠다(人固有一死, 死或重於泰山, 或輕於鴻毛)'. 따라서 '태산홍모(泰山鴻毛)'로써 크고 중한 것과 작고 경한 것을 비유한다. 홍모는 기러기 털. ○顔子(안자)—공자가 가장 아끼던 수제자 안회(顔回). 그는 단명하여 32세로 죽었다. ○無心(무심)—하고 싶은 생각이나 마음이 없다. ○羨(선)—선망하다. 부러워하다. ○老彭(노팽)—《신선전(神仙傳)》에 나오는 팽조(彭祖)다. 8백 살을 살았다고 한다. ○終是朽(종시후)—끝내는 죽고 썩는다. ○自爲榮(자위영)—단 하루이지만 스스로 잘 피어나 영화를 누렸다고 생각한다. ○須(수)—모름지기 ~하다. 하수(何須)는 어찌 ~하랴? ~할 필요가 없다. ○戀世(연세)—현세에 연연하다. ○亦莫(역막)—그렇다고 또한 ~하지도 마라. ○嫌身(혐신)—육신을 무시하거나 미워하다. ○漫(만)—함부로. ○都是(도시)—모두가. 온통. ○幻(환)—환상·몽환·꿈. ○幻人(환인)—꿈 속에 사는 사람. ○哀樂(애락)—슬픔이나 즐거움. ○繫何情(계하정)—하(何)는 부사로 하계정(何繫情)이라고 풀어도 좋다. 정(情)은 기(氣)에 바탕을 둔 감정이나 욕구. 결국 허심탄회(虛心坦懷)하라는 뜻.

解說 　백낙천은 모두 5수의 〈방언(放言)〉이라고 하는 시를 지었다. 모두가 노장(老莊) 사상에 의거하여 현실세계에서 악착같이 공리(功利)를 추구하는 것을 부정하고 있다. 그러나 동시에 그는 무조건 현세와 육신을 무시하는 것도 반대하고 있다. 있는 그대로를 긍정하고, 태어난 자기의 삶을 도리에 맞게 충실히 살 것을 주장했다. 이 시에서도 '하수연세상우사(何須戀世常憂死), 역막혐신만염생(亦莫嫌身漫厭生)'이라 했다.

56. 感興 감흥

1. 吉凶禍福有來由   但要深知不要憂
　　길흉화복유래유   단요심지불요우

2. 只見火光燒潤屋   不聞風浪覆虛舟
　　지견화광소윤옥   불문풍랑복허주

3. 名爲公器無多取   利是身災合少求
　　명위공기무다취   이시신재합소구

4. 雖異匏瓜難不食   大都食足早宜休
　　수이포과난불식   대도식족조의휴

길흉이나 화복은 연유를 따라 오는 것이니, 깊이 그 원인을 살필지언정 겁내지는 말아라

불길이 윤택한 집을 태우기는 하여도, 풍랑은 속이 빈 배를 뒤집지는 않노라

명예는 사회의 공기(公器)니 끝없이 많이 취하지 말며, 이득은 내 몸의 재난거리니 적당히 탐내야 한다

사람은 표주박과는 달라서 먹어야 살지만, 대강 배가 부르면 일찌감치 그만 먹어야 한다

(語釋) ○有來由(유래유)-(길흉화복은) 그 근본 원인이 있다. ○要(요)-
~해야 한다, ~할 필요가 있다. ○潤屋(윤옥)-윤택한 집. ○虛舟
(허주)-속이 텅 빈 배(《莊子》〈列禦寇篇〉에 있다). ○名爲公器(명
위공기)-명예는 누구에게나 공을 세운 사람에게 돌려가면서 주어지
는 사회의 공기다. ○身災(신재)-내 몸의 재난의 근원이라는 뜻. ○匏
瓜(포과)-표주박. 사람은 표주박이 아니니까 먹어야 산다는 뜻.

144

(解說)　사람의 재난은 명리(名利)를 지나치게 탐내기 때문에 연유한다. 그러므로 허심탄회하게 살아야 한다. 그렇다고 밥도 먹지 말라는 것은 아니다. 분수에 맞도록 욕심없이 살아야 한다. 안분지족(安分知足)할 줄 알아야 한다.

이 도 서 문
57. 履道西門　이도 서문에서

이 도 서 문 독 엄 비　　관 휴 병 퇴 객 래 희
1. 履道西門獨掩扉　官休病退客來稀

역 지 헌 면 영 감 련　　기 내 전 원 노 합 귀
2. 亦知軒冕榮堪戀　其奈田園老合歸

파 별 난 수 기 기 족　　상 금 막 진 봉 황 비
3. 跛鼈難隨騏驥足　傷禽莫趁鳳凰飛

세 한 인 득 신 인 소　　금 아 수 우 역 서 기
4. 世閒認得身人少　今我雖愚亦庶幾

이도 서문에 외롭게 살며 대문 굳게 닫았노라, 벼슬에서 물러나고 병든 몸이니 찾는 손님도 없어라

높은 벼슬의 부귀영화를 그리울 만도 하겠지만, 늙어서 돌아갈 곳이 오직 전원인 걸 어이하리

절뚝발이 자라는 천리마를 따르기 어렵고, 부상한 새는 봉황새를 쫓지 못하리

속세에는 자신의 몸과 처지를 잘 아는 사람이 적거늘, 어리석은 나지만 은거했으니 역시 도에 가깝다 하겠네

(語釋)　○履道西門(이도서문)－낙양(洛陽)에 이도리(履道里)라는 곳이 있

고, 그 고을의 서쪽 문. 백낙천은 58세 이후에 태자빈객(太子賓客)
으로 이곳에서 주로 한가롭게 보냈다. 여기 실린 것은 2수 중의 하
나다. ○掩扉(엄비)―대문을 닫다. ○軒冕榮(헌면영)―헌(軒)은 사
람이 타는 수레. 면(冕)은 관면. 영(榮)은 부귀영화. ○堪戀(감련)―
그리워할 만하다. ○奈(내)―어찌하랴? ○跛(파)―절뚝발이. ○鼈
(별)―자라. ○騏驥(기기)―천리마(千里馬). ○趁(진)―뒤쫓아가다.
○認得(인득)―인식하다. ○身(신)―자기의 몸. 신분. 육신의 한계.
○庶幾(서기)―어지간히 가깝다.

(解說) 만년에 접어든 백낙천은 태자빈객(太子賓客)이라는 명목으로 낙
양(洛陽)에서 한가롭게 지냈다. 사람은 누구나 부귀영화가 수반되는
높은 벼슬을 하고자 한다. 그러나 늙고 몸이 병들면 의당 은퇴해야
하는 것이 도리이다. 백낙천은 '자신은 비록 어리석지만, 그래도 은
퇴할 줄 알았으니, 도에 가깝다고 말할 수 있구나'라며 스스로를 달
래고 있다.

불 출 문
58. 不出門 문 밖으로 안 나간다

불 출 문 래 우 수 순   장 하 소 일 여 수 친
1. 不出門來又數旬   將何銷日與誰親
학 롱 개 처 견 군 자   서 권 전 시 봉 고 인
2. 鶴籠開處見君子   書卷展時逢古人
자 정 기 심 연 수 명   무 구 어 물 장 정 신
3. 自靜其心延壽命   無求於物長精神
능 행 편 시 진 수 도   하 필 강 마 조 복 신
4. 能行便是眞修道   何必降魔調伏身

146

문 밖으로 안 나간 지 벌써 수십 일이 되었거늘, 무엇으로 소
일하고 또 누구와 함께 벗하겠는가

새장 열고 학을 보면 마치 군자를 대하는 듯, 책을 펴고 글을
읽으면 마치 고인을 만나는 듯

스스로 마음을 허정하게 지니면 수명도 길어질 것이고, 악착같
이 물질을 좇고 구하지 말아야 정신이 맑고 높아지리

이렇게 하는 것이 바로 참된 수도이니라. 마귀 쫓고 조복한다
야단할 게 없느니라

(語釋) ㅇ不出門(불출문)-만년에 낙양(洛陽)에서 은퇴하고 있을 때의 시
다. ㅇ數旬(수순)-수십 일이 되었다. ㅇ將何(장하)-무엇으로써.
ㅇ銷日(소일)-소일(消日)하다. ㅇ與誰親(여수친)-누구와 더불어
친교하나. ㅇ鶴籠(학롱)-학을 키우는 새장. 백낙천은 여행할 때도
학롱을 가지고 다녔다. ㅇ展(전)-책을 펼쳐보다. ㅇ自靜其心(자정기
심)-스스로 자기 마음을 염정(恬靜)하게 갖는다. ㅇ延壽命(연수
명)-수명을 연장하다. ㅇ無求於物(무구어물)-외형적인 물질세계
에서 구하지 않는다. ㅇ長精神(장정신)-정신을 높이다. ㅇ能行
(능행)-실천할 수 있어야. ㅇ降魔(강마)-마귀를 쫓고 굴복시키다.
ㅇ調伏(조복)-복(伏)은 모든 악행을 제복(制伏)하다. 조(調)는 육
신과 입과 욕심의 삼업(三業)을 조절하고 조화시킨다. 불교의 말
이다.

(解說) 이 시에서 우리는 백낙천의 만년(晚年) 인생관이나 사상을 잘
알 수가 있다. 스스로 허심탄회하고 자기 마음을 염정하게 지니고
외형적 물질이나 명예에 집착하지 말고 정신세계를 높이면 자연히
수명도 연장된다고 했다. 동시에 그러한 일을 실천하면 그것이 바
로 참다운 수도(修道)가 되는 것이지, 일반 사람들같이 불교를 믿
는다, 도를 닦는다 하고 야단스럽게 행사나 의식을 할 필요가 없다

고 한다.

　백낙천의 인생철학은 한 마디로 중용(中庸)의 도를 터득한 것
이라 하겠다.

　또 이 시에서도 학(鶴)을 군자로 보고 있듯이, 그는 학을 무척
사랑했다. 〈자희(自喜)〉라는 시에서 보면 '학과 거문고 및 책을 배
에 같이 싣고 간다(鶴與琴書共一船)'라고 했다. 즉 그는 학을 가족
처럼 동반하고 다녔음을 알 수가 있다. 앞에서도 학에 관한 절구(絶
句)를 들었으니 참고하기 바란다.

제 *3* 장

풍유諷諭의 고조시古調詩

슬프도다 유학자의 신세는 지칠 줄 모르고
힘써 배우며 책 읽느라 눈이 어두워지고 붓 잡은
손에는 못이 박혔네
悲哉爲儒者, 力學不知疲
讀書眼欲暗, 秉筆手生胝

밤낮으로 법관들이 마시고 놀기만 하니
감옥 안에서 죄수가 얼어죽는 줄도 모르더라
日中爲樂飮, 夜半不能休
豈知閭鄕獄, 中有凍死囚

백낙천은 〈구중유일사(丘中有一士)〉라는 시에서 읊었다.

흐린 물을 마시지 않고
굽은 나무 그늘에서 쉬지 않는다
不飮濁泉水 不息曲木陰

내 몸을 바르게 갖는 이유는 다름이 아니다. 나를 수양하고 닦아서 백성을 안락하게 해주기 위해서다. 즉 수기치인(修己治人)은 유학자로서의 백낙천의 이상(理想)이었다. 이러한 이상을 구현시킬 한 방도로 그는 많은 풍유시(諷諭詩)를 썼다.

제3장에는 《백향산시집(白香山詩集)》 권1, 권2에 있는 약 120수의 풍유고조시(諷諭古調詩) 중에서 16수를 추렸다.

관 예 맥
59. 觀刈麥　보리 베는 농부

	전가소한월	오월인배망
1.	田家少閑月	五月人倍忙

야 래 남 풍 기　소 맥 복 롱 황
2. 夜來南風起　小麥覆隴黃

부 고 하 단 식　동 치 휴 호 장
3. 婦姑荷簞食　童稚携壺漿

상 수 향 전 거　정 장 재 남 강
4. 相隨餉田去　丁壯在南岡

족 증 서 토 기　배 작 염 천 광
5. 足蒸暑土氣　背灼炎天光

역 진 부 지 열　단 석 하 일 장
6. 力盡不知熱　但惜夏日長

부 유 빈 부 인　포 자 재 기 방
7. 復有貧婦人　抱子在其傍

우 수 병 유 수　좌 비 현 폐 광
8. 右手秉遺穗　左臂懸弊筐

청 기 상 고 언　문 자 위 비 상
9. 聽其相顧言　聞者爲悲傷

가 전 수 세 진　습 차 충 기 장
10. 家田輸稅盡　拾此充飢腸

금 아 하 공 덕　증 불 사 농 상
11. 今我何功德　曾不事農桑

이 록 삼 백 석　세 안 유 여 량
12. 吏祿三百石　歲晏有餘糧

13. 念此私自媿　盡日不能忘
염 차 사 자 괴　진 일 불 능 망

농가에 한가한 달 본래 적지만, 오월에는 농부들 갑절로 바빠지네

밤사이 남풍이 포근히 불어오자, 보리가 누렇게 밭두렁을 덮었네

아낙네들 광주리에 밥을 이고, 아이들은 국물 담은 항아리 들고

줄지어 밭으로 점심 나를 새, 장정네들 남쪽 언덕에서 일들을 하네

뜨거운 흙의 열기 발바닥 찌고, 타는 듯한 햇살은 등을 태우건만

일에 몰두해야 더운 줄도 모르고, 긴 여름 해를 아끼며 일하노라

또한 가난에 쪼들린 아낙네가, 아기를 안고 곁에 서있노라

오른손에는 떨어진 이삭을 들었고, 왼손에는 낡은 광주리를 걸었노라

그들이 돌아보며 하는 말 들으니, 너무나 슬프고 가슴이 아프구나

집과 전답 몽땅 세금으로 털리고 나서, 이렇게라도 이삭 주워 빈 창자 채우기 바쁘다네

오늘의 나 무슨 공덕 있다고, 몸소 농사나 양잠에 시달리지 않고

봉록을 3백 석이나 받아, 연말에도 곡식이 남으니

농민들 생각하니 스스로 부끄럽고, 하루종일 딱한 그들을 잊지 못하겠노라

(語釋) ㅇ觀刈麥(관예맥)-보리 베는 것을 본다. 백낙천의 주(註)를 보면 자신이 주질현위(盩厔縣尉)로 있을 때 지은 것임을 알 수가 있다. 주질(盩厔)은 섬서성(陝西省) 서안부[西安城]로 그는 원화(元和) 원년(806년 : 35세)에 이곳의 현위를 지냈다. 그가 〈장한가(長恨歌)〉를 쓴 때도 이때였다. ㅇ少閑月(소한월)-한가한 달이 적다. ㅇ人倍忙(인배망)-사람들이 갑절이나 더 바쁘게 된다. ㅇ覆(복)-덮는다. ㅇ隴(농)-밭두렁. ㅇ婦姑(부고)-며느리와 시어머니. ㅇ荷(하)-메다. 이다. ㅇ簞食(단식)-대나무 그릇에 담은 밥. ㅇ童稚(동치)-어린 아이들. 치(稚)는 어리다. ㅇ携(휴)-손에 들다. ㅇ壺漿(호장)-작은 항아리에 담은 국물. ㅇ相隨(상수)-줄을 지어. ㅇ餉(향)-점심. 점심을 마련하다. ㅇ足蒸(족증)-발이 찌는 듯하다. ㅇ暑土氣(서토기)-후끈후끈 달은 흙의 열기. ㅇ灼(작)-타다. 등이 탄다. ㅇ炎天光(염천광)-불같이 타는 햇살. ㅇ力盡(역진)-전력을 다하다. 농사에 온갖 힘을 쏟고 있으니까 더운 줄도 모른다. ㅇ惜(석)-긴 여름 해를 아끼며 일한다. ㅇ復有(부유)-또 있다. ㅇ秉遺穗(병유수)-떨어진 이삭을 주워서 들다. ㅇ左臂(좌비)-왼팔에. ㅇ懸(현)-걸었다. ㅇ弊筐(폐광)-다 떨어진 광주리. ㅇ相顧言(상고언)-서로 돌아보며 말하다. ㅇ悲傷(비상)-비통하고 가슴아프다. ㅇ家田(가전)-집과 전답. ㅇ輸稅盡(수세진)-몽땅 세금으로 바쳐 없어졌다. ㅇ拾此(습차)-이렇게 떨어진 이삭을 주워 가지고. ㅇ充飢腸(충기장)-굶주린 창자를 채운다. ㅇ曾(증)-전연 ~하지 않는다[不]. ㅇ歲晏(세안)-한 해가 지나도, 연말 세모에도

(解說) 앞에서도 언급했으나 초기에 처음 벼슬살이를 했던 백낙천은 유가(儒家)의 인애(仁愛) 사상에 넘쳤으며, 언제나 백성들의 고생을 잊지 않고 그들을 정치적으로 구제해 주고자 했다. 그는 원진(元稹)

154

에게 보낸 글에서 '옛사람[孟子]이 운세가 막히면 홀로 물러나 내 한몸을 착하게 살고, 운세가 트이어 나가서 일하게 되면 나의 선 (善)을 천하에 뻗도록 하겠다고 했습니다. 저는 비록 불초이기는 하 지만 맹자의 이 말을 언제나 거울로 삼겠습니다(古人云 : 窮則獨善 其身, 達則兼善天下. 僕雖不肖, 常師此語).'라고 한 바 있다.

　이 시도 이러한 정신에서 나온 것으로서 고생하는 농민들의 모습 과 아울러 세금에 모든 재산을 털리어 굶주리고 영락한 빈민들을 사실적으로 그렸다. 그러면서 한편으로는 이들을 구하지도 못하면서 국록을 받아 먹고 있는 자신을 자성(自省)하기도 했다.

절 검 두
60. 折劍頭　부러진 칼 끝

　　　습 득 절 검 두　　　부 지 절 지 유
1. 拾得折劍頭　　不知折之由
　　　일 악 청 사 미　　　수 촌 벽 봉 두
2. 一握青蛇尾　　數寸碧峯頭
　　　의 시 참 경 예　　　불 연 자 교 규
3. 疑是斬鯨鯢　　不然刺蛟虬
　　　결 락 니 토 중　　　위 기 무 인 수
4. 缺落泥土中　　委棄無人收
　　　아 유 비 개 성　　　호 강 불 호 유
5. 我有鄙介性　　好剛不好柔
　　　물 경 직 절 검　　　유 승 곡 전 구
6. 勿輕直折劍　　猶勝曲全鉤

부러진 칼 끝을 주웠노라. 어떠한 내력인지 알지 못하나

모양은 푸른 뱀의 꼬리같이 뻗었고, 칼 끝은 푸른 산봉우리같
이 솟았네

아마도 고래를 잘랐거나, 아니면 교룡을 찔렀다가

부러져 진흙 속에 떨어져, 줍는 사람 없이 버려졌으리

나도 성급하고 고집스러운 성품이라, 억센 것 좋아하지 물렁한
것 싫네

강직하여 꺾여진 칼을 얕보지 마라. 아직 굽은 갈고리보다는
날카로우니

(語釋) ○折劍頭(절검두)—부러진 칼 끝. ○拾得(습득)—땅에 떨어진 것을
주웠다. ○折之由(절지유)—부러진 연유. 내력. ○一握(일악)—한
자루. 즉 칼을 말한다. ○青蛇尾(청사미)—푸른 뱀 꼬리 같다. ○數
寸(수촌)—끝의 몇 치. ○碧峯頭(벽봉두)—푸른 산봉우리 같다. ○鯨
鯢(경예)—숫고래와 암고래. ○蛟(교)—교룡. ○虬(규)—뿔없는 용.
○缺落(결락)—부러지고 꺾이어 떨어지다. ○委棄(위기)—내버려졌
다. ○鄙介性(비개성)—거칠고 고집이 세고 성급한 성품. ○直折劍
(직절검)—강하기 때문에 꺾인 칼. ○曲全鉤(곡전구)—굽힘으로써
온전할 수 있는 갈고리.

(解說) 흙 속에 버려진 칼 끝을 보고 자신의 성격을 연상한 백낙천은 말
했다. '강직하기 때문에 꺾이고 부러지긴 했지만, 굽실거리며 온전한
갈고리보다는 예리하다(勿輕直折劍, 猶勝曲全鉤).' 간관(諫官)으로
있다가 쫓겨났던 백거이는 부러지긴 했으나 날카로운 칼끝에서 자
신을 발견하고 있다. 〈이도위고검(李都尉古劍)〉이란 시에서도 '마디
마디 꺾이기는 해도, 손가락에 휘감기는 일은 없다(可使寸寸折, 不
能繞指柔)'고 했다.

61. 悲哉行　슬프도다
비재행

비재위유자	역학부지피
1. 悲哉爲儒者	力學不知疲
독서안욕암	병필수생지
2. 讀書眼欲暗	秉筆手生胝
십상방일제	성명상고지
3. 十上方一第	成名常苦遲
종유환달자	양빈이성사
4. 縱有宦達者	兩鬢已成絲
가련소장일	적재궁천시
5. 可憐少壯日	適在窮賤時
장부노차병	언용부위귀
6. 丈夫老且病	焉用富爲貴
침침주문택	중유유취아
7. 沈沈朱門宅	中有乳臭兒
상모여부인	광명고량기
8. 狀貌如婦人	光明膏粱肌
수불파서권	신불환융의
9. 手不把書卷	身不擐戎衣
이십습봉작	문승훈척자
10. 二十襲封爵	門承勳戚資
춘래일일출	복어하경비
11. 春來日日出	服御何輕肥
조종박도음	모유창루기
12. 朝從博徒飮	暮有娼樓期

평봉환주채   퇴금선아미
13. 平封還酒債   堆金選蛾眉

성색구마외   기여일무지
14. 聲色拘馬外   其餘一無知

산묘여간송   지세수고비
15. 山苗與澗松   地勢隨高卑

고래무내하   비독군상비
16. 古來無奈何   非獨君傷悲

슬프도다 유학자의 신세는, 지칠 줄 모르고 힘써 배우며

책 읽느라 눈이 어두워지고, 붓 잡은 손에는 못이 박혔네

열 번 응시하야 간신히 급제하니, 이름 내기 힘들고 늙어서 고민일세

설혹 관계에서 영달하는 자라도, 귀밑머리 이미 백발되고 만다네

불쌍하게도 어리고 젊은 때에는, 오직 궁핍하고 비천하게 지내다가

장부 구실할 때에는 늙고 병드니, 부귀영화 누린들 무슨 소용 있으랴

붉은 대문 침침하니 깊은 집안에는, 귀족의 젖비린내나는 아이 있어

생김새는 마치 여자같이 연약하고, 살결은 번지르르 빛나고 기름졌네

손에는 책을 들지 않고, 몸에는 군복 입지 않으며

스무 살에 봉작을 세습받고, 문중의 공훈에 덕을 입어

나날이 봄놀이만 다니며, 비단옷 입고 살진 말만 타더라

158

아침에는 노름꾼들과 술 마시고, 밤에는 창루에서 사랑을 맺네
봉지의 수입으로 술빚을 갚고, 금을 쌓고 미인들을 고르면서
주색잡기 놀이 이외에는, 아는 것이 하나도 없어라
산에 심은 묘목과 골짜기에 자란 소나무는, 지세 따라 높낮음
이 다른 것을
예부터 어찌할 수 없었으니, 유독 그대 혼자 비탄하지 말아라

語釋 ○悲哉行(비재행)-슬퍼하는 노래. 유학자의 처지를 슬퍼한 시다.
○力學(역학)-힘써 배운다. ○胝(지)-손에 못이 생긴다. ○十上
(십상)-열 번 응시하다. 《전국책(戰國策)》에 있다. '소진이 진왕을
설득함에 있어 열 번 글을 올렸는데도 들어주지 않았다(蘇秦說秦王,
書十上而說不行).' ○苦遲(고지)-이름나기가 늦어져 고민이 된다.
○縱(종)-설혹. ○宦達者(환달자)-관계에서 출세한 사람. 높은 벼
슬에 오른 사람. ○已成絲(이성사)-이미 명주실같이 백발이 되었
다. ○窮賤時(궁천시)-궁핍하고 비천한 운세(運勢). 시(時)는 때
나 시운. ○焉用(언용)-어찌 쓰겠느냐? 무엇에 쓰느냐? ○沈沈(침
침)-아득히 깊다. ○朱門(주문)-붉은 대문. 귀족의 문중. ○乳臭兒
(유취아)-젖비린내 나는 아이. ○膏粱(고량)-본래는 기름진 고기와
좋은 곡식의 뜻이지만, 여기서는 기름진 살결[肌]. ○擐(환)-꿰다.
입다. 뒤집어 쓰다. ○戎衣(융의)-갑주(甲冑). 투구, 전복(戰服).
○襲封爵(습봉작)-봉록과 작위를 세습받는다. ○門(문)-가문. ○承
(승)-이어받다. ○勳戚資(훈척자)-공훈을 세운 일가친척의 덕. 자
(資)는 밑천. 덕택. ○服(복)-옷을 입다. ○御(어)-말을 타다. ○輕
肥(경비)-경구비마(輕裘肥馬). 즉 가벼운 안장과 살진 말. ○博徒
(박도)-노름꾼. ○娼樓期(창루기)-창루에서 창기와 약속하다. 기약
하다. ○平封(평봉)-평봉(評封)으로 된 판본도 있다. 봉지의 값
을 평가하다. 또는 봉지에서 나오는 수입을 깎아서[平]. ○堆金(퇴
금)-돈이나 금을 쌓아놓고 ○蛾眉(아미)-미인. ○山苗(산묘)-산

에 심어진 묘목은 작아도 골짜기에서 자란 소나무[潤松]보다 높게 마련이다. 그렇듯 열심히 공부한 유학자는 건달 귀족보다 타고난 문벌의 인연으로 밑에 깔리어 천대를 받는다는 뜻.

解說　예나 지금이나 글 공부 많이 한 사람이 도리어 무식한 자들보다 못살고 고생하는 경우가 많다. 물론 물질적 부나 권력을 행사하는 면에서 그렇다는 것이다. 그러나 어찌됐든 현실적으로 각고면려한 학자가 건달들보다 못산다는 것은 불쾌한 일이다. 백낙천은 여러 편의 시를 써서 이러한 불우와 불공평과 불만을 토로한 바 있다. 이 시에서는 직설적으로 유학자와 귀족의 자식을 대비시켰으며, 예로부터 그러한 것이니 새삼 비탄할 게 못된다고 스스로 위안하며 달래고 있다.

62. 慈烏夜啼 (자오야제)　밤에 우는 자오새

1. 慈烏失其母 (자오실기모)　啞啞吐哀音 (아아토애음)
2. 晝夜不飛去 (주야불비거)　經年守故林 (경년수고림)
3. 夜夜夜半啼 (야야야반제)　聞者爲沾襟 (문자위첨금)
4. 聲中如告訴 (성중여고소)　未盡反哺心 (미진반포심)
5. 百鳥豈無母 (백조기무모)　爾獨哀怨深 (이독애원심)
6. 應是母慈重 (응시모자중)　使爾無不任 (사이무불임)

160

석 유 오 기 거　　모 몰 상 불 임
7. 昔有吳起去　　母歿喪不臨

애 재 약 차 배　　기 심 불 여 금
8. 哀哉若此輩　　其心不如禽

자 오 부 자 오　　조 중 지 증 삼
9. 慈烏復慈烏　　烏中之曾參

자오는 자기 어미를 잃고, 아! 아! 슬프게 울음 토하며

밤낮으로 둥우리에서 떠나지 않고, 해 넘겨도 옛숲을 지키고 있네

깊은 밤마다 찢어질 듯 울어, 듣는 이로 하여금 옷깃을 적시게 하네

울음소리에는 마치 반포의 효성을, 다하지 못함을 애절하게 호소하는 듯

모든 새들도 다 자기 어미가 있겠거늘, 너만이 유독 애원하는 정이 깊으니

틀림없이 네 어미의 사랑이 커서, 그렇듯 슬픔을 이기지 못했으리라

옛날에 오기(吳起)라는 자는 집을 떠나, 돌아간 모친 장례도 치르지 않았으니

슬프도다! 그러한 무리들의, 새만도 못한 심정이여!

자오야! 자오야! 너는 바로 새들 중의 증삼(曾參)이라 하겠노라

語釋　○慈烏(자오)-까마귀의 한 종류로 특히 반포(反哺)를 함으로써 효조(孝鳥)로 불린다. 즉 자오는 새끼일 때에는 60일을 어미새로부터

받아 먹고 자라지만, 다 자란 후에는 도리어 어미에게 먹이를 물어다가 먹여 준다. 따라서 효조라고도 부른다. ㅇ啞啞(아아)-새 우는 소리. ㅇ夜半(야반)-한밤중에. ㅇ沾襟(첨금)-옷깃을 눈물로 젖게 한다. ㅇ未盡(미진)-다하지 못했다. ㅇ反哺(반포)-포(哺)를 되갚는다. 포(哺)는 먹이를 입에 물려준다. ㅇ哀怨深(애원심)-어미를 잃은 애통과 원한의 정이 깊다. ㅇ吳起(오기)-위(衛)나라 사람으로 증자(曾子)에게 배웠으나, 자기 모친상에도 돌아오지 않았으므로 증자가 인연을 끊었다. 그러자 오기는 병법을 배웠다고 한다. ㅇ曾參(증삼)-공자의 제자로 효도(孝道)에 가장 뛰어났으며 《효경(孝經)》의 저자라고 전하다.

(解說) 　자오(慈烏) 또는 효조(孝鳥)라고 하는 까마귀가 어미를 잃고 애타게 우는 것을 주제로 효심(孝心)을 깨우치고자 지은 시다. 다음의 〈연시시유수(燕詩示劉叟)〉와 같이 효도(孝道)를 높인 시다.

　　연 시 시 유 수
63. 燕詩示劉叟　　제비에게

　　　　양 상 유 쌍 연　　편 편 웅 여 자
　　1. 梁上有雙燕　翩翩雄與雌

　　　　함 니 양 연 간　　일 소 생 사 아
　　2. 銜泥兩椽間　一巢生四兒

　　　　사 아 일 야 장　　색 식 성 자 자
　　3. 四兒日夜長　索食聲孜孜

　　　　청 충 불 이 포　　황 구 무 포 기
　　4. 青虫不易捕　黃口無飽期

　　　　취 조 수 욕 폐　　심 력 부 지 피
　　5. 嘴爪雖欲弊　心力不知疲

수유천래왕　유공소중기
6. 須臾千來往　猶恐巢中饑

신근삼십일　모수추점비
7. 辛勤三十日　母瘦雛漸肥

남남교언어　일일쇄모의
8. 喃喃敎言語　一一刷毛衣

일단우익성　인상정수지
9. 一旦羽翼成　引上庭樹枝

거시불회고　수풍사산비
10. 擧翅不回顧　隨風四散飛

자웅공중명　성진호불귀
11. 雌雄空中鳴　聲盡呼不歸

각입공소리　조추종야비
12. 卻入空巢裏　啁啾終夜悲

연연이물비　이당반자사
13. 燕燕爾勿悲　爾當返自思

사이위추일　고비배모시
14. 思爾爲雛日　高飛背母時

당시부모념　금일이응지
15. 當時父母念　今日爾應知

들보 위에 두 마리의 제비가 있어, 수놈과 암놈이 펄펄 날며
흙을 물어 서까래 사이에, 집 짓고 새끼 넷을 낳으니
새끼들은 밤낮으로 무럭무럭 자라, 먹이를 달라고 짹짹하며 울
어대나
푸른 벌레 잡기 쉽지 않으니, 노란 주둥이 노상 안달일세
어미제비 부리와 발톱이 아프건만, 지칠 줄 모르고 있는 힘을

다하여

삽시간에 천 번을 오락가락, 언제나 새끼들 굶주릴까 걱정일세

애쓰고 부지런히 키우기 30일, 어미는 마르고 새끼는 살이 쪘네

쩍쩍하며 새끼들에게 말 가르치고, 일일이 털과 날개를 쓸어 다듬네

그리고 날개와 죽지가 다 자라자, 뜰의 나뭇가지로 끌고 올랐네

그러나 새끼들은 날개를 펴고 날자, 뒤돌아보지 않고 바람타고 사방으로 흐트러지네

어미와 숫제비는 하늘에서 우짖어, 목타듯 불렀으나 새끼들 간 곳 없네

별 수 없이 허망히 빈집으로 돌아와, 밤을 새고 슬프게 짖어대고 울더라

제비들아! 너희들 비탄하지 말고, 전의 너희들 자신을 생각해 보아라

너희들도 어린 새끼였을 때, 어미 저버리고 높이 날지 않았느냐

그때의 너희 어버이의 슬픔을, 오늘의 새끼 잃은 너희들이 알리라

語釋 ㅇ燕詩(연시)—제비를 읊은 시(해설 참조). ㅇ梁(양)—대들보. ㅇ翩翩(편편)—새가 펄펄 날다. ㅇ銜泥(함니)—진흙을 물어다가 새집을 짓는다. ㅇ椽(연)—서까래. ㅇ一巢(일소)—한 새집 안에. ㅇ索食(색식)—먹을 것을 찾는다. ㅇ孜孜(자자)—제비 새끼가 우는 소리. ㅇ黃口(황구)—부리가 아직도 노란 새끼제비란 뜻. ㅇ無飽期(무포기)—배

부를 때가 없다. 끝없이 먹는다. ㅇ嘴(취)-주둥이. 부리. ㅇ爪(조)-
발톱이나 손톱. ㅇ弊(폐)-피폐하다. ㅇ心力(심력)-'정신력으로 피곤
을 모른다'로 해석해도 좋다. ㅇ須臾(수유)-삽시간. 눈 깜짝할 사이
에. ㅇ辛勤(신근)-고생과 근면으로 새끼를 키운다. ㅇ母瘦(모수)-
어미는 마르고 ㅇ雛(추)-새끼제비. ㅇ喃喃(남남)-여기서는 제비가
짹짹 하고 우는 소리. ㅇ刷(쇄)-씻는다. 여기서는 잘 보살펴 주다.
ㅇ一旦(일단)-어느 날 아침. ㅇ擧翅(거시)-날개를 펴고 날아가 버
리다. ㅇ聲盡呼(성진호)-소리를 다해서 불러도 ㅇ啁啾(조추)-서글
프게 짹짹 울다. ㅇ返(반)-스스로 반성해라. 반(返)은 반(反)과 같
다. ㅇ雛(추)-병아리. 새끼. ㅇ背(배)-등지다. 배반하다.

(解說)   본제목은 '제비의 시를 지어 유노인에게 보인다(燕詩示劉叟)'라
했고 그 밑에 다음과 같은 주가 있다. '노인의 아들이 노인을 버리
고 도망가 버리자 노인은 몹시 슬퍼하며 옛일을 생각했다. 즉 자기
도 역시 어려서 그렇게 부모를 버리고 집을 나왔었다. 이에 제비의
시를 지어 그러한 잘못을 깨우치고자 했다.'
   어미제비가 온갖 정성과 고생을 다하여 새끼를 키우면, 새끼제비
는 성장하자 뒤도 돌아보지 않고 날아가 버리고, 빈 집에서 어미제
비가 밤새 슬퍼한다는 내용으로 배은망덕하는 불효 자식을 깨우치
고자 한 것이다.
   유가 사상의 핵심인 인애(仁愛)를 강조한 백낙천이었다. 비단 부
모와 자식간의 효도나 효성심만을 높이지 않고 그는 형제간의 우애
나 친구와의 우정 및 친척간의 화목 또는 이웃이나 낯선 사람들에
대한 동정과 공감을 넓게 시로 읊었다. 한마디로 그는 사람을 널리
사랑하고, 특히 불쌍한 처지에 놓인 사람에게는 끝없는 동정과 연민
의 정을 아끼지 않았다. 〈촉로석부시(蜀路石婦詩)〉에서는 열다섯에
시집갔다가 열여섯 살의 남편이 출정한 후 소식이 없게 되었으나
끝내 수절했을 뿐만 아니라 늙은 시어머니 공양을 훌륭히 한 열녀
를 읊었다.

64. 采地黃者   지황을 캐는 농부

맥사춘불우　화손추조상
1. 麥死春不雨　禾損秋早霜

세안무구식　전중채지황
2. 歲晏無口食　田中采地黃

채지장하용　지이역후량
3. 采之將何用　持以易餱糧

능신하서거　박모불영광
4. 凌晨荷鋤去　薄暮不盈筐

휴래주문가　매여백면랑
5. 携來朱門家　賣與白面郎

여군담비마　가사조지광
6. 與君啖肥馬　可使照地光

원역마잔속　구차고기장
7. 願易馬殘粟　救此苦飢腸

봄에 비가 안 와 보리가 죽고, 가을 서리 일찍 내려 농사를
망쳐
세모에도 입에 먹을 것이 없어, 밭에서 지황을 캐고 있노라
저것을 캐어 무엇에 쓰나? 양식과 바꾸어 먹으려 하네
꼭두새벽 호미 메고 나가서 캐도, 저녁까지 광주리에 가득 못
차네
붉은 대문 부호에게 가지고 가서, 희멀건 도령에게 팔아 넘
기면

도령은 살진 말에게 먹이고, 땅이 비칠만큼 광나게 하네

바라건대 말 먹다 남은 곡식이라도, 바꾸어 굶주려 쓰린 창자를 채우고저

語釋 ㅇ采地黃者(채지황자)-숙지황을 캐는 농부. 지황(地黃)은 숙지황. 약초. ㅇ禾損(화손)-벼를 망쳤다. ㅇ歲晏(세안)-해가 저물다. 세모·연말이 되다. ㅇ采(채)-캐다. 채(採)와 같다. ㅇ將何用(장하용)-무엇에 쓰나? ㅇ易(역)-바꾸다. 교역하다. ㅇ餱糧(후량)-마른 양식. ㅇ凌晨(능신)-이른 아침. ㅇ荷鋤去(하서거)-호미를 메고 밭에 가다. ㅇ薄暮(박모)-저녁에. ㅇ不盈筐(불영광)-광주리에 차지 않는다. ㅇ携來(휴래)-들고 오다. ㅇ朱門家(주문가)-세도가나 부잣집의 대문은 붉은 칠을 했다. ㅇ白面郎(백면랑)-얼굴이 희멀건 도령. 어린 총각. ㅇ啖(담)-씹는다. 먹는다. ㅇ肥馬(비마)-살이 찐 말. ㅇ照地光(조지광)-말의 털가죽이 광을 내어 땅을 밝게 비친다.

解說 봄에는 가물어 보리 농사를 망쳤고, 또 가을에는 이른 서리에 벼 농사를 망친 농부가 호구지책(糊口之策)으로 밭에서 숙지황을 캐다가 부잣집 도령에게 판다. 그러면 도령은 그것을 말에게 먹여 기름이 번드르하게 한다는 시다. 《논어(論語)》에 있다. '적음을 걱정하지 않고, 고르지 못한 것을 걱정한다(不患寡, 患不均).'

65. 村居苦寒 추위에 시달리는 농민
_{촌 거 고 한}

<table>
<tr><td>1.</td><td>八年十二月
_{팔 년 십 이 월}</td><td>五日雪紛紛
_{오 일 설 분 분}</td></tr>
<tr><td>2.</td><td>竹柏皆凍死
_{죽 백 개 동 사}</td><td>況彼無衣民
_{황 피 무 의 민}</td></tr>
<tr><td>3.</td><td>廻觀村閭間
_{회 관 촌 려 간}</td><td>十室八九貧
_{십 실 팔 구 빈}</td></tr>
<tr><td>4.</td><td>北風利如劍
_{북 풍 리 여 검}</td><td>布絮不蔽身
_{포 서 불 폐 신}</td></tr>
<tr><td>5.</td><td>唯燒蒿棘火
_{유 소 호 극 화}</td><td>愁坐夜待晨
_{수 좌 야 대 신}</td></tr>
<tr><td>6.</td><td>乃知大寒歲
_{내 지 대 한 세}</td><td>農者猶苦辛
_{농 자 유 고 신}</td></tr>
<tr><td>7.</td><td>顧我當此日
_{고 아 당 차 일}</td><td>草堂深掩門
_{초 당 심 엄 문}</td></tr>
<tr><td>8.</td><td>褐裘覆絁被
_{갈 구 복 시 피}</td><td>坐臥有餘溫
_{좌 와 유 여 온}</td></tr>
<tr><td>9.</td><td>幸免饑凍苦
_{행 면 기 동 고}</td><td>又無壟畝動
_{우 무 롱 묘 동}</td></tr>
<tr><td>10.</td><td>念彼深可媿
_{염 피 심 가 괴}</td><td>自問是何人
_{자 문 시 하 인}</td></tr>
</table>

원화(元和) 8년 섣달 초닷새, 백설이 분분히 내려 쌓였고
대나 측백나무조차 모두 동사했거늘, 옷 없는 농민들이야 오죽

했으랴!

　마을의 농가들을 돌아보면, 십중팔구는 가난하고

　북풍이 칼날같이 날카롭게 불어도, 몸을 가릴 솜옷조차 없으며

　다만 가시덤불을 주워 불 때고, 걱정스레 앉아서 긴 밤을 지새
노라

　비로소 알겠노라 혹심한 추위에, 농민들의 고생이 얼마나 더한
것을

　나를 돌이켜보면 추운 때에도, 초당 깊이 문 닫고 들어앉아

　털옷이나 갖옷에 비단 이불 덮고, 앉으나 누우나 마냥 포근하
노라

　굶주림과 추위의 고생에서 벗어나고, 또한 밭에서 농사도 짓
지 않으니

　고생하는 농민들에게 심히 부끄럽고, 스스로 나는 어떤 자인
가 물어보노라

(語釋)　○村居苦寒(촌거고한)-시골에 살면서 추위를 걱정한다. 당시 백낙천
은 위촌(渭村)에 살고 있었다. ○雪紛紛(설분분)-흰 눈이 분분히
내리다. ○柏(백)-측백나무. 또는 잣나무. ○閭(여)-마을. ○絮
(서)-낡은 솜. ○蒿棘(호극)-다북쑥이나 가시덤불. ○掩門(엄문)-
대문을 닫다. ○褐裘(갈구)-털옷이나 가죽옷. ○覆(복)-덮다. ○紬
被(시피)-비단 이불. ○壟(농)-밭두둑. ○畝(묘)-밭이랑. ○動
(동)-노동. ○媿(괴)-부끄럽다.

(解說)　원화(元和) 8년(813년, 42세)에 백낙천은 모친의 삼년상을 지키
느라고 위촌(渭村)에 물러나 있었다. 이때에 그는 주위에 있는 농민
들이 추운 겨울에 혹심하게 고생하는 것을 알고, 그들 앞에 불로소
득하며 편안하게 지낸 자신을 스스로 부끄럽게 여겼다. 〈납속(納

粟)〉이라는 시에서도 농민들이 세금에 모든 수확물을 털리는 처량한 꼴을 보고 국록을 먹는 자신을 부끄럽게 여겼다.

66. 丘中有一士-其一   산 속에 숨은 선비-제1수

1. 丘中有一士　不知其姓名
   구중유일사　부지기성명

2. 面色不憂苦　血氣常和平
   면색불우고　혈기상화평

3. 每選隙地居　不蹋要路行
   매선극지거　부답요로행

4. 擧動無尤悔　物莫與之爭
   거동무우회　물막여지쟁

5. 藜藿不充腸　布褐不蔽形
   여곽불충장　포갈불폐형

6. 終歲守窮餓　而無嗟歎聲
   종세수궁아　이무차탄성

7. 豈是愛貧賤　深知時俗情
   기시애빈천　심지시속정

8. 勿矜羅弋巧　鸞鶴在冥冥
   물긍라익교　난학재명명

산 속에 한 선비가 있으나, 그의 성명을 알지 못하겠노라
　얼굴에는 걱정이나 고생스런 빛 없고, 언제나 화평한 혈기에
충만했어라

170

노상 한적한 곳에 살고, 절대로 요로를 밟지 않았노라

거동에 잘못이나 뉘우침이 없으니, 남들과 서로 다투는 일 없어라

명아주나 콩잎조차 배를 채우지 않고, 갈포옷조차 제대로 몸 가리지 못했네

평생을 궁핍과 굶주림에 시달리거늘, 한 마디도 탄식하는 소리가 없네

어찌 빈천을 좋아해서 그렇겠는가? 속세의 정을 깊이 알기 때문이리라

그물이나 주살에 능숙하다 자랑 마라, 난새나 학 같은 선비는 아득히 날고 있으니

(語釋) ㅇ丘中(구중)—산 속에 은퇴하고 있는 한 선비. ㅇ隙地(극지)—한적한 곳. ㅇ蹋(답)—밟다. 답(踏)과 같다. ㅇ要路(요로)—중요한 길. 벼슬살이. 관계(官界)의 경력. ㅇ尤悔(우회)—잘못과 후회. ㅇ物(물)—여기서는 타인. 남. ㅇ藜藿(여곽)—명아주나 콩잎. ㅇ不充腸(불충장)—배불리 먹지 못한다. ㅇ布褐(포갈)—무명이나 굵은 베옷. ㅇ不蔽形(불폐형)—제대로 입지 못한다. 몸을 다 가려 덮지 못한다. ㅇ時俗情(시속정)—속세와 때의 사리. 정(情)은 사정. ㅇ勿矜(물긍)—자랑하지 마라. ㅇ羅弋巧(나익교)—그물이나 주살로 잘 잡는다. 즉 명리(名利)로 누구나 부릴 수 있다는 뜻. ㅇ鸞鶴(난학)—난새나 학 같이 고고(孤高)한 선비. ㅇ在冥冥(재명명)—아득히 높은 하늘에 있다. 즉 높이 있는 선비는 어떠한 명리로도 잡을 수 없다는 뜻.

(解說) 시속이나 명리에 빠져 그물 속에 엉켜들지 않고 높이 소요(逍遙)하고 있는 산중의 은사를 읊은 시다. 낙천지명(樂天知命)한 그는 '면색불우고(面色不憂苦), 혈기상화평(血氣常和平)'이라고 했다.

67. 丘中有一士-其二 산 속에 숨은 선비-제2수
(구중유일사)

구중유일사	수도세월심
1. 丘中有一士	守道歲月深
행피대삭의	좌박무현금
2. 行披帶索衣	坐拍無絃琴
불음탁천수	불식곡목음
3. 不飲濁泉水	不息曲木陰
소봉구비의	분토천황금
4. 所逢苟非義	糞土千黃金
향인화기풍	훈여란재림
5. 鄉人化其風	薰如蘭在林
지우여강약	불인상기침
6. 智愚與强弱	不忍相欺侵
아욕방기인	장행부침음
7. 我欲訪其人	將行復沈吟
하필견기면	단재학기심
8. 何必見其面	但在學其心

산 속에 은거하고 있는 선비는, 오랜 세월 깊이 도를 지키며
걸을 때는 새끼로 띠를 매고, 앉아서는 줄 없는 거문고를 탄다
탁한 샘의 물은 마시지 않고, 굽은 나무 그늘에 쉬지 않으며
눈꼽만큼이라도 의에 어긋나면, 천 냥의 황금도 분토같이 버
리네
　마을 사람들 그의 덕풍에 감화되니, 향기 훈훈한 난꽃이 숲에

피어난 듯

지혜있는 자나 강한 자라 할지라도, 어리석고 약한 자 괴롭히
지 않더라

나는 그 은사를 찾아보고자, 나섰다가는 다시 멈칫했으니

반드시 그의 얼굴 볼 필요가 있으랴. 오직 그의 마음만을 배우
면 되지!

(語釋) ○守道(수도)-도를 지키다. 무위자연(無爲自然)과 허정염담(虛靜恬
淡)의 도를 지킨다. ○歲月深(세월심)-세월이 오래 되었을 뿐만이
아니라 그 깊이 또한 깊으리라. ○行(행)-행동하거나 일어나 걸을
때에는. ○披(피)-옷을 입다, 걸치다. ○帶索衣(대삭의)-새끼로 허
리를 질끈 동여맨 옷.《열자(列子)》에 있다. '영계기가 성나라 들판
을 갈 때에 그는 사슴 가죽을 걸치고 새끼로 띠를 둘렀으며 거문
고를 타고 노래했노라(榮啓期行乎郊之野, 鹿裘帶索, 鼓琴而歌).'
○拍(박)-여기서는 줄 없는 거문고를 두드리다. ○無絃琴(무현
금)-줄 없는 거문고 소통(蕭統)이 쓴《도연명전(陶淵明傳)》에 있
다. '연명은 음악을 잘 모르면서도 줄 없는 거문고를 하나 지니고 있
었다(淵明不解音律, 而蓄無弦琴一張).' ○濁泉水(탁천수)-탁한 샘
물. 육기(陸機)의 〈맹호행(猛虎行)〉에 있다. '목이 말라도 도천의 물
은 마시지 않고, 더워도 나쁜 나무 그늘에는 쉬지 않는다(渴不飮
盜泉水, 熱不息惡木陰).' ○所逢(소봉)-만나는 바. 마주치는 일.
○苟(구)-조금이더라도. ○非義(비의)-의에서 어긋나다. ○糞土
(분토)-여기서는 분토같이 여긴다. 또는 내버린다의 뜻. ○千黃金
(천황금)-천 금의 값이 나가는 금이라도 버린다. ○化(화)-감화되
다. ○其風(기풍)-덕풍. ○薰(훈)-훈훈한 향기. ○不忍(불인)-차
마 ~하지 못한다. 잔인하게 ~하지 않는다. ○欺侵(기침)-꾀있는
자는 어리석은 자를 속이고, 힘있는 자는 약한 자를 침범한다. ○沈
吟(침음)-여기서는 주저하고 망설이다. 깊이 생각한다.

解說 《논어(論語)》에도 있다. '불의함으로써 얻어지는 부귀영화는 나에게는 뜬구름과 같다(不義以富且貴, 於我如浮雲).' 사회의 혼탁이나 타락은 바로 불의를 저지르면서 부귀를 찾는 데 있다. 예로부터 이러한 것을 밝힌 사람이 많았으나 아직도 인간들은 해탈할 줄 모르고 있다. 아니, 도리어 더욱 심하게 타락하고 있으며 심지어는 수단 방법을 가리지 않고 부귀영화를 누리는 것이 인생에 있어서의 승리이고, 의(義)니 불의(不義)니 논하지 말자는 자들까지 나타나고 있으니 한탄스럽기 그지없다.

가난을 무서워 말고 의를 먼저 찾는 인류사회가 되었으면 좋겠다. 백낙천이 이 시를 썼을 때도 그러한 소망을 품고 있었을 것이다. '불음탁천수(不飮濁泉水), 불식곡목음(不息曲木陰)'하면 이 세상이 얼마나 맑고 곧게 될까!

68. 新製布裘 새로 만든 겹옷
신제포구

계포백사설　　오면연어운
1. 桂布白似雪　吳綿軟於雲

포중면차후　　위구유여온
2. 布重綿且厚　爲裘有餘溫

조옹좌지모　　야복면달신
3. 朝擁坐至暮　夜覆眠達晨

수지엄동월　　지체난여춘
4. 誰知嚴冬月　支體暖如春

중석홀유념　　무구기준순
5. 中夕忽有念　撫裘起逡巡

장부귀겸제　　기독선일신
6. 丈夫貴兼濟　豈獨善一身

안 득 만 리 구　　개 과 주 사 은
7. 安得萬里裘　　蓋裹周四垠

온 난 개 여 아　　천 하 무 한 인
8. 穩暖皆如我　　天下無寒人

계(桂)의 백포는 눈같이 희고, 오(吳)의 솜은 구름보다 부드럽네

천을 겹친 데다가 두둑히 솜을 놓고, 겉옷 만드니 너무나 따뜻하여라

아침부터 저녁까지 걸치고 앉았고, 밤부터 이튿날 새벽까지 덮고 자니

누가 알리요? 엄동설한 겨울철에도, 온몸이 봄철 맞은 듯 포근하구나!

그러자 밤에 문득 느끼는 바 있어, 일어나 겉옷 쓸어 만지며 망설였노라

장부 모름지기 천하 함께 구제해야지, 홀로 한 몸의 편안만을 꾀할소냐?

어찌하면 만 리의 큰 겉옷을 만들어, 두루 사방 끝까지 덮고 감싸주고

나같이 안온하고 포근하게 만들어, 천하에 떠는 사람 없게 하리요

語釋 ○新製布裘(신제포구)-새로 만든 겉옷. 포구(布裘)를 방편상 겉옷이라고 풀었으나 원래의 뜻은 천 속에 가죽을 겹친 옷이다. ○桂布(계포)-광서성(廣西省)에서 만든 백포 계(桂)는 광서성. ○吳綿(오면)-강소성(江蘇省)에서 생산된 솜. ○擁坐(옹좌)-겉옷을 걸치고

그 속에 웅크리고 앉았다. ○覆眠(복면)−겉옷을 뒤집어 쓰고 잔다.
○支體(지체)−사지와 몸. 온 몸. 지체(肢體)와 같다. ○撫(무)−쓸
어 만지다. ○逡巡(준순)−망설이다. 머뭇거린다. ○兼濟(겸제)−아
울러 구제하다(해설 참조). ○獨善(독선)−홀로 좋게 된다. ○安得
(안득)−어떻게 얻을까? ○萬里裘(만리구)−만 리나 되는 큰 겉옷.
○蓋裹(개과)−덮고 또 싸다. ○周四垠(주사은)−두루 사방 끝까지.
은(垠)은 하늘 끝. ○穩暖(온난)−안온하고 따뜻하다.

(解說) 백낙천은 한 마디로 유가의 인애(仁愛) 사상으로 모든 사람을 잘
살게 해주기를 바랐던 휴머니스트였다. 그러나 그의 주장이나 행동
은 격렬하지가 못했고 특히 후반기의 그의 생활태도는 감상(感傷)
과 한적(閑適)으로 후퇴하고 말았다. 이러한 점에서는 우리는 위대
한 시성(詩聖) 두보(杜甫)에 비하여 어딘지 모르게 연약하구나 하
는 느낌을 갖게 마련이다.

이 시도 두보의 〈모옥위추풍소파가(茅屋爲秋風所破歌)〉를 연상
시킨다. 두보는 '어떻게 하면 천만 칸의 큰 집을 짓고 온 천하의 빈
한한 선비들을 비호하여 즐거운 낯을 짓게 하고, 또한 비바람에도
태산같이 끄덕도 않게 해주랴(安得廣廈千萬間, 大庇天下寒士俱歡
顔, 風雨不動安如山)'라고 읊었다.

백낙천은 〈원진에게 보내는 글(與元九書)〉에서 말한 바 있다.
'옛사람이 궁하고 막히면 자신을 착하게 지키지만, 트이고 통하면
나서서 일하여 천하의 모든 사람을 잘되게 해주어야 한다고 말했는
데, 비록 못난 나도 이 말을 언제까지나 거울로 삼겠습니다(古人
云：窮則獨善其身, 達則兼善天下：僕雖不肖, 常師此語).' 이 시에
서 '장부귀겸제(丈夫貴兼濟), 기독선일신(豈獨善一身)'이라고 한 연
유를 알겠다. 본래 옛사람이란 바로 맹자(孟子)이며, 이는 수기치
인(修己治人)과 박시제중(博施濟衆)하라는 유가정신의 핵심인 것
이다.

69. 重賦 과중한 세금
중부

1. 厚地植桑麻 所要濟生民
후지식상마 소요제생민

2. 生民理布帛 所求活一身
생민이포백 소구활일신

3. 身外充征賦 上以奉君親
신외충정부 상이봉군친

4. 國家定兩税 本意在愛人
국가정양세 본의재애인

5. 厥初防其淫 明勅内外臣
궐초방기음 명칙내외신

6. 税外加一物 皆以枉法論
세외가일물 개이왕법론

7. 奈何歲月久 貪吏得因循
내하세월구 탐리득인순

8. 浚我以求寵 斂索無冬春
준아이구총 염색무동춘

9. 織絹未成匹 繅絲未盈斤
직견미성필 소사미영근

10. 里胥迫我納 不許暫逡巡
이서박아납 불허잠준순

11. 歲暮天地閉 陰風生破村
세모천지폐 음풍생파촌

12. 夜深煙火盡 霰雪白紛紛
야심연화진 산설백분분

유자형불폐　노자체무온
13. 幼者形不蔽　老者體無溫

비천여한기　병입비중신
14. 悲喘與寒氣　併入鼻中辛

작일수잔세　인규관고문
15. 昨日輸殘稅　因窺官庫門

증백여산적　사서사운둔
16. 繒帛如山積　絲絮似雲屯

호위선여물　수월헌지존
17. 號爲羨餘物　隨月獻至尊

탈아신상난　매이안전은
18. 奪我身上暖　買爾眼前恩

진입경림고　세구화위진
19. 進入瓊林庫　歲久化爲塵

대지에 뽕이나 삼을 심는 것은, 창생을 구제하려는 목적에서이고
사람들이 베 비단 짜는 것은, 내 한 몸 잘살게 하기 위함이리
쓰고 남는 것을 세금으로 바치고, 임금에게 봉양해 올리게 마
련이리
　나라에서 양세법을 제정한 것도, 본래는 백성을 사랑하고자 해
서이리
　애초에는 세금의 과잉징수를 금하는, 칙서를 안팎 신하에게 밝
혔으며
　규정 외로 하나라도 더 거두면, 법을 어겼다 하여 논죄를 했었
거늘
　어찌하랴! 세월이 오래 흐르자, 탐관오리들이 차츰 악덕해졌고

우리 백성을 털어 총애를 얻고자, 겨울 봄 없이 마구 짜내게
되었네

짠 명주 미처 한 필도 못 되고, 고치 푼 실 한 광주리도 못 되
거늘

마을의 세리는 바치라고 몰아대고, 잠시도 지체할 수 없다고
들볶으니

세모라 하늘과 땅도 닫히고 막힌 듯, 음산한 한풍이 영락한 마
을에 부네

야심할 새 불 연기도 죽었고, 흰 싸라기 눈이 분분히 날리네

어린놈은 옷 걸치지 못했고, 늙은이 몸에 온기가 없네

비탄의 숨결과 찬 바람이 함께, 코를 찌르니 쓰리고 시큼하여라

어제 나머지 세금을 바치느라고, 관부의 창고 속을 힐끔 봤더니

비단 피륙이 산더미같이 쌓였고, 명주실이 구름덩이같이 뭉쳤네

이것들이 이른바 잉여물품으로, 매달 지존에게 바쳐졌을 것이니

바로 우리 백성들을 헐벗게 하여 임금의 은총을 얻고자 한 것
인즉

천자의 경림고에 수납되어 쌓인 채, 장구한 시일에 썩어 먼지
가 되리

語釋 ○重賦(중부)-과중한 세금 부과. ○厚地(후지)-대지. 많은 땅. 후(厚)
는 대(大)나 다(多). 또는 후(厚)를 산(山)으로 풀 수도 있다. ○所要(소
요)-이유. 목적하는 바. ○濟(제)-구제하다. ○生民(생민)-백성. 창
생(蒼生). ○理(이)-포백을 짜다. ○身外(신외)-한 몸을 위해 쓰고
남는 것의 뜻. ○充(충)-충당한다. ○征賦(정부)-세금 징수. ○上
(상)-바쳐 올리다. ○奉君親(봉군친)-임금을 봉양한다. 군친(君親)
의 친(親)은 어버이 같은. ○兩稅(양세)-여름과 가을 두 차례의 세

금을 징수하는 제도 당(唐) 덕종(德宗) 건중(建中) 원년에 재상 양염(楊炎)이 제정했다. ○厥初(궐초)-애초에는. 궐(厥)은 그것, 기(其)와 같다. ○淫(음)-넘치다, 과하다. ○明勅(명칙)-밝게 칙명을 내렸다. ○枉法(왕법)-법을 어기다. ○奈何(내하)-어찌하랴? ○得因循(득인순)-나쁜 관습을 좇게 되다. 득(得)은 결과적으로 ~하게 됐다는 뜻. ○浚我(준아)-우리 백성들을 털어서. 준(浚)은 철저히 빼앗는다. ○求寵(구총)-임금의 총애를 얻고자 한다. ○斂(염)-거두어들이다. ○索(색)-요구하다. ○繅(소)-고치에서 실을 뽑아내다. ○蹔(잠)-잠시. 잠(暫)과 같다. ○逡巡(준순)-지체하다. 꾸물대다. ○天地閉(천지폐)-하늘과 땅이 문을 닫다. 또는 천지가 막히다. 《역경(易經)》에 있다. '하늘과 땅이 막히고 현인이 숨는다(天地閉, 賢人隱).' 《예기(禮記)》에도 있다. '하늘의 기는 위로 올라가고 땅의 기는 아래로 내려가 천지가 서로 통하지 않고 막히고 닫히어서 겨울이 된다(天氣上騰, 地氣下降, 天地不通, 閉塞而成冬).' ○陰風(음풍)-음산하고도 우울한 겨울의 북풍. ○破村(파촌)-황폐하고 영락한 마을. ○霰(산)-싸락눈. ○形不蔽(형불폐)-입을 옷이 없어 몸도 못 가린다. ○悲喘(비천)-비탄하여 허덕이는 숨결. ○鼻中辛(비중신)-찬 바람이 코에 들어와 코가 시다. ○輸(수)-수송하다. 갖다가 주다. ○殘稅(잔세)-갚다 남은 세금. ○窺(규)-힐끔 들여다보았다. ○繒(증)-비단의 총칭. ○帛(백)-비단. ○絲(사)-명주실. ○絮(서)-솜. ○雲屯(운둔)-구름이 모이고 뭉치다. ○羨餘物(선여물)-나머지 물건. 선(羨)도 남는다의 뜻. 덕종(德宗)이 말년에 가서는 지방으로부터 많은 재물을 거둬들이고자 했으므로 모든 번진(藩鎭)들이 상부(常賦) 외로 더욱 많은 재물을 백성들로부터 수탈하여 바쳐 올리면서 선여(羨餘)라고 하여 임금의 총애를 얻고자 했다. ○隨月(수월)-매월. ○至尊(지존)-지극히 존엄한 천자. ○奪我(탈아)-우리 백성들이 몸에 입고 따뜻하게 살 옷을 빼앗는다. ○爾(이)-너희들. ○瓊林庫(경림고)-당(唐)나라 천자의 창고로 경림과 대영(大盈)의 두 개가 가장 큰 것이다. 현종(玄宗)이 세웠으며, 각지에서 바친 공물을 저장했다.

(解說) 이 시는 〈진중음(秦中吟)〉 10수 중 두 번째에 있는 것으로, 제목을 일명 〈무명세(無名稅)〉라고도 부른다. 즉 명목없이 백성들로부터 재물을 수탈하여 천자로부터 총애를 받고자 하는 세리들의 횡포를 고발한 시다. 자기들의 공명심을 만족시키기 위하여 백성들을 헐벗게 한다(奪我身上暖, 買爾眼前恩). '그러나 천자의 창고 속에는 그 많은 재물이 썩어 먼지나 흙으로 화하고 있지 않으냐(進入瓊林庫, 歲久化爲塵)'고 읊은 백낙천은 노골적으로 말은 안했으나, 맹목적인 수탈과 재물의 무가치적 낭비와, 권력남용과 민생의 불균형을 신랄하게 꼬집고 있는 것이다. 원래 세금이란 백성들이 쓰고 남는 것을 바치어 임금을 봉양하는 것이니라(身外充征賦, 上以奉君親). 두보(杜甫)의 〈유감(有感)〉 5수에도 이러한 분노가 있다.

상 택
70. 傷宅 호화주택

수 가 기 갑 제　　주 문 대 도 변
1. 誰家起甲第　朱門大道邊

풍 옥 중 절 비　　고 장 외 회 환
2. 豊屋中櫛比　高牆外廻環

유 류 육 칠 당　　동 우 상 련 연
3. 纍纍六七堂　棟宇相連延

일 당 비 백 만　　울 울 기 청 연
4. 一堂費百萬　鬱鬱起靑煙

동 방 온 차 청　　한 서 불 능 간
5. 洞房溫且淸　寒暑不能干

고 당 허 차 형　　　　좌 와 견 남 산
6. 高堂虛且逈　　坐臥見南山

요 랑 자 등 가　　　　협 체 흥 약 란
7. 繞廊紫藤架　　夾砌紅藥欄

반 지 적 앵 도　　　　대 화 이 모 란
8. 攀枝摘櫻桃　　帶花移牡丹

주 인 차 중 좌　　　　십 재 위 대 관
9. 主人此中坐　　十載爲大官

주 유 취 패 육　　　　고 유 관 후 전
10. 廚有臭敗肉　　庫有貫朽錢

수 능 장 아 어　　　　문 이 골 육 간
11. 誰能將我語　　問爾骨肉間

기 무 궁 천 자　　　　인 불 구 기 한
12. 豈無窮賤者　　忍不救饑寒

여 하 봉 일 신　　　　직 욕 보 천 년
13. 如何奉一身　　直欲保千年

불 견 마 가 택　　　　금 작 봉 성 원
14. 不見馬家宅　　今作奉誠園

어느 누구 갑부의 저택이 섰는고, 붉은 대문은 큰길가를 바라
보고

우람한 집채들이 빗살같이 늘어섰고, 높은 담장을 밖으로 둘
러쳐 놓았네

겹겹이 솟은 여섯 일곱 채의 전당, 우람한 대들보가 줄지어 이
어졌노라

한 채에 백만금이 넘을 전당들이, 뭉게뭉게 푸른 연기가 피어

오르네

　따뜻하고도 시원하게 마련된 방에는, 추위나 더위도 침범해 들지 못하네

　높은 전당은 앞이 멀리까지 트여, 앉으나 누우나 종남산이 보이노라

　회랑 둘레에 자등이 시렁에 얹혔고, 섬돌 끼고 붉은 작약 울을 이뤘네

　가지를 휘어잡고 앵두를 딸 수 있고, 꽃 핀 채로 모란을 이식하여 놓았네

　이 집 복판에 앉아 있는 주인은, 10년 동안 고관대작을 지냈으므로

　부엌에는 고기 썩는 냄새가 풍기고, 창고에는 녹슨 돈이 가득 찼네

　내 말대로 물어볼 사람 누구일까? 그대에게 묻노니 골육 일족 간에

　반드시 곤궁 빈천한 자 있겠거늘, 모질게도 그들 가난 구제하지 않고

　어이하여 네 한 몸만을 위해, 천년 만년 호강 누리고자 하느냐?

　그대 보지 못했느냐? 마씨 일가도, 몰락하여 봉성원으로 변해 버렸음을!

語釋　○傷宅(상택)-큰 저택을 보고 상심(傷心)하며 지은 시다. 일명 〈상대택(傷大宅)〉이라고도 한다. ○起(기)-새로 짓다. 없던 것이 나타났다는 뜻도 포함되었다. ○甲第(갑제)-제일 가는 저택. 제(第)는 관(館). ○朱門(주문)-붉은 대문. 부호나 고관의 집 대문은 붉은

칠을 했다. ○豊屋(풍옥)-호화롭게 꾸민 집. ○櫛比(절비)-빗살같
이 늘어서 있다. ○高牆(고장)-높은 담장. ○外廻環(외회환)-밖으
로 둥글게 둘러쳤다. ○纍纍(유류)-겹겹이 들어섰다. ○堂(당)-정
당(正堂). 정침(正寢). 방편상 전당(殿堂)으로 풀었다. ○棟(동)-대
들보. ○宇(우)-집. 相連延(상련연)-서로 이어져 뻗었다. ○鬱
鬱(울울)-나무가 무성하다. 또는 연기나 구름이 뭉게뭉게 일다. 여
기서는 후자의 뜻. ○起靑煙(기청연)-푸른 연기가 피어오른다. 혹
은 푸른 하늘의 구름같은 큰 집이 빽빽이 들어찼다로 풀 수도 있다.
○洞房(동방)-깊은 방안. ○溫且淸(온차청)-겨울에는 따뜻하고 여
름에는 청량하다. ○干(간)-침범하다. ○虛且逈(허차형)-허(虛)는
허전하다, 형(逈)은 멀리 떨어져 있다. 즉 깊고 으슥하다, 한적하고
유수(幽邃)하다는 뜻. ○見南山(견남산)-장안 남쪽에 있는 종남산
(終南山)이 보인다. ○繞(요)-둘레로. ○廊(낭)-회랑. ○紫藤架
(자등가)-자등의 시렁. ○夾(협)-끼다. 사이에 두다. ○砌(체)-섬
돌. ○紅藥欄(홍약란)-붉은 작약의 울. ○攀枝(반지)-나뭇가지를
휘어잡다. ○摘(적)-따다. ○帶花(대화)-꽃이 붙은 채로. ○移
(이)-이식하다. ○十載(십재)-10년. ○廚(주)-부엌. ○臭敗(취
패)-냄새를 풍기며 썩다. ○貫朽錢(관후전)-꿰미에 꿰인 채 녹슨
돈. ○將我語(장아어)-내 말을 가지고 내 말대로. ○忍不救(인불
구)-모질게 구제하지 않는다. ○饑寒(기한)-골육이 굶주림과 추위
에 떠는 것. ○奉一身(봉일신)-자기 한 몸만을 받들어 모신다.
○直(직)-줄곧. 오직. 지(只)와 같다. ○保千年(보천년)-천 년을
지탱코자 한다. ○馬家宅(마가택)-당(唐)대의 마수(馬燧) 일가. 마
수는 현종(玄宗) 때에 무공을 세워 본인은 물론 그의 아들 창(暢)
까지 부귀를 누렸다. ○奉誠園(봉성원)-덕종(德宗) 때에 마창이 자
기의 저택을 관에 바치어 봉성원이라 했다. 한편 원진(元稹)의 〈봉
성원시(奉誠園詩)〉에 붙인 주석에는 마사도(馬司徒), 즉 마주(馬
周)의 옛집이라고 했다.

(解說)　한 채에 백만 금을 들인 호화주택을 짓고 자기 한 몸만을 소중히

봉양하는 자에게 시인은 반문하고 있다. '네 일가 골육 간에 곤궁과 빈천에 허덕이는 자가 있겠거늘, 어찌 몰인정하게 그들의 굶주림과 추위를 구제해 줄 생각은 않고, 오직 한 몸만을 천년 만년 호강하려고 드느냐(豈無窮賤者, 忍不救饑寒, 如何奉一身, 直欲保千年).'

두보(杜甫)는 일찍이 '붉은 대문 안에는 술과 고기가 썩는 냄새가 나는데, 길가에는 얼어 죽은 사람이 있다(朱門酒肉臭, 路有凍死人)'라고 읊었는가 하면 그보다 앞서 맹자(孟子)는 '푸줏간에는 기름진 고기가 있고 마구간에는 살진 말이 있으나, 백성들은 굶주리고 들에는 아사자가 있으니, 이는 바로 위정자가 동물로 하여금 백성들을 먹게 하는 처사다(庖有肥肉, 廐有肥馬, 民有飢色, 野有餓莩, 此率獸而食人也)'라고 했다.

백낙천은 그들만큼 격렬하지는 못했으나 역시 '부엌에는 썩는 냄새 풍기는 고기가 있고 창고에는 녹슬은 돈꿰미가 쌓였다(廚有臭敗肉, 庫有貫朽錢)'라고 비꼬았으며, 골육의 궁천자(窮賤者)를 도와주기를 바랐다.

그리고 끝에서 전에 호화를 누렸던 마씨 일가도 이제는 그들의 대저택은 관에 기부하여 봉성원(奉誠園)으로 개방했음을 상기시키면서 아울러 영고성쇠(榮枯盛衰)의 무상함을 알리고자 했다. 이와 유사한 시로 〈흉택(凶宅)〉이 있는데, 그 시에서 백낙천은 '이 시를 지어 가지고, 미망에 빠진 사람들을 깨우쳐 주고자 한다(我今題此詩, 欲悟迷者胸)'라고 하며 다음과 같이 읊었다.

범위대관인 연록다고숭(凡爲大官人 年祿多高崇)
권중지난구 위고세역궁(權重持難久 位高勢易窮)
교자물지영 노자수지종(驕者物之盈 老者數之終)
사자여구도 일야래상공(四者如寇盜 日夜來相攻)
가사거길토 숙능보기궁(假使居吉土 孰能保其躬)
인소이명대 차가가유방(因小以明大 借家可諭邦)

대개 고관대작에 오른 사람은, 나이도 많고 지위도 높다.

그러나 권세는 오래 간직할 수 없고, 높은 자리는 이내 바뀌게
마련이며,

교만하면 떨어지고, 늙으면 죽게 마련이다.

결국 나이·작록·권세·지위의 넷은 밤낮으로 자신을 해치는 도
적 같은 존재라 하겠다.

따라서 가령 지금은 양지에 있다 해도 언제까지나 좋기만 할 거
라고 보장해 줄 사람은 아무도 없느니라.

작은 일을 바탕으로 큰 것을 밝혀낼 수가 있으니, 한 집의 일은
바로 나라의 일을 깨우쳐 주는 바탕이니라.

이 시도 〈진중음(秦中吟)〉 10수 중 하나다.

71. 不致仕 (불치사) 사직 않는 자들

1. 七十而致仕 (칠십이치사) 禮法有明文 (예법유명문)
2. 何乃貪榮者 (하내탐영자) 斯言如不聞 (사언여불문)
3. 可憐八九十 (가련팔구십) 齒墮雙眸昏 (치타쌍모혼)
4. 朝露貪名利 (조로탐명리) 夕陽憂子孫 (석양우자손)
5. 掛冠顧翠緌 (괘관고취유) 懸車惜朱輪 (현거석주륜)
6. 金章腰不勝 (금장요불승) 傴僂入君門 (구루입군문)

7. <ruby>誰不愛富貴<rt>수 불 애 부 귀</rt></ruby>　<ruby>誰不戀君恩<rt>수 불 련 군 은</rt></ruby>

8. <ruby>年高須告老<rt>연 고 수 고 로</rt></ruby>　<ruby>名遂合退身<rt>명 수 합 퇴 신</rt></ruby>

9. <ruby>少時共嗤誚<rt>소 시 공 치 초</rt></ruby>　<ruby>晚歲多因循<rt>만 세 다 인 순</rt></ruby>

10. <ruby>賢哉漢二疏<rt>현 재 한 이 소</rt></ruby>　<ruby>彼獨是何人<rt>피 독 시 하 인</rt></ruby>

11. <ruby>寂寞東門路<rt>적 막 동 문 로</rt></ruby>　<ruby>無人繼去塵<rt>무 인 계 거 진</rt></ruby>

나이 70에는 벼슬을 사직하라고, 예법에 분명히 기록되어 있거늘

어찌하여 영화를 탐내는 자들은, 이 말을 모른 척하는 것일까?

딱하도다! 나이 8, 90이 되어, 이가 빠지고 두 눈이 어두운데

아침 이슬 신세로 명리를 욕심내고, 저녁 낙양 신세로 자손을 걱정하네

푸른 관 끈에 엉키어 관모 못 벗고, 붉은바퀴 아까워 수레 매지 못하네

허리에 찬 금인장이 무거워, 곱사등이 모습으로 대궐에 드네

누군들 부귀를 좋아하지 않으며, 누군들 임금 은총 그립지 않으리

나이 들면 마땅히 스스로 사퇴하고, 공을 세운 후에는 은퇴함이 옳도다

젊어서야 한결 조소하고 욕하지만, 늙어지면 대개 사퇴할 줄 모르노라

현명하도다! 한나라의 소광과 소수, 그 두 사람만은 높이 뛰어났노라

그후로는 동문로가 적막하고, 뒤를 이어 사직하는 자가 없더라

(語釋) ○不致仕(불치사)－치사(致仕)하지 않는다. 치사는 나이가 늙으면 스스로 벼슬에서 물러남을 말한다. ○禮法(예법)－《예기(禮記)》〈곡례편(曲禮篇)〉에 '장부는 나이 70이면 치사한다(丈夫七十而致事)'라고 있고, 주에 '자기가 맡은 바 일을 임금에게 반납하고 늙음을 고한다(致其所掌之事於君而告老)'라고 있다. ○貪榮者(탐영자)－영화(榮華)를 탐내는 자들. ○如不聞(여불문)－마치 못들은 척하다. ○雙眸昏(쌍모혼)－두 눈이 흐리다. 어둡다. 모(眸)는 눈동자. ○朝露(조로)－아침 이슬같이 이내 사라질 신세인데 '명리를 탐내다[貪名利].' ○夕陽(석양)－이내 지고 말 석양인데 자손들에게 호강시켜줄 부질없는 걱정을 한다. ○掛冠(괘관)－관을 벗어서 걸다. 즉 벼슬에서 물러나다. 감투를 벗는다. ○顧(고)－되돌아본다. ○翠綏(취유)－푸른 관끈. ○懸車(현거)－수레를 매어 놓다. 역시 벼슬에서 물러난다. ○惜朱輪(석주륜)－붉은 수레가 아까워서 차마 벼슬을 버리지 못하겠다. ○金章(금장)－금으로 된 인장. ○腰不勝(요불승)－금인장의 무게를 허리로 이길 수가 없다. ○傴僂(구루)－곱사등이. 굽은 등을 하고 대궐 문에 들다. ○告老(고로)－늙었으므로 물러나겠다고 자청한다. ○名邃(명수)－공명을 세우다. ○嗤誚(치초)－비꼬아 웃고 꾸짖는다. ○因循(인순)－전례를 따라 스스로 사직하지 않는다. ○漢二疏(한이소)－한나라의 소광(疏廣)과 소수(疏受). 선제(宣帝)의 태부(太傅)였으나 나이 70이 되자 치사했으며, 이들이 장안 동문(東門)을 나섰을 때에 전송하는 사람들의 수레가 수백량이나 되었다고 한다. 특히 이들은 고향에 돌아와 임금으로부터 받은 금을 일가친척이나 고향사람들을 위해 쓰며 즐겁게 지냈으며 자손을 위해서는 재산을 남겨두지 않았다. 그들은 말했다. '현명한 사람이 재물을 많이 가지면 뜻이 흐려지고, 어리석은 사람이 재

물을 많이 지니면 잘못이 더 많아질 것이다. 무릇 부(富)라고 하는 것은 많은 사람들의 원한의 대상이다. 따라서 나는 과실을 더하거나 원한을 일으킬 부를 원치 않느니라(曰, 賢而多財, 則損其志, 愚而多財, 則益其過. 且夫富者, 衆之怨也, 吾不欲益 其過而生怨).' ㅇ寂寞(적막)—쓸쓸하다. 즉 사직하고 물러가는 자가 없으니 동문 앞의 길이 쓸쓸하다는 뜻. ㅇ繼去塵(계거진)—떠나는 수레의 먼지를 계승하는(사람이 없다).

(解說)　역시 〈진중음(秦中吟)〉 10수의 하나다. 늙으면 스스로 벼슬에서 물러나야 한다고 《예기(禮記)》에 명백하게 적혀 있다. 그러나 8, 90 이 되어도 지위·재물·명예에 연연하고 치사(致仕)할 줄 모르는 추한 선비들이 너무나 많다. 더욱이 젊어서는 그래서는 안된다고 남을 욕하던 자들이 자신이 늙자 모른 척하고 탐욕한 짓을 하고 있었던 것이다.

경 비
72. 輕肥　경구비마

의기교만로　안마광조진
1. 意氣驕滿路　鞍馬光照塵

차문하위자　인칭시내신
2. 借問何爲者　人稱是內臣

주불개대부　자수혹장군
3. 朱紱皆大夫　紫綬或將軍

과부군중연　주마거여운
4. 誇赴軍中宴　走馬去如雲

존뢰일구온　수륙나팔진
5. 尊罍溢九醞　水陸羅八珍

과벽동정귤   회절천지린
6. 果擘洞庭橘　　膾切天池鱗

식포심자약   주함기익진
7. 食飽心自若　　酒酣氣益振

시세강남한   구주인식인
8. 是歲江南旱　　衢州人食人

의기 교만 떠는 품이 길에 넘치고, 말안장 눈부신 빛 길먼지조차 밝히네

저게 누구인가 물으니, 내신(內臣)일 거라고 대답하네

붉은 인끈 찬 자들 대부일 거고, 보랏빛 인끈 맨 자들 장군이겠지

자랑스럽게 군중의 잔치에 가는 길, 구름같이 떼를 지어 말을 달리네

술병 술잔에는 무르익은 술이 넘치고, 산해의 온갖 성찬 마련되었네

과일로는 동정의 귤을 까서 먹고, 회로는 천지의 생선을 쳐서 드네

배불리 먹으니 마음 마냥 편하고, 술이 취하니 기세가 더욱 돋아나네

올해에도 강남에서는 한발이 들었고, 구주에서는 사람이 사람을 먹는다는데

(語釋) ㅇ輕肥(경비)-경구비마(輕裘肥馬). 즉 가벼운 털옷과 살진 말이라는 뜻으로 부호나 세도가를 상징하는 말이다. ㅇ驕(교)-교만. 교만한 품. ㅇ鞍(안)-안장. ㅇ塵(진)-길. 흙. 먼지. ㅇ人稱(인칭)-남들

이 말한다. ○內臣(내신)—대궐 안에서 천자를 가까이 모시는 신하. ○朱紱(주불)—붉은 인끈. ○大夫(대부)—경(卿) 아래, 사(士) 위에 위치하는 벼슬. ○紫綬(자수)—자색의 인끈이나 술. 정삼품(正三品) 당상관(堂上官) 이상이 찼다. ○誇赴(과부)—자랑스런 표정으로 가다. ○去如雲(거여운)—구름같이 떼지어 가다. ○尊罍(존뢰)—존(尊)은 준(樽)과 같고, 술통·술병. 뢰(罍)는 술잔. ○溢(일)—넘쳐 흐르다. ○九醞(구온)—아홉 번이나 빚은 술. 가장 고급으로 담근 술. 순주(醇酎)라고도 한다. ○水陸(수륙)—바다나 육지. ○羅(나)—벌여놓다. ○八珍(팔진)—여덟 가지의 진미. 임금 상에 올리는 요리로 《주례(周禮)》〈총재선부(冢宰膳夫)〉에 보인다. ○果(과)—과실. ○擘(벽)—귤을 까다. 껍질을 벗기다. ○洞庭橘(동정귤)—소주(蘇州) 동정산(洞庭山)에서 나는 귤. ○膾(회)—생선회. ○天池鱗(천지린)—남쪽 바다를 천지라 한다. 《장자(莊子)》에 있다. '남명은 천지다(南冥, 天地也).' 린(鱗)은 비늘, 즉 생선의 뜻. ○心自若(심자약)—마음이 태연하다. ○酒酣(주함)—술이 마냥 취하다. 감(酣)은 고음으로는 함임. ○江南(강남)—양자강 남쪽. ○旱(한)—한발이 들다. 심한 가뭄이 들다. ○衢州(구주)—복건성(福建省)에 있다.

(解說) 역시 〈진중음(秦中吟)〉10수의 하나다. 이른바 내신(內臣)이라고 하는 측근의 벼슬아치들은 안하무인격으로 달려가면서 잔치를 벌이고 고귀한 산해진미와 고급 술을 진탕 마시며 기세를 올리고 있다.
　　그러나 지금도 강남에서는 한발이 들어 백성들이 허기졌고, 구주에서는 먹을 것이 없어 사람이 사람을 먹는다고 하는데! 백낙천은 더 말을 하지 않았다. 그러나 그의 가슴은 통절한 분노에 차 넘쳤으리라!

가 무
73. 歌 舞 춤과 노래

진성세운모	대설만황주
1. 秦城歲云暮	大雪滿皇州
설중퇴조자	주자진공후
2. 雪中退朝者	朱紫盡公侯
귀유풍설흥	부무기한우
3. 貴有風雪興	富無饑寒憂
소영유제택	소무재추유
4. 所營唯第宅	所務在追遊
주문거마객	홍촉가무루
5. 朱門車馬客	紅燭歌舞樓
환감촉밀좌	취난탈중구
6. 歡酣促密坐	醉暖脫重裘
추관위주인	정위거상두
7. 秋官爲主人	廷尉居上頭
일중위락음	야반불능휴
8. 日中爲樂飮	夜半不能休
기지문향옥	중유동사수
9. 豈知閿鄉獄	中有凍死囚

세모에 접어든 장안성, 서울에 큰 눈이 내리자
눈 속 대궐에서 나오는 자들, 주불이나 자수를 띤 고관들이네
귀족들은 풍설의 홍취가 있고, 부호들은 기한의 걱정이 없네
오직 호화로운 저택을 짓고, 다만 유연향락만을 일삼노라

붉은 대문 수레 탄 손님 들고, 불 밝힌 누각에서 춤추고 노래
하며
환락에 도취되자 서로들 엉키어 앉고, 취기에 훈훈하자 갖옷
을 벗어던지네
잔치의 주인은 사법관이고, 이 자리 주빈 또한 법관이며
낮부터 음주 환락을 벌여, 야반에도 끝날 줄 모르니
문향의 감옥 속 죄수가, 얼어 죽은들 어찌 알리요

(語釋) ○秦城(진성)-장안성(長安城). 옛날의 진(秦)나라 땅이었다. ○皇州
(황주)-수도, 서울. 제도(帝都). ○退朝者(퇴조자)-조정에서 물러나
오는 자. ○朱紫(주자)-주불(朱紱)과 자수(紫綬). 불(紱)이나 수(綬)
는 인끈. ○盡(진)-모두 다. 모조리. ○公侯(공후)-공자(公子)나 후
작, 또는 고관대작을 대표하는 말. ○風雪興(풍설흥)-바람이나 눈에
대한 흥취. ○所營(소영)-영위하는 바. 일삼는 바. ○第宅(제택)-저
택. 큰 집. ○所務(소무)-애쓰는 바. ○追遊(추유)-서로 쫓아다니면
서 논다. 몰려다니며 논다. ○歡酣(환감)-마냥 흥이 나다. 환락이 무
르익다. ○促密坐(촉밀좌)-빽빽이 서로 밀착해 앉는다. ○醉暖(취
난)-취해서 훈훈하게 되자. ○脫重裘(탈중구)-무거운 갖옷을 벗어
던진다. ○秋官(추관)-사법관(司法官). ○廷尉(정위)-진(秦)·한
(漢)대의 법관. ○閿鄕(문향)-지명. 하남성(河南省) 섬주(陝州)에
있음. ○囚(수)-갇혀 있는 죄수.

(解說)   이 시도 〈진중음(秦中吟)〉 10수 중의 하나로 앞에 있는 '경비(輕
肥)'와 비슷하다. 백성들을 위해 진력해야 할 벼슬아치들이 행락에
만 몰두하고 있으니, 나라 꼴이 무엇이 되겠는가? 더욱이 사법관들
이 감옥에서 죄수가 얼어 죽었음에도 큰 눈이 내렸다고 흥겨워서
밤새워 술마시며 즐기고 있으니! 백낙천은 어처구니가 없다는 어조
로 읊었으리라.

74. 買花 꽃을 사다

매 화

1. 帝城春欲暮　喧喧車馬度
제 성 춘 욕 모　훤 훤 거 마 도

2. 共道牡丹時　相隨買花去
공 도 모 란 시　상 수 매 화 거

3. 貴賤無常價　酬置看花數
귀 천 무 상 가　수 치 간 화 수

4. 灼灼百朶紅　戔戔五束素
작 작 백 타 홍　전 전 오 속 소

5. 上張帷幕庇　旁織笆籬護
상 장 악 막 비　방 직 파 리 호

6. 水洒復泥封　移來色如故
수 새 부 니 봉　이 래 색 여 고

7. 家家習爲俗　人人迷不悟
가 가 습 위 속　인 인 미 불 오

8. 有一田舍翁　偶來買花處
유 일 전 사 옹　우 래 매 화 처

9. 低頭獨長歎　此歎無人諭
저 두 독 장 탄　차 탄 무 인 유

10. 一叢深色花　十戶中人賦
일 총 심 색 화　십 호 중 인 부

수도 장안에 봄이 다하려 할 때면, 시끄럽게 수레와 말들이 오
가며

194

모두들 모란꽃이 한창이라 하며, 서로 다투듯 꽃을 사러 가노라

비싸고 싸고 일정한 값이 없고, 오직 꽃송이 수에 따라 정해
지며

붉게 타듯 백 개나 달린 것도 있고, 흰 꽃송이 다섯 개짜리도
있네

위에는 장막으로 햇빛을 막고, 가에는 울타리로 보호를 하고

물을 뿌리고 다시 봉토를 하여, 이식해도 꽃빛이 원색 그대로라

집집마다 습속에 젖어 버렸고, 모두들 미혹에서 벗어나지 못
할 새

시골에서 올라온 할아버지가, 우연히 꽃 사는 장소에 와서

고개 떨구고 홀로 장탄식을 하거늘, 그의 탄식의 뜻을 아무도
모르더라

한 뿌리 짙은 빛 모란꽃 나무값이, 중산층 열 가구의 세금과
맞먹노라

語釋　ㅇ買花(매화)-꽃을 사다. 시제를 〈모란(牡丹)〉이라고도 한다. ㅇ帝
城(제성)-제도(帝都). 도성. 장안(長安)이다. ㅇ喧喧(훤훤)-떠들썩
하고 시끄럽다. ㅇ度(도)-왔다갔다 한다. ㅇ共道(공도)-모두들 말
한다. ㅇ相隨(상수)-서로 쫓아가다. ㅇ貴賤(귀천)-값이 비싸거나
싸거나. ㅇ酬直(수치)-보수로 주는 값. 직(直)을 여기서는 치로 읽
는다. ㅇ灼灼(작작)-불타는 듯하다. ㅇ朶(타)-꽃송이. ㅇ戔戔(전
전)-적다는 뜻. ㅇ五束素(오속소)-다섯 개의 흰 꽃이 한자리에 피
어났다. ㅇ張(장)-장막을 치다. ㅇ幄幕(악막)-장막. 포장. ㅇ庇
(비)-햇빛을 막아준다. ㅇ旁(방)-옆. 가장자리. ㅇ織笆籬(직파
리)-울타리를 엮어서. ㅇ護(호)-닭이나 개가 들어오지 못하게 보
호한다. ㅇ洒(새)-뿌리다. ㅇ泥封(이봉)-진흙으로 봉한다. ㅇ移來
(이래)-밖에서 사다가 자기집 정원에 이식한다. ㅇ諭(유)-깨달

는다. 이해한다. ㅇ叢(총)-한 그루. ㅇ中人(중인)-중산층의 사람.
ㅇ賦(부)-부세. 세금.

(解說)　자고로 귀족 취미라는 것이 있다. 특히 당나라 때에는 모란(牡丹)
을 몹시 좋아했다(《容齊隨筆》에 잘 나타나 있다).

　　그러나 백낙천은 이의(異議)를 제기하고 그들의 소행을 미망(迷
妄)이라고 규정지었다. 꽃나무 한 그루 값이 중산층 열 가구가 내는
세금에 해당하니, 그 어찌 딱하지 않으랴! 아무리 귀족이라도 재물
을 가치있게 써야 한다. 그러나 그들은 오랜 습속에 젖어 깨어나지
못하니 어찌할 거냐? 시골 노인과 함께 탄식할 수밖에. 이 시도 〈진
중음(秦中吟)〉 10수의 하나이다.

제 4 장

풍유諷諭의 신악부新樂府

안녹산 뺑뺑이춤에 임금 눈이 홀려서
반역군이 황하를 건너도 믿지 않았노라
祿山胡旋迷君眼
兵過黃河疑未反

이렇듯 팔 떨어진 지 60년이 되었노라
비록 한 팔은 폐했으나 한몸은 온전했노라
此臂折來六十年
一肢雖廢一身全

뽕나무 전당잡히고 땅 팔아 세금 바쳤으니
장차 내년을 어떻게 지내리
典桑賣地納官租
明年衣食將何如

백낙천의　풍유시(諷諭詩)는　정의(正義)의
사회고발이다.　집권자(執權者)들의　온갖　부도
덕을　신랄하게　고발하고　무고하게　유린당하는
민중의　고통을　구제하고자　했다.　35세에서　40
세가　넘을　때까지　간관(諫官)으로　있었던　그는
구석에　도사리고　있는　불의(不義)와　부조리(不
條理)를　척결(剔抉)하는　데　서슴치　않았다.　오
늘의　세계에서도　그를　좇을만한　정의의　시인은
그리　흔지　않으리라!
　그의　시정신(詩精神)은　바로　중국문학의　정
통인　시교(詩敎)에서　나온　것이다.
　제4장에서는《백향산시집(白香山詩集)》권3·
권4에　있는　약　50수에서　14수를　뽑아　추렸다.

序曰：凡九千二百五十言，　　서왈：범구천이백오십언
斷爲五十篇.　　　　　　　　단위오십편
篇無定句，句無定字.　　　　편무정구，구무정자.
繫於意，不繫於文.　　　　　계어의，불계어문.
首句標其目，卒章顯其志，　수구표기목，졸장현기지，
詩三百之義他.　　　　　　　시삼백지의타.
其辭質而徑，　　　　　　　기사질이경，
欲見之者易諭也.　　　　　　욕견지자이유야.
其言直而切，　　　　　　　기언직이절，
欲聞之者深誡也.　　　　　　욕문지자심계야.
其事覈而實，　　　　　　　기사핵이실，
使采之者傳信也.　　　　　　사채지자전신야.
其體順而律，　　　　　　　기체순이율，
可以播於樂章歌曲也.　　　　가이파어악장가곡야.
總而言之，　　　　　　　　총이언지，
爲君爲臣爲民爲物爲事而作，위군위신위민위물위사이작，
不爲文而作也.　　　　　　　불위문이작야.

서언 : 신악부의 총 자수는 9,250자이고, 전부를 50편으로 추렸다.

한 편의 시에는 일정한 구절이 없고, 한 구절에도 일정한 자수가 정해져 있는 것이 아니다.

내면적인 뜻을 목적으로 쓴 것이지, 외형적 수식을 위한 것이 아니다.

첫 구절에서는 시의 제목을 나타나게 했고, 끝의 장에서는 시의 뜻을 밝혔으니 이는《시경(詩經)》의 뜻을 따른 것이다.

문사가 질박하고 직설적인 것은 보는 사람들로 하여금 쉽게 이해하기를 원해서고,

표현이 정직하고 또 절실한 것은 듣는 사람들로 하여금 깊이 경계하는 바 있기를 바라서이고,

내용이 정확 사실적인 것은 시를 채집하는 사람들로 하여금 참을 전하고, 시의 체제를 순조롭고 음율에 맞게 한 것은 악장·가곡에 맞춰 잘 전파되게 하기 위함이다.

통틀어 말하자면, 신악부는 임금을 위하고, 신하를 위하고, 백성을 위하고 또 만물과 모든 일을 위해서 지은 것이지, 수식의 미를 위해 지은 것이 아니다.

75. 海漫漫 바다는 아득하다

1. 海漫漫 直下無底傍無邊

2. 雲濤煙浪最深處 人傳中有三神山

3. 山上多生不死藥 服之羽化爲天仙

4. 秦皇漢武信此語 方士年年采藥去

5. 蓬萊今古但聞名 煙水茫茫無覓處

6. 海漫漫, 風浩浩 眼穿不見蓬萊島

불견봉래불감귀　　동남관녀주중로
7. 不見蓬萊不敢歸　童男丱女舟中老

서복문성다광탄　　상원태일허기도
8. 徐福文成多誆誕　上元太一虛祈禱

군간여산정상 무릉두　　필경비풍취만초
9. 君看驪山頂上 茂陵頭　畢竟悲風吹蔓草

하황현원성조 오천언　　불언약 불언선
10. 何況玄元聖祖 五千言　不言藥, 不言仙

불언백일승청천
11. 不言白日升靑天

바다는 끝없이 넓고 아득하며, 바닥도 없고 가도 없으며
구름 안개 파도 엉키는 먼곳에, 삼신산이 있다고들 전하며
산 위에는 불사약이 나오고, 먹으면 우화등천 신선 된다네
진시황 한무제가 이 말을 믿고, 해마다 방사들 약초 캐 갔지만
봉래산은 자고로 이름뿐이며, 안개 파도 아득해 찾을 수 없네
바다 아득하고, 바람 심할 새, 눈 비벼 찾아도 봉래도 없었네
봉래를 못 찾으니 돌아가지 못하고, 총각 처녀 배 속에서 늙었
노라
　서복과 문성은 몹시 허황된 자들이고, 상원선녀나 태일신은 빌
어도 효험없네
　보라! 진시황이나 한무제의 무덤에는, 결국 슬픈 바람이 풀을
쓸고 있을 뿐
　하물며 현원성조 노자의 《도덕경》에는, 선약이나 선인이라는
말이 없으며
　대낮에 승천한다 말도 없노라

語釋 ○海漫漫(해만만)-바다가 끝없이 넓다. ○直下(직하)-수직으로 내려가다. ○傍(방)-옆으로. ○無邊(무변)-가가 없다. ○雲濤煙浪(운도연랑)-구름이나 안개와 엉킨 파도. ○最深處(최심처)-육지에서 가장 떨어진 바다 한복판. ○三神山(삼신산)-《사기(史記)》〈봉선서(封禪書)〉에 보이는 전설적인 섬으로 봉래(蓬萊)·방장(方丈)·영주(瀛洲)의 셋이며, 여기에는 불로불사(不老不死)의 약초가 있고 신선들이 살고 있다고 전했다. ○服之(복지)-약초를 복용하다. ○羽化(우화)-날개가 생기다. 또는 공중을 새같이 날아가다. ○天仙(천선)-하늘의 선인·신선. ○秦皇(진황)-진(秦)의 시황제(始皇帝 : 기원전 259~210). 방사(方士) 서복(徐福)의 말을 믿고 동남동녀 수천 명을 배에 태워 불사약을 구하러 보냈었다. ○漢武(한무)-한나라 무제(武帝 : 기원전 159~87). 전한 제7대의 황제로서 신선이 되고자 했다. ○方士(방사)-신선술을 부린다고 한다. 도사와 비슷하다. ○采藥去(채약거)-약초를 캐러 가다. ○煙水(연수)-안개와 바닷물. ○茫茫(망망)-아득하고 넓게 퍼졌다. ○無覓處(무멱처)-찾을 수가 없다. ○風浩浩(풍호호)-바람이 크고 거세다. ○眼穿(안천)-눈을 비비고 눈을 크게 뜨고. ○丱女(관녀)-양쪽 머리를 총각머리로 땋아 얹은 어린 계집아이. ○徐福(서복)-방사(方士)로서 진시황에게 불로불사약을 따오겠다고 속여 많은 비용을 받고 대대적인 선단(船團)을 이끌고 어디론가 사라지고 말았다. 《사기》에는 서불(西市)이라고 적었다. ○文成(문성)-한무제에게 신선술을 가르쳐 준 도사로 후에는 문성장군(文成將軍)이 되었다. ○誑誕(광탄)-허망되고 속인다. ○上元(상원)-선녀로 상원부인(上元夫人)이라고도 하며, 서왕모(西王母)와 같이 무제(武帝)에게 잔치를 베풀었다고 한다《漢武內傳》. ○太一(태일)-하늘의 자미궁(紫微宮)에 있는 천신. 또는 태일성(星). 즉 북극성. ○驪山(여산)-섬서성(陝西省) 임동현(臨潼縣)에 있는 한무제의 능이다. ○蔓草(만초)-엉킨 풀들. ○玄元聖祖(현원성조)-노자(老子). 당나라 고종(高宗)이 노자를 현원성조라 호칭했다. ○五千言(오천언)-노자의 《도덕경(道德經)》은

5천 자로 되었다. ○升青天(승청천)─푸른 하늘로 올라간다.

解說   백낙천도 한때는 선술이나 도교에 빠졌었다. 그러나 그것은 선 (禪)의 경지와 더불어 허정염담(虛靜恬淡)한 정신수양을 목적으로 한 것이지, 다른 사람들같이 불로불사(不老不死)하는 신선이 되겠 다든가 또 우화등천(羽化登天)하겠다는 생각에서가 아니었다. 다른 시에서 그는 신선술이나 연단술(煉丹術)에 골몰하다가 도리어 몸을 망치고 수명을 단축시키는 것을 비웃고 있다. 특히 이 시에서는 제 왕(帝王)들이 허황된 방사들에 현혹되어 재물을 낭비하고 백성 다 스리는 데 소홀했음을 풍간하고 있다.

76. 上陽白髮人   상양의 궁녀
상 양 백 발 인

1. 上陽人, 上陽人   紅顔暗老白髮新
   상 양 인 상 양 인   홍 안 암 로 백 발 신

2. 綠衣監使守宮門   一閉上陽多少春
   녹 의 감 사 수 궁 문   일 폐 상 양 다 소 춘

3. 玄宗末歲初選入   入時十六今六十
   현 종 말 세 초 선 입   입 시 십 륙 금 육 십

4. 同時采擇百餘人   零落年深殘此身
   동 시 채 택 백 여 인   영 락 연 심 잔 차 신

5. 憶昔呑悲別親族   扶入車中不敎哭
   억 석 탄 비 별 친 족   부 입 거 중 불 교 곡

6. 皆云入內便承恩   臉似芙蓉胸似玉
   개 운 입 내 편 승 은   검 사 부 용 흉 사 옥

7. 未容君王得見面　已被楊妃遙側目
   미 용 군 왕 득 견 면　이 피 양 비 요 측 목

8. 妒令潛配上陽宮　一生遂向空房宿
   투 령 잠 배 상 양 궁　일 생 수 향 공 방 숙

9. 秋夜長　夜長無寐天不明
   추 야 장　야 장 무 매 천 불 명

10. 耿耿殘燈背壁影　蕭蕭暗雨打窗聲
    경 경 잔 등 배 벽 영　소 소 암 우 타 창 성

11. 春日遲　日遲獨坐天難暮
    춘 일 지　일 지 독 좌 천 난 모

12. 宮鶯百囀愁厭聞　梁燕雙栖老休妒
    궁 앵 백 전 수 염 문　양 연 쌍 서 로 휴 투

13. 鶯歸燕去長悄然　春往秋來不記年
    앵 귀 연 거 장 초 연　춘 왕 추 래 불 기 년

14. 唯向深宮望明月　東西四五百廻圓
    유 향 심 궁 망 명 월　동 서 사 오 백 회 원

15. 今日宮中年最老　大家遙賜尚書號
    금 일 궁 중 연 최 로　대 가 요 사 상 서 호

16. 小頭鞵履窄衣裳　青黛點眉眉細長
    소 두 혜 리 착 의 상　청 대 점 미 미 세 장

17. 外人不見見應笑　天寶末年時世粧
    외 인 불 견 견 응 소　천 보 말 년 시 세 장

18. 上陽人, 苦最多　少亦苦, 老亦苦
    상 양 인　고 최 다　소 역 고　노 역 고

19. 少苦老苦兩如何　君不見
    소 고 노 고 양 여 하　군 불 견

20. 昔時呂尚美人賦　又不見
    석 시 려 상 미 인 부　우 불 견

21. 今日上陽白髮歌
금 일 상 양 백 발 가

상양궁 궁녀여! 상양궁 궁녀여! 홍안 이미 늙고 백발 성했네

녹의 입은 감사가 궁문을 지키니, 상양궁에 갇힌 이래 얼마나 되었을까?

현종 말년 처음으로 뽑히었고, 16세에 입궐하여 지금은 60 이라

함께 간택된 궁녀 백여 명이었으나 모두 늙어 죽고 이 몸만이 남았노라

슬픔 삼키고 가족과 헤어져, 수레에 오른 나 보고 울지 말라 달래며

모두들 대궐에 들면 총애를 받으리라, 네 얼굴은 부용같고 가슴은 옥같다 했거늘

미처 임금의 눈에 들기도 전에, 양귀비의 눈흘김을 받아

그의 질투로 상양궁에 갇혀, 일생을 독수공방 되었네

가을밤은 길고 길며, 잠 못자는 긴 밤에 하늘도 밝지 않네

새벽 등에 비쳐진 외로운 그림자와 촉촉이 내리는 밤비 창에서 우네

봄날은 지루하게 길며, 홀로 앉아 있는 긴 봄은 저물지도 않누나

슬픔에 겨워 꾀꼬리 노래도 듣기 싫고, 늙음에 지쳐 짝지은 제비도 질투나지 않네

꾀꼬리와 제비 가자 더욱 외롭고, 봄 가고 가을 와도 세월 모른 채

오직 깊은 대궐에서 명월을 바라보니, 오락가락 만월된 지 사오백 번 되었으리

이제는 궁중에서 가장 나이 많다고 천자께서 상서의 호칭을 주셨노라

신은 끝이 뾰족하고 옷은 좁으며, 푸른 먹으로 그린 눈썹 가늘고 기니

밖의 사람들 보면 필시 웃으리, 그것이 천보 말년의 차림새였으니

상양궁의 궁녀는 고생 많아라. 젊어도 늙어도 역시 고생

젊으나 늙으나 고생 어이하리. 그대 보지 못했는가

옛날의 여상이 지은 미인부를, 또한 보지 못하는가

오늘의 상양궁 백발 궁녀의 노래를

(語釋) ○上陽白髮人(상양백발인)－상양궁에서 백발이 되도록 갇히어 있는 불쌍한 궁녀를 읊은 시다. 상양(上陽)은 궁의 이름이며, 낙양(洛陽)에 있다(해설 참조). ○暗老(암로)－알지 못하는 사이에 어느덧 늙었다. ○白髮新(백발신)－백발이 새로 났다. ○監使(감사)－궁녀를 감시하는 관리. 녹색의 옷을 입었다. ○多少春(다소춘)－얼마나 되었나? 많은 세월을 보냈다. 다년(多年)과 같다. ○玄宗末歲(현종말세)－현종 천보(天寶) 15년(756년). ○選入(선입)－궁녀로 뽑히어 들어오다. ○今六十(금육십)－천보 15년에 16세면 정원(貞元) 16년(800)에는 만 60세가 된다. ○采擇(채택)－채택(採擇)과 같다. ○零落(영락)－시들어 떨어지다. 즉 죽다. ○年深(연심)－나이가 많다. ○憶昔(억석)－옛날을 생각한다. ○吞悲(탄비)－슬픔을 삼키고 ○扶入(부입)－남의 부축을 받고 수레에 오른다. ○不敎哭(불교곡)－울지 말라는 가르침을 받았다. ○承恩(승은)－은총을 받는다. ○臉(검)－얼굴. ○芙蓉(부용)－연꽃. ○未容(미용)－미처 허락도 받지

못했는데. 아직 임금에게 받아들여지지도 못했는데. ○被(피)-당하다. ○楊妃(양비)-양귀비. ○遙(요)-멀리 돌림을 받다. ○側目(측목)-곁눈질을 받는다. ○妬(투)-투기. 질투. ○潛配(잠배)-아무도 모르게 유배된다. ○向(향)-어(於)와 같다. ○空房(공방)-빈 방. ○宿(숙)-즉 평생을 독숙공방(獨宿空房)하는 신세가 되었다. ○無寐(무매)-잠도 자지 못한다. ○耿耿(경경)-번쩍번쩍하는 빛. ○殘燈(잔등)-새벽의 등불. ○背壁影(배벽영)-새벽에도 잠을 못자고 등잔 앞에 마주 앉아 있으니, 등 뒤에 있는 벽에 그림자가 비친다. ○蕭蕭(소소)-쓸쓸하게. ○暗雨(암우)-소리없이 내리는 비. ○打窗聲(타창성)-창문을 때리는 소리. ○春日遲(춘일지)-즐거워야 할 봄날이 지루하고 길게 느껴진다. ○百囀(백전)-많은 꾀꼬리들이 시끄럽게 울어댄다. ○愁厭聞(수염문)-가슴속이 슬프니 꾀꼬리 소리가 듣기 싫다. ○梁燕(양연)-대들보 위에 집을 지은 제비. ○雙栖(쌍서)-짝지어 살다. ○老休妬(노휴투)-나이가 늙으니 질투조차 안난다. ○鶯歸(앵귀)-꾀꼬리가 돌아오니 봄이다. ○燕去(연거)-제비가 떠나니 가을이다. ○長悄然(장초연)-언제나 초연하다. 외롭고 쓸쓸하다. ○不記年(불기년)-나이 먹고 세월 가는 줄도 모르겠다. ○東西(동서)-달이 동쪽에서 서쪽으로 왔다갔다 하며 4,5백 회나 만월이 되었으니, 4,50년이 지난 셈이다. ○大家(대가)-대궐 안에서는 천자를 대가라고 불렀다. ○尙書(상서)-늙은 여관(女官)에게 주어지는 관명이다. ○小頭(소두)-신발 끝이 좁은. ○鞵履(혜리)-신발. ○窄衣裳(착의상)-빡빡하게 꽉 붙는 옷. ○靑黛(청대)-푸른 먹. ○點眉(점미)-눈썹을 그린다. ○外人(외인)-밖의 사람들. ○時世粧(시세장)-그때에 유행했던 분장. ○呂尙(여상)-여향(呂向)이 맞을 것이다. 현종(玄宗)대의 한림학사(翰林學士)로 〈미인부(美人賦)〉를 지어 올렸으며, 천하의 미인을 뽑아 후궁에 들이는 것을 풍간(諷諫)했다.

解說 시제 밑에 있는 주석에서 백낙천은 말했다.

'한평생을 외롭게 지내는 궁녀를 불쌍히 여긴 시다. 천보(天寶) 5년 이후에는 양귀비가 현종의 사랑을 독차지하고 다른 후궁을 가까이하지 못하게 했으며, 잘난 궁녀는 멀리 보내어 가두었다. 상양궁도 그 중의 하나다.'

이상으로 알 수 있듯이, 이 시의 여주인공도 16세에 궁녀로 뽑히어 들어왔으나, 한번도 임금의 사랑을 못받고 한평생을 상양궁에 갇힌 채로 늙었다.

백낙천은 이 여인의 처지를 연민하고 아울러 쓸데없이 궁녀를 수없이 뽑아들이어 후궁에서 썩게 하는 비인도적 처사를 풍간했던 것이다. 나쁜 제도와 썩은 풍습에 의해 유린되고 있는 무고한 여인을 옹호한 시라 하겠고, 소극적이나마 여성해방을 주창하는 시라 하겠다.

호선녀
77. 胡旋女   호선녀

호선녀 호선녀   심응수 수응고
1. 胡旋女, 胡旋女   心應手, 手應鼓

현고일성쌍수거   회설요요전봉무
2. 絃鼓一聲雙袖擧   廻雪飄飄轉蓬舞

좌선우전부지피   천잡만주무이시
3. 左旋右轉不知疲   千匝萬周無已時

인간물류무가비   분거륜완선풍지
4. 人間物類無可比   奔車輪緩旋風遲

곡종재배사천자   천자위지미계치
5. 曲終再拜謝天子   天子爲之微啓齒

호선녀 출강거   도로동래만리여
6. 胡旋女, 出康居   徒勞東來萬里餘

중원자유호선녀
7. 中原自有胡旋女

투묘쟁능이불여
鬪妙爭能爾不如

천보계년시욕변
8. 天寶季年時欲變

신첩인인학원전
臣妾人人學圓轉

중유태진외록산
9. 中有太眞外祿山

이인최도능호선
二人最道能胡旋

이화원중책작비
10. 梨花園中冊作妃

금계장하양위아
金雞障下養爲兒

녹산호선미군안
11. 祿山胡旋迷君眼

병과황하의미반
兵過黃河疑未反

귀비호선혹군심
12. 貴妃胡旋惑君心

사기마외염갱심
死棄馬嵬念更深

종자지축천유전
13. 從茲地軸天維轉

오십년래제불금
五十年來制不禁

호선녀 막공무
14. 胡旋女, 莫空舞

수창차가오명주
數唱此歌悟明主

오랑캐 춤 빙글빙글 도는 여자는, 마음대로 손 놀리고 능란하게 북을 치네

음악 소리 맞추어 두 소매 펼쳐 들고, 휘날리는 눈 다북쑥 구르듯 추네

좌로 돌고 우로 구르고 지칠 줄 모르며, 천번 돌고 만 번 굴러도 끝날 줄 모르네

세상의 아무것도 신묘하기 비길 수 없고, 달리는 바퀴나 회오리바람보다 날쌔노라

춤 끝나자 천자에게 재배하고 물러나니, 천자도 흡족하여 입을 열고 미소짓네

210

호선녀! 그대는 강거 출신인데, 헛되게 만리 길 동쪽으로 왔
노라

중원에도 뺑뺑이춤 추는 여자가 있고, 싸우고 다투는 솜씨가
더욱 뛰어났으며

천보 말년에는 세상이 흉악해지고, 남녀 모두가 둥글몽글하게
되었노라

안에는 양귀비요 밖에는 안녹산이, 뛰어난 뺑뺑이춤으로 잘 홀
린다 하네

양귀비를 이화원에서 황비로 책봉하고, 안녹산을 금계병풍 밑
에서 양자로 삼았노라

안녹산 뺑뺑이춤에 임금 눈이 홀려서, 반역군 황하 넘어도 믿
으려 안했노라

양귀비 뺑뺑이춤에 임금 마음 홀려서, 마외파에서 죽은 그녀를
끝없이 생각했노라

그때부터 천지의 바른 줄기 기울고, 50년 내로 바로잡지 못하
게 되었으니

호선녀야! 건성 춤 추지 말고, 거듭 이 노래 불러 천자를 깨
게 하렷다

(語釋) ○胡旋女(호선녀)-빙글빙글 도는 오랑캐 춤을 추는 여자.《악부잡
록(樂府雜錄)》에 보면 둥근 공 위에서 추는 춤이라 했다. ○心應
手(심응수)-마음대로 손이 논다. ○手應鼓(수응고)-자유자재로
북을 친다. ○絃鼓一聲(현고일성)-현악기와 타악기의 소리가 함께
잘 어울린다. ○雙袖(쌍수)-두 소맷자락. ○擧(거)-번쩍 치켜 들다.
○廻雪(회설)-휘날리는 눈. ○飄飄(요요)-펄럭펄럭. ○蓬(봉)-다
북쑥. 바람에 불려 구르는 다북쑥같이 뒹굴며 춤을 춘다. ○左旋(좌

선)-좌로 선회하다. 몸을 돌리다. ㅇ轉(전)-몸을 굴리다. ㅇ不知疲
(부지피)-지칠 줄 모른다. ㅇ千匝萬周(천잡만주)-천만 번을 돌
고 돌다. ㅇ已(이)-끝나다. ㅇ物類(물류)-모든 종류의 만물. ㅇ比
(비)-비교하다. 비기다. ㅇ奔車輪緩(분거륜완)-마구 달리는 수레
바퀴도 오히려 느릴 것이다. ㅇ旋風遲(선풍지)-회오리바람, 선풍도
그녀의 동작보다는 늦을 것이다. ㅇ曲終(곡종)-음악이 끝나다. 즉
춤이 끝나다. ㅇ謝(사)-인사하고 물러난다. ㅇ啓齒(계치)-입을 벌
리고 미소를 짓다. ㅇ康居(강거)-강거국(康居國)에서 출생하다. 강
거국은 현 신강성(新疆省) 북쪽이다. ㅇ徒勞東來(도로동래)-헛되
이 동쪽으로 왔다. 동쪽 중원에 와도 소용이 없게 되었다는 뜻. ㅇ自
有(자유)-중원에도 본래 자체 내에 호선녀같이 뺑뺑이춤을 추고
사람을 홀리는 사람이 있다는 뜻. ㅇ鬪妙爭能(투묘쟁능)-싸우는
데 묘수이고 다투는 데 능수이다. 쟁능(爭能)을 '어찌 ~할 수
있느냐[怎能]'로 풀 수도 있다. ㅇ爾不如(이불여)-너도 못당할 거
다. ㅇ天寶季年(천보계년)-천보 말년. 현종 천보 14년(755)에 안
녹산의 난이 일어났다. ㅇ時欲變(시욕변)-세상이 바뀌려고 변하여
난리가 나려고 ㅇ臣妾(신첩)-즉 양귀비와 안녹산. ㅇ人人(인인)-
기타 각 계층의 모든 사람. ㅇ學(학)-모방한다. 좇는다. 배운다.
ㅇ圓轉(원전)-정직(正直)의 반대. 우물쭈물 교활하게 산다. ㅇ太眞
(태진)-양귀비의 호. ㅇ最道(최도)-가장 잘 말한다. ㅇ冊(책)-책
봉하다. 책립하다. ㅇ金雞障(금계장)-금계를 그린 큰 병풍. ㅇ疑未
反(의미반)-아직도 반란한 것이 아니려니 하고 믿지 않는다. ㅇ馬嵬
(마외)-양귀비가 죽은 곳《長恨歌》참조). ㅇ從玆(종자)-그때부터.
ㅇ地軸(지축)-지구의 중축. ㅇ天維(천유)-하늘의 줄기[綱]. ㅇ制
不禁(제불금)-제압할 수가 없다. ㅇ數昌(수창)-거듭 여러 번 부르
다. ㅇ悟明主(오명주)-천자를 깨우쳐라.

(解說) 현대적 감각으로 잘 이해할 수 있는 상징시(象徵詩)라 하겠다.
강거국(康居國)에서 온 여자가 어지럽게 선회하고 회전하며 춤을

추는 것을 보고 이를 양귀비와 안녹산이 현종을 홀려 천하를 전란
에 몰아넣었음에 비유하여 이 시를 지었다. 현종은 분명히 양귀비와
안녹산의 능수능란한 농간과 음흉한 간교에 홀리고 놀아나다가 천
하를 망쳤던 것이다.

그러므로 백낙천은 호선녀에게 말했다. 우리 중원에는 너보다 한
층 상수(上手)가 있다. 즉 '호선녀(胡旋女) 출강거(出康居), 도로동
래만리여(徒勞東來萬里餘), 중원자유호선녀(中原自有胡旋女)'라고
했다. 이 얼마나 비꼬는 말투일까? 그리고 양귀비나 안녹산에게 홀
린 당 현종을 '눈이 미혹되어 반란인 줄 모르고 마음이 홀리어 죽은
후에도 생각했다(祿山胡旋迷君眼, 兵過黃河疑未反 : 貴妃胡旋惑君
心, 死棄馬嵬念更深)'라고 혹독하게 비판적으로 읊었다.

《신당서(新唐書)》〈안녹산전(安祿山傳)〉에 보면, '황제 앞에서
호선의 춤을 바람같이 잘 추었다(作胡旋, 舞帝前, 疾如風)'라고 있
다. 한편 이러한 표현은 〈장한가(長恨歌)〉에서 죽은 양귀비를 사모
하는 현종을 더없이 미화한 태도와는 아주 딴판이라 하겠다. 여기서
우리는 다시 한번 백낙천의 사회비판적 태도를 살필 수가 있을 것이
며, 아울러 당시에 이런 시를 쓸 수 있을 만큼 이른바 언론 자유
가 있었음에 놀라지 않을 수 없다.

신 풍 절 비 옹
78. 新豊折臂翁　신풍의 팔 없는 노인

신 풍 노 옹 팔 십 팔 1. 新豊老翁八十八	두 빈 미 수 개 사 설 頭鬢眉鬚皆似雪
현 손 부 향 점 전 행 2. 玄孫扶向店前行	좌 비 빙 견 우 비 절 左臂憑肩右臂折
문 옹 절 비 래 기 년 3. 問翁折臂來幾年	겸 문 치 절 하 인 연 兼問致折何因緣

옹운관속신풍현　　생봉성대무정전
4. 翁云貫屬新豊縣　　生逢聖代無征戰

관청이원가관성　　불식기창여궁전
5. 慣聽梨園歌管聲　　不識旗槍與弓箭

무하천보대징병　　호유삼정점일정
6. 無何天寶大徵兵　　戶有三丁點一丁

점득구장하처거　　오월만리운남행
7. 點得驅將何處去　　五月萬里雲南行

문도운남유노수　　초화낙시장연기
8. 聞道雲南有瀘水　　椒花落時瘴煙起

대군도섭수여탕　　미과십인이삼사
9. 大軍徒涉水如湯　　未過十人二三死

촌남촌북곡성애　　아별야양부별처
10. 村南村北哭聲哀　　兒別耶孃夫別妻

개운전후정만자　　천만인행무일회
11. 皆云前後征蠻者　　千萬人行無一回

시시옹년이십사　　병부첩중유명자
12. 是時翁年二十四　　兵部牒中有名字

야심불감사인지　　투장대석추절비
13. 夜深不敢使人知　　偸將大石槌折臂

장궁파기개불감　　종자편면정운남
14. 張弓簸旗皆不堪　　從茲便免征雲南

골쇄근상비불고　　차도간퇴귀향토
15. 骨碎筋傷非不苦　　且圖揀退歸鄉土

차비절래육십년　　일지수폐일신전
16. 此臂折來六十年　　一肢雖廢一身全

지금풍우음한야　　　직도천명통불면
17. 至今風雨陰寒夜　　　直到天明痛不眠

통불면　　종불회　　　차희노신금독재
18. 痛不眠　終不悔　　　且喜老身今獨在

불연당시노수두　　　신사혼고골불수
19. 不然當時瀘水頭　　　身死魂孤骨不收

응작운남망향귀　　　만인총상곡유유
20. 應作雲南望鄕鬼　　　萬人塚上哭呦呦

노인언군청취　　　군불문개원　재상송개부
21. 老人言君聽取　　　君不聞開元　宰相宋開府

불상변공방독무　　　우불문천보　재상양국충
22. 不賞邊功防黷武　　　又不聞天寶　宰相楊國忠

욕구은행립변공　　　변공미립생인원
23. 欲求恩幸立邊功　　　邊功未立生人怨

청문신풍절비옹
24. 請問新豊折臂翁

　　신풍의 노인 나이 여든여덟, 머리·살쩍·눈썹·수염이 백설
이라

　　고손자 부축받으며 가게 앞으로 가는, 그의 왼팔 오른팔이 없
어라

　　노인에게 팔 잘린 지 몇 해나 되었는가 묻고, 아울러 어떠한
연유로 잘리게 되었는가 물으니

　　노인 대답하되 본관은 신풍현이고, 전쟁 없는 태평성대에 태
어났으며

　　노상 이원의 음악 소리만 들었고, 군기·창검·활·화살같은

것 몰랐거늘

　얼마 후 천보 연대에 큰 징병이 있어, 한 집 세 사람 중 한 명을 뽑아

　징집하여 몰고 가는 곳이 어딘가 하면, 5월의 만리길 먼 운남으로 가더라

　듣건대 운남에는 노수강이 있어, 후추꽃 질 무렵 독기가 서리며

　끓는 물같은 강을 걸어서 건너야 하기에, 대군의 병졸은 강물에서 열 중 둘셋이 죽는다 하니

　징병되는 마을에는 온통 애처로운 곡성이 일고, 아들은 부모에게 작별하고 남편은 아내와 헤어져 갔네

　전부터 노상 남쪽으로 싸우러 간 사람은, 천만 명 중 한 사람도 돌아오지 못했다 하오

　그때 나의 나이 스물넷이었으며, 병부의 명단 속에 이름이 있었으니

　깊은 밤에 아무에게도 알리지 않고, 몰래 큰 돌로 팔을 쳐서 부러뜨려

　활을 재거나 기를 들지 못하게 만들어, 비로소 운남 정벌군에서 빠졌노라

　뼈가 으스러지고 근육이 상처나 고생스럽지만, 우선은 징병에서 떨어져 고향에 돌아왔노라

　이렇듯 팔 떨어진 지 60년이 되었으며, 비록 한 팔은 망가졌으나 한 몸은 온전했노라

　지금에도 비바람치는 음산하고 찬 밤에는, 아프고 쑤셔 이튿날 아침까지 잠 못 잔다오

　아파 잠 못자지만 끝내 뉘우치지 않으며, 오직 늙은 몸이나마

홀로 남아 있음을 기뻐하노라

그렇지 않았다면 옛날에 노수 강가에 끌려가, 몸은 죽고 넋도 외롭고 뼈도 거두지 못했으며

영낙없이 운남의 망향귀가 되어, 만인총 위에서 어이어이 울고 있으리

이상과 같은 노인의 말을 잘 들으시오, 개원의 재상 송개부는

무력 남용을 막기 위해 변경 공을 상주지 않았다지 않소? 그러나 반대로 천보의 양국충은

은총을 억지로 얻고자 변경으로 무력정벌을 펴 패망하고, 공도 세우지 못하고 오직 백성의 원성만을 일게 했노라

모든 사연을 신풍의 팔 없는 노인에게 물어보시오

語釋 ㅇ新豊(신풍)-현명(縣名). 지금의 섬서성 서안부(西安府) 임동현(臨潼縣) 신풍진(新豊鎭)이다. ㅇ折臂翁(절비옹)-팔이 잘린 영감. 이 시는 끌려가면 못 돌아올 변경정벌(邊境征伐)을 위한 징병을 모면하기 위하여 스스로 자기 팔을 못쓰게 만든 노인의 자술(自述) 형식의 시로, 지나친 변방 외정(外征)을 은근히 비난하고 있다. 원시 제목 아래에 '변공을 삼가게 함이다(戒邊功也)'라고 있다. ㅇ八十八(팔십팔)-팔 잘린 노인의 나이가 88세이다. ㅇ頭鬢(두빈)-두(頭)는 머리, 빈(鬢)은 귀밑털, 즉 빈모. ㅇ眉鬚(미수)-미(眉)는 눈썹, 수(鬚)는 수염. ㅇ皆似雪(개사설)-모두 눈같이 희다. ㅇ玄孫(현손)-손자의 손자. 즉 고손. ㅇ扶(부)-부축을 받고 가다. ㅇ向店前行(향점전행)-가게 앞으로 가다. 향(向)은 바라보고 향하고 가다. 점(店)은 차를 파는 가게. ㅇ左臂憑肩(좌비빙견)-왼팔은 어깨에 달려 있다. ㅇ右臂折(우비절)-오른팔은 잘리어 없다. ㅇ折臂來(절비래)-팔이 잘린 지. 래(來)는 이래로의 뜻. ㅇ幾年(기년)-몇 년이나 되었느냐? ㅇ兼問(겸문)-아울러 물었다. ㅇ致折(치절)-잘

리우게 되다. ㅇ何因緣(하인연)-어떠한 연유인가? ㅇ貫(관)-본관.
본적. ㅇ屬(속)-속하다. ㅇ生逢聖代(생봉성대)-성대에 태어났
다. 현종(玄宗) 초기는 태평성일(太平盛日)이었다. ㅇ無征戰(무정
전)-정벌전쟁도 없었다. ㅇ慣聽(관청)-노상 들었다. 듣는데 익숙
했다. ㅇ梨園(이원)-당 현종이 만든 궁중의 가무기부(歌舞伎部)로
때로는 민간인에게도 공개되었다. 기부(伎部)에는 삼백 명의 제자들
이 있었다(長恨歌 참조). ㅇ不識旗槍(불식기창)-군기(軍旗)나 창
같은 것을 몰랐다. 즉 군대나 전쟁에 관해서는 통 몰랐다. ㅇ與弓
箭(여궁전)-여(與)는 더불어. 즉 활이나 화살도 몰랐다는 뜻. ㅇ無
何(무하)-얼마 안가서. ㅇ天寶(천보)-현종이 즉위한 지 31년만에
연호를 천보라고 고쳤으며 그때부터 세상이 어지러워졌다. ㅇ大徵
兵(대징병)-대대적으로 병졸들을 징발했다. 양국충(楊國忠)이 운남
(雲南)을 침공하려고 무고한 젊은이를 끌어갔다. ㅇ戶有三丁(호유
삼정)-한 집에 장정이 세 사람 있으면. ㅇ點一丁(점일정)-한 사
람을 징발했다. 점(點)은 병적이나 호적에 점을 찍고 징발했다는
뜻. ㅇ點得(점득)-징발되어가지고 득(得)은 결과를 나타내는 조사.
ㅇ驅(구)-쫓기다. 몰리어 가다. ㅇ將何處去(장하처거)-장차 어디
로 갔을까? ㅇ雲南(운남)-당(唐)대에는 그곳에 남조(南詔)라는 나
라가 있었다. ㅇ聞道(문도)-들으니. ㅇ瀘水(노수)-운남에 있는
강. 오늘의 금사강(金沙江)일 게다. ㅇ椒花(초화)-후추나무 꽃.
ㅇ瘴煙起(장연기)-후덥지근하고 독한 안개가 일다. ㅇ徒涉(도섭)-
맨발로 물을 건너다. ㅇ水如湯(수여탕)-강물이 끓는 물같다. ㅇ二
三死(이삼사)-열 명 중에 둘이나 셋이 죽는다. ㅇ耶孃(야양)-부
모. 야(耶)는 야(爺)와 같으며 아버지. 양(孃)은 낭(娘)으로도 쓰
며 어머니의 뜻. ㅇ征蠻者(정만자)-중국 남쪽의 변방을 만(蠻)이
라 했다. 남쪽으로 토벌간 사람. ㅇ無一回(무일회)-한 사람도 돌
아온 일이 없다. ㅇ是時(시시)-그때에. ㅇ牒中(첩중)-명부 속에.
명단에. ㅇ偸(투)-아무도 모르게. ㅇ將大石(장대석)-큰 돌로. 장
(將)은 목적어를 받는 전치조사(前置助詞). ㅇ槌折臂(추절비)-팔

을 쳐서 부러뜨렸다. o張弓(장궁)-활을 당기다. o簸旗(파기)-
군기를 흔들다. o不堪(불감)-감당하지 못한다. o從玆(종자)-
그렇게 하여. o便免(편면)-이내 면제되었다. o骨碎筋傷(골쇄근
상)-뼈가 부러지고 근육이 상하다. o非不苦(비불고)-고생스럽지
않은 것은 아니다. o且圖(차도)-당장에 꾀하다, 도모하다. o揀退
(간퇴)-징병검사에서 낙제하다. 뽑히어 물러나다. o折來(절래)-
꺾인 이래. o直到天明(직도천명)-하늘이 밝을 때까지 줄곧. o且
喜(차희)-그럭저럭 기쁘게 여기다. o不然(불연)-만약 그렇지 않
았더라면. 즉 팔을 스스로 꺾어 망가뜨리지 않았더라면. o望鄕鬼
(망향귀)-운남에서 죽어 고향을 바라보는 귀신이 되었을 것이다.
o萬人塚(만인총)-많은 전사자를 합장한 무덤. 즉 선우중통(鮮于
仲通)과 이복(李宓)이 패전하여 많은 병사를 죽인 곳이며, 현 운남
에 만인총이 있다. o呦呦(유유)-본래는 사슴의 우는 소리. 여기서
는 원귀들의 울음소리. o君聽取(군청취)-당신 잘 들으시오. 여기
서부터는 작자가 일반 독자에게 하는 말이다. o宋開府(송개부)-현
종(玄宗)의 개원(開元)대의 뛰어난 재상 송경(宋璟)을 가리킨다. 개
부(開府)는 개부의동삼사(開府儀同三司). o不賞邊功(불상변공)-
변방지방에서 세운 무공에 상을 주지 않았다. 개원(開元) 4년에 돌
궐(突厥)이 변경을 침입하자 천무군(天武軍)의 아장(牙將) 학령전
(郝靈筌)이 침략군의 장수 묵철(默啜)의 목을 베어 공을 세웠다.
그러나 재상인 송경은 당시 천자가 젊어 혹시나 무력을 좋아할까
걱정하는 생각에서 학령전의 무공을 포상하지 않았다. 이에 학령전
은 통곡하고 피를 토하며 죽었다고 한다. o防黷武(방독무)-방(防)
은 막는다. 방지하다. 독무(黷武)는 무력을 함부로 써서 더럽히다.
o楊國忠(양국충)-현종 천보(天寶)대의 재상. 양귀비의 사촌오빠로
나라를 문란하게 했다(〈長恨歌〉 참조). o欲求恩幸(욕구은행)-은
총을 받고자 하여. o立邊功(입변공)-변경지대에서 무공을 세우고
자 했다. 한 예를 들면 천보(天寶) 10년에 검남절도사(劍南節度使)
선우중통(鮮于仲通)을 시켜 운남에서 남조(南詔)를 쳤으나 도리어

크게 패했고 6만의 병졸을 죽게 했다. 그러나 양국충은 그 사실을 은폐하고 도리어 중통의 전공을 높이고 상을 내렸다. 그 후에 양국충은 다시 이복(李宓)을 시켜 10만 대군을 보냈으나 역시 패했다.
○生人怨(생인원) — 사람의 원성만 일었다.

解說 평이한 시다. 그러나 처절한 외침이 숨어 있다. 권신(權臣)들이 천자(天子)의 총애와 공상(功賞)을 탐내어 무모하게 변경 정벌을 일삼았는데 따라서 무고한 인민들의 행복과 생명을 값없이 희생하는데 과감히 항거하고 있다. 이 시의 주인공은 가면 돌아올 수 없는 운남 정벌군에서 빠지기 위해 스스로 깊은 밤에 큰 돌로 자기의 팔을 쳐 망가뜨렸다. 그로부터 70평생 그는 잘린 팔이 쑤시고 아팠을 것이다. 또 불구의 몸으로 얼마나 고생이 심했겠는가?

그러나 '비록 한 팔을 못쓰게 되어도 한몸이 온전하니(一肢雖癈 一身全)' '끝내 후회하지 않고(終不悔)' 더욱이 '늙은 몸이나마 홀로 지금까지 살아 남았음에 기쁨을 느끼고 있다(且喜老身今獨在)'고 했다.

만약 그때에 팔을 안 잘랐더라면 어찌 되었을까? '몸은 죽었을 것이며 넋은 외롭고 뼈도 거두지 못한 채(身死魂孤骨不收)' '영락 없이 운남의 망향귀가 되어, 만인총 위를 떠돌며 어이어이 울고 있으리!(應作雲南望鄕鬼, 萬人塚上哭呦呦)'.

비장하게 살아남은 절비옹(折臂翁)이다. 따라서 그는 역사에 대한 고발을 떳떳하게 할 수 있는 자격의 소유자이다. 이에 작자 백낙천은 그 노인을 대신하여 의연하게 역사를 고발하고 있다. 여기서 대표적 인물을 둘 들었다. 무모한 무력 남용을 견제했던 명재상 송경(宋璟)과 반대로 무력을 남용하고 백성을 사지에 몰아넣고 천자를 기만한 끝에 나라를 파국에 빠뜨린 양귀비의 사촌오빠 양국충(楊國忠)이 그들이다. 시비선악은 명약관화하다.

전쟁을 미워하는 마음은 중국 시인들의 전통적 양심이라 하겠다. 두보(杜甫)의 〈병거행(兵車行)〉 〈석호리(石豪吏)〉 등의 시와 같은 정신으로 쓰여졌음을 알겠다.

79. 太行路　태행산의 길

1. 太行之路能摧車　若比君心是坦途
太행지로능최거　약비군심시탄도

2. 巫峽之水能覆舟　若比君心是安流
무협지수능복주　약비군심시안류

3. 君心好惡苦不常　好生毛羽惡生瘡
군심호악고불상　호생모우오생창

4. 與君結髮未五載　忽從牛女爲參商
여군결발미오재　홀종우녀위삼상

5. 古稱色衰相棄背　當時美人猶怨悔
고칭색쇠상기배　당시미인유원회

6. 何況如今鸞鏡中　妾顏未改君心改
하황여금난경중　첩안미개군심개

7. 爲君薰衣裳　君聞蘭麝不馨香
위군훈의상　군문난사불형향

8. 爲君盛容飾　君看金翠無顏色
위군성용식　군간금취무안색

9. 行路難　難重陳
행로난　난중진

10. 人生莫作婦人身　百年苦樂由他人
인생막작부인신　백년고락유타인

11. 行路難　難於山
행로난　난어산

12. 險於水   不獨人間夫與妻
험 어 수   부 독 인 간 부 여 처

13. 近代君臣亦如此   君不見
근 대 군 신 역 여 차   군 불 견

14. 左納言, 右納史   朝承恩暮賜死
좌 납 언 우 납 사   조 승 은 모 사 사

15. 行路難   不在水不在山
행 로 난   부 재 수 불 재 산

16. 只在人情反覆間
지 재 인 정 반 복 간

수레를 부술 만큼 험한 태행산 길도, 그대의 마음보다는 훨씬 평탄하노라

배를 뒤집을 만큼 거센 무협의 강물도, 그대의 마음보다는 훨씬 순탄하노라

그대의 마음 너무나 변덕스럽고, 좋으면 감싸주고 나쁘면 들쳐내노라

그대와 결혼한 지 5년도 못되었거늘, 정답던 견우·직녀가 동서로 갈라졌네

예부터 늙어 시들면 버림을 받았으되, 그래도 여인들은 뉘우치고 원망했거늘

하물며 지금 거울에 비춰진 내 얼굴이, 아직도 변치 않았거늘 그대 마음 변했으니

그대를 위해 옷에 향을 배게 해도, 그대는 난(蘭)이나 사향을 향기롭다 않고

그대를 위해 화사하게 꾸며도, 그대는 금이나 비취 보고도 무

표정일세

　가는 길 어려워, 어려움 말할 수 없네

　사람으로 태어나 남의 부인 되지 마라, 백년 고락이 남에게 달렸노라

　가는 길 험하구나, 산보다 험하구나

　물보다도 험하구나, 오직 세상 사는 부부간에 한하랴

　오늘의 군신간도 또한 같으니, 그대 못 보았는가?

　좌납언 우납사 같은 고관들이, 아침에는 은총 받고 저녁에는 죽음 받음을

　길 가기 어렵구나, 산길 물길 어려움이 아니라

　변덕스런 인정으로 어렵구나!

(語釋)　ㅇ太行路(태행로)―태행산의 길. 하북(河北)·산동(山東) 경계에 있다. ㅇ摧車(최거)―수레를 부수다. 망가뜨리다. 조조(曹操)의 〈고한행(苦寒行)〉이란 시에 있다. '북으로 태행산을 오르니 어찌나 높고 험한지, 꾸불꾸불한 언덕길에 수레바퀴 부서졌노라(北上太行山, 艱哉何巍巍, 羊腸阪詰屈, 車輪爲之摧)'. ㅇ坦途(탄도)―평탄한 길. ㅇ巫峽(무협)―양자강(揚子江) 상류의 험한 협곡. 사천성(四川省)에 있으며, 구당협(瞿唐峽)·귀협(歸峽)·무협(巫峽)이 있다. ㅇ覆舟(복주)―배를 뒤집어 엎는다. ㅇ安流(안류)―조용한 흐름. ㅇ苦不常(고불상)―몹시 바뀐다. 참으로 걷잡을 수가 없다. ㅇ好生毛羽(호생모우)―좋을 때는 결점도 날개나 털로 감싸고 덮어준다. ㅇ惡生瘡(오생창)―미워하거나 나쁠 때는 긁어 부스럼이다. ㅇ結髮(결발)―머리를 얹다. 결혼한다. ㅇ從(종)―부터. ㅇ牛女(우녀)―견우성과 직녀성. 즉 서로 정답게 찾던 사이라는 뜻. ㅇ參商(삼상)―삼(參)은 동쪽에 있는 별, 상(商)은 서쪽에 있는 별. 즉 멀리 사이가 벌어졌다는 뜻. ㅇ古稱(고칭)―옛부터 일컬어 왔다. ㅇ色衰(색쇠)―아

름다움이 시들면. ○相棄背(상기배)—서로 버리고 등지다. ○當時(당시)—늙어서 버림을 받은 때에도. ○猶怨悔(유원회)—버림을 받은 여인은 역시 원망하고 자기를 버린 남자에게 시집갔던 것을 뉘우친다. ○何況(하황)—그러니 더욱 어찌하랴의 뜻. ○如今(여금)—현재. ○鸞鏡(난경)—난새 모양의 장식이 달린 거울. ○妾顏(첩안)—자기의 아름다운 얼굴. ○爲君(위군)—그대를 위해. ○薰衣裳(훈의상)—옷에 향냄새를 배게 한다. ○聞(문)—여기서는 냄새를 맡는다의 뜻. ○蘭麝(난사)—난꽃 향기와 사향 냄새. ○不馨香(불형향)—향기롭다고 여기지 않는다. ○盛容飾(성용식)—용모나 복식을 성대하게 꾸민다. ○金翠(금취)—황금이나 비취의 장식구. ○行路難(행로난)—가는 길이 험하다. 또는 인생길 가기가 어렵다. ○難重陳(난중진)—거듭 말하기 어렵다. ○人生(인생)—사람으로 태어나다. 또는 인생에 있어서는. ○莫作(막작)—되지 말아라. ○婦人身(부인신)—부인(여자)의 신세. ○百年(백년)—한평생. ○由他人(유타인)—남의 손에 달렸다. ○難於山(난어산)—산 오르기보다 어렵다. ○夫與妻(부여처)—남편과 아내. ○左納言(좌납언)—납언(納言)은 천자의 명령을 직접 듣고 발표하는 높은 벼슬이다. 당(唐)대에는 시중(侍中)이라 했다. ○右納史(우납사)—납사(納史)는 내사(內史)로 당대의 중서성(中書省)의 장관. 중서령(中書令)이다. 역시 왕명을 기록하는 벼슬이다. ○承恩(승은)—은총을 받다. ○賜死(사사)—죽음을 받는다. ○反覆間(반복간)—인정이 엎치락뒤치락하기 때문에 인생 살기가 어렵다는 뜻.

(解說) 시제에 붙여 '부부의 사이를 빌려 군신간의 비극을 풍간한 것이다(借夫婦以調君臣之不終也)'라고 했듯이, 감정에 좌우되는 인간은 변덕스럽고 따라서 절대권세를 가진 천자 밑에 있는 신하는 언제 쫓겨나거나 벌을 받을지 모른다는 것을 암시한 시다. 표면으로는 결혼한 지 5년도 못되어 변덕스럽게 아내를 미워하는 남편을 그렸으나, 실은 임금을 간하는 시라 하겠다.

따라서 '인생막작부인신(人生莫作婦人身), 백년고락유타인(百年苦樂由他人)'은 강렬한 은퇴사상을 상징한 구절로 풀 수가 있다. 물론 여자를 옹호하는 백낙천의 휴머니즘을 잊어서는 안된다.

80. 縛戎人 (박융인) 묶인 오랑캐

(1)

1. 縛戎人, 縛戎人 (박융인 박융인) 　耳穿面破驅入秦 (이천면파구입진)

2. 天子矜憐不忍殺 (천자긍련불인살) 　詔徙東南吳與越 (조사동남오여월)

3. 黃衣小使錄姓名 (황의소사록성명) 　領出長安乘遞行 (영출장안승체행)

4. 身被金瘡面多瘠 (신피금창면다척) 　扶病徒行日一驛 (부병도행일일역)

5. 朝湌飢渴費杯盤 (조찬기갈비배반) 　夜臥腥臊污牀席 (야와성조오상석)

6. 忽逢江水憶交河 (홀봉강수억교하) 　垂手齊聲嗚咽歌 (수수제성오열가)

묶인 서녘 오랑캐, 묶인 서녘 오랑캐, 귀는 꿰어 뚫리고 얼굴은 찢긴 채 쫓기어 장안에 왔거늘

천자도 긍련히 보고 차마 죽일 수 없다 하여, 동남쪽 오나라나 월나라로 보내라고 영을 내렸노라

노란 옷 입은 아전이 그들의 성명을 기록하고, 끌고 장안을 떠

나 역과 역을 따라서 가지만

몸에는 창검의 상처입고 얼굴도 몹시 수척하여, 병든 몸 간신히 걷는 걸음이라 하루에 한 역 정도 못갔노라

굶주리고 목마른 그들은 조찬에도 밥그릇 탐내고, 구리고 누린내 나는 그들은 밤에는 잠자리를 더럽혔네

길 가다가 양자강을 보고는 문득 고향인 교하를 생각하고, 손을 내려 떨구고 소리를 맞춰 한결같이 오열하며 노래했네

(語釋) ○縛戎人(박융인)-포로가 되어 묶인 오랑캐. 융(戎)은 오랑캐. 여기서는 토번(吐蕃：즉 西藏) 사람이 한나라의 전쟁포로가 된 것을 말한다. ○耳穿(이천)-귀를 꿰다. 포로들의 귀를 뚫고 철사같은 것으로 연달아 묶었는지(?) 잘 알 수가 없다. ○面破(면파)-얼굴이 찢기다. 또는 얼굴을 검은 문신으로 물들이다. 낙인 찍히다. ○驅入(구입)-쫓기어 들어오다. ○秦(진)-장안(長安)은 옛날의 진(秦)나라 땅이다. ○矜憐(긍련)-불쌍하게 여기다. ○不忍殺(불인살)-차마 죽이지를 못하다. ○詔(조)-조명을 내리다. ○徙(사)-옮기다. 여기서는 유배하다. ○吳(오)-현재의 강소성(江蘇省). ○越(월)-현재의 절강성(浙江省). ○黃衣小使(황의소사)-노란 옷을 입은 아전. 서리(胥吏). 소리(小吏). ○錄(록)-기록하다. ○領出(영출)-수령받아 인솔해 나가다. ○乘遞行(승체행)-역과 역을 따라서 가다. 체(遞)는 역체. 역참에서 지체한다는 뜻. 승(乘)은 말을 탄다. 즉 아전이 자기는 말을 바꾸어 타고 간다는 뜻이다. ○身被金瘡(신피금창)-몸은 창이나 칼같은 쇠붙이에 상처를 입었다. ○面多瘠(면다척)-얼굴이 몹시 수척했다. ○扶病徒行(부병도행)-아프고 병든 몸을 이끌고 걸어가다. ○日一驛(일일역)-하루에 한 개의 역사밖에는 더 못간다. ○朝飱(조찬)-아침식사. 조찬(朝餐). ○費(비)-많이 사용한다. 여기서는 음식을 먹다. ○杯盤(배반)-큰 잔칫상. 여기서는 많은 음식물의 뜻. ○臥(와)-쓰러져 자다. ○腥臊(성조)-누리

고 비린내가 난다. ㅇ汚牀席(오상석)―자리에 깐 깔개가 더러워진
다. ㅇ忽逢江水(홀봉강수)―홀연히 양자강을 본다. 강을 건너게 되
자. ㅇ憶交河(억교하)―교하(交河)를 생각한다. 교하는 신강성(新疆
省) 토로번(吐魯番) 서쪽에 있는 현(縣)의 이름이다. 강(江)의 이름
도 아니고 여기 나오는 토번인(吐蕃人)과는 아무런 관계도 없다. 문
자상의 대응으로 인용되었을 것이다. ㅇ垂手(수수)―두 손을 축 떨
구고 풀이 죽어서. ㅇ齊聲(제성)―함께 소리를 맞추어. ㅇ嗚咽歌
(오열가)―오열하며 노래한다.

(2)

기 중 일 로 어 제 로	이 고 비 다 오 고 다
7. 其中一虜語諸虜	爾苦非多吾苦多
동 반 행 인 인 차 문	욕 설 후 중 기 분 분
8. 同伴行人因借問	欲説喉中氣憤憤
자 운 향 관 본 양 원	대 력 연 중 몰 락 번
9. 自云鄕貫本涼原	大曆年中沒落蕃
일 락 번 중 사 십 재	신 착 피 구 계 모 대
10. 一落蕃中四十載	身著皮裘繫毛帶
유 허 정 조 복 한 의	염 의 정 건 잠 루 수
11. 唯許正朝服漢儀	斂衣整巾潛淚垂
서 심 밀 정 귀 향 계	불 사 번 중 처 자 지
12. 誓心密定歸鄕計	不使蕃中妻子知
암 사 행 유 잔 근 골	갱 공 년 쇠 귀 부 득
13. 暗思幸有殘筋骨	更恐年衰歸不得

　　그중의 한 오랑캐 포로가 여러 포로들에게 말했네. 그대들의
고난은 대단치 않고 나의 고난이 진짜였노라고

동행자가 슬며서 연유를 묻자, 말하기 전에 울분으로 목이 막히는 듯

간신히 말하네! 본래 본관이 양주였으나, 대력 연중에 토번에게 잡히어 갔고

토번족에 묻히어서 40년간을, 가죽옷 입고 털띠를 둘렀노라

한나라 사람에게는 설날만은 한족 차림이 허락되었으니, 옷 차려입고 건을 바로 쓰고 남모르게 눈물을 흘렸으며

마침내 몰래 탈출하여 귀향할 계략을 마음에 품고, 토번에 있는 처자에게도 알리지 않고 결행했노라

그때의 속생각은 아직은 다행히 근력이 남아 있으나, 아마도 더 늙은 후엔 영영 돌아가지 못할 거라 생각했네

(語釋) ○語諸虜(어제로)—다른 여러 포로에게 말했다. ○爾苦(이고)—너의 고생은. ○非多(비다)—많지 않다. ○吾苦多(오고다)—나의 고생 많은 것만큼. ○喉中(후중)—목안이. 가슴속이. ○氣憤憤(기분분)—울분의 기가 분분히 치밀어 오른다. ○鄕貫(향관)—고향이나 본관. ○本(본)—본래. ○涼原(양원)—양주(涼州)의 평야. 현 감숙성(甘肅省) 고원현(古原縣)이다. ○大曆年中(대력연중)—당 대종(代宗)의 연호(766~779년). 사실 이때에는 토번과의 전쟁이 없었으므로 백낙천의 시는 상징적인 표현으로 보아야 한다. ○沒落蕃(몰락번)—토번에게 포로가 되었다. 몰락하여 오랑캐 신세가 되었다. ○四十載(사십재)—40년이나 토번에서 살았다. ○著皮裘(착피구)—동물의 가죽옷을 입는다. ○繫毛帶(계모대)—동물의 털 달린 띠를 두르다. 계(繫)는 묶는다. ○唯許(유허)—오직 허락되다. ○正朝(정조)—정월 아침. 또는 원단(元旦) 하례(賀禮) 때. ○服漢儀(복한의)—복(服)은 착용한다. 입는다. 한의(漢儀)는 한나라 차림. 복장. 한나라 격식에 맞는 의용(儀容). ○斂衣(염의)—옷을 단정하게 입는

다. ○整巾(정건)―두건을 바르게 쓰다. ○潛淚垂(잠루수)―보이지 않는 눈물을 떨구다. ○密定(밀정)―비밀리에 작정한다. ○歸鄕計 (귀향계)―고향으로 도망갈 계략. ○妻子知(처자지)―토번에서 40년 이나 살았으므로 처자가 있었다. 그 처자들에게도 알리지 않고 고향 으로 도망가고자 결심을 했던 것이다. ○暗思(암사)―속으로 몰래. 깊이 생각했다. ○幸有(행유)―아직은 다행하게도 근골(筋骨)이 남 아 있다. 즉 기력이 남아 있다. ○更(갱)―더 지날 것 같으면. ○恐 (공)―아마도. ○年衰(연쇠)―나이가 더 노쇠하여. ○歸不得(귀부 득)―영영 고향에 돌아가지 못하리라.

(3)

번 후 엄 병 조 불 비	탈 신 모 사 분 도 귀
14. 蕃侯嚴兵鳥不飛	脫身冒死奔逃歸
주 복 소 행 경 대 막	운 음 월 흑 풍 사 악
15. 晝伏宵行經大漠	雲陰月黑風沙惡
경 장 청 총 한 초 소	투 도 황 하 야 빙 박
16. 驚藏靑塚寒草疏	偸渡黃河夜冰薄
홀 문 한 군 비 고 성	노 방 주 출 재 배 영
17. 忽聞漢軍鼙鼓聲	路傍走出再拜迎
유 기 불 청 능 한 어	장 군 수 박 작 번 생
18. 游騎不聽能漢語	將軍遂縛作蕃生
배 향 강 남 비 습 지	정 무 존 휼 공 방 비
19. 配向江南卑濕地	定無存卹空防備
염 차 탄 성 앙 소 천	약 위 신 고 도 잔 년
20. 念此吞聲仰訴天	若爲辛苦度殘年
양 원 향 정 부 득 견	호 지 처 아 허 기 연
21. 涼原鄕井不得見	胡地妻兒虛棄捐

몰 번 피 수 사 한 토　　　귀 한 피 겁 위 번 로
22. 沒蕃被囚思漢土　　歸漢被劫爲蕃虜

조 지 여 차 회 귀 래　　　양 지 녕 여 일 처 고
23. 早知如此悔歸來　　兩地寧如一處苦

　토번의 무장감시 심히 엄중해 새조차 날아 넘지 못하거늘, 나는 죽음을 무릅쓰고 몸 뽑아 고향으로 도망쳐 달렸노라

　낮에는 숨고 밤에만 걸어 끝없는 사막을 지날 새, 구름 어둡고 달도 없는 칠야에 모래바람 험하게 불며

　놀라서 몸을 청총에 숨기고자 해도 찬바람에 풀도 시들고, 눈 피해 몰래 황하를 건너려니 밤 얼음이 얇아 위태로웠네

　홀연히 한나라 관군들의 군고 소리를 듣고, 길가로 뛰어나가 재배했으나

　달리는 한나라 기마병들은 나의 한나라 말씨도 듣지 않고, 무조건 나를 잡아 묶어 토번 태생이라 단정했노라

　그래서 이렇게 낮고 습한 강남으로 유배되어 가거늘, 아무도 긍휼히 여겨주지 않으니 나를 지킬 방도가 없었노라

　기구한 지난날을 생각하며 소리 죽여 하늘에 호소하고, 여생의 노쇠한 이 한 몸 어찌 간고를 치를까 걱정이네

　고향 양주도 못볼 주제에, 토번의 처자만 괜히 버렸노라

　토번 땅에 갇히어서는 내 고향 한나라를 그리워했고, 한나라에 돌아와 잡히게 되자 토번의 처자를 그리워하니

　이럴 줄 미리 알았더라면 돌아오지나 말 것을, 이렇듯 오가나 고생할 바엔 차라리 한 곳에서 견딜 것을

(語釋)　○蕃侯嚴兵(번후엄병)－토번의 수비병과 엄중한 무장 경비. ○鳥不

飛(조불비)-날개 달린 새도 도망칠 수가 없다. ㅇ冒死(모사)-죽음을 무릅쓰고. ㅇ奔逃歸(분도귀)-뛰어 도망쳐 돌아가다. ㅇ晝伏(주복)-낮에는 엎드려 숨고. ㅇ宵行(소행)-밤에만 몰래 걷는다. ㅇ經大漠(경대막)-큰 사막을 지나다. ㅇ雲陰月黑(운음월흑)-먹구름에 달도 없는 칠야. ㅇ風沙惡(풍사악)-모래바람이 고약하다. ㅇ驚藏(경장)-놀라서 숨는다. ㅇ靑塚(청총)-왕소군(王昭君)의 무덤. 현 수원도(綏遠道) 귀화성(歸化城) 남으로 30리에 있다. ㅇ寒草疏(한초소)-겨울이라 찬 바람이 불어 풀도 없다. 즉 몸을 숨기기 힘들다. ㅇ偸渡(투도)-몰래 건너다. ㅇ夜冰薄(야빙박)-밤의 얼음이 얇다. 지극히 위험하다. ㅇ忽聞(홀문)-난데없이 들려오더라. ㅇ鼙鼓(비고)-전고(戰鼓). 비(鼙)는 말 위에서 치는 북. ㅇ再拜迎(재배영)-내 고국 한나라의 군대를 만나 이제는 살았구나 하고 재배를 하고 반겨 맞았거늘. ㅇ游騎(유기)-기마 순라병. ㅇ能漢語(능한어)-자기가 한어에 능한 것을 알아주지 않는다[不聽]. ㅇ將軍(장군)-일선지대에 나와 있는 지휘관. ㅇ遂(수)-결국. ㅇ縛作蕃生(박작번생)-자기를 묶어 토번 출신의 포로로 만들어 버렸다. ㅇ配(배)-유배되다. ㅇ卑濕(비습)-문화가 뒤떨어지고 기후가 나쁘고 습한 곳. ㅇ定無存恤(정무존휼)-절대로 자기를 위로하고 긍휼히 여겨줄 사람이 없을 것이다. 존(存)은 위로하다. 휼(恤)은 불쌍히 여기다. ㅇ空防備(공방비)-혼자서 방비했자 허사라는 뜻. ㅇ呑聲(탄성)-목이 메어 말도 못하고. ㅇ仰訴天(앙소천)-하늘에 대고 하소연을 하다. ㅇ若爲(약위)-어찌 ~하겠느냐? ㅇ辛苦(신고)-고생스럽게. ㅇ度殘年(도잔년)-쇠잔한 여생을 보낼 것이냐? ㅇ鄕井(향정)-고향. 정(井)은 우물. 또는 시정(市井). 거리. ㅇ虛棄捐(허기연)-토번의 처자를 허망하게 버렸다. ㅇ沒蕃被囚(몰번피수)-토번에 몰락되어 잡힌 몸이 되었을 때는. ㅇ思漢土(사한토)-한나라 땅을 생각하고. ㅇ被劫(피겁)-억지로 잡히어 당치 않게 오랑캐 포로가 되었다. ㅇ早知如此(조지여차)-이렇게 될 줄 미리 알았더라면. ㅇ悔歸來(회귀래)-돌아온 것을 후회한다. ㅇ寧如(영여)-차라리 ~할 것을. 즉 한 곳에서 고생을 겪고 말 것을.

(4)

박 용 인   용 인 지 중 아 고 신
24. 縛戎人   戎人之中我苦辛

자 고 차 원 응 미 유   한 심 한 어 토 번 신
25. 自古此寃應未有   漢心漢語吐蕃身

묶인 오랑캐! 묶인 오랑캐들 중에서도 나의 쓰라린 고생이 으뜸이며

자고로 나의 원한은 그 무엇에도 비길 수가 없으리라, 한나라의 마음과 말을 하면서 몸은 토번 오랑캐가 되었나니

語釋 ○此寃(차원)―이런 원한. ○應未有(응미유)―물론 전에 없었을 것이다.

解說 20세기의 《25시》에 앞서 백낙천은 당나라판 《25시》를 이렇게 박융인(縛戎人)이라고 이름지어 처절하게 읊었다. 여기서 한(漢)이라고 한 것은 〈장한가(長恨歌)〉와 같이 당(唐)이라고 고쳐 풀면 더욱 실감이 날 것이다.

백낙천의 자주(自註)에 다음과 같은 말이 있다. '봉자장군(蓬子將軍)의 아들 이여섬(李如暹)은 토번(吐蕃)의 포로가 된 일이 있었으며, 그의 말에 의하면 토번의 법으로 오직 정월 초하룻날만 당나라 사람으로서 토번에 몰락한 사람에게 당나라의 의관(衣冠)을 허락했었다. 이에 너무나 비통하여 비밀리에 도망할 계략을 세웠다.'

백낙천의 주로 알 수 있듯이, 이 시에 등장하는 주인공은 결코 가공 인물이 아니고 실제 모델이 있었음을 짐작할 수가 있다.

예나 지금이나 전쟁과 분쟁은 이렇듯 한 개인을 처참하게 유린하

232

는 것이다.

81. 驪宮高   여산궁
여궁고

1. 高高驪山上有宮　　朱樓紫殿三四重
고고여산상유궁　　주루자전삼사중

2. 遲遲兮春日　　玉甆暖兮溫泉溢
지지혜춘일　　옥추난혜온천일

3. 嫋嫋兮秋風,　　山蟬鳴兮宮樹紅
요뇨혜추풍　　산선명혜궁수홍

4. 翠華不來歲月久　　牆有衣兮瓦有松
취화불래세월구　　장유의혜와유송

5. 吾君在位已五載　　何不一幸於其中
오군재위이오재　　하불일행어기중

6. 西去都門幾多地　　吾君不遊有深意
서거도문기다지　　오군불유유심의

7. 一人出兮不容易　　六宮從兮百司備
일인출혜불용이　　육궁종혜백사비

8. 八十一車千萬騎　　朝有宴飮暮有賜
팔십일거천만기　　조유연어모유사

9. 中人之産數百家　　未足充君一日費
중인지산수백가　　미족충군일일비

10. 吾君修己人不知　　不自逸兮不自嬉
오군수기인부지　　부자일혜부자희

11. 吾君愛人人不識　　不傷財兮不傷力
오군애인인불식　　불상재혜불상력

여궁고혜고입운   군지래혜위일신
12. 驪宮高兮高入雲   君之來兮爲一身

군지불래혜   위만인
13. 君之不來兮 爲萬人

　높고 높은 여산 위에 세워진 이 궁에는, 붉은 누각 푸른 전각 겹겹이 찼네

　길고 나른한 봄날에는, 옥벽돌 포근히 온천물 넘친다

　산들산들 가을바람 불어오자, 산매미 울며 궁 안의 수목들 단풍이 드네

　천자의 행차 있은 지 오래되었고, 담장에 이끼 덮였고 지붕에는 소나무 자랐네

　우리 현종은 등극한 지 5년이 되도록, 어째서 한 번도 이 궁에 안 가셨을까

　여산은 장안 서쪽 거리가 멀지도 않거늘, 깊은 생각으로 행차하지 않았으리라

　실로 천자 한 분의 거동이 쉽지 않으니, 육궁 비빈과 백관이 수행하고

　81량의 수레와 천만의 기병과, 조석으로 잔치 벌이고 하사품 내리니

　그 비용은 중산층 수백 가구를 합해도, 천자가 하루에 쓴 것만도 못할 것이리라

　우리 현종은 남모르게 수양하시고, 안일과 환락을 스스로 찾지 않으시며

　또한 백성들 모르게 백성들을 사랑하시고, 재물과 인력을 손

234

상시키지 않으시노라

　여궁은 높고 구름 위에 솟았거늘, 여궁에 오심은 자기 한 몸
위함이고

　안 오심은 만 백성 위함이라

(解說)　o驪宮高(여궁고)—여궁이 높다는 뜻이다. 여(驪)는 '리'라고 읽어도
좋다. 여궁은 여산 위에 세워진 이궁(離宮)이다. 현종(玄宗)이 개원
(開元) 11년에 온천궁(溫泉宮)을 세웠고 천보(天寶) 6년에는 화청
궁(華淸宮)이라고 개명했다. o朱樓(주루)—붉은색의 누각. 주색(朱
色)은 주작(朱雀)을 상징하는 빛이다. o紫殿(자전)—보랏빛의 전
각. 자(紫)도 자미원(紫微垣)이라고 하는 성좌에서 딴 상징적 빛
으로, 자미궁(紫微宮)이나 자금성(紫禁城)도 같은 뜻의 이름이다.
o遲遲(지지)—해가 길다. 봄날은 길고 나른하다. o玉甃(옥추)—추
(甃)는 벽돌. 여기서는 옥으로 만든 바닥돌이나 벽돌. o嫋嫋(요
뇨)—산들산들. o蟬(선)—매미. o宮樹紅(궁수홍)—궁 안에 있는
모든 수목이 붉게 단풍들다. o翠華(취화)—천자의 기(旗). 행차할
때 앞세운다. 취(翠)는 비취색(翡翠色)이다. o牆有衣(장유의)—담
에 이끼가 덮였다. o瓦有松(와유송)—기와에는 와송(瓦松)이 자랐
다. o吾君(오군)—우리 임금. 즉 헌종(憲宗)이다. 자리에 있는 지 5
년이라고 하니 이 시를 지었던 때는 원화(元和) 5년(810년)이 된
다. o一幸(일행)—한 번 가다. o西去(서거)—서쪽으로 떨어져 있
다. o都門(도문)—장안(長安)의 뜻. o幾多地(기다지)—얼마 떨어
진 거리의 땅이냐? 즉 얼마 안된다는 뜻. o有深意(유심의)—깊은
뜻이 있어서 행차를 안한다. o一人(일인)—천자. o六宮(육궁)—천
자는 여섯 개의 후궁을 세우는데, 그 안에 3부인(夫人), 9빈(嬪),
27세부(世婦)·81어처(御妻)가 있다(《禮記》〈昏義篇〉). o百司(백
사)—백관(百官). o八十一車(팔십일거)—천자의 행차에는 81량의
수레가 따른다. o千萬騎(천만기)—많은 기병. 혹은 천이나 만으로

헤아릴 많은 기마병 또는 말탄 사람. ○宴飫(연어)―잔치. 연회. 어
(飫)는 많은 요리 또는 배불리 먹다의 뜻. ○賜(사)―하사품. 즉 낮
이나 밤이나 연회다 하사품이다 하고 드는 비용이 막대하다는 뜻.
○中人之産(중인지산)―중산층의 재산. ○未足充(미족충)―충족할
수가 없다. ○一日費(일일비)―단 하루의 비용. ○修己(수기)―스스
로 덕을 닦다. ○不自逸(부자일)―스스로 안일이나 일락을 취하지
않는다. ○嬉(희)―즐거운 놀이. ○不傷財(불상재)―백성의 재물을
다치지 않는다. ○力(역)―민력. ○爲一身(위일신)―자기 한 몸을
위한다.

(解說) 백낙천의 풍유시(諷諭詩)는 반드시 나쁜 것을 비판하고 간계(諫
戒)하는 것만이 아니다. 이 시같이 임금의 장한 일을 칭찬하는 것도
있다. 《백향산시집》 첫머리에 실은 〈하우(賀雨)〉도 헌종(憲宗)을 칭
찬한 시이며, 또 권4에 있는 〈모란방(牡丹芳)〉도 농사를 걱정하는
임금을 높인 것이다.

이 시에서는 헌종이 등극한 지 5년이 되도록 이궁(離宮)인 화청
궁(華淸宮)에 한 번도 행차하지 않은 것을 높이 평하고, 더욱이 헌
종이 가지 않은 이유가 '백성들의 재물을 다치지 않고 백성들의 민
력을 축내지 않기 위한(不傷財兮不傷力)' 깊은 생각에서 취해진 처
사라며 높이 칭찬하고 있다.

《논어》에도 '절용이애인(節用而愛人)' '사민이시(使民以時)'하라
고 가르쳤다.

양주각
82. 兩朱閣 붉은 전각

<table>
<tr><td>양주각
1. 兩朱閣</td><td>남북상대기
南北相對起</td></tr>
<tr><td>차문하인가
2. 借問何人家</td><td>정원쌍제자
貞元雙帝子</td></tr>
<tr><td>제자취소쌍득선
3. 帝子吹簫雙得仙</td><td>오운표요비상천
五雲飄飖飛上天</td></tr>
<tr><td>제택정대부장거
4. 第宅亭臺不將去</td><td>화위불사재인간
化爲佛寺在人間</td></tr>
<tr><td>장각기루하적정
5. 粧閣妓樓何寂靜</td><td>유사무요지사경
柳似舞腰池似鏡</td></tr>
<tr><td>화락황혼초초시
6. 花落黃昏悄悄時</td><td>불문가취문종경
不聞歌吹聞鐘磬</td></tr>
<tr><td>사문칙방금자서
7. 寺門勅牓金字書</td><td>이원불정관유여
尼院佛庭寬有餘</td></tr>
<tr><td>청태명월다한지
8. 靑苔明月多閒地</td><td>비옥피인무처거
比屋疲人無處居</td></tr>
<tr><td>억작평양택초치
9. 憶昨平陽宅初置</td><td>탄병평인기가지
呑幷平人幾家地</td></tr>
<tr><td>선거쌍쌍작범궁
10. 仙去雙雙作梵宮</td><td>점공인간진위사
漸恐人間盡爲寺</td></tr>
</table>

두 채의 붉은 전각, 남북으로 마주 서 우뚝 솟았네
슬며시 누구의 집인가 물으니, 덕종 황제의 두 공주의 저택이

없는데

공주가 농옥같이 퉁소를 불다가 둘이 다 선술을 터득하고, 오색 구름 훨훨 타고 우화등선하였으나

저택이나 누각 고대 지니고 갈 길 없었으므로, 부처님 모신 절로 개조하여 이 세상에 남겨놓았다 하네

화사하게 꾸민 기녀들로 부산했던 기루가 이렇듯 한적할 수 있을까? 버들은 마치 무녀의 허리같고 연못은 마치 거울같구나!

꽃 떨어진 황혼에는 더욱 쓸쓸하고 우울하며, 옛날의 소란했던 가곡 소리 안들리고 은은한 종경 소리만 울리네

절 문에는 금빛 글자의 칙사의 문방이 걸렸고, 여승의 암자나 절 뜰은 넓고 한가롭기만 하네

푸른 이끼 깔린 텅 빈 땅에는 밝은 달이 마냥 비치는데, 오밀조밀 좁은 민가에는 가난한 사람들 살 곳조차 없어라.

옛날에 공주 저택 처음 짓고자, 여러 채의 민가를 합병했거늘

공주들 죽자 저택을 절로 만들었으니, 이 세상 모두 절터 될까 겁이 나네

(語釋) ○兩朱閣(양주각)―두 채의 붉은 전각. 이것은 새로 지은 절이다. ○相對起(상대기)―남쪽 북쪽 서로 마주 보는 자리에 우뚝 솟아 있다. 옛집을 새로 절로 꾸몄다. ○借問(차문)―잠깐 묻는다. 또는 남에게 슬며시 묻는다. ○貞元(정원)―당 덕종(德宗)의 연호 ○雙帝子(쌍제자)―두 공주. ○吹簫(취소)―춘추시대의 진(秦)나라 목공(穆公)의 딸 농옥(弄玉)이 퉁소의 명인 소사(簫史)와 결혼하여 퉁소를 배웠고, 나중에는 그녀의 퉁소 소리에 끌려 봉황(鳳凰)이 집에 내려와 앉게 되었다고 한다. 그리고 다시 이들 부부는 봉황을 따라 어디론가 날아가 없어졌다고도 한다. ○雙得仙(쌍득선)―덕종의 두

238

공주도 농옥과 같이 통소를 잘 불었고 또 나중에는 신선술을 터득하여 선녀가 되었다. 실은 이들이 죽었다는 뜻이다. ○五雲(오운)-오색의 구름. ○飄飆(표요)-훨훨 시원스럽게. ○第宅(제택)-저택. 제(第)도 집·저택. ○不將去(부장거)-집이나 정자나 누대같은 축조물은 가지고 가지 못한다. 장(將)은 갖는다의 뜻. ○化(화)-두 공주의 저택을 절로 꾸몄다. ○妝閣妓樓(장각기루)-절이 되기 전의 아름답게 분장한 여인이나 기녀들이 오락가락하던 전각이나 누대. ○何寂靜(하적정)-어떻게 저리 적적하고 조용할 수가 있겠느냐? ○柳似舞腰(유사무요)-버들을 보고 옛날에 춤추던 무녀들의 날씬한 허리를 생각한다는 뜻. ○悄悄(초초)-근심스럽다. ○歌吹(가취)-가곡. 즉 노래하고 피리부는 소리. ○鐘磬(종경)-종이나 돌경쇠. ○勅牓(칙방)-하사(下賜)한 문방(門牓). ○尼院(이원)-여승의 사원. ○比屋(비옥)-집채가 즐비했다. ○疲人(피인)-궁민(窮民). ○無處居(무처거)-살 곳이 없다. ○憶昨(억작)-지난날을 추억하다. ○平陽(평양)-한 무제(武帝)의 누이 평양공주. 여기서는 덕종의 공주를 비유했다. ○宅初置(택초치)-덕종의 공주가 처음으로 이곳에 저택을 지었을 때. ○呑幷(탄병)-서민들의 집을 여러 채 병합했다. ○仙去(선거)-두 공주가 다 죽자. ○雙雙(쌍쌍)-공주가 살던 두 저택. ○梵宮(범궁)-사찰. 절. ○人間(인간)-평민이 사는 곳이나 집.

(解說) 백낙천은 불교에 대하여 깊은 이해를 가졌고 또 자신이 좌선(坐禪) 수도하여 전미해오(轉迷解悟)의 높은 경지에 도달했다. 특히 후반기의 그의 시나 생활에는 불교사상이 농후하게 나타나고 성정(性情)의 수양과 해탈을 힘주어 주장하고 있음을 알 수가 있다. 그러나 백낙천은 도교에 대해서도 그러했거니와 불교사상이나 수도(修道)를 어디까지나 현세에서의 수양으로 존중했지, 결코 극락왕생이나 우화등천같은 환상적인 피안에 중점을 두지 않았으며, 더욱이 그러한 환상적이고 미심쩍은 태도를 배척했던 것이다.

이 시에서 그는 덕종(德宗)의 두 공주가 저택을 짓는다고 수십 채의 민가를 탄병(吞幷)하여 헐어 버리고 호화주택을 지었고, 그들 두 공주들도 신선술이다 도술이다 하고 야단법석을 떨었으나 결국은 죽고 말았으며, 그렇게 되자 그 저택을 다시 평민들에게 되돌려주지 않고 절로 개조했으니, 이러다가는 장차 평민들이 살 곳이 없게 될 것이요, 이 세상은 온통 절투성이가 될까 두렵다고 비꼬았다.

덕종(德宗)의 사인(死因)은 바로 도사가 만들어 준 불로불사의 연단(煉丹)을 복용했기 때문이다. 덕종뿐만 아니라 당시의 귀족사회에서는 영생하겠다는 욕심에서 선약(仙藥)이라는 연단(煉丹)을 복용하는 자가 많았다. 허나 이러한 것들이 터무니없는 독약을 가지고 처리된 것이어서 비명에 죽는 자들도 부지기수였다. 덕종의 두 공주 역시 도교와 불교를 함께 믿었고 그들이 죽자 호화스런 저택이 절로 변했던 것이다.

한편 당대에는 이러한 풍조를 타고 불승(佛僧)·도사(道士) 같은 비생산층의 수가 많았고 또 도관이나 사찰의 수도 어마어마하게 많았다. 이러한 사회상을 한탄한 시라 하겠다.

83. 杜陵叟 두릉의 노인

1. 杜陵叟, 杜陵居 歲種薄田一頃餘
   (두릉수, 두릉거 세종박전일경여)

2. 三月無雨旱風起 麥苗不秀多黃死
   (삼월무우한풍기 맥묘불수다황사)

3. 九月降霜秋早寒 禾穗未熟皆青乾
   (구월강상추조한 화수미숙개청건)

4. 長吏明知不申破 急斂暴徵求考課
   (장리명지불신파 급렴포징구고과)

240

전 상 매 지 납 관 조　　　명 년 의 식 장 하 여
5. 典桑賣地納官租　　明年衣食將何如

박 아 신 상 백　　　　탈 아 구 중 속
6. 剝我身上帛　　奪我口中粟

학 인 해 물 즉 시 랑　　　하 필 구 조 거 아 　 식 인 육
7. 虐人害物卽豺狼　　何必鉤爪鋸牙 食人肉

부 지 하 인 주 황 제　　　제 심 측 은 지 인 폐
8. 不知何人奏皇帝　　帝心惻隱知人弊

백 마 지 상 서 덕 음　　　경 기 진 방 금 년 세
9. 白麻紙上書德音　　京畿盡放今年稅

작 일 리 서 방 도 문　　　수 지 척 첩 방 향 촌
10. 昨日里胥方到門　　手持尺牒牓鄉邨

십 가 조 세 구 가 필　　　허 수 오 군 척 면 은
11. 十家租稅九家畢　　虛受吾君蠲免恩

　두릉에 사는 두릉의 노인, 해마다 메마른 밭 백묘 정도를 갈아서 먹고 살거늘

　올해 3월에는 비 안내리고 깡마른 바람만 불어, 보리싹 피어나지 못한 채 노랗게 말라 죽었으며

　9월에 서리 내리고 초가을부터 얼어붙어, 벼이삭 영글지도 못하고 푸른 대로 말라 죽었네

　관리는 알고도 상신하지 않고, 서둘러 잔인하게 실적을 올리려 하네

　뽕밭 잡히고 땅을 팔아 나라의 세금을 바치고 나니, 우리들 이듬해의 의식은 무엇으로 충당하리

　우리네 몸에서 옷을 벗기고, 우리네 입에서 밥을 빼앗고

　백성을 학대하고 재물 다치는 그자들이 바로 시랑이렷다. 반드시 갈고리 같은 발톱이나 톱니로 인육을 먹어야 하나?

　그러자 누구인가 황제에게 상주하여, 천자가 민폐 심함을 측은히 여기시고

　백마지(白麻紙)에 큰 은혜를 적어 영을 내리시어, 금년의 경기지방 세금을 감면하시니

　어제 관리가 대문 앞에 와서, 마을에 방을 내어 걸었노라

　그러나 열 중 아홉은 이미 세금 바쳤으니, 우리 임금님의 조세 감면은 허사였도다

(語釋)　○杜陵叟(두릉수)-두릉에 사는 농사짓는 늙은이. 두릉은 한(漢) 선제(宣帝)의 능이 있는 곳으로 장안(長安) 남쪽 50리에 있다. ○歲種(세종)-해마다 농사를 짓는다. ○薄田(박전)-메마른 밭. ○一頃(일경)-백묘(畝). 한 묘는 약 30평. ○禾穗(화수)-벼이삭. ○長吏(장리)-관리. ○申破(신파)-상신한다. 위에 알린다. ○急斂(급렴)-다급하게 거둬들인다. ○暴徵(포징)-포악하게 징수한다. ○求考課(구고과)-자기의 실적을 높이고자 한다. ○典桑(전상)-뽕나무를 전당잡힌다. ○納官租(납관조)-세금을 납부한다. ○剝(박)-박탈하다. ○奪(탈)-빼앗는다. ○虐人害物(학인해물)-사람을 학대하고 재물을 해친다. 해물(害物)은 남을 해친다로 풀어도 좋다. ○豺狼(시랑)-승냥이와 이리. ○鉤爪(구조)-갈고리같은 발톱. ○鋸牙(거아)-톱날같은 이. ○奏(주)-상주하다. ○惻隱(측은)-불쌍하게 여기다. ○白麻紙(백마지)-조서를 적는 종이. ○德音(덕음)-은덕을 베푼다는 소식. ○京畿(경기)-경기지방. 수도를 둘러싸고 있는 지방. ○放(방)-세금에서 풀어주다, 해방시켜 주다, 면세하다. ○里胥(이서)-마을의 벼슬아치. ○尺牒(척첩)-한 자 길이의 죽찰(竹札). ○牓(방)-방(榜)과 같다. ○鄕邨(향촌)-마을. 촌(邨)은 촌

242

(村). ㅇ畢(필)-세금을 다 바쳤다. ㅇ蠲免(견면)-세금의 감면.

(解說)　불쌍한 농민들의 생활을 심각하게 그렸다. 백낙천은 이 시에서 무모한 벼슬아치들의 가렴주구를 가장 격렬하게 통박했다. '갈고리 같은 발톱이나 톱날같은 이로 사람을 먹어야만 시랑이겠느냐?(何必 鉤爪鋸牙食人肉)' ' 사람을 학대하고 재물을 축내는 자는 모두가 시랑이다(虐人害物卽豺狼)'라고 했다. 따라서 '내 몸에서 옷을 벗기고, 내 입에서 쌀을 빼앗는(剝我身上帛, 奪我口中粟)' 벼슬아치들을 바로 시랑으로 몰았다고 하겠다.

　끝에서 세금을 다 바친 다음에 감면 조치를 알렸다고 한 구절은 이른바 정치의 허구를 너무나 잘 찌른 것이라 하겠다.

요 릉
84. 繚 綾　요릉비단

요릉요릉하소사　　부사나초여환기
1. 繚綾繚綾何所似　不似羅綃與紈綺

응사천태산상명월전　　사십오척폭포천
2. 應似天台山上明月前　四十五尺瀑布泉

중유문장우기절　　지포백연화족설
3. 中有文章又寄絶　地鋪白煙花簇雪

직자하인의자수　　월계한녀한궁희
4. 織者何人衣者誰　越溪寒女漢宮姬

거년중사선구칙　　천상취양인간직
5. 去年中使宣口勅　天上取樣人間織

직위운외추안행　　염작강남춘수색
6. 織爲雲外秋雁行　染作江南春水色

광재삼수장제군
7. 廣裁衫袖長製裙

금두위파도전문
金斗熨波刀剪紋

이채기문상은영
8. 異彩寄文相隱映

전측간화화부정
轉側看花花不定

소양무인은정심
9. 昭陽舞人恩正深

춘의일대치천금
春衣一對直千金

한첨분오부재저
10. 汗沾粉汙不再著

예토답니무석심
曳土蹋泥無惜心

요릉직성비공적
11. 繚綾織成費功績

막비심상증여백
莫比尋常繒與帛

사세조다여수동
12. 絲細繰多女手疼

찰찰천성불영척
札札千聲不盈尺

소양전리가무인
13. 昭陽殿裏歌舞人

약견직시응야석
若見織時應也惜

요릉비단을 무엇 같다고나 할까? 엷은색 비단이나 흰깁 무늬 비단 같지도 않으며

흡사 천태산 위에 뜬 명월에 비친, 45척의 폭포수 같다고나 할까!

기이하고 절묘한 무늬가 있고, 흰 연기를 편 바탕에 눈꽃이 엉킨 듯

누구는 짜고 누구는 입는가? 월계의 가난한 여인이 짜고 한나라 궁녀들이 입노라!

지난 해 궁중의 사신이 구두로 칙명을 전하여, 궁중의 의양대로 그들에게 짜게 한 것이니

비단의 무늬는 가을 기러기가 구름 밖을 날아가게 그리고, 비

단의 염색은 봄 든 강남의 강물 빛과도 같게 했으며

저고리 소매폭 넓게 마르고 치마 길이 길게 만들었으며, 금인 두로 주름을 펴고 무늬따라 가위질하니

이채롭고 기묘한 무늬들이 서로 어울려 빛나고, 각도 따라 저마다 색다른 꽃모양으로 보이더라

소양전의 무녀들은 마냥 은총을 받는지라, 봄옷 일습의 값이 천금을 넘는 고가이거늘

땀에 젖고 분에 얼룩지면 두 번 다시 입지 않으며, 땅에 끌리고 흙에 밟히고 아까운 줄도 모르노라

요릉비단 짜는 데 수고 많고, 다른 보통 비단과는 비교가 안되노라

가는 실을 비비 꼬아 짜느라고 직녀들 손이 아프고, 찰각찰각 베틀을 천 번 울려도 한 자 길이가 못되노라

소양전 안에서 노래하고 춤추는 궁녀들이, 짜는 고생 볼 것 같으면 의당히 아까운 줄 알리라!

語釋 ○繚綾(요릉)—특수하게 짠 무늬있는 비단. 요(繚)는 비틀어 짠다는 뜻. 릉(綾)은 무늬있는 비단. ○羅(나)—엷은 비단. ○綃(초)—색비단. ○紈(환)—흰 깁. ○綺(기)—무늬 비단. ○天台山(천대산)—절강성(浙江省) 천대현(天台縣)에 있다. ○寄絶(기절)—기이하고 절묘하다. ○鋪(포)—펴다. 깔다. ○花簇雪(화족설)—눈을 모아서 만든 꽃송이같다. ○越溪(월계)—절강성에 있는 계곡. 즉 섬계(剡溪). ○寒女(한녀)—가난한 집의 여인. ○中使(중사)—궁중의 사자. ○宣口勅(선구칙)—구두로 칙명을 전한다. ○天上取樣(천상취양)—궁중의 의양(衣樣)대로. 즉 궁중에서의 주문대로. ○秋雁(추안)—비단의 모양이 구름 밖으로 날아가는 가을 기러기같다. ○衫袖(삼수)—

윗저고리의 소매. ○裙(군)-치마. ○金斗(금두)-금으로 만든 인두. ○熨波(위파)-주름을 다려서 펴다. ○剪(전)-가위로 베다. ○相隱映(상은영)-서로 은근히 어울리고 빛을 내다. ○轉側看花(전측간화)-방향을 바꾸어 옷의 꽃무늬를 보면 저마다 다르게 보인다는 뜻. ○昭陽(소양)-소양전. ○恩正深(은정심)-마냥 임금의 은총을 받고 있다. ○一對(일대)-한 번. 일습(一襲). ○直(치)-값. ○汗沾(한첨)-땀에 젖다. ○紛汙(분오)-분에 얼룩지다. ○曳土(예토)-옷을 흙에 끌다. ○蹋泥(답니)-진흙 바닥에서 옷을 밟다. ○費功績(비공적)-많은 공과 힘이 든다는 뜻. ○繒(증)-비단의 총칭. ○帛(백)-비단. ○繰(조)-고치를 켜다. ○疼(동)-아프다. ○札札(찰찰)-베를 짜는 소리. 찰각찰각. ○不盈尺(불영척)-한 자의 길이가 못된다.

(解説) 같은 여자이면서 이렇듯 불공평하고 이렇듯 서로의 처지가 다르고 또 이렇듯 서로 통하지 않을까?

한쪽에는 요릉비단을 짜느라고 고생하는 한녀(寒女)가 있는가 하면, 한쪽에는 그들이 짠 고가의 비단옷을 한 번 놀이에 입어 더럽히고 다시는 안 입는 팔자 좋은 궁녀들이 있다니! '만약에 궁녀들도 고생스럽게 짜는 모습을 보면 의당히 아낄 줄 알겠지(昭陽殿裏歌舞人, 若見織時應也惜)'하고 끝을 맺었으나, 백낙천의 가슴속은 우울하기만 했을 것이다.

이 시에서는 특히 비단의 아름다움을 평이하면서도 생생하게 묘사한 그의 수법을 높이 평가하겠다.

매탄옹
85. 賣炭翁　숯 파는 노인

매탄옹	벌신소탄남산중
1. 賣炭翁	伐薪燒炭南山中
만면진회연화색	양빈창창십지흑
2. 滿面塵灰煙火色	兩鬢蒼蒼十指黑
매탄득전하소영	신상의상구중식
3. 賣炭得錢何所營	身上衣裳口中食
가련신상의정단	심우탄천원천한
4. 可憐身上衣正單	心憂炭賤願天寒
야래성외일척설	효가탄거전빙철
5. 夜來城外一尺雪	曉駕炭車輾氷轍
우곤인기일이고	시남문외이중헐
6. 牛困人飢日已高	市南門外泥中歇
양기편편내시수	황의사자백삼아
7. 兩騎翩翩來是誰	黃衣使者白衫兒
수파문서구칭칙	회거질우견향북
8. 手把文書口稱勅	廻車叱牛牽向北
일거탄중천여근	궁사구장석부득
9. 一車炭重千餘斤	宮使驅將惜不得
반필홍사일장릉	계향우두충탄치
10. 半匹紅紗一丈綾	繫向牛頭充炭直

숯 파는 노인은, 남산에서 나무 베어 숯 굽노라
흙과 재로 덮인 얼굴 불연기에 그을었고, 양쪽 살쩍은 희끗희

끗 열 손가락 새까맣네

숯 팔아 얻은 돈 고작 써 봤자, 겨우 옷 걸치고 입에 풀칠뿐

딱하게도 겨울인데 홑껍데기 걸치고도, 숯값 쌀까 마음조이며 날 춥기를 바라네

밤사이 눈 내리어 성밖에 한 자나 쌓이자, 새벽에 숯수레 몰고 얼어붙은 길에 고생하네

소도 지치고 사람도 허기졌고 해가 높아 눈이 녹은, 서울 남문 밖 진흙길에 멈추어 한숨 돌리려 할 새

펄럭펄럭 두 마리의 말 누가 달려오는 걸까? 노란 옷의 칙사와 흰 옷의 애숭이가 달려오면서

손에 문서를 들고 칙명이라 외치면서, 소를 몰아 숯수레를 북쪽으로 끌고 가네

한 수레 가득 실은 숯은 천여근이나 되는데, 대궐 칙사에게 빼앗기니 원통하기 그지없네

반 필의 붉은 명주와 한 길의 능라를, 숯값이라 소머리 앞에 동댕이치고 가네

（語釋） ○賣炭翁(매탄옹) － 〈신악부(新樂府)〉 제32편이다. 숯 파는 노인이 포악한 관권에 유린되고 수탈되는 참상을 고발한 시다. 작자는 시의 부제로 '궁시(宮市) 때문에 고난을 겪는다(苦宮市也)'라고 썼다. 궁시는 궁중에서 필요한 물자를 강제로 싼값에 수매하는 기관으로 주로 환관(宦官)이 나서서 거래했으며 결국은 국민의 재산을 수탈하는 기관으로 타락하게 되었던 것이다. ○伐薪燒炭(벌신소탄) － 나무를 잘라 가지고 숯을 굽는다. ○南山(남산) － 장안(長安) 남쪽에 있다. ○塵灰(진회) － 얼굴이 온통 먼지나 재로 덮였다. ○煙火色(연화색) － 얼굴이 불연기에 그을려서 검푸르게 되었다. ○兩鬢(양

빈)-양쪽 살쩍. 빈모. ㅇ蒼蒼(창창)-반백. 희끗희끗하다. ㅇ何所營
(하소영)-숯을 판 돈을 어디에 쓰는가? ㅇ衣正單(의정단)-입은 옷
이 고작 홑껍데기이다. 단(單)은 홑. 홑것. ㅇ心憂炭賤(심우탄천)-
숯값이 떨어지는 것을 속으로 걱정한다. ㅇ駕炭車(가탄거)-숯을 실
은 수레에 소를 매어 몰고 나서다. ㅇ輾氷轍(전빙철)-얼어붙은 바
퀴자국이 겉돌아 고생을 한다. ㅇ牛困人飢(우곤인기)-새벽에 숯
을 싣고 나섰으나 얼어붙은 길에서 고생을 하여 소도 지쳤고 사람도
배고프게 되었으며, 해가 이미 높이 떴다[日已高]. ㅇ泥中歇(이중
헐)-진흙길에 멈추어 쉬고 있다. ㅇ兩騎(양기)-사람을 태운 말이
두 필. ㅇ翩翩(편편)-펄펄 빠른 속도로 달려온다. ㅇ來是誰(내시
수)-오는 자가 누구일까? ㅇ黃衣使者(황의사자)-노란 옷을 입은
사신은 바로 환관인 칙사(勅使)다. ㅇ白衫兒(백삼아)-흰 옷을 입은
젊은 병졸. 애송이. ㅇ手把文書(수파문서)-손에 문서를 들고 ㅇ口
稱勅(구칭칙)-입으로는 칙명이라고 떠들어댄다. ㅇ叱牛(질우)-큰
소리로 소를 몰며 꾸짖는다. ㅇ牽向北(견향북)-대궐이 있는 북쪽으
로 끌고 간다. ㅇ驅將(구장)-몰고 간다. ㅇ惜不得(석부득)-아까워
못견디겠다. ㅇ紅紗(홍사)-붉은 명주. ㅇ綾(능)-능라 비단. ㅇ繫向
牛頭(계향우두)-소머리에 던져주다. 또는 감아주다. ㅇ充炭直(충탄
치)-숯값에 충당한다.

(解說)　헐벗고 굶주린 불쌍한 숯장수 노인을 수탈하는 궁시(宮市)의 횡
포를 고발한 시다. 고생하여 숯을 굽고 또 내다가 팔아 봤자 고작
홑껍데기나 걸치고 입에 풀칠하는 숯장수 노인이다(賣炭得錢何所
營, 身上衣裳口中食). '겨울인데도 불쌍하게 홑것을 걸치고 덜덜
떨면서도, 그래도 날이 추워야 숯값이 떨어지지 않겠다는 생각에 날
이 춥기를 바라는 안타까운 노인이다(可憐身上衣正單, 心憂炭賤願
天寒)'.
　　이토록 불쌍한 노인의 숯을 송두리째 수탈해 가는 노란 옷을 입
은 환관(宦官)과 그의 졸개! 얼마나 밉살맞은가! 그러면서도 손에는

문서를 들고 칙명(勅命)이라 외치며, 한편 공짜로 빼앗는 것이 아니라는 증거로 비단쪽을 내던지고 가는 그들은 얼마나 음흉하고 간교하냐!

86. 母別子 모자 이별

모별자 자별모 1. 母別子, 子別母	백일무광곡성고 白日無光哭聲苦
관서표기대장군 2. 關西驃騎大將軍	거년파로신책훈 去年破虜新策勳
칙사금전이백만 3. 勅賜金錢二百萬	낙양영득여화인 洛陽迎得如花人
신인영래구인기 4. 新人迎來舊人棄	장상연화안중자 掌上蓮花眼中刺
영신기구미족비 5. 迎新棄舊未足悲	비재군가유양아 悲在君家留兩兒
일시부행일초좌 6. 一始扶行一初坐	좌제행곡견인의 坐啼行哭牽人衣
이여부부신연완 7. 以汝夫婦新嬿婉	사아모자생별리 使我母子生別離
불여임중오여작 8. 不如林中烏與鵲	모불실추웅반자 母不失雛雄伴雌
응사원중도리수 9. 應似園中桃李樹	화락수풍자재지 花落隨風子在枝
신인신인청아어 10. 新人新人聽我語	낙양무한홍루녀 洛陽無限紅樓女

11. 但願將軍重立功　更有新人勝於汝
단원장군중립공　갱유신인승어여

　어머니는 자식과, 자식은 어머니와 헤어지나니, 태양조차 날빛을 잃고 울음소리 처절하구나

　관서의 표기대장군이 작년에, 적을 격파하고 공훈을 세워

　2백만 상금 하사받자, 낙양에서 꽃같은 미인 맞네

　새임 맞자 옛임을 버리니, 손 안의 연꽃과 눈의 가시같이 대하니

　새것 반기고 낡은 것 버리는 일 그리 슬프지 않건만, 그대 집에 남겨놓은 두 아이를 생각하니 더욱 슬프네

　한 아이는 간신히 걸음마하고 한 아이는 앉을락 말락하며, 앉는 아이 걷는 아이 둘이 다 울고불고 옷자락 매달리네

　그대들 새로운 짝을 지어 정다운 꿈을 꾸기 때문에, 우리들 모자를 생이별시키게 했으니

　우리 신세는 숲속에 있는 까마귀나 까치만도 못하구려. 어미새 새끼를 잃지 않고 수놈과 암놈 짝을 짓거늘

　우리는 마치 뜰안의 오얏이나 복숭아같이, 바람따라 꽃잎은 떨어지고 열매만 가지에 남아 있는 듯

　새댁이여 새댁이여 내 말 들을지어다. 낙양에는 수없이 홍루의 미인 많으리니

　장군이 다시 한 번 무공을 세우면, 더 좋은 미인을 새로 맞으리!

（語釋）　○母別子(모별자)—남편이 새댁을 맞아 아내를 내쫓았다. 이에 어머

니가 아이들과 생이별을 하게 되었다. ○白日無光(백일무광)─대낮
의 빛을 잃었다. ○哭聲苦(곡성고)─통곡하는 울음소리가 너무나 고
통스럽게 들린다. ○關西(관서)─함곡관(函谷關) 서쪽의 변경을 평
정한 곳. ○驃騎(표기)─장군의 명호(名號). 한(漢) 무제(武帝) 때에
곽광(霍光)이 표기대장군이 되었다. ○破虜(파로)─오랑캐를 격파하
다. ○新策勳(신책훈)─새로 군공을 세웠다. 책(策)은 책(冊), 즉 공
훈을 책에 기록[冊錄]했다는 뜻. ○勅賜(칙사)─임금이 하사해 준다.
○迎得(영득)─맞이했다. 득(得)은 결과를 나타내는 어조사. ○掌上
蓮花(장상연화)─손바닥 위에 있는 연꽃처럼 귀엽게 본다. 연화(蓮
花)는 부용(芙蓉)이며 미인을 상징한다. ○眼中刺(안중자)─눈 안의
가시. 옛임을 말함. ○迎新棄舊(영신기구)─새댁을 맞고 옛 부인을
버리다. ○悲在(비재)─슬픔은 ~하는 데에 있다. ○留(유)─남겨두
다. ○兩兒(양아)─두 아이. ○一始扶行(일시부행)─한 아이는 비로
소 부축해서 걷기 시작했고 ○一初坐(일초좌)─또 한 아이는 비로소
앉기 시작했다. ○坐啼行哭(좌제행곡)─앉기 시작한 아이나 걷기 시
작한 아이가 함께 울고 몸부림친다. ○牽人衣(견인의)─어머니의 옷
자락을 잡고 매달린다. 가지 못하게 잡아 끈다. ○以(이)─~함으로
써. ~하는 까닭에. ○新嬿婉(신연완)─새로 정답게 사랑하다. ○子
(자)─여기서는 열매[實]. ○無限(무한)─무수하다. ○紅樓女(홍루
녀)─기생이나 창녀. ○重立功(중립공)─거듭 공을 세워. ○勝於汝
(승어여)─그대를 이기리라!

(解說) 변방의 장군이 오랑캐를 토벌한 공으로 막대한 상금을 받게 되자,
새댁을 맞이하고 부인을 내쫓았다. 이에 내쫓긴 아낙은 어린 두 아
이들과 헤어지기를 슬퍼하며 또 한편으로는 새댁을 원망하고 있다.
　공 세우고 돈 생기면 탈이 나는 것이 남자라 하겠고, 그렇게 되면
그늘에서 울고 시들어야 하는 것이 여자의 슬픈 운명이다. 여기에
나온 슬픈 여주인공은 아직 나서서 싸울 만한 기력이나 여권신장에
대한 각성이 없다. 그러나 속에 사무친 원한은 선량한 그로 하여금

252

새댁을 은근히 저주하게 만들었다.

87. 鹽商婦 소금장수 집 아낙네
염상부

1. 鹽商婦 多金帛
염상부 다금백

2. 不事田農與蠶績 南北東西不失家
불사전농여잠적 남북동서불실가

3. 風水爲鄕船爲宅 本是揚州小家女
풍수위향선위택 본시양주소가녀

4. 嫁得西江大商客 綠鬢溜去金釵多
가득서강대상객 녹빈류거금채다

5. 皓腕肥來銀釧窄 前呼蒼頭後叱婢
호완비래은천착 전호창두후질비

6. 問爾因何得如此 壻作鹽商十五年
문이인하득여차 서작염상십오년

7. 不屬州縣屬天子 每年鹽利入官時
불속주현속천자 매년염리입관시

8. 少入官家多入私 官家利薄私家厚
소입관가다입사 관가이박사가후

9. 鹽鐵尙書遠不知 何況江頭魚米賤
염철상서원부지 하황강두어미천

10. 紅鱠黃橙香稻飯 飽食濃粧倚柂樓
홍회황등향도반 포식농장의타루

11. 兩朵紅顋花欲綻 鹽商婦
양타홍시화욕탄 염상부

유행가염상　종조미반식
12. 有幸嫁鹽商　終朝美飯食

종세호의상　호의미식래하처
13. 終歲好衣裳　好衣美食來何處

역수참괴상홍양　상홍양
14. 亦須慚愧桑弘羊　桑弘羊

사이구　부독한세금역유
15. 死已久　不獨漢世今亦有

소금장수 집 아낙네는, 금분이나 비단옷이 많으며

　밭갈이나 양잠·길쌈 않고 호강을 하네. 동서남북 가는 곳이
내 집이요

　바람과 물따라 고향삼고 배를 집으로 삼네. 본래는 양주의 천
한 집 딸이었거늘

　강서의 거상에게 시집을 오게 되어, 매끈한 머리에는 금비녀가
여러 개

　살찐 흰 팔에 은팔찌가 좁네. 늙은 종을 앞에 부리고 여비를
뒤로 꾸짖는 처지

　그대 어떻게 하여 그렇게 호강을 하나 물어보니, 남편이 소금
장사를 15년째 한다네

　주현(州縣)에 속하지 않고 천자에 속하여, 매년 소금 판 이익
을 관에 바칠 때

　관에는 조금 바치고 내 집에 많이 돌리니, 관가는 이가 적고
내 집만이 부하거늘

　염철상서는 멀리서 이런 사정 알지 못하며, 더욱 강호에는 음

254

식물값 헐해

붉은 회 노란 귤 향 쌀밥을, 포식하고 짙게 화장하고 조타실에 오르니

붉은 두 뺨이 꽃송이인 양 헝클어질 듯하여라. 소금장수 집 아낙네

요행히 소금장수에게 시집가, 하루종일 맛있는 음식을 먹고

1년 내내 좋은 옷만 입고 있으나, 그 호의호식이 어디서 온 것일까?

한대(漢代) 전매법을 제정한 상홍양에게 창피한 줄도 알아라. 상홍양은

죽은 지 오래거늘 한대에 이어 오늘에도 모리배가 있다니!

(語釋) ○鹽商婦(염상부)―신악부 제38편이다. 팔자좋은 소금장수의 아낙을 풍간(諷諫)한 시다. 당시의 소금장수는 천자(天子)를 끼고 하는 독점 전매(獨占專賣)로 막대한 이득을 얻었다. 오늘의 독점기업이라 하겠고, 따라서 미천한 출신의 그의 아낙이 빈둥빈둥 놀며 팔자좋게 사는 꼴을 은근히 풍자하고 있다. ○多金帛(다금백)―금과 비단을 많이 지니고 있다. 즉 재물이 많다. ○不事(불사)―아무 일도 하지 않고 빈둥거린다. ○田農(전농)―밭농사. ○蠶績(잠적)―양잠이나 방적. ○不失家(불실가)―동서남북 어디에 가나 집을 잃지 않는다 함은 각지로 돌아다니며 호사스럽게 산다는 뜻. ○風水爲鄕(풍수위향)―바람따라 물따라 가는 곳마다 고향이나 다름없이 온갖 지방을 여행한다. ○本是(본시)―본래. ○揚州(양주)―양자강(揚子江) 하류에 있는 번화한 항구 도시이자 유흥가이기도 하다. ○小家女(소가녀)―천민의 딸. 출신이 화류계라는 뜻. ○嫁得(가득)―시집을 가게 되었다. ○西江(서강)―강서(江西). ○大商客(대상객)―큰 장사꾼. 호상(豪商). 오늘날의 대기업가. ○綠鬢(녹빈)―검고 아름다운 머리. ○溜去(유거)―번

지르하고 매끈하다. ㅇ金釵多(금채다)—머리에 금비녀 등의 장신구를 많이 꽂았다. ㅇ皓腕(호완)—흰 팔. ㅇ肥來(비래)—비대하여. 살이 쪄서. ㅇ銀釧窄(은천착)—은팔찌가 비좁다. ㅇ蒼頭(창두)—머리가 희끗희끗한 영감 머슴. ㅇ後叱婢(후질비)—뒤로는 여비를 꾸짖는다. 안하무인격으로 사람을 부린다. ㅇ問爾(문이)—그대에게 묻는다. ㅇ因何(인하)—어떻게 해서. 어떠한 연유로. ㅇ得如此(득여차)—그렇게 호강할 수가 있느냐? ㅇ壻作鹽商(서작염상)—남편이 소금장사를 한다. ㅇ屬天子(속천자)—지방관청인 주(州)나 현(縣)에 속하지 않고 천자(天子)에 직속하고 있다는 뜻. ㅇ入官時(입관시)—이익금을 관에 바쳐올릴 때. ㅇ多入私(다입사)—관가보다 많은 돈을 자기가 차지한다. ㅇ鹽鐵尙書(염철상서)—소금이나 철의 전매를 관장하는 장관. ㅇ遠不知(원부지)—멀리 떨어져 있어 사정을 잘 모른다. ㅇ何況(하황)—하물며. 게다가. ㅇ江頭(강두)—강변. 양자강 하류, 즉 강회(江淮) 일대. ㅇ魚米賤(어미천)—생선이나 쌀값이 싸다. ㅇ紅鱠(홍회)—붉은 생선회. ㅇ黃橙(황등)—노란 귤. ㅇ香稻飯(향도반)—향기로운 입쌀밥. ㅇ濃粧(농장)—짙게 화장하고 ㅇ倚柁樓(의타루)—의(倚)는 기대다. 타루(柁樓)는 조타실(操柁室), 즉 선장실에 있다는 뜻. ㅇ兩朵紅顋(양타홍시)—꽃같은 양쪽 뺨. 시(顋)는 볼, 즉 뺨. ㅇ花欲綻(화욕탄)—꽃봉오리가 이내 터질 듯하다. ㅇ終朝(종조)—하루종일. ㅇ終歲(종세)—1년 내내. ㅇ亦須(역수)—마땅히 ~해야 한다. ㅇ慚愧(참괴)—부끄럽게 여기다. 창피하게 여기다. ㅇ桑弘羊(상홍양)—한대(漢代) 낙양의 상인으로 무제(武帝)에게 등용되어 대농승(大農丞)에 올랐고 소금[鹽]·철(鐵)·술[酒]의 전매법을 제정했다. ㅇ不獨漢世(부독한세)—오직 한대만이 아니라. ㅇ今亦有(금역유)—소금의 전매로 치부하는 자가 오늘에도 있다는 뜻.

解說　〈매탄옹(賣炭翁)〉과는 달리 아무 일도 안하고 빈둥대며 호사롭게 사는 소금장수의 아낙네를 풍간(諷諫)한 시다. 본래는 출신이 천한 여자였으나 천자(天子)를 끼고 하는 독점 상인에게 시집을 간 덕택

으로 보물재화를 마냥 소유하고 각지를 누비며 호의호식하고 피둥
피둥 살찐 아낙네를 사실적으로 그렸다. 그러나 작자는 '그 재물이
다 어디서 온 것인가?(好衣美食來何處)'라고 반문하고 교활하고 간
악한 소금장수가 관가를 속이고 백성을 수탈한 것이며, 또 그렇게
할 수 있게 소금[鹽]·철(鐵)·술[酒]의 전매법을 제정한 한대(漢
代)의 상홍양(桑弘羊)을 은근히 꼬집었다.

대체적으로 성품이 온화한 백낙천은 사회비판적 시를 쓰면서도
철저하지 못한 흠이 있으나, 그런대로 다각적인 면에서 사회의 모순
을 지적하고 있다.

88. 杏爲梁 살구나무 대들보 집

1. 杏爲梁, 桂爲柱　何人堂室李開府
2. 碧砌紅軒色未乾　去年身沒今移主
3. 高其牆, 大其門　誰家第宅盧將軍
4. 素泥朱版光未滅　今日官收賜別人
5. 開府之堂將軍宅　造未成時頭已白
6. 逆旅重居逆旅中　心是主人身是客
7. 更有愚夫念身後　心雖甚長計非久

<ruby>窮<rt>궁</rt></ruby><ruby>奢<rt>사</rt></ruby><ruby>極<rt>극</rt></ruby><ruby>麗<rt>려</rt></ruby><ruby>越<rt>월</rt></ruby><ruby>規<rt>규</rt></ruby><ruby>模<rt>모</rt></ruby>

8. 窮奢極麗越規模　付子傳孫令保守

9. 莫敎門外過客聞　撫掌回頭笑殺君

10. 君不見馬家宅尚猶存　宅門題作奉誠園

11. 君不見魏家宅屬他人　詔贖賜還五代孫

12. 儉存奢失今在目　安用高牆圍大屋

살구나무를 대들보로 쓰고 계수나무를 기둥으로 썼으니, 그게 바로 재상 이임보의 으리으리한 저택이었노라

푸른 섬돌이나 붉은 처마의 색깔이 아직 마르기도 전에, 옛 주인 죽고 새 주인이 바뀌어 집을 차지하였네

담장을 더욱 높이고 대문을 더 크게 했으니, 이번에는 노장군이 옮겨와 저택을 새로 꾸미네

흰 담과 붉은 벽의 광채가 아직도 흐리기 전에, 또다시 관에서 몰수하여 딴 사람에게 하사했노라

이렇듯 이임보이든 노장군이든 집주인이 되었다가, 미처 제뜻대로 개조도 못하고 머리 먼저 백발 됐네

천지가 본래 쉴 곳이거늘 그 안에 이중으로 집 지으려나, 마음이 주인이고 몸이 손인 줄 알아야 하네

더욱 어리석은 사나이는 죽은 뒤까지 걱정을 하지만, 생각만 먼 후일에 미칠 뿐 실제로는 오래 가지 못하노라

그렇거늘 지극히 호사스럽고 자기 신분에 넘는 집을 지어, 자

손에게 넘기고 전하여 자자손손에게 간직시키려 하네

  이런 어리석은 생각일랑 문밖 행인에게 알리지 마라, 그들이 듣고 손뼉치며 뒤돌아보고 그대를 비웃으리라

  그대 못보았는가? 마씨네 저택이 아직 있어도, 이미 대문에 봉성원이란 패가 붙어 딴 사람이 살고 있음을

  또 못보았는가? 위징의 옛집이 남의 손에 넘어갔으나, 천자 명하여 나라에서 사가지고 5대손에게 되돌려주었느니

  이렇듯 검박한 집안은 존속되고 사치한 집은 망하노니, 어찌 담을 높이고 집채만 크게 지으려 하나?

(語釋) ○杏爲梁(행위량)－살구나무로 대들보를 삼는다. 사치스럽게 집을 짓는다. ○桂(계)－계수나무. ○堂室(당실)－바깥채와 안채. ○李開府(이개부)－당(唐) 현종(玄宗)대의 재상이었던 이임보(李林甫)네 집. 이임보는 '입에는 꿀, 배 속에는 칼(口有蜜, 腹有劍)'이라고 할만큼 음흉했으며, 안사(安史)의 난의 씨를 뿌렸다. ○碧砌(벽체)－푸른 섬돌. 석계(石階). ○紅軒(홍헌)－붉은 처마. 헌(軒)은 처마 또는 난간. ○今移主(금이주)－금년에는 집주인이 바뀌었다. ○牆(장)－담. ○第宅(제택)－저택. ○盧將軍(노장군)－노종사(盧從史)일 것이다. 절도사 이장영(李長榮) 밑에서 대장(大將)이 되었으나, 헌종(憲宗) 원화(元和) 5년 환주(驩州) 사마(司馬)로 쫓겨났다. ○素泥(소니)－흰 벽. ○朱版(주판)－붉은 칠을 한 벽. ○官收(관수)－관에서 몰수하다. ○頭已白(두이백)－집이 완성되지 못했거늘 집주인의 머리는 이미 백발이 되었다는 뜻. ○逆旅(역려)－여관. 객사. 이백(李白)의 말이다. '천지는 만물의 객사이다(天地者萬物之逆旅)' 〈춘야연도리원서(春夜宴桃李園序)〉. ○愚夫(우부)－어리석은 사나이. ○念身後(염신후)－자기가 죽은 후의 일을 생각한다. ○窮奢(궁사)－사치를 다하다. ○極麗(극려)－지극히 화려하게 꾸미다. ○越規模(월규모)－

제한된 규격이나 신분을 초월하다. ㅇ付子傳孫(부자전손)-자손에
게 넘겨서 전하다. ㅇ令保守(영보수)-영원히 간직하고 지키게 하다.
ㅇ莫敎(막교)-시키지 마라. 교(敎)는 사(使), 령(令)과 같다. 즉 문
밖의 과객에게 들리지 않도록 하라. ㅇ撫掌(무장)-손뼉을 치다.
ㅇ笑殺君(소살군)-자네를 비웃을 것이다. ㅇ馬家宅(마가택)-마수
(馬燧)와 그의 아들 창(暢)의 저택. 후에는 이것을 나라에 바쳐 봉성
원(奉誠園)이라 했다(〈傷宅〉 참조). ㅇ魏家宅(위가댁)-원화(元和)
4년에 명을 내려 관비로 위징(魏徵)의 옛집을 환수하여 그의 후손
에게 되돌려주었다. 위징은 당 태종(太宗)의 충신이었다. ㅇ詔贖
(조속)-조명으로 사다. ㅇ儉存(검존)-겸손 검박하면 영원히 남는
다. ㅇ奢失(사실)-오만 사치스럽게 살면 이내 망한다. ㅇ今在目(금
재목)-현재 목전의 실례로 나타내 보이고 있다. ㅇ安用(안용)-어찌
~할 필요가 있겠느냐?

解說　　역시 분수에 넘치게 집을 크게 지어 봤자 허사라는 것을 풍자한
시다. 옛날에는 재상의 집이었으나 이제는 장군의 집이 되었고 또,
내일에는 남에게 넘어가게 마련이다. 호화스런 집을 지어도 주인은
먼저 늙어 죽게 마련이다. '하늘과 땅이 본래 만물을 깃들게 하는
역려(逆旅)이거늘, 그 속에 또 이중으로 역려를 지으려 하나?(逆旅
重居逆旅中)' '마음이 주인이고 몸은 손이다(心是主人身是客)'라고
한 구절은 이태백(李太白)을 연상시킨다. 끝으로 '검존사실(儉存奢
失)'이란 구절은 오늘의 우리들도 명심해야 할 것이다.

제 5 장

감상感傷의 걸작傑作

천하의 모든 부모들이
아들보다 딸 낳기를 원했노라
遂今天下父母心
不重生男重生女

모든 군사들이 꼼짝 않고 양귀비의 처단을 요구하니
어찌하랴!
　마침내 아리따운 양귀비는 노한 군사들 앞에서
자결하였노라
六軍不發無奈何
宛轉蛾眉馬前死

　새삼 가슴 깊이 묻혔던 슬픔과 원한이 북받쳐
올라오는가
　죽은 듯 소리없는 이 순간이 비파 소리 울릴 때보다
더욱 홍겹다
別有幽愁暗恨生
此時無聲勝有聲

백낙천은 자기의 시집을 스스로 편집하고 나서 쓴 시에서 다음과 같이 자랑한 일이 있다.

한 편의 장한가(長恨歌)는 풍경이 넘치고
열 편의 진중음(秦中吟)은 정성(正聲)에 가깝다
一篇長恨有風情 十首秦吟近正聲

또 같은 시에서 그는

이 세상에서 부귀를 누릴 운수는 없으나
죽은 후에도 나의 글은 이름이 높을 것이다
世間富貴應無分 身後文章合有名
〈編集拙詩成十五卷因題卷末戲贈元九李二十〉

라고 했다. 과연 중국의 많은 시 중에서도 그의 〈장한가(長恨歌)〉·〈비파행(琵琶行)〉만큼 애창애송(愛唱愛誦)된 것은 별로 없을 것이다.

89. 長恨歌 _{장한가} 장한가

*段節은 解讀의 편의를 위해 임의로 했음.

(1)

1. 漢皇重色思傾國　御宇多年求不得
   _{한 황 중 색 사 경 국　어 우 다 년 구 부 득}

2. 楊家有女初長成　養在深閨人未識
   _{양 가 유 녀 초 장 성　양 재 심 규 인 미 식}

3. 天生麗質難自棄　一朝選在君王側
   _{천 생 여 질 난 자 기　일 조 선 재 군 왕 측}

4. 廻眸一笑百媚生　六宮粉黛無顔色
   _{회 모 일 소 백 미 생　육 궁 분 대 무 안 색}

한 황제가 사랑을 중히 여기고 절세미인을 그리워하여, 우주를 다스리는 몸으로 수년 간을 찾았으나 못얻었노라

양씨네 집에 마침 갓 장성한 여식이 있어, 깊은 규중에서 아무도 모르게 자라났으나

천생의 아름다움 그대로 버려지지 못하리, 하루아침에 뽑히어 임금 곁에 올랐노라

돌아보며 방긋 웃는 품에 싱싱하니 미태가 넘치고, 분대(粉黛)로 화장한 육궁의 미녀들이 무색하게 되었노라!

語釋　◦長恨歌(장한가) ─ 당(唐) 현종(玄宗 : 712~756 在位)과 양귀비(楊貴妃)의 비극을 읊은 서사시(敍事詩)다. 안녹산(安祿山)의 난을

피해 촉(蜀)으로 피난을 가던 도중 마외파(馬嵬坡)에 이르자 현종
의 근위병들이 양국충(楊國忠)을 죽이고 이어 양귀비마저 처단할
것을 강력히 요구하였다. 안녹산에게 쫓기는 몸인 현종은 꼼짝 못하
고 눈물을 머금고 이를 허락하였으며 마침내 사랑하던 양귀비를 죽
게 했다. 그때 현종의 나이는 71세였고, 양귀비는 38세였다. 그후
난이 진압되고 다시 환궁한 늙은 현종은 비탄에 젖어 몽매간에도
양귀비를 연모했다. 이렇듯 애절했던 현종의 비련(悲戀)을 백낙천이
한무제(漢武帝)와 이부인(李夫人)의 고사에 가탁하여 생생하게 그
렸다. ㅇ漢皇(한황)－한무제(漢武帝). 실은 당(唐) 현종(玄宗)이다.
당나라의 신하로서 직접 임금을 지칭할 수가 없어 한나라의 임금이
라고 한 것이다. 다른 시인들도 다 이렇게 했다. ㅇ重色(중색)－여
색(女色), 즉 미녀를 좋아했다. 현종이라 않고 한황이라 둘러댔으나
'중색(重色)'이라 한 것은 대담한 말이다. 당대에는 언론의 자유가
있었다고 한다(《容齋隨筆》). ㅇ思傾國(사경국)－절세의 미인을 얻
고자 했다. 한(漢) 이연년(李延年)의 노래에 있다. '북방에 미인이
있다. 온 세상에서 홀로 뛰어났으며, 그 미인을 한 번 보고 반하면
성(城)을 기울일 지경이 되고, 두 번 보고 반하면 나라도 기울여 망
칠 지경이 된다. 성이나 나라가 망해도 알 바가 아니다. 그렇듯 다
시없는 미인이니라(北方有佳人, 遺世而獨立. 一顧傾人城. 再顧傾
人國. 寧不知傾城與傾國, 佳人難再得).' 나라를 기울여서라도 얻고
싶은 절세미인을 경국지미(傾國之美)라 한다. ㅇ御宇(어우)－천하
를 다스리다. 어(御)는 치(治), 우(宇)는 상하사방(上下四方). 현종
은 712년에 제위에 올라 755년 안녹산의 난을 피할 때까지 43년간
치세했다. 756년에 숙종(肅宗)이 뒤를 이었고, 이 해에 양귀비가 처
형되었다. 그후 762년에 현종은 서거했다. ㅇ求不得(구부득)－미인
을 찾지 못했다. 현종은 첫 번째의 원헌황후(元獻皇后)를 잃고 다
시 개원(開元) 25년(737년)에는 무혜비(武惠妃)를 잃었다. 그리고
양귀비를 취한 것은 개원 28년이었다. 약 3년 밖에 되지 않았으나,
백낙천은 '오래[多年]' 얻지 못했다고 했다. 혹은 진심으로 사랑할

여인이 없었다는 뜻으로 그랬을까? ㅇ楊家有女(양가유녀)-양귀비
의 부친은 홍농(弘農) 화음(華陰) 출신으로 그의 이름은 현염(玄
琰), 벼슬은 촉(蜀)의 사호(司戶)를 지냈다. 양귀비는 촉에서 출생
했고 옥환(玉環)이라 이름했으며, 어려서는 숙부 하남부(河南府) 사
조(士曹) 현규(玄珪) 밑에서 자랐다. ㅇ養在深閨(양재심규)-규
(閨)의 원뜻은 궁중(宮中)의 작은 문(門)이다《爾雅》〈釋宮〉). 후
에는 여자의 거실의 뜻으로 쓰였다. 원래 양귀비는 현종의 열여덟
번째의 왕자 수왕(壽王)의 비로 깊은 규방에 묻혀 있었다. 그것을
고력사(高力士)가 발견하였고 현종의 눈에 들자 양귀비를 잠시 동
안 도사(道士)로 만들어 양태진(楊太眞)이라 하고 절에 맡겼다가
후에 비로 삼았다. ㅇ麗質(여질)-아름다운 바탕. 소질. 품. ㅇ難自
棄(난자기)-스스로 쓰러지거나 남에게 버려지지 않는다는 뜻. 미인
은 반드시 남에게 취해지게 마련이다. ㅇ一朝(일조)-하루아침에.
사실은 개원(開元) 28년(740년) 양옥환의 나이 22세에 입궁했으며,
그때의 현종의 나이는 58세였다. ㅇ廻眸(회모)-모(眸)는 눈동자,
회(廻)는 돌리다. 즉 아름다운 눈초리로 둘러본다는 뜻. ㅇ百媚生
(백미생)-끝없이 많은 미태가 나타난다. 온갖 아양을 다 떤다. ㅇ六
宮(육궁)-후(后)·비(妃)·빈(嬪)·어(御)의 총칭. 천자(天子)는
황후(皇后) 이외로 다섯 가지 후궁(後宮)을 거느린다. ㅇ粉黛無顔
色(분대무안색)-분대(粉黛)는 분이나 눈썹을 칠하는 화장품. 여기
서는 화장한 여자들. 양귀비 앞에서는 다른 후궁의 여자들이 보잘것
없이 보인다는 뜻.

(2)

5. 春寒賜浴華淸池　　溫泉水滑洗凝脂
　　춘한사욕화청지　　온천수활세응지

6. 侍兒扶起嬌無力　　始是新承恩澤時
　　시아부기교무력　　시시신승은택시

운빈화안금보요   부용장난도춘소
7. 雲鬢花顔金步搖   芙蓉帳暖度春宵

춘소고단일고기   종차군왕부조조
8. 春宵苦短日高起   從此君王不早朝

승환시연무한가   춘종춘유야전야
9. 承歡侍宴無閑暇   春從春遊夜專夜

후궁가려삼천인   삼천총애재일신
10. 後宮佳麗三千人   三千寵愛在一身

금옥장성교시야   옥루연파취화춘
11. 金屋粧成嬌侍夜   玉樓宴罷醉和春

자매제형개열토   가련광채생문호
12. 姉妹弟兄皆列土   可憐光彩生門戶

수령천하부모심   부중생남중생녀
13. 遂令天下父母心   不重生男重生女

이궁고처입청운   선악풍표처처문
14. 驪宮高處入靑雲   仙樂風飄處處聞

완가만무응사죽   진일군왕간부족
15. 緩歌慢舞凝絲竹   盡日君王看不足

어양비고동지래   경파예상우의곡
16. 漁陽鼙鼓動地來   驚破霓裳羽衣曲

싸늘한 봄 상감의 은총 내리어 화청궁에서 목욕할 새, 온천물 부드럽게 토실토실 기름진 살결을 씻어내리네

나른하니 예쁜 그녀를 시녀가 부축해 일으키자, 비로소 상감은 새로운 사랑에 흠뻑 젖었노라!

꽃다운 얼굴 뭉게구름 검은 머리에 황금의 보요(步搖) 흔들흔들, 부용(芙蓉) 방장 드리운 포근한 봄밤을 함께 지샜노라

봄밤이 짧아 안타까울 새 해가 높이 떠오르니, 그때부터 임금
은 조례를 빠지게 되었노라

밤낮없는 잔치로 상감을 환락에 사로잡고서, 봄따라 봄에 놀고
밤마다 상감을 독차지하니

후궁에 아리따운 궁녀가 3천 명이 있으되, 3천에게 베풀 사랑
한 몸으로 받았네

황금으로 꾸민 궁전에 곱게 화장하고 아양 밤시중 들며, 구슬
로 만든 누각 술상 물리니 술취한 그녀 봄에 무르익네

형제자매 양귀비 덕으로 봉토를 나눠 받고, 어이없이 광채가
그녀 일가에 솟아 비췄으니

마침내 천하 모든 사람의 부모된 사람으로 하여금, 아들 낳기
를 중히 여기지 않고 딸 얻기를 높이게 했노라!

여산의 화청궁(이궁)은 높이 구름 위에 솟았으며, 선풍 타고
풍악 소리 사방으로 흩어지고

느린 가락 느슨한 춤이 빈틈없이 음악에 어울리니, 임금은 넋
잃은 채 진종일 물릴 줄 모르고 쳐다보다가

난데없이 어양(漁陽)에서 대지를 뒤흔드는 전고 소리가 울리
니, 무지개 위의 날개춤 예상우의곡의 꿈이 놀라 깨어졌노라

語釋 ○賜浴(사욕)-천자의 은총으로 온천에서 목욕한다. ○華淸池(화청
지)-이산(驪山 : 현 陝西省 臨潼縣)에 있는 온천. 당(唐) 고종(高
宗)이 장안(長安) 동쪽인 이곳에 이궁(離宮)을 지었다. 송(宋) 악사
(樂史)인 《양태진외전(楊太眞外傳)》에 있다. '화청궁에 연화탕(蓮花
湯)이 있고, 그곳이 양귀비의 욕실이었다'. ○凝脂(응지)-살결이
희고 토실토실하다는 형용. 《시경(詩經)》에 '살결이 응지같다(膚如
凝脂)〈위풍(衛風) : 석인(碩人)〉'라고 있다. ○侍兒(시아)-시녀.

o扶起(부기)-부축해 일으킨다. o嬌無力(교무력)-노근하니 맥빠진 품이 더욱 염려하고 아리땁다. o新承恩澤(신승은택)-처음으로 천자의 사랑을 받는다. 은택(恩澤)은 은총과 혜택. o雲鬢(운빈)-구름같이 아름다운 머리. o花顔(화안)-꽃같이 예쁜 얼굴. 운빈화안(雲鬢花顔)은 미인의 형용. o金步搖(금보요)-머리에 꽂는 장신구. 금실 끝에 방울을 달았으므로 걸으면 짤랑댄다. 현종이 양귀비를 위해 특별히 만들어 준 것이라고 한다. o芙蓉帳(부용장)-연꽃을 수놓은 침상의 방장. 연꽃은 사랑을 상징하는 꽃. o度春宵(도춘소)-봄날의 밤을 함께 자다. o春宵苦短(춘소고단)-봄의 밤 시간이 짧음을 원망한다는 뜻. o不早朝(불조조)-임금이 아침 일찍 보는 조례를 결한다. 이전의 현종은 무척 현명하고 부지런했었다. o無閑暇(무한가)-빈틈없이 양귀비와 유연(遊宴) 환락(歡樂)한다. o夜專夜(야전야)-밤마다 양귀비가 혼자 모신다. 양귀비는 예쁠 뿐만 아니라 영리하고 또 질투가 심했다고 한다. o後宮(후궁)-임금을 모시는 궁녀들이 있는 궁전. o佳麗(가려)-아름다운 미인. o金屋(금옥)-금으로 단장한 집.《한무고사(漢武故事)》에 있다. '만약 아교(阿嬌)를 얻으면 금옥을 지어 살게 하겠다'고 무제가 어려서 말했다. o嬌侍夜(교시야)-양귀비를 아교(阿嬌)로 비유하고 임금의 밤 시중을 든다고 했다. o玉樓(옥루)-옥돌이나 보석으로 지은 누각. o醉和春(취화춘)-술 취해 노근한 봄과 더불어 어울린다. o皆列土(개열토)-양귀비의 형제자매들이 모두 땅을 쪼개어 가졌다. 열(列)은 열(裂)의 뜻. 토지를 신하에게 봉(封)해 주는 것을 열토(裂土)라고 한다. 큰누이는 한국부인(韓國夫人), 셋째는 괵국부인(虢國夫人), 여덟째는 진국부인(秦國夫人)이고, 사촌오빠 섬(銛)은 홍로경(鴻臚卿), 기(錡)는 부마도위(駙馬都尉), 사촌큰오빠 교(釗 : 후에 國忠이라고 현종으로부터 이름을 하사받았다)는 재상까지 되었다. 기타의 일가 친척들도 모두 황실과 인척관계를 맺었던 것이다. 따라서 천하의 땅은 모두 양귀비 일가에게 점령되어, 어디에나 그들의 땅이었다. 열(列)을 줄지었다로 풀기도 한다. o可憐(가련)-여기

서는 감탄사로 '아!' ○不重生男重生女(부중생남중생녀)-양귀비
로 인해 천하의 모든 어버이들이 아들보다 딸 낳기를 높이 여기게
되었다. 진홍(陳鴻)의 〈장한가전(長恨歌傳)〉에는 당시의 민요라 하
여 '남자는 후로 봉함받지 못해도 여자는 비가 될 수 있다(男不封
侯女作妃)'고 했다. ○驪宮(이궁)-즉 화청궁(華淸宮)이다. ○仙樂
風飄(선악풍표)-신선놀이의 풍악이 바람을 타고 퍼진다. 현종은
예술과 풍류를 즐겼다. ○緩歌慢舞(완가만무)-완만한 곡조의 노래
와 춤. ○凝絲竹(응사죽)-악기에 맞추다. 응(凝)은 애절하게 응결
된 음악 소리를 상징한다. 사죽(絲竹)은 악기의 총칭. 사(絲)는 현악
기, 죽(竹)은 관악기. ○漁陽(어양)-천보(天寶) 14년(755년)에 안
녹산(安祿山)이 어양(현 河北省 薊縣)에서 반란을 일으켰다. ○鼙
鼓(비고)-전고(戰鼓). 말 위에서 치는 군고(軍鼓). ○動地來(동지
래)-안녹산은 천보 14년에 반란을 일으키고 이듬해 정월에는 낙양
(洛陽)을 점거하고 제(帝)라 자칭했으며, 이어 동관(潼關)을 공략하
고 장안(長安)으로 쳐들어왔다. ○霓裳羽衣曲(예상우의곡)-서역(西
域)에서 전래된 무용곡으로 오늘날에는 전하지 않는다. 선녀가 무지
개와 같은 옷을 휘날리며 춤을 추는 악곡으로, 양귀비가 이 곡에 맞
추어 춤을 추었으리라. 일설(一說)에는 현종이 도사(道士) 나공원
(羅公遠)과 같이 월궁(月宮)에 가서 본 선녀의 가무를 바탕으로 만
든 것이라고도 한다.

(3)

구중성궐연진생	천승만기서남행
17. 九重城闕煙塵生	千乘萬騎西南行
취화요요행부지	서출도문백여리
18. 翠華搖搖行復止	西出都門百餘里
육군불발무내하	완전아미마전사
19. 六軍不發無奈何	宛轉蛾眉馬前死

화 전 위 지 무 인 수　　취 요 금 작 옥 소 두
20. 花鈿委地無人收　翠翹金雀玉搔頭

군 왕 엄 면 구 부 득　　회 간 혈 루 상 화 류
21. 君王掩面救不得　廻看血淚相和流

구중궁궐 안에도 역적이 들어 불연기와 흙먼지가 일었으니, 초
라한 행차로 서남쪽을 향해 우리 천자 피난했노라

비취새 털깃 달린 천자의 정기들도 슬렁슬렁 내키지 않는 걸
음 가다가는 또 멈추며, 장안 서쪽 백여 리 마외파에 이르자 양
귀비 일가에 불만 품은 친위병들 울분 터뜨려

모든 군사들 꼼짝않고 양귀비 처단 요구하니 어찌하랴! 마침
내 아리따운 양귀비는 노한 군사들 앞에서 자결하게 되었노라

그녀의 꽃비녀 땅에 떨어진 채 거두는 사람 없고, 취요·금
작·옥소두 보배로운 장신구도 버려졌노라

임금도 별 수 없이 낯을 가리고 외면했다가, 뒤돌아보는 눈물
에 양귀비의 피가 얼룩졌노라

(語釋)　ㅇ九重城闕(구중성궐)─대궐.《초사(楚辭)》에 '임금님이 계신 곳의
문은 아홉겹이다(君之門兮九重)〈구변(九辯)〉'라고 있다. 성궐(城
闕)의 원뜻은 궁성(宮城)의 문 옆에 양쪽으로 쌓아올린 높은 조망
대(眺望臺). ㅇ煙塵生(연진생)─청정(淸靜)할 대궐 안에 연기와 먼
지가 인다고 하는 것은 반란군에 의해 대궐이 유린됐음을 말한다.
ㅇ千乘萬騎(천승만기)─천 개의 수레와 만 명의 기마병. 평소에 천
자가 행차할 때의 규모를 말한다. 승(乘)은 전차(戰車)의 뜻도 있다.
ㅇ西南行(서남행)─안녹산이 장안 가까이까지 쳐들어오자 천보(天
寶) 15년(756년) 6월 현종은 양귀비와 같이 연추문(延秋門)을 빠져
나가 촉(蜀), 즉 장안 서남쪽 현 사천성(四川省)으로 피난길에 올랐

다. 천승만기(千乘萬騎)는 시적 표현이다. 사실은 6월 13일 비내리는 새벽에 몇몇 측근과 적은 수의 군졸만을 데리고 초라하게 탈출한 것이다. ㅇ翠華(취화)―천자의 정기(旌旗). 비취새 날개털로 장식했다. ㅇ搖搖(요요)―출렁댄다. 흔들거린다. ㅇ行復止(행부지)―피난길에 오른 현종 일행의 걸음이 순조롭지 못하다. 가다가는 멎고 또 가다가는 멈춘다. 무엇인지 걸리는 것이 있다. ㅇ西出都門(서출도문)―서쪽으로 장안의 도성 문을 빠져나가다. ㅇ百餘里(백여리)―장안에서 서쪽으로 백여 리에 마외파(馬嵬坡)가 있다. 파(坡)는 언덕. ㅇ六軍(육군)―《주례(周禮)》에 보면 천자의 군대는 6군, 대국(大國)은 3군, 차국(次國)은 2군, 소국(小國)은 1군이라 했다. 천자의 전군(全軍)의 뜻. 단 여기서는 천자인 현종을 호위한 근위병의 뜻. 당시 수행했던 근위병의 사령관은 진현례(陳玄禮)였다. ㅇ不發(불발)―군대들이 행진을 멈추고 다시는 가려고 하지 않았다. ㅇ無奈何(무내하)―어찌할 도리가 없었다. 사실은 이렇다. 군인들이 우선 말 위에 있던 양국충(楊國忠)을 활로 쏘아 떨어뜨렸고, 이어 양귀비의 언니인 한국부인, 진국부인들도 죽였다. 그리고 현종의 거처를 둘러싸고 양귀비의 처단을 요구했다. 이에 사령관 진현례가 현종에게 간곡히 병사들의 뜻을 아뢰었다. 밖에서는 고함을 치는 병사들의 노여운 데모 소리가 높았다. 마침내 현종도 별 수 없이 양귀비로 하여금 작은 불당(佛堂) 안에 있는 배나무에 목을 매어 자결케 했다. 22세에 현종을 모신 지 16년이 지난 38세의 양귀비였다. 현종의 나이는 71세였다. ㅇ宛轉蛾眉(완전아미)―누에나방의 촉수같이 섬세하고 길고 둥그스름한 곡선을 그린 눈썹의 미인. 아름다운 양귀비를 가리킨다. ㅇ馬前死(마전사)―현종의 말 앞에서 죽다. 또는 험악한 병사들 앞에서 죽다로도 풀 수 있다. 미인(美人)이 군마(軍馬) 앞에서 죽다니, 더욱 처참하고야! ㅇ花鈿(화전)―꽃비녀. ㅇ委地(위지)―땅에 떨어지다. ㅇ無人收(무인수)―아무도 거두어 올리지 않더라. ㅇ翠翹(취요)―비취새의 털같이 만든 머리에 얹는 장신구. ㅇ金雀(금작)―공작새 모양의 금비녀. ㅇ玉搔頭(옥소두)―옥잠(玉

簪)과 같다. 《서경잡기(西京雜記)》에 있다. '한무제(漢武帝)가 이부인을 불러, 옥잠으로 머리를 긁게 했다(武帝過李夫人, 就取玉簪搔頭).' ㅇ救不得(구부득)─양귀비를 구하지 못하다. 별도리 없이 죽게 내버려 두었다. ㅇ血淚相和流(혈루상화류)─죽은 양귀비의 피와 그를 보는 현종의 눈물이 서로 엉키어 마구 흘러내린다. 처절한 표현이다.

(4)

황 애 산 만 풍 소 삭　　　운 잔 영 우 등 검 각
22. 黃埃散漫風蕭索　　雲棧縈紆登劍閣

아 미 산 하 소 인 행　　　정 기 무 광 일 색 박
23. 峨嵋山下少人行　　旌旗無光日色薄

촉 강 수 벽 촉 산 청　　　성 주 조 조 모 모 정
24. 蜀江水碧蜀山靑　　聖主朝朝暮暮情

행 궁 견 월 상 심 색　　　야 우 문 령 장 단 성
25. 行宮見月傷心色　　夜雨聞鈴腸斷聲

천 선 지 전 회 용 어　　　도 차 주 저 불 능 거
26. 天旋地轉廻龍馭　　到此躊躇不能去

마 외 파 하 니 토 중　　　불 견 옥 안 공 사 처
27. 馬嵬坡下泥土中　　不見玉顔空死處

군 신 상 고 진 첨 의　　　동 망 도 문 신 마 귀
28. 君臣相顧盡沾衣　　東望都門信馬歸

피난길에 흙먼지 날리고 바람도 소슬할 새, 구불구불 구름에 걸린 잔도를 타고 검각을 지나

아미산 기슭 쓸쓸히 지나갈 새, 정기도 빛을 잃고 해도 기우네

피난처 사천성 강물 푸르고 산빛도 파랗건만, 성주(聖主) 현종

의 가슴은 자나 깨나 어둡기만 하여라

　행궁에서 바라보는 달조차 마음 아픈 듯, 밤비에 울리는 풍경 소리 간장을 도려내는 것 같아라

　이윽고 역적을 평정하여 천지를 되돌리고 환궁할 새, 마외파에 이르러 머뭇머뭇 떠나지를 못했노라

　양귀비 쓰러진 언덕 흙더미 속에는, 꽃다운 얼굴 안 보이고 허술한 무덤뿐일세

　환궁하는 군신들 뒤돌아보며 흘린 눈물 흠뻑 옷 젖었으며, 넋 잃고 동쪽 대궐문 바라보며 터덜터덜 말에게 걸음 맡겼네

(語釋)　ㅇ黃埃(황애)―황진(黃塵)과 같다. 흙먼지. ㅇ散漫(산만)―사방에 흩어져 가득하다. ㅇ蕭索(소삭)―처량(凄涼)하다. 외롭고 쓸쓸하다. ㅇ雲棧(운잔)―구름 위에 치솟은 높은 산의 잔도(棧道). 낭떠러지나 또는 험한 계곡 높은 사이에 사다리처럼 가로지른 줄다리. ㅇ縈紆(영우)―꾸불꾸불 돌아 오르다. 섬서(陝西) 봉현(鳳縣)에서 포성현(襃城縣)까지 420리의 길은 험한 잔도(棧道)로 이어졌고, 연운잔도(連雲棧道)라고 부른다. 여기서는 반드시 이 길을 지적한 것은 아닐 것이고 아울러 검각(劍閣)으로 가는 길의 험난함을 말한 것이리라. ㅇ劍閣(검각)―사천성(四川省) 검각현(劍閣縣) 북쪽에 있으며, 촉(蜀)으로 들어가는 요새로서 검문관(劍門關)이라고도 한다. 이태백(李太白)의 시 〈촉도난(蜀道難)〉에 '촉으로 가는 길은 하늘에 오르기보다 더 어렵다(蜀道之難, 難於上靑天)'라고 했고, 또 '검각은 울퉁불퉁 높이 솟아, 한 사람이 관문 막으면 만 명이 덤벼도 뚫지 못한다(劍閣峥嵘而崔嵬, 一夫當關萬夫莫開)'고 했다. 당 현종은 천보(天寶) 15년(756년) 7월에 봉현(鳳縣), 포성(襃城) 사이의 연운잔도(連雲棧道)를 지나 검각에 들어 촉(蜀) 성도(成都)에 도달했다. ㅇ峨嵋山(아미산)―산 이름. 사천성(四川省)에 있으며, 두 개의 험하고 높

은 산이 마주 솟아 있어 아미산이라고 한다. 청(淸)의 유월(兪樾)의
설로 현종은 아미산을 통과하지 않았다고 하며, 여기서는 사천성의
산을 대표한 뜻으로 쓰였다고 한다. ○旌旗無光(정기무광)-임금을
상징하는 정기가 빛을 잃었다. 현종의 일행이 성도(成都)에 도달했을
때는 관병(官兵)은 오직 1천3백 명이었고 궁녀는 24명이었다. 또한
험난한 피난길을 오느라고 일행의 복식(服飾)도 낡고 바래서 빛을 잃
었으리라. ○日色薄(일색박)-초라한 행렬이 황혼에 도달했다. 더욱
빛 잃은 현종을 표현한 말. ○蜀江水碧蜀山靑(촉강수벽촉산청)-촉
의 강물은 푸르고, 촉의 산도 파랗다. 인간사회는 무정하게 변천해
도 대자연은 여전히 푸르고 생생한 낯으로 운행하고 있다. ○聖主(성
주)-천하를 호령하던 현종이 사랑하는 양귀비 하나 구하지 못하고
쫓기어 촉나라 산 속에 와서 아침저녁으로 흐르는 물, 푸르른 나무를
보는 심정이 어떠하겠는가? ○行宮(행궁)-임금이 행차해서 있는 곳
을 행궁이라 한다. 달을 쳐다보니 더욱 가슴이 아프리라. ○傷心色
(상심색)-달빛조차 마음 아파하는 듯. ○夜雨聞鈴(야우문령)-가을
밤에 비가 내리며 풍경 소리가 들린다. 현종은 〈우림령(雨霖鈴)〉을
작곡했다고 한다. ○腸斷聲(장단성)-오장육부를 찢어내는 듯 아프
리라. 섬세하면서도 예리하게 묘사했다. ○天旋地轉(천선지전)-천지
가 다시 회전하다. 즉 안녹산의 난을 평정하고 숙종(肅宗)이 지덕(至
德) 2년(757년)에 장안(長安)을 수복했다. ○廻龍馭(회용어)-천자
이신 현종이 환궁했다. 지덕(至德) 2년 10월에 장안으로 돌아갔다.
○到此躊躇(도차주저)-마외파(馬嵬坡)에 이르자 머뭇거리며 가지
를 못한다. ○不見玉顔(불견옥안)-옥같이 아름답던 양귀비의 얼굴
이 안 보인다. 《신당서(新唐書)》〈양귀비전(楊貴妃傳)〉에 있다. '현
종이 촉에서 환궁하는 길에 양귀비가 자결했던 곳을 찾아가 지난번
버려두었던 그의 시체를 다시 거두어 제사를 지냈다. 양귀비의 관에
향낭(香囊)이 옛 모습대로 있는 것을 중인(中人)이 현종에게 바치어
보이자, 현종은 처참하게 보며 눈물을 흘렸다.' ○盡沾衣(진첨의)-눈
물로 흠뻑 옷을 적시었다. ○東望都門(동망도문)-동쪽 장안으로 돌

아가는 길에 장안의 성문만을 바라보다. ㅇ信馬歸(신마귀)—넋을 잃은 현종이나 부하들이 말에게 걸음을 맡기고 돌아왔다.

(5)

귀 래 지 원 개 의 구	태 액 부 용 미 앙 류
29. 歸來池苑皆依舊	太液芙蓉未央柳
부 용 여 면 유 여 미	대 차 여 하 불 루 수
30. 芙蓉如面柳如眉	對此如何不淚垂
춘 풍 도 리 화 개 일	추 우 오 동 엽 락 시
31. 春風桃李花開日	秋雨梧桐葉落時
서 궁 남 내 다 추 초	낙 엽 만 계 홍 불 소
32. 西宮南内多秋草	落葉滿階紅不掃
이 원 자 제 백 발 신	초 방 아 감 청 아 로
33. 梨園子弟白髮新	椒房阿監青娥老
석 전 형 비 사 초 연	고 등 조 진 미 성 면
34. 夕殿螢飛思悄然	孤燈挑盡未成眠
지 지 종 고 초 장 야	경 경 성 하 욕 서 천
35. 遲遲鐘鼓初長夜	耿耿星河欲曙天
원 앙 와 냉 상 화 중	비 취 금 한 수 여 공
36. 鴛鴦瓦冷霜華重	翡翠衾寒誰與共
유 유 생 사 별 경 년	혼 백 부 증 내 입 몽
37. 悠悠生死別經年	魂魄不曾來入夢

궁궐에 돌아오니 뜰과 연못 옛 그대로이고, 태액지의 연꽃, 미앙궁의 버들 반기나 임은 없어라

연꽃이 임의 얼굴인 듯 버들잎이 임의 눈썹인 듯, 바라보는 마

음 어찌 눈물 떨구지 않으리요!

봄바람에 복숭아 오얏꽃 피어 번져도, 가을비 오동잎에 떨어져도 애처롭구나!

서쪽 태극궁이나 남쪽 홍경궁도 가을풀이 우거졌고, 낙엽이 섬돌 위에 붉게 쌓였으나 쓸어 줄 사람 없어라

이원에서 노래 춤추던 영인들도 이제 백발이 성성하고, 초방에서 양귀비를 시중하던 아감이나 궁녀도 늙었노라

어둔 밤 궁전에 나는 반딧불이 보니 더욱 처량하고, 외로이 등불 심지 돋아 태우며 잠을 못 이룰 새

지루하게 늦기만 한 종고 소리에 이렇듯이 밤이 길건만, 반짝이는 은하수 두 연인 만나지 못한 채 밝으려 하네!

원앙새 짝지은 기와지붕 차가운 서리꽃 무겁게 덮였으며, 비취새 그림 수놓은 금침 차가우나 짝지을 임이 없네

아득하리! 생사를 달리한 지 여러 해가 지났으나, 혼백조차 한 번도 꿈 속에 찾아오지 않는구나!

語釋 ㅇ太液(태액)-태액지(太液池)다. 대명궁(大明宮) 함량전(含涼殿) 뒤에 있다. 대명궁은 현 장안현(長安縣) 동쪽에 있다. ㅇ未央(미앙)-미앙궁은 한대(漢代)에 지었다. 장안 서북쪽에 있었으며, 당나라 때에는 금원(禁苑) 안에 포함되었다. ㅇ如面(여면)-염려(艶麗)한 연꽃은 마치 양귀비의 얼굴 같다. ㅇ如眉(여미)-버들잎이 마치 양귀비의 눈썹같다. ㅇ西宮(서궁)-서내(西內)라고도 한다. 태극궁(太極宮)이다. 장안 서북쪽에 있다. ㅇ南內(남내)-장안 동남쪽에 있으며, 남궁(南宮) 또는 홍경궁(興慶宮)이라고 했다. 촉에서 돌아온 현종은 먼저 남궁에 있다가 상원(上元) 1년(760년) 7월에 서궁 감로전(甘露殿)으로 옮겼다. 사실은 보위에서 물러나 무력해진 현종

이 서궁에 연금된 것이다. ○紅不掃(홍불소)—홍(紅)은 붉게 물든 잎, 단풍잎 또는 낙화(落花)로서 쓸어 줄 사람도 없다. 현종의 측근은 많이 유배되었다. ○梨園(이원)—당 현종이 궁성 내에 이원이라고 하는 가무(歌舞) 교습소(敎習所)를 만들었다. 약 3백 명의 뛰어난 영인(伶人), 즉 연예인을 뽑아 '황제이원제자(皇帝梨園弟子)'라 부르게 했고, 또 궁녀 수백 명을 뽑아 '의춘북원(宜春北苑)'에 수용하고 이들에게도 '이원제자'라 부르게 했다. ○白髮新(백발신)—이원제자들도 이제는 늙어 백발이 자랐다. ○椒房(초방)—한(漢)나라의 궁전 이름. 미앙궁(未央宮) 안에 있으며 황후가 살았다. 벽 흙에 후추를 섞어 방을 따뜻하게 했다. ○阿監(아감)—태감(太監)으로 여관(女官)의 장(長)이다. ○靑娥(청아)—젊은 미녀. 여관. 이들은 모두 양귀비를 모시던 여관들이다. ○悄然(초연)—처량하고 서글프다. ○孤燈挑盡(고등조진)—외로이 밤에 잠도 못자며 등과 마주앉아 하염없이 등의 심지를 돋아 다 태워 버렸다. ○遲遲(지지)—지루하고 느리다. ○鐘鼓(종고)—밤 시간을 알리는 종이나 북소리. ○初長夜(초장야)—밤이 이렇게 긴 줄 비로소 알았다. 전에 양귀비와 함께 지낼 때는 그다지도 밤이 짧더니. ○耿耿(경경)—반짝인다. ○星河(성하)—은하(銀河). 견우 직녀가 만난다는 곳. ○欲曙天(욕서천)—견우 직녀가 만나지도 못한 채로 새벽이 되려고 한다. ○鴛鴦瓦(원앙와)—원앙새 모양으로 짝을 맞추어 만든 기와. 원앙새는 암수의 사이가 가장 좋다. ○霜華重(상화중)—꽃같이 흰 서리가 무겁게 내렸다. ○翡翠衾(비취금)—비취새의 수를 놓은 이불. 비취새의 수놈이 비(翡)이고, 암놈이 취(翠)다. ○悠悠(유유)—아득하고 멀다. 오래되었다. ○經年(경년)—몇 년이나 지났다.

(6)

임공도사홍도객　능이정성치혼백
38. 臨邛道士鴻都客　能以精誠致魂魄

위감군왕전전사　수교방사은근멱
39. 爲感君王展轉思　遂敎方士殷勤覓

배공어기분여전　승천입지구지편
40. 排空馭氣奔如電　昇天入地求之遍

상궁벽락하황천　양처망망개불견
41. 上窮碧落下黃泉　兩處茫茫皆不見

홀문해외유선산　산재허무표묘간
42. 忽聞海外有仙山　山在虛無縹緲間

누각영롱오운기　기중작약다선자
43. 樓閣玲瓏五雲起　其中綽約多仙子

중유일인자태진　설부화모참차시
44. 中有一人字太眞　雪膚花貌參差是

금궐서상고옥경　전교소옥보쌍성
45. 金闕西廂叩玉扃　轉敎小玉報雙成

문도한가천자사　구화장리몽혼경
46. 聞道漢家天子使　九華帳裏夢魂驚

　임공의 도사로 장안 홍도에 살고 있는 나그네가, 능히 정성으로 혼백을 초치할 수 있다 하여
　현종이 잠 못자며 전전반측 양귀비 그리워함에 감동되어, 마침내 방사들 시켜 영계로 가 지성껏 찾도록 했네
　하늘로 솟아 대기를 타고 번개같이 내달려, 하늘 높이 또는 땅

속 깊이 두루 찾아

　위로는 벽락 아래로는 황천까지 샅샅이 뒤졌으나, 양쪽이 다
아득할 뿐 양귀비의 혼백 만나지 못했거늘

　홀연 들리는 소식 바다 저쪽에 신선이 사는, 선산(仙山)이 아
득한 허공 속에 있으며

　오색의 구름을 뚫고 영롱한 누각이 우뚝 솟아 빛나, 그 안에
아름답고 우아한 선녀들이 많이 있는데

　그중 한 분이 태진이라 부르며, 흰눈같이 맑은 살결 꽃다운 예
쁜 얼굴 양귀비같다 하네

　황금 대궐 서상(西廂)을 찾아 옥대문 두드리고, 시종드는 소옥
을 시켜 안종 쌍성에게 전갈하니

　한나라 천자가 보내온 사신이 왔다는 말 듣고, 아홉 겹 꽃방장
속에서 잠자다 깜짝 놀라네

(語釋)　o 臨邛(임공)—현(縣)의 이름. 현 사천성(四川省) 공래현(邛崍縣)
이다. o 鴻都客(홍도객)—한대(漢代)에는 도성을 홍도라고 했다. 따
라서 서울에서 온 사람의 뜻으로 풀 수도 있다. 한편 도사(道士)
를 홍도객이라고도 한다. 즉, 하늘의 서울에서 온 손님이란 뜻이다.
o 爲感(위감)—감동했으므로. o 展轉思(전전사)—사무치는 생각에
잠도 못자고 엎치락뒤치락한다. o 敎方士(교방사)—도사(道士)를
시켜서. 방사(方士)는 방술(方術)을 지닌 사람. o 殷勤(은근)—정중
히. 정성껏. o 覓(멱)—양귀비의 넋을 찾는다. 구하다. 도술로 불
러오게 하다. o 排空(배공)—하늘에 날다. o 馭氣(어기)—기(氣)는
바람이나 구름. 어(馭)는 타고 부린다. o 奔如電(분여전)—번개같
이 내달린다. o 求之遍(구지편)—양귀비를 두루 찾았다. o 碧落(벽
락)—도가에서는 하늘 끝을 벽락이라 한다. o 黃泉(황천)—땅 밑.
o 茫茫(망망)—막연하다. 아득하고 텅 비었다. o 縹緲間(표묘간)—

있는 듯 없는 듯 희미하게. ㅇ山在虛無(산재허무)-선산(仙山)이 유형적(有形的) 속세(俗世)가 아닌 무형세계(無形世界)에 있다는 뜻. ㅇ玲瓏(영롱)-오색 찬란한 구름 속에 밝게 빛나다. ㅇ綽約(작약)-아름답고 우아하다. ㅇ雪膚花貌(설부화모)-살결이 백설같고 모습이 꽃같이 아름답다. ㅇ參差是(참차시)-참차(參差)는 방불(彷彿), 비슷하다. 시(是)는 그 사람, 즉 양귀비. ㅇ金闕(금궐)-하늘에 황금으로 만든 대궐이 있고 천제(天帝)가 살고 있다고《한서(漢書)》에 보인다. ㅇ西廂(서상)-서쪽 채. ㅇ叩(고)-두드리다. ㅇ玉扃(옥경)-옥으로 만든 대문. ㅇ轉敎(전교)-대신 알린다. ㅇ小玉(소옥)-선궁(仙宮)의 시녀. 〈장한가전(長恨歌傳)〉에는 '쌍환동녀(雙鬟童女)'라고 되어 있다. ㅇ雙成(쌍성)-선녀의 이름. 〈장한가전〉에는 '벽의시녀(碧衣侍女)'라 했다. 즉, 밖의 시녀가 소옥(小玉)이고 안의 시녀가 쌍성이다. 소옥이나 쌍성은《한무내전(漢武內傳)》에 보이며 서왕모(西王母)의 시녀다. ㅇ聞道漢家(문도한가)-도(道)는 말하다. 한가(漢家)는 당나라. ㅇ九華帳(구화장)-구(九)는 많다는 뜻. 많은 꽃을 수놓은 화사한 침실의 커튼. 서왕모(西王母)가 한무제(漢武帝)에게 주었다고 한다. ㅇ夢魂驚(몽혼경)-꿈을 꾸던 양귀비가 놀란다.

(7)

47. 攬衣推枕起徘徊　珠箔銀屏迤邐開
남 의 추 침 기 배 회　주 박 은 병 이 리 개

48. 雲髻半偏新睡覺　花冠不整下堂來
운 계 반 편 신 수 각　화 관 부 정 하 당 래

49. 風吹仙袂飄飖擧　猶似霓裳羽衣舞
풍 취 선 메 표 요 거　유 사 예 상 우 의 무

50. 玉容寂寞淚闌干　梨花一枝春帶雨
옥 용 적 막 루 난 간　이 화 일 지 춘 대 우

함정응제사군왕　　일별음용양묘망
51. 含情凝睇謝君王　一別音容兩渺茫

소양전리은애절　　봉래궁중일월장
52. 昭陽殿裏恩愛絶　蓬萊宮中日月長

회두하망인환처　　불견장안견진무
53. 廻頭下望人寰處　不見長安見塵霧

유장구물표심정　　전합금채기장거
54. 唯將舊物表深情　鈿合金釵寄將去

채류일고합일선　　채벽황금합분전
55. 釵留一股合一扇　釵擘黃金合分鈿

단교심사금전견　　천상인간회상견
56. 但敎心似金鈿堅　天上人間會相見

　옷을 걸치고 베개를 밀어놓고 일어나 서성대며, 진주발 은병풍을 차례차례 밀어 열고 나올 새

　구름같은 머리쪽이 비스듬히 잠에서 깨어난 품, 꽃관도 바로 쓰지 못하고 당에서 내려오네!

　선녀의 소맷자락 바람에 산들산들 나부끼니, 마치 옛날 양귀비가 예상우의곡을 춤추는 듯

　옥같은 얼굴에 적막의 눈물이 마구 쏟아지니, 한 가지 배꽃이 봄비에 젖은 듯

　사무친 정 은근한 눈초리로 상감에게 아뢰는 말, 이별한 후 아득하게 용안 옥음 뵙고 듣지 못했으며

　소양전에서 받던 은총과 사랑 끊긴 채로, 외로이 봉래궁에서 지루하고 긴 세월을 보냈나이다

　고개 돌려 인간세상 내려다보아도, 장안은 안보이고 진애만이

흐리었나이다

옛날에 쓰던 보물로 깊은 정 표시를 하고자, 자개함과 금비녀를 드릴까 하와

비녀 한 가닥과 합 한 쪽씩을 간직하고자, 황금 비녀 토막내고 자개합을 나누었나이다

오직 마음 황금 자개같이 굳고 변하지 않는다면, 하늘과 땅에 나누어진 두 사람도 만날 때가 있으리

(語釋) ○攬衣(남의)-의(衣)는 옷, 특히 윗저고리. 상(裳)은 치마. 즉 윗옷을 잡아 걸치다. ○推枕(추침)-베개를 밀어놓다. 양귀비가 자리에서 일어났다. ○起徘徊(기배회)-일어나 서성댄다. ○珠箔(주박)-진주로 엮은 발. 주렴(珠簾). ○銀屛(은병)-은으로 만든 병풍. ○迤邐開(이리개)-계속해서 차례차례 열린다. ○雲髻(운계)-아름다운 머리의 쪽. ○伴偏(반편)-갓 자다가 일어났으므로 쪽이 비스듬히 한쪽으로 기울었다. ○花冠(화관)-선녀가 머리에 쓰는 꽃모양의 관. ○不整(부정)-단정하게 바로 쓰지 못한 채로. ○仙袂(선몌)-선녀의 옷소매. ○飄颻(표요)-경쾌하게 나부끼는 모양. ○玉容(옥용)-옥같이 예쁜 양귀비의 얼굴. ○寂寞(적막)-적적하게 보인다. 헬쑥하게 야위었다. ○淚闌干(누난간)-눈물이 주룩주룩 흐르다. 난간(闌干)은 난간(欄干). 여기서는 눈물이 종횡으로 뒤엉킨 형용. ○梨花一枝春帶雨(이화일지춘대우)-눈물 흘리는 양귀비를 형용했다. 아름다운 표현이다. ○含情凝睇(함정응제)-가슴속에 사무친 정을 품은 눈초리로 응시한다. ○謝君王(사군왕)-임금에게 감사한다. 여기서는 사신에게 임금의 안부를 묻는다는 뜻. ○音容(음용)-음(音)은 소리·소식. 용(容)은 모습. ○渺茫(묘망)-아득하여 알 수가 없다. ○昭陽殿(소양전)-한나라 궁전의 이름. 여기서는 양귀비가 생시에 있던 곳. ○蓬萊宮(봉래궁)-원래는 동해에 있는 신선(神仙)이 사는 곳을 봉래(蓬萊)라고 했는데, 그곳에는 신선이 살고 불

사약(不死藥)이 있으며 황금이나 백금으로 궁궐을 지었다고 했다. 여기서는 양귀비가 죽은 후에 살던 곳. ㅇ人寰(인환)－인간세계. ㅇ塵霧(진무)－먼지와 안개. ㅇ唯將舊物(유장구물)－오직 옛날에 쓰던 물건을 가지고, 장(將)은 가지고, ㅇ鈿合(전합)－자개를 박은 합(盒). ㅇ金釵(금채)－금비녀. 전에 현종이 준 물건이다. ㅇ釵留一股(채류일고)－금비녀를 두 쪽으로 쪼개가지고 한 가닥을 남겨놓고, 한 가닥은 현종에게 보낸다. ㅇ合一扇(합일선)－전합(鈿盒)도 뚜껑과 몸을 한 짝씩 나누어 갖는다.

(8)

<table>
<tr><td>임별은근중기사
57. 臨別殷勤重寄詞</td><td>사중유서양심지
詞中有誓兩心知</td></tr>
<tr><td>칠월칠일장생전
58. 七月七日長生殿</td><td>야반무인사어시
夜半無人私語時</td></tr>
<tr><td>재천원작비익조
59. 在天願作比翼鳥</td><td>재지원위연리지
在地願爲連理枝</td></tr>
<tr><td>천장지구유시진
60. 天長地久有時盡</td><td>차한면면무절기
此恨縣縣無絶期</td></tr>
</table>

헤어질 무렵 간곡한 부탁말을 전하니, 말 속에 두 사람만이 알 마음의 서약

7월 7일 장생전에서, 깊은 밤 아무도 모르게 주고받은 맹서

하늘에선 비익조가 되고자, 땅에서는 연리지가 되고자

높은 하늘 넓은 땅도 다할 때가 있으련만, 두 사람의 서러운 한은 끝없이 면면하리라!

ㅇ殷勤(은근)－정중하게. ㅇ重寄詞(중기사)－다시 말을 하다. ㅇ七

284

(語釋) 月七日(칠월칠일)—칠석(七夕). 견우 직녀가 만나는 날이다. ㅇ長生
殿(장생전)—여산(驪山) 화청궁(華淸宮) 안에 천보(天寶) 원년(元
年)에 장생전(長生殿)을 지어 신을 모셨다. 천보 10년 가을 7월에
현종이 이곳에 가서 깊은 밤에 양귀비와 단둘이 부부가 되어 언제
까지나 살자고 맹서를 했다. ㅇ比翼鳥(비익조)—암컷과 수컷이 반
드시 짝지어 나는 새. ㅇ連理枝(연리지)—뿌리는 다르지만 가지가
서로 엉키어 자라는 나무. 두 가지 다 변하지 않는 부부에 비유한
다. ㅇ縣縣(면면)—끝없이 이어지다. ㅇ無絶期(무절기)—끊어질 때
가 없다.

(解說)　당 현종(玄宗)과 양귀비(楊貴妃)를 주제로 한 일대 역사적 서사
시(敍事詩)다. 당대의 많은 문인들이 이들의 고사나 로맨스를 작품
화했고 또 그 태도나 내용이 각양각색이다. 예를 들면 두보(杜甫)
도 〈애강두(哀江頭)〉에서 양귀비를 읊었다. 그러나 백낙천의 〈장한
가(長恨歌)〉가 가장 으뜸으로 꼽히며, 후세에도 가장 많은 영향을
준 작품이다.

　그 이유는 다름이 아니다. 백낙천의 〈장한가〉는 현종과 양귀비의
애절한 사랑을 주제로 삼았기 때문이다. 신분과 나이를 초월하고,
한 나라의 운명이나 정치의 물결도 모르는 채 오직 사랑의 꿈과 아
름다운 로맨스의 무지개만을 좇던 두 사람, 그러나 이들의 사랑의
꿈이 결국은 냉혹한 정치에 의해 갈기갈기 찢어진 처절한 원한으로
응어리진 것을 추적했기 때문이다. 독자들은 포근하고 달콤한 두 사
람의 사랑에 미소지으며 또한 황홀한 무지개에 선망조차 느낄 것이
다. 그러다가는 비극으로 끝나는 두 사람의 사랑, 더구나 어쩔 수
없이 양귀비를 죽게 내버려두고 외면하는 현종, 그리고 혼자 살아남
아 전전반측 오매불망하며 그리는 현종에게 무한한 동정과 측은함
을 아끼지 않을 것이다.

　〈장한가〉의 독자는 여색으로 인하여 자신을 망친 현종을 탓하겠
다는 생각보다는 한 사랑을 찾아 영계(靈界)까지 찾아 헤매는 현종

에게 무한한 동정을 느끼리라! 더욱이 뭇 여성을 마음대로 즐길 수 있을 현종이 오직 양귀비 한 여성만을 그토록 철저하게 사랑하고 연모했다는 사실은 독자에게 그의 사랑의 순수함을 공감케 해줄 것이다.

백낙천이 이 시를 지었을 때는 대략 그의 나이 35세 때로 헌종(憲宗) 원화(元和) 원년(806년) 겨울 혹은 이듬해 봄일 것이다. 그의 벗 진홍(陳鴻)이 쓴 〈장한가전(長恨歌傳)〉 끝에 백낙천이 시를 쓰게 된 동기가 적혀 있다. 대략 다음과 같다.

'원화 원년 12월에 교서랑(校書郎)으로 있던 백낙천이 주질현(盩厔縣)의 위(尉)로 부임했고, 같은 읍에 사는 진홍(陳鴻)과 왕질부(王質夫)와 함께 선유사(仙遊寺)에 갔다가 현종과 양귀비의 고사를 들어 이야기했으며, 그 자리에서 왕질부가 "희한한 일이니만큼 비범한 재주를 가진 사람이 윤색을 해야 한다. 낙천은 시에도 깊고 정도 많으니(樂天深於詩, 多於情者也) 시로 지어 보게."라고 했다. 이에 〈장한가〉를 지었으니, 작자의 뜻은 연애 고사에 감동되었을 뿐만이 아니라 잘못된 처사를 비판하고 후세에 교훈을 주고자 했음이다(意者不但感其事, 亦欲懲尤物, 窒亂階, 垂誡於將來者也).'

시의 내용에 대해서는 어석에서 자세히 설명했으므로 중복을 피하겠고, 또 단절도 필자의 임의로 8단으로 나누었음을 밝힌다.

특히 〈장한가〉와 〈장한가전〉은 후세에도 많은 영향을 주었으며, 백복(白僕)의 〈오동우(梧桐雨)〉, 홍승(洪昇)의 〈장생전(長生殿)〉 같은 연극으로도 소개되었다.

비 파 행
90. 琵琶行 비파행

(1)

심양강두야송객	풍엽적화추슬슬
1. 潯陽江頭夜送客	楓葉荻花秋瑟瑟
주인하마객재선	거주욕음무관현
2. 主人下馬客在船	擧酒欲飮無管絃
취불성환참장별	별시망망강침월
3. 醉不成歡慘將別	別時茫茫江浸月
홀문수상비파성	주인망귀객불발
4. 忽聞水上琵琶聲	主人忘歸客不發
심성암문탄자수	비파성정욕어지
5. 尋聲暗問彈者誰	琵琶聲停欲語遲
이선상근요상견	첨주회등중개연
6. 移船相近邀相見	添酒回燈重開宴
천호만환시출래	유포비파반차면
7. 千呼萬喚始出來	猶抱琵琶半遮面

심양강 가에서 밤늦게 나그네를 전송할 새, 단풍잎 갈대꽃이 소슬대는 가을이 쓸쓸하구나

나는 말을 내려 나그네 탄 배에 올라, 마지막 술잔 풍류도 없이 주고받으니

감흥 없는 취기 속에 이별의 정만이 처절하고, 작별할 새 망망한 강물에는 달빛 창백하게 어렸네

　　이때 홀연히 강물 타고 들려오는 비파 소리에, 나는 돌아올 생
각 잊고 나그네는 뱃길 멈추네

　　소리따라 어둠 속에 타는 이 누구인가 물었으나, 비파 소리 끊
긴 채 수줍은 듯 대답이 없어

　　이쪽 배를 옮기어 가까이 가서 그를 초청하고, 술 더하고 등불
돌려 거듭 이별연을 펴고자

　　천번 만번 부르고 청하자 겨우 나타났건만, 여전히 품에 안은
비파로 낯을 가리었어라

語釋 ○琵琶行(비파행)−비파의 노래. 행(行)은 인(引)·가(歌)·곡(曲)
등과 함께 악부(樂府)의 제명으로 쓰였다. 원화(元和) 11년(816년)
백낙천의 나이 45세 때에 지은 것이다(해설 참조). ○潯陽江頭(심양
강두)−심양(潯陽)은 강주(江州)에 있는 현명(縣名)이며, 이곳을 흐
르는 강을 심양강이라 한다. 강서(江西) 구강현(九江縣) 북쪽에 있는
양자강의 지류. 강두(江頭)는 강변·강가의 뜻. ○楓葉(풍엽)−단풍
잎. ○荻花(적화)−갈꽃. 갈대의 꽃. ○秋瑟瑟(추슬슬)−가을이 쓸쓸
하고 서글프다. 양형(楊炯)의 〈정국부(庭菊賦)〉에 '바람이 소소하고
쓸쓸하다(風蕭蕭兮瑟瑟)'고 있다. ○主人下馬(주인하마)−길 떠나
는 사람을 위해 송별잔치를 베풀어 준 백낙천이 주인이고, 말에서
내려 이미 배를 탄 사람을 전송하려 한다. 객(客)은 떠나는 사람. 나
그네. 길손. ○擧酒欲飮(거주욕음)−마지막 작별에 앞서 다시 한 번
술잔을 들고 마시려 한다. ○無管絃(무관현)−음악이 없다. 관현
은 악기의 총칭. 소(簫)·생(笙)·적(笛)이 관악기, 비파(琵琶)·금
(琴)·슬(瑟) 등이 현악기. ○醉不成歡(취불성환)−술 취했으나 흥겹
거나 즐겁지 않다. ○慘將別(참장별)−처참한 심정으로 헤어지고자
한다. ○茫茫(망망)−끝없이 아득하다. ○江浸月(강침월)−강물이 달
빛에 흠뻑 젖었다. 기발한 표현이다. ○尋聲(심성)−비파 소리를 따
라. 소리나는 쪽을 찾아. ○暗問(암문)−어둠 속에 대고 묻는다. ○欲

288

語遲(욕어지)—말할 듯하다가는 머뭇거린다. ○移船相近(이선상근)—백낙천도 배에 올라탔을 것이다. 그들이 탄 배를 비파 소리가 난 저쪽 배에 가까이 옮기어 대고 ○邀相見(요상견)—저쪽 사람을 불러 서로 본다. ○添酒(첨주)—술을 더 첨가하고 ○回燈(회등)—등불을 옮겨 다시 술자리를 마련하고 ○重開宴(중개연)—다시, 재차로 송별연을 연다. ○千呼萬喚(천호만환)—천번 만번 소리내어 불렀다. ○始出來(시출래)—비로소 비파를 치던 주인공이 나타났다. ○半遮面(반차면)—여전히 비파를 앞가슴에 안고 얼굴을 반쯤 가린 채로 나타났다.

(2)

전 축 발 현 삼 양 성
8. 轉軸撥絃三兩聲　　미 성 곡 조 선 유 정
未成曲調先有情

현 현 엄 억 성 성 사
9. 絃絃掩抑聲聲思　　사 소 평 생 부 득 지
似訴平生不得志

저 미 신 수 속 속 탄
10. 低眉信手續續彈　　설 진 심 중 무 한 사
說盡心中無限事

경 롱 만 연 말 복 조
11. 輕攏慢撚抹復挑　　초 위 예 상 후 육 요
初爲霓裳後六幺

대 현 조 조 여 급 우
12. 大絃嘈嘈如急雨　　소 현 절 절 여 사 어
小絃切切如私語

조 조 절 절 착 잡 탄
13. 嘈嘈切切錯雜彈　　대 주 소 주 낙 옥 반
大珠小珠落玉盤

간 관 앵 어 화 저 활
14. 間關鶯語花底滑　　유 인 천 류 빙 하 난
幽咽泉流氷下難

수 천 냉 삽 현 응 절
15. 水泉冷澁絃凝絶　　응 절 불 통 성 잠 헐
凝絶不通聲暫歇

별 유 유 수 암 한 생
16. 別有幽愁暗恨生

차 시 무 성 승 유 성
此時無聲勝有聲

은 병 사 파 수 장 병
17. 銀瓶乍破水漿迸

철 기 돌 출 도 창 명
鐵騎突出刀鎗鳴

곡 종 수 발 당 심 화
18. 曲終收撥當心畫

사 현 일 성 여 열 백
四絃一聲如裂帛

동 선 서 방 초 무 언
19. 東船西舫悄無言

유 견 강 심 추 월 백
唯見江心秋月白

꼭지를 틀어 조이고 두서너 번 퉁퉁 줄을 튕기니, 아직도 곡 타지 않은 소리건만 벌써부터 정이 담겼네

네 가닥 줄을 손끝으로 옮겨 타니 그 소리 처량하고, 마치 한 평생 못다한 애절한 정을 호소하는 듯

눈썹 떨구고 손 가는 대로 줄줄이 타고 튕기며, 가슴속에 사무친 무한한 정을 털어놓고저

가볍게 눌렀다가 살짝 꼬집듯 소리를 죽였다 탕 튕기며, 신묘한 솜씨로 예상우의곡에 뒤이어 육요를 연주할 새

큰 줄은 소나기 좔좔 쏵쏵 쏟아져 내리는 듯, 작은 줄은 애절한 사연을 절절이 속삭이는 듯

목 쉰 낮은 소리 속삭이는 가냘픈 소리 엉키었고, 크고 작은 진주알이 옥쟁반에 떨어져 구르는 듯

때로는 꽃 사이 나는 앵무새 노래같이 부드럽다가도, 간혹 힘 겹게 얼음 밑 흐르는 개울물같이 목메어 흐느끼듯

마침내 물줄기 차게 얼어붙은 듯 비파줄이 굳어지며, 굳어져 응결된 비파, 소리 내지 못하고 잠시 죽은 듯

새삼 가슴 깊이 묻혔던 슬픔과 원한이 복받쳐 올라오는가, 죽은 듯 소리없는 이 순간 비파 소리 울릴 때보다 더 흥겹네

홀연 은항아리 깨어지며 물줄기 쏟아져 치닫듯 다시 튕기며, 철갑 두른 기마병들 돌격하여 창칼을 맞부딪치듯하고

곡이 끝나자 채를 거두워 가슴 앞에 동그라미 그리고는, 한 번에 네 줄을 세차게 훑으니 마치 비단폭 찢는 듯하네

동쪽 서쪽으로 이어진 두 배는 말없이 숙연하고, 오직 강물 속까지 가을달이 창백하게 비추고 있네

(語釋) ㅇ轉軸撥絃(전축발현)-줄을 감은 나무 꼭지를 틀어 조이고, 비파 줄을 튕기다. ㅇ三兩聲(삼양성)-퉁퉁 하고 두서너 번 퉁겨 본다. ㅇ未成曲調(미성곡조)-아직 곡조(曲調)를 연주하지 않는데도. ㅇ先有情(선유정)-벌써 정취나 감정이 느껴진다. ㅇ絃絃掩抑(현현엄억)-손끝으로 네 가닥의 비파 줄을 이리저리 타면서 눌러 음계를 맞춘다. 엄(掩)은 덮어싸다. 억(抑)은 누르다. ㅇ聲聲思(성성사)-손끝에 눌리어 울리는 비파 소리가 마디마디 애절한 생각이 맺힌 듯하다. ㅇ似訴(사소)-마치 호소하는 듯하다. ㅇ不得志(부득지)-이루지 못한 뜻. ㅇ低眉(저미)-눈썹을 아래로 깔고 ㅇ信手(신수)-손 가는 대로. 신(信)은 맡기다. ㅇ續續彈(속속탄)-빠르게 부지런히 쉬지 않고 계속 탄다. ㅇ說盡(설진)-말을 다한다. ㅇ無限事(무한사)-무한히 쌓인 사연. ㅇ輕攏(경롱)-가볍게 손끝으로 줄을 누른다. ㅇ慢撚(만연)-지그시 손끝으로 꼬집듯이 줄을 비빈다. ㅇ抹(말)-탁 소리를 지워 없앤다. ㅇ挑(조)-튕긴다. 농(攏)·연(撚)·말(抹)·조(挑)는 비파를 타는 기법(技法). ㅇ霓裳(예상)-〈장한가(長恨歌)〉에 나왔던 예상우의곡(霓裳羽衣曲). 당나라 때의 명곡. ㅇ六幺(육요)-당나라 때의 비파의 곡명. 녹요(錄腰) 또는 녹요(綠腰)라고도 쓴다. ㅇ大絃(대현)-비파의 큰 줄, 즉 가장 굵은 줄. 저음현(低音絃). ㅇ嘈嘈(조조)-쏵쏵 엉키어 들린다. ㅇ小絃

(소현)-가는 줄, 고음현(高音絃). ○切切(절절)-가늘고 길게 그
러나 애절한 소리. ○如私語(여사어)-마치 남몰래 속삭이는 듯.
○錯雜彈(착잡탄)-착잡하게 탄다. 복잡미묘하게 비파를 연주한
다. ○小珠(소주)-작은 구슬. ○落玉盤(낙옥반)-구슬들이 옥쟁반
에 굴러 떨어지는 듯하다. ○間關(간관)-새 울음소리. ○鶯語(앵
어)-꾀꼬리 소리. ○花底滑(화저활)-꽃밭에서 흘러나오듯 부드럽
고 미끈하게. ○幽咽(유인)-깊은 슬픔에 숨이 막히어 흐느껴 울
다. ○氷下難(빙하난)-샘물이 얼음 밑으로 간신히 흐르듯 힘이 든
다. ○冷澁(냉삽)-너무나 차서 얼어붙은 듯하다. ○絃凝絶(현응
절)-비파 줄이 응결되어 소리가 끊어지다. ○聲暫歇(성잠헐)-비파
소리가 잠시 멈추다. ○別有(별유)-비파 소리가 잠시 멈추었을 때
또다른 느낌이 든다. ○幽愁(유수)-깊이 사무친 슬픔. ○暗恨生(암
한생)-남모르게 지닌 한이 되살아나는 듯. ○勝有聲(승유성)-비파
소리가 단절된 순간이 도리어 소리가 울릴 때보다 더 뛰어난 정취
를 준다. ○銀甁乍破(은병사파)-갑자기 은항아리가 깨어지는 듯
다시 비파 소리가 울렸다. ○水漿迸(수장병)-병 속에 있는 물이 쏟
아져 나오는 듯. 장(漿)은 즙(汁), 병(迸)은 마구 쏟아지다. ○鐵騎
突出(철기돌출)-철갑으로 무장한 기마병들이 돌진해 나오는 듯.
○刀鎗鳴(도창명)-칼이나 창이 맞부딪쳐 울린다. ○曲終(곡종)-곡
을 다 마치고. ○收撥(수발)-줄을 튕기던 채를 거두다. ○當心畵
(당심화)-채를 가슴 앞에 높게 그리고 둥글게 한 바퀴를 그리다.
○四絃一聲(사현일성)-그리고는 다시 한꺼번에 네 줄을 타당 하고
채[撥]로 튕겼다. ○如裂帛(여열백)-마치 비단폭을 짝 하고 찢는
듯하다. ○西舫(서방)-서쪽에 있던 배. 방(舫)은 본래 이어진 두
개의 배. 그러나 일반적으로 배의 뜻으로도 쓰인다. ○悄無言(초무
언)-감동되어 꼼짝 못하고 말소리도 못낸다. ○唯見(유견)-오직
눈앞에는. ○江心秋月白(강심추월백)-강물 속까지 가을달이 창백
하게 비치고 있다.

침음수발삽현중　　정돈의상기염용
20. 沈吟收撥插絃中　　整頓衣裳起斂容

자언본시경성녀　　가재하마릉하주
21. 自言本是京城女　　家在蝦蟇陵下住

십삼학득비파성　　명속교방제일부
22. 十三學得琵琶成　　名屬敎坊第一部

곡파증교선재복　　장성매피추랑투
23. 曲罷曾敎善才服　　粧成每被秋娘妒

오릉연소쟁전두　　일곡홍초부지수
24. 五陵年少爭纏頭　　一曲紅綃不知數

전두은비격절쇄　　혈색나군번주오
25. 鈿頭銀篦擊節碎　　血色羅裙翻酒污

금년환소부명년　　추월춘풍등한도
26. 今年歡笑復明年　　秋月春風等閒度

제주종군아이사　　모거조래안색고
27. 弟走從軍阿姨死　　暮去朝來顏色故

문전냉락안마회　　노대가작상인부
28. 門前冷落鞍馬稀　　老大嫁作商人婦

상인중리경별리　　전월부량매다거
29. 商人重利輕別離　　前月浮梁買茶去

거래강구수공선　　요선명월강수한
30. 去來江口守空船　　遠船明月江水寒

야심홀몽소년사　　몽제장루홍란간
31. 夜深忽夢少年事　　夢啼粧淚紅闌干

침울한 표정으로 채를 거두어 줄에 끼어 꽂고, 옷차림을 정돈하고 일어나 용모를 가다듬으며

스스로 하는 말이 본래 장안에서 자라난 여인으로, 하마릉 밑 기생촌에서 살고 있었다고 하여라

열세 살에 이미 비파를 배워 익혔고, 교방에서도 으뜸으로 꼽히었다오

연주를 마칠 때마다 스승들도 탄복하였고, 예쁜 차림 모습에 기생들의 투기를 받았노라

오릉에 사는 젊은 부호들이 다투어 예물을 보내왔고, 한 곡 끝날 때마다 받는 붉은 비단은 부지기수였노라

금비녀 은비녀를 장단 맞추노라 꺾어 부쉈고, 산뜻한 붉은 비단 치마는 술 쏟아 얼룩지었노라

올해도 즐겁게 웃고 또 이듬해에도 거듭하며, 가을은 달따라 봄에는 꽃따라 건달세월 보냈노라

남동생 군대 가서 소식 없고 계모 또한 죽고 나니, 밤 지나 이튿날 아침마다 젊음도 시들었소

어느덧 문전에 말타고 찾는 이 없어 냉락하니, 마침내 늙은 이 몸 장사꾼 아낙으로 시집갔노라

장사꾼은 돈벌이만 중히 알고 사람을 가볍게 여기나니, 지난달 부량(浮梁)으로 차를 사러 집을 떠나

줄곧 홀로 강가에 빈 배를 지키고 지날 새, 배를 맴도는 밝은 달빛에 강물이 더욱 차가워라

깊은 밤 홀연히 화려했던 옛날을 꿈속에 되새겨 그리며, 꿈속에 우니 뺨을 타고 흐르는 눈물 분과 연지에 낭자하여라

語釋 ○沈吟(침음)-말없이 침울한 표정으로. ○揷絃中(삽현중)-발(撥), 즉 줄을 튕기는 채를 줄에 끼어 꽂다. ○斂容(염용)-옷차림을 정숙하게 가다듬고 엄숙한 표정으로. ○自言(자언)-스스로 자신의 과거를 말한다. ○京城女(경성녀)-장안(長安)에서 자란 여자. ○蝦蟆陵(하마릉)-장안 남쪽에 있다. 한대(漢代)의 학자 동중서(董仲舒)의 능이 있으며 모든 사람이 말에서 내렸으므로 하마릉(下馬陵)이라 했고, 어떻게 하다가 하마릉(蝦蟆陵)으로도 쓰이게 되었다. 그리고 이곳에는 명기(名妓)와 미주(美酒)의 출산지로 유명했다. ○學得(학득)-배워 익히었다. ○名屬(명속)-이름이 올라 있다. 즉 기적(妓籍)에 올랐다는 뜻. ○敎坊(교방)-당 현종(玄宗) 때 좌우(左右) 교방을 설치했다. 이곳에 영우(伶優)나 창기(倡妓)를 수용하여 속악(俗樂)을 학습케 하고 궁중의 연락(宴樂)에 참석시켰다. ○第一部(제일부)-교방 중에서도 제일급·특급에 속했다는 뜻. ○曲罷(곡파)-곡이 끝나다. 연주를 마치다. ○曾(증)-전에. ○敎善才服(교선재복)-교(敎)는 시키다. 복(服)은 탄복케 했다. 선재(善才)는 음악 선생의 뜻. 당나라 때는 특히 비파를 가르치는 선생을 선재라 했다. ○粧成(장성)-화장하고 꾸미고 나서면. ○每(매)-언제나. ○被秋娘妬(피추랑투)-남에게 투기를 받았다. 추랑(秋娘)은 본래는 금릉(金陵) 두추랑(杜秋娘) 또는 이태위(李太尉)를 가리키는 명사였으나 후에는 나이들고 시들해진 여인들의 대명사같이 쓰였다. ○五陵年少(오릉연소)-오릉에 사는 부호의 자제들. 오릉(五陵)은 장안 북쪽에 있는 한(漢)의 다섯 명의 왕릉이 있는 곳이며, 이곳에는 호족거부(豪族巨富)들이 모여 살았다. 이태백(李太白)의 〈소년행(少年行)〉, 두보(杜甫)의 〈추흥(秋興)〉에도 보인다. ○爭纏頭(쟁전두)-쟁(爭)은 다투어 주다. 전두(纏頭)는 춤출 때 머리에 감고 추던 비단이며, 춤이 끝나면 기생에게 선사했다. 후에는 기생에게 주는 막대한 비단이나 예물 등의 뜻까지 포괄했다. ○紅綃(홍초)-붉은 꽃비단. ○不知數(부지수)-선물로 받은 꽃비단의 수를 알 수가 없다.《구당서(舊唐書)》〈곽자의전(郭子儀傳)〉에 보면 전두(纏頭)로

줄 비단을 2백 필(匹)이나 마련했다고 한다. ㅇ鈿頭銀篦(전두은비)-자개를 박은 은비녀. 전두(鈿頭)를 금으로 꽃을 만든 장신구〔金華〕라고도 한다. ㅇ擊節碎(격절쇄)-값비싼 금은비녀로 장단 박자를 맞추느라고 두들겨 부쉈다. ㅇ血色羅裙(혈색나군)-선홍색(鮮紅色)의 엷은 비단치마. ㅇ翻酒汚(번주오)-술을 쏟아 더럽혔다. ㅇ等閒度(등한도)-한가롭고 무심하게. 허송세월 했다는 뜻. ㅇ弟走從軍(제주종군)-남자 동생은 집을 나가 군에 들어갔고 ㅇ阿姨(아이)-서모(庶母) 또는 어머니 형제. ㅇ顔色故(안색고)-하루하루 안색이 시들해지다. 노쇠하다. ㅇ冷落(냉락)-초라하고 쓸쓸하다. ㅇ鞍馬稀(안마희)-안(鞍)은 안장, 즉 말타고 찾아오는 귀공자들도 없게 되었다. ㅇ老大嫁作(노대가작)-늙어 장사꾼의 처로 시집갔다는 뜻. ㅇ輕別離(경별리)-장사꾼은 돈만 중히 여기고 자기 아낙과 헤어지는 것을 대수롭잖게 여긴다. ㅇ浮梁(부량)-강서성(江西省) 경덕진(景德鎭)이다. 차(茶)의 집산지다. ㅇ去來(거래)-남편이 떠난 후 줄곧. 래(來)는 추세(趨勢) 표시의 어조사. ㅇ遶船(요선)-배를 둘러싸고 비춰주는 명월. ㅇ粧淚(장루)-화장한 뺨을 타고 흐르는 눈물. ㅇ紅闌干(홍난간)-붉게 물들은 눈물이 어지럽듯이 종횡으로 떨어진다.

(4)

아 문 비 파 이 탄 식	우 문 차 어 중 즉 즉
32. 我聞琵琶已歎息	又聞此語重唧唧
동 시 천 애 윤 락 인	상 봉 하 필 증 상 식
33. 同是天涯淪落人	相逢何必曾相識
아 종 거 년 사 제 경	적 거 와 병 심 양 성
34. 我從去年辭帝京	謫居臥病潯陽城
심 양 지 벽 무 음 악	종 세 불 문 사 죽 성
35. 潯陽地僻無音樂	終歲不聞絲竹聲

주근분강지저습 / 황로고죽요택생
36. 住近湓江地低濕　黃蘆苦竹繞宅生

기간단모문하물 / 두견제혈원애명
37. 其間旦暮聞何物　杜鵑啼血猿哀鳴

춘강화조추월야 / 왕왕취주환독경
38. 春江花朝秋月夜　往往取酒還獨傾

기무산가여촌적 / 구아조찰난위청
39. 豈無山歌與村笛　嘔啞嘲哳難爲聽

금야문군비파어 / 여청선악이잠명
40. 今夜聞君琵琶語　如聽仙樂耳暫明

막사갱좌탄일곡 / 위군번작비파행
41. 莫辭更坐彈一曲　爲君翻作琵琶行

감아차언양구립 / 객좌촉현현전급
42. 感我此言良久立　邯坐促絃絃轉急

처처불사향전성 / 만좌중문개엄읍
43. 凄凄不似向前聲　滿座重聞皆掩泣

취중읍하수최다 / 강주사마청삼습
44. 就中泣下誰最多　江州司馬靑衫濕

나는 앞서 비파 소리에 감탄하였고, 또한 말 듣고 거듭 한탄하
였으니

다같이 우리는 하늘가에 떨어진 윤락한 신세로, 이렇듯 만났
으니 굳이 지난날의 면식을 논하리!

나는 지난해에 서울에서 쫓겨나, 심양에 귀양사는 병든 몸

벽지인 심양에는 음악 · 풍류가 없어, 줄곧 관 · 현 연주 소리
듣지 못했고

분강을 끼고 낮고 습한 곳에 자리한, 집 둘레에는 누런 갈대와 억센 왕대가 우거졌으니

자나 깨나 조석으로 무슨 소리를 듣겠는가? 피 토하는 두견새와 애절한 원숭이 울음뿐이오

봄 맞은 강물 꽃 핀 아침 달밝은 가을밤에, 왕왕 술 받아 홀로 앉아 잔을 기울였노라

어찌 산촌의 노래나 피리 소리 없었으랴만, 어설프고 시끄럽고 탁한 소리 듣기 어려웠노라

오늘밤 그대의 비파 소리 신세 타령 들으니, 마치 신선의 음악 들은 듯 귀가 번쩍 트였노라

사양않고 다시 앉아 한 곡 더 타 준다면, 그대를 위해 내가 비파행의 시를 지으리

내 말에 감동되어 한참 서있다가, 다시 앉아 줄을 조이고 다급하게 타니

전보다 더욱 처절한 비파 소리에, 모든 사람은 얼굴 묻고 울면서 들었노라

그 중에도 가장 많이 울고 눈물 흘린 자는, 다름 아닌 청삼을 흠뻑 적신 강주 사마였노라

(語釋) ㅇ已歎息(이탄식)―조금 전에는 비파 소리를 듣고 탄복한 바 있었으나. ㅇ重喞喞(중즉즉)―그의 말을 듣고 거듭 탄식했다. 즉즉(喞喞)은 탄식하는 소리. 〈목란사(木蘭辭)〉에 있다. '즉즉부즉즉(喞喞復喞喞), 유문여탄식(惟聞女嘆息).' ㅇ同是(동시)―나나 그 여자나 다같이. ㅇ天涯(천애)―하늘 끝. ㅇ淪落人(윤락인)―영락한 신세. 당시 백낙천은 좌천되어 강주(江州) 사마(司馬)로 있었다(해설 참조). ㅇ相逢(상봉)―같이 영락한 신세의 두 사람이 이렇게 서로 만

나니 감개가 무량하다. 굳이 옛부터 알았어야 할 까닭도 없다(何必曾相識). ㅇ潯陽城(심양성)-본래는 심양. 후에 구강(九江)이라 했고 당(唐)대에 다시 심양이라 했다. 강서(江西) 구강현(九江縣)에 있다. ㅇ終歲(종세)-1년 내내. ㅇ溢江(분강)-구강현을 동쪽으로 흘러 양자강에 들어간다. ㅇ黃蘆(황로)-노란 갈대. ㅇ苦竹(고죽)-높이가 일곱 길, 둘레가 한 자 반(半)이나 되는 큰 대나무. ㅇ繞宅生(요택생)-집 둘레에 가득 자랐다. ㅇ旦暮(단모)-아침 저녁. ㅇ杜鵑啼血(두견제혈)-두견새가 피를 토하며 우는 소리. ㅇ猿哀鳴(원애명)-원숭이의 애절한 울음소리. ㅇ春江花朝(춘강화조)-음력 11월 15일을 백화가 소생하는 날로 보고 화조(花朝)라고 한다. ㅇ秋月夜(추월야)-음력 8월 15일, 추석날 밤. ㅇ獨傾(독경)-혼자 술잔을 기울인다. ㅇ嘔啞嘲哳(구아조찰)-혼잡하고 탁한 음악 소리. ㅇ難爲聽(난위청)-차마 들을 수가 없다. 듣기에 거북하다. ㅇ莫辭(막사)-사양하지 말고 앉아서 한 곡 더 타 달라. ㅇ翻作(번작)-바꾸어서 〈비파행〉의 시를 짓겠다. ㅇ良久立(양구립)-한동안 오래 서있다가. ㅇ促絃(촉현)-줄을 조이다. ㅇ向前(향전)-아까. 조금 전. ㅇ掩泣(엄읍)-얼굴을 가리고 운다. ㅇ靑衫(청삼)-푸른 웃옷. 하급관리의 제복. 즉 백낙천 자신이 가장 많이 울었다는 뜻.

(解說)　원시에는 제목 다음에 백낙천 자신이 적은 서문이 있다. 대략 다음과 같다.

　'원화(元和) 10년(815년, 백낙천 45세 때)에 구강군(九江郡)에 사마(司馬)로 좌천되었으며, 이듬해 가을 분포구(溢浦口)에서 나그네를 전송하려던 밤에 누군가 비파를 타는 소리를 들었다. 비파 소리가 쟁쟁하고 장안의 세련된 가락이었다. 그 사람을 찾아 물으니 본래 장안의 기생으로 비파의 명인 목(穆)과 조(曹)에게 배웠다고 하며, 늙고 시들어 장사꾼의 아낙이 되어 이곳에 와있다고 했다.

　다시 술자리를 차리고 그녀로 하여금 비파를 여러 곡 타게 했다. 연주가 끝나자 그녀는 젊었을 때의 환락에 젖었던 추억과 늙어 영락하여 초췌한 꼴로 강호를 유랑하는 애처로운 자신의 신세를 털어 놓았다.

　나도 귀양살이 2년에 담담한 심정이었으나 그녀의 말에 동하는 바 있어 새삼 적거하는 서러움을 느꼈으며, 이에 길게 시를 지어 그녀에게 바치고자 했다. 모두 612자(사실은 88구 616자)의 시로, 〈비파행〉이라 이름했다.'

백낙천은 44세 때에 재상(宰相) 무원형(武元衡)이 도적에게 피살되자 사서를 올려 적을 잡아 처단하고 나라의 욕을 씻기를 바랐으나 도리어 자신이 쫓기어 좌천되었던 것이다. 그리고 1년이 지난 가을에 지은 이 시에는 '다같이 하늘 끝에 쫓겨난 윤락인(同是天涯淪落人)'의 감회가 짙게 차 있다.

시 자체에 대한 해설이 필요없을 정도로 용이한 이 시는 특히 제2단에서의 비파 소리에 대한 묘사가 절묘(絶妙)하다는 것을 쉽게 알 수 있을 것이다.

이 시도 후세에 많은 영향을 주었으며, 원(元) 마치원(馬致遠)의 희곡 〈청삼루잡극(靑衫淚雜劇)〉도 이에 바탕을 둔 것이다.

이 시에도 불쌍하고 약하고 죄 없는 인간을 편들고 동정하고 눈물을 쏟는 백낙천의 고운 심정이 잘 나타나 있다.

제 6 장

한적閒適과 달통達通

조용히 나의 신기와 골격을 살펴보니
마땅히 산중에서 살 위인이니라
靜觀神與骨
合是山中人

죽음이나 삶을 모두 가타부타 안하게 되었으니
달통했노라! 달통했노라! 백낙천이!
死生無可無不可
達哉達哉白樂天

백낙천은 만년에는 한적(閒適)·염담(恬淡)·
허정(虛靜)·좌선(坐禪)·해탈(解脫)에 전념했
다. 유가사상(儒家思想)에서도 안빈낙도(安貧
樂道)하고 지천명(知天命)하는 면을 더 찾았
고 이러한 경향이 도가(道家)와 불가(佛家)에
깊이 들게 했다. 한 마디로 겸제(兼濟)보다는
독선(獨善)에 더 기울게 되었다.
  제6장에서는 주로 백낙천의 해탈한 모습을
알리는 시를 뽑아 추렸다.

자 제 사 진
91. 自題寫眞　나의 초상화

아 모 부 자 식　　이 방 사 아 진
1. 我貌不自識　李放寫我眞

정 관 신 여 골　　합 시 산 중 인
2. 靜觀神與骨　合是山中人

포 류 질 이 후　　미 록 심 난 순
3. 蒲柳質易朽　麋鹿心難馴

하 사 적 지 상　　오 년 위 시 신
4. 何事赤墀上　五年爲侍臣

황 다 강 견 성　　난 여 세 동 진
5. 況多剛狷性　難與世同塵

불 유 비 귀 상　　단 공 생 화 인
6. 不惟非貴相　但恐生禍因

의 당 조 파 거　　수 취 운 천 신
7. 宜當早罷去　收取雲泉身

　　내 모습 나도 몰랐으나, 이방(李放)이 나의 초상화를 그렸네
　　조용히 신기와 골격을 살펴보니, 마땅히 산중에서 살 위인
이니라
　　갯버들의 약질이라 이내 시들겠거늘, 마음만은 뿔사슴같아 길
들이기 어렵네
　　어쩌다가 대궐에 드나들며, 5년간을 시신으로 봉직하나
　　억세고 고집세고 고고한 성품이라, 세속의 무리들과 어울리기

어렵노라

    귀골의 상이 아닐 뿐만 아니라, 화를 초래할까 두렵노라

    모름지기 일찌감치 벼슬 사직하고, 산과 물따라 보신함이 좋겠노라

(語釋) ○自題寫眞(자제사진)-자기 초상화에 붙이는 시. 한림학사(翰林學士)로 있을 때에 이방(李放)이란 사람이 초상화를 그려주었고, 그것을 보며 이 시를 지었다. ○貌(모)-모습. ○李放(이방)-자세히 알 수가 없다. ○山中人(산중인)-산 속에서 살 사람, 즉 은퇴하여 살 사람. ○蒲柳(포류)-갯버들. 잎이 먼저 떨어진다. 따라서 몸이 약한 사람을 비유하기도 한다. ○質(질)-체질. ○易朽(이후)-쉽게 시들다. 늙다. 또는 죽다. ○麋鹿(미록)-뿔사슴. 사슴[鹿]보다 크며, 길들이기 어렵다. ○馴(순)-길들이다. ○赤墀(적지)-붉은 층계. 궁중. 대궐. ○侍臣(시신)-교서랑(校書郞)에 이어 한림학사(翰林學士)로 있는 연수가 5년이다. ○剛狷(강견)-강의(剛毅)하고 견개(狷介)하다. 굳세고 고집세고 절개가 굳다. ○收取(수취)-수습하다. ○雲泉身(운천신)-구름이나 물따라 유유자적할 몸.

(解說)   자신의 초상화를 보고 자기의 성품을 점친 시다. 어느 모로 보나 자기는 산 속에 숨어 살 사람인데 어쩌다가 궁중에 들어와 시신 노릇을 하는가? 견개(狷介)한 성품이라 맞지 않으니 일찌감치 물러나 명철보신(明哲保身)하겠다고 다짐하고 있다.

92. 初授拾遺 (초수습유) 첫 벼슬에 올라

<table>
<tr><td>봉조등좌액</td><td>속대참조의</td></tr>
<tr><td>1. 奉詔登左掖</td><td>束帶參朝議</td></tr>
<tr><td>하언초명비</td><td>차탈풍진리</td></tr>
<tr><td>2. 何言初命卑</td><td>且脫風塵吏</td></tr>
<tr><td>두보진자앙</td><td>재명괄천지</td></tr>
<tr><td>3. 杜甫陳子昂</td><td>才名括天地</td></tr>
<tr><td>당시비불우</td><td>상무과사위</td></tr>
<tr><td>4. 當時非不遇</td><td>尙無過斯位</td></tr>
<tr><td>황여건박자</td><td>총지부자의</td></tr>
<tr><td>5. 況予蹇薄者</td><td>寵至不自意</td></tr>
<tr><td>경근백일광</td><td>참비청운기</td></tr>
<tr><td>6. 驚近白日光</td><td>慙非青雲器</td></tr>
<tr><td>천자방종간</td><td>조정무기휘</td></tr>
<tr><td>7. 天子方從諫</td><td>朝廷無忌諱</td></tr>
<tr><td>기불사비궁</td><td>적우시무사</td></tr>
<tr><td>8. 豈不思匪躬</td><td>適遇時無事</td></tr>
<tr><td>수명이순월</td><td>포식수반차</td></tr>
<tr><td>9. 受命已旬月</td><td>飽食隨班次</td></tr>
<tr><td>간지홀영상</td><td>대지종자괴</td></tr>
<tr><td>10. 諫紙忽盈箱</td><td>對之終自媿</td></tr>
</table>

조명 받들고 좌액에 등청하여, 속대하고 조의에 참석하게 되었
노라

첫 벼슬 낮아도 아무 말 않고, 우선 입에 풀칠할 벼슬을 살리라

두보와 진자앙 두 사람의, 재능과 명성이 천하에 넘쳤으며

당시의 임금도 모르지 않았거늘, 벼슬은 역시 좌습유에 불과했으니

우둔하고 박식한 나같은 자로서는, 뜻하지 않게 내려진 은총이리라

송구스럽게 날빛 가까이 모시면서, 청운의 그릇 못됨이 부끄러울 뿐

천자는 너그럽게 간언을 받아주시나; 조정에 잘못된 일이 없으니

몸 돌보지 않고 충간 올리려 해도, 태평성세를 만나 할 일이 없네

그러므로 명을 받은 지 한 달이건만, 뒷자리에 끼어서 녹만 축내노라

한편 상자에 가득한 남의 간서(諫書)를, 대하며 스스로 무능함이 부끄럽구나

語釋　○初授拾遺(초수습유)－처음으로 습유(拾遺)에 임명되고 지은 시다. 습유는 당(唐)·송(宋)대의 관명으로 높지는 않으나 천자에게 간언을 올렸으며 좌우(左右)가 있었다. 백낙천은 좌습유였다. ○奉詔(봉조)－천자의 조명을 받고 ○左掖(좌액)－좌습유가 있는 곳. ○束帶(속대)－관복을 입고 띠를 두르다. 즉 정장을 하고 ○初命卑(초명비)－처음에 받은 관직이 낮다. ○且(차)－우선. 당장에. ○脫(탈)－벗어나다. 모면하다. ○風塵吏(풍진리)－거리에서 바람이나 먼지를 뒤집어쓰는 벼슬아치 신세를 (모면한다). ○陳子昂(진자앙)－당초(唐初)의 문인. ○括天地(괄천지)－천지에 넘쳤다. ○非不遇(비불우)－

임금에게 알려지지 않은 것이 아니다. 즉 발탁되어 벼슬을 받았다. ㅇ無過斯位(무과사위)-좌습유에 불과했다. ㅇ況(황)-하물며. ㅇ予(여)-나. ㅇ蹇(건)-절뚝발이. 우둔하다. ㅇ薄(박)-박식하다. 박덕하다. ㅇ寵至(총지)-은총이 내리다. ㅇ不自意(부자의)-내 자신 생각하지 못했다. ㅇ驚(경)-감격한 마음으로. ㅇ白日光(백일광)-천자의 햇빛같은 위엄. ㅇ慙(참)-부끄럽다. ㅇ靑雲器(청운기)-높은 자리에서 일을 할 기량. ㅇ從諫(종간)-신하들이 올리는 간언을 잘 들어서 좇다. ㅇ無忌諱(무기휘)-기피할 잘못이 없다. ㅇ匪躬(비궁)-내 몸을 돌보지 않고. ㅇ適遇(적우)-마침 만나다. ㅇ時無事(시무사)-세상이 무사태평하다. ㅇ旬月(순월)-꼭 한달. ㅇ飽食(포식)-배불리 먹다. 녹을 많이 받는다. ㅇ隨班次(수반차)-수(隨)는 뒤따르다. 반차(班次)는 위계나 자리의 순서 · 서열. ㅇ自媿(자괴)-스스로 부끄럽다.

解說 백낙천이 좌습유(左拾遺)가 된 것은 원화(元和) 3년(808년, 37세) 때였다. 당시 그는 유가(儒家)의 가르침을 따라 충군애국(忠君愛國)하고 청렴결백하고 겸제천하(兼濟天下)하고자 했다. 따라서 그는 자기가 맡은 바 간관(諫官)이라는 직무를 성실히 수행하고자 많은 글과 시를 바쳤던 것이다. 그의 초반기에 지은 많은 풍간시(諷諫詩)도 결국은 임금에게 아랫사람의 딱하고 고생스런 사정을 알리어 임금으로 하여금 그들을 구제하게끔 하자는 목적으로 쓰여진 것이었다. 하지만 예나 지금이나 정치적 현실이란 단순하고 솔직하게만 처리되는 것이 아니다. 결국 백낙천은 조정에서 쫓겨나 강주사마(江州司馬)로 폄척되고 말았다.

이 시는 처음 그가 좌습유에 올랐을 때에 지은 것이며 같은 시기에 쓴 〈하우(賀雨)〉와 같이 출사(出仕) 초기의 그의 충성심이 잘 나타나 있다. 《백낙천시집》 첫머리에 실린 〈하우〉에서 그는 다음과 같이 읊었다. '임금은 밝음으로써 성군이 되고, 신하는 강직함으로써 충신이 되나니, 처음의 경사가 아름답게 끝맺기를 빕니다(君以明爲

聖, 臣以直爲忠. 敢賀有其始, 亦願有其終)'.

93. 松齋自題 송재에 붙여
송 재 자 제

비 노 역 비 소 · 연 과 삼 기 여
1. 非老亦非少　年過三紀餘

비 천 역 비 귀 · 조 등 일 명 초
2. 非賤亦非貴　朝登一命初

재 소 분 이 족 · 심 관 체 장 서
3. 才小分易足　心寬體長舒

충 장 개 미 식 · 용 슬 즉 안 거
4. 充腸皆美食　容膝卽安居

황 차 송 재 하 · 일 금 수 질 서
5. 況此松齋下　一琴數秩書

서 불 구 심 해 · 금 료 이 자 오
6. 書不求甚解　琴聊以自娛

야 직 입 군 문 · 만 귀 와 오 려
7. 夜直入君門　晚歸臥吾廬

형 해 위 순 동 · 방 촌 부 공 허
8. 形骸委順動　方寸付空虛

지 차 장 과 일 · 자 연 다 안 여
9. 持此將過日　自然多晏如

혼 혼 부 묵 묵 · 비 지 역 비 우
10. 昏昏復默默　非智亦非愚

늙지도 않고 또한 어리지도 않으니, 나의 나이는 36을 넘어섰

노라

천하지도 않고 또한 귀하지도 않으니, 조정에 들어 이제 벼슬 받았노라

재능 없으니 분수에 만족하고, 마음 넓으니 육신도 편안하네

속만 채우면 모두가 맛있는 음식이고, 무릎 들여놓으면 그곳이 편한 집인데

하물며 나의 서재 송재에는, 거문고와 몇 권의 책이 있노라

책을 깊이 해독하려 애쓰지 않고, 거문고를 적당히 타며 즐기네

밤에는 대궐에 들어 숙직하기도 하나, 대개는 늦게 돌아와 초막에서 자네

육신을 자연의 섭리에 따라 놀리고, 마음은 언제나 공허하게 비어놓노라

앞으로도 이런 태도로 지내리라, 자연과 더불어 무척 안연하리라

늘 어둡고 흐리며 말없이 묵묵하지만, 지혜롭거나 슬기롭지도 않으며 또한 어리석거나 우둔하지도 않네

(語釋) ○松齋自題(송재자제)―자기의 서재인 '송재'를 주제로 지은 시다. 원화(元和) 2년(807년) 한림학사(翰林學士)로 있을 때의 시다. ○三紀(삼기)―기(紀)는 12년, 즉 백낙천의 나이는 36세였다. ○一命初(일명초)―처음으로 벼슬을 받았다는 뜻. ○分易足(분이족)―분수에 만족하기 쉽다. ○體長舒(체장서)―육신이 언제나 자유롭게 뻗는다. 《대학(大學)》에 있다. '부하면 집에서 윤이 나고, 덕이 있으면 몸에서 빛이 나고, 마음이 넓으면 몸에 살이 붙는다(富潤屋, 德潤身, 心廣體胖)'. ○夜直(야직)―밤에 숙직한다. ○形骸(형해)―육신. ○委順動(위순동)―자연의 원리에 맡기고 순종하여 움직인다. ○方

寸(방촌)－마음. ㅇ付空虛(부공허)－마음을 공허하게 갖는다. ㅇ晏
如(안여)－안연하다.

(解說)　36세에 한림학사(翰林學士)가 된 백낙천이 자기 서재에 붙인 시
다. 전해인 35세에는 〈장한가(長恨歌)〉를 지었고 또 그후 몇 년 동
안을 계속 사회비판의 풍유시(諷諭詩)를 지었건만, 같은 시기에 이
렇듯 사상적으로 노숙하고 한적과 퇴은(退隱)의 맛을 풍기는 시를
지었던 것이다.
　그가 죽을 때까지 잃지 않았던 안분지족(安分知足)과 염담허정
(恬淡虛靜)의 바탕이 젊은 시절의 시에서 잘 나타나고 있음에 주목
해야 하겠다.

　　　대　학
94. 代 鶴　학을 대신하여

아 본 해 상 학　우 봉 강 남 객
1. 我本海上鶴　偶逢江南客

감 군 일 고 은　동 래 낙 양 맥
2. 感君一顧恩　同來洛陽陌

낙 양 과 족 류　교 교 유 양 익
3. 洛陽寡族類　皎皎唯兩翼

모 시 천 여 고　색 비 일 욕 백
4. 貌是天與高　色非日浴白

주 인 성 가 련　기 내 헌 정 착
5. 主人誠可戀　其奈軒庭窄

음 탁 잡 계 군　연 심 손 표 격
6. 飲啄雜雞群　年深損標格

고향묘하처　　운수중중격
7. 故鄉渺何處　　雲水重重隔

수념심롱중　　칠환마천핵
8. 誰念深籠中　　七換摩天翮

　　나는 본래 바다를 날던 학이었거늘, 우연하게도 강남에서 나그네를 만나
　　나를 불러준 은혜에 감동하여, 함께 낙양의 거리로 왔노라
　　낙양에는 나의 동족들이 드물었고, 오직 희맑은 두 날개만 가졌을 뿐
　　모습은 천부의 고결한 품을 지니고, 빛깔은 해에 그을지 않아 희노라
　　참으로 주인을 곁에서 모시고 싶으나, 집채와 뜰 안이 좁아 들 수가 없노라
　　닭들 틈에 섞여 마시고 먹으며, 늙은 나이에 품격만을 손상했노라
　　아득히 먼 나의 고향은, 구름가 물에 겹겹이 막힌 채
　　깊숙이 새장에 갇혀 7년간을, 날개털 바꿀 줄 누가 생각했으랴

(語釋)　○代鶴(대학)―학을 대신해서 푸념을 한 시다. 그러나 실은 자기의 불평을 학을 빌어 털어놓은 것이다. 소주자사(蘇州刺史)를 그만두고 낙양에 와서 7년이 지난 다음에 지은 시니 62세경에 지은 것이다. ○偶逢(우봉)―우연히 만났다. ○江南客(강남객)―강남의 나그네. 즉 소주자사로 간 백낙천 자신을 말한다. ○陌(맥)―거리. ○皎皎(교교)―희고 밝게 빛나다. ○貌(모)―용모 모습. ○天與(천여)―하늘이 준. 천부의. ○高(고)―고아. 고결. ○非日浴(비일욕)―햇빛

을 쪼이지 않아서. 해에 그을지 않아. ㅇ可戀(가련)-그리웁고 가까이 모시고 싶다. ㅇ奈(내)-어찌하랴? ㅇ軒庭(헌정)-집채와 마당. ㅇ窄(착)-좁다. 협소하다. ㅇ啄(탁)-모이를 쪼아먹다. ㅇ雜鷄羣(잡계군)-많은 닭에 섞이어. 군계일학(群鷄一鶴)이란 말과 견주어 풀면 더욱 작자가 하고 싶은 말뜻을 잘 알 수가 있을 것이다. ㅇ標格(표격)-높은 품격. ㅇ渺(묘)-막연하다. 아득하다. ㅇ隔(격)-격리되었다. 가려지고 막혔다. ㅇ七換(칠환)-일곱 번이나 갈았다. 일곱 번 탈바꿈을 했다. 즉 7년이 되었다. ㅇ摩天翮(마천핵)-하늘을 날던 날갯죽지.

(解說)　백낙천은 학을 좋아했으며 학을 주제로 한 시를 많이 지었음은 앞에서 언급한 바 있다. 여기서는 자신의 불평을 학의 입을 빌어 교묘하게 토로했다.

출 부 귀 오 려
95. 出府歸吾廬　내 집에 돌아와

<table>
<tr><td>출 부 귀 오 려
1. 出府歸吾廬</td><td>정 연 안 차 일
靜然安且逸</td></tr>
<tr><td>갱 무 객 간 알
2. 更無客干謁</td><td>시 유 승 문 질
時有僧問疾</td></tr>
<tr><td>가 동 십 여 인
3. 家僮十餘人</td><td>역 마 삼 사 필
櫪馬三四匹</td></tr>
<tr><td>용 발 경 순 와
4. 慵發經旬臥</td><td>흥 래 연 일 출
興來連日出</td></tr>
<tr><td>출 유 애 하 처
5. 出遊愛何處</td><td>숭 벽 이 슬 슬
嵩碧伊瑟瑟</td></tr>
</table>

황유청화천　정당소산일
6. 況有淸和天　正當疎散日

신한자위귀　하필거영질
7. 身閑自爲貴　何必居榮秩

심족즉비빈　기유금만실
8. 心足卽非貧　豈唯金滿室

오관권세자　고이신순물
9. 吾觀權勢者　苦以身徇物

자수외염염　이빙중율률
10. 炙手外炎炎　履冰中慄慄

조기구망미　석척심우실
11. 朝飢口忘味　夕惕心憂失

단유부귀명　이무부귀질
12. 但有富貴名　而無富貴質

　퇴청하여 내 오두막에 돌아오니, 조용히 편하고 마냥 한가로
워라

　더욱이 찾아와 만나자는 손 없고, 이따금 절에서 중이 병문안
올 뿐

　집에는 머슴아이 10여명이 있고, 마구간에는 말이 서너 필
있네

　게으름 피면 10여일을 누웠고, 흥이 나면 매일같이 나가노라

　좋아서 찾아 나서는 곳은, 푸르름이 짙은 숭산이니라

　더욱이 고르고 맑은 날씨에, 마침 한가로운 계절과 겹쳤네

　몸을 한적하게 지니면 스스로 기품도 고귀하게 될 것이니, 어
찌 반드시 영화를 누리고 높은 자리에 올라야만 할 것인가

마음이 흡족하면 가난하지 않으리니, 어찌 황금을 집에 가득 채워야 하리

오늘 권세를 부리는 자를 보니, 자신을 물질의 노예로 삼고 있으며

밖으로는 훨훨 타오르는 세도이지만, 내심은 부들부들 얼음 밟 듯 떨면서

아침에는 배고파 도 입맛이 없고, 저녁에는 자리 잃을까 마음 쓰노라

오직 부귀의 이름만이 있을 뿐, 실제로 부귀는 누리지 못하노라

(語釋) ○出府歸吾廬(출부귀오려) - 〈영흥(詠興)〉 5수의 하나다. 태화(太和) 7년(833년) 신병으로 하남윤(河南尹)을 사퇴하고 낙양(洛陽) 이도리(履道里)의 자기 집으로 물러났을 때 지은 시다. 출부(出府)는 관청에서 물러나다. 려(廬)는 초라한 초가집의 뜻. ○干謁(간알) - 간(干)은 구(求)하다. 알(謁)은 만나다. 면회. ○僧問疾(승문질) - 중이 병문안을 온다. 백낙천은 태화(太和) 6년부터 향산거사(香山居士)라고 호를 지었으며 이때 내왕한 중은 주로 낙양의 서남쪽 향산사(香山寺)의 중 여만(如滿)이었다. ○櫪馬(역마) - 마구간에 매어 있는 말. ○慵發(용발) - 게으름을 피기 시작하다. ○經旬臥(경순와) - 10일이 넘도록 누워 지내다. ○興來(흥래) - 흥이 나면. ○嵩碧(숭벽) - 숭산(嵩山)의 푸른 산림(山林). 숭산은 오악(五嶽)의 하나로 낙양의 동남쪽에 있다. ○伊(이) - 그것. 시(是)와 같은 뜻으로 강조사로 쓰였다. ○瑟瑟(슬슬) - 푸른 옥(玉). 여기서는 푸르고 푸르다. ○疏散日(소산일) - 한산한 때. ○居榮秩(거영질) - 영화나 높은 자리를 누리다. ○苦(고) - 고생스럽게. 또는 몹시. 심히. ○以身徇物(이신순물) - 내 몸을 물질이나 남의 노예로 삼는다. 순(徇)은 좇다, 예속하다. 물(物)은 물질이나 남. ○炙手(자수) - 손을 불에 쪼

이다. 즉 세도가 왕성하다는 뜻. ㅇ炎炎(염염)-불이 타오른다. ㅇ履
冰(이빙)-살얼음을 밟듯이 조심스럽고 겁이 난다. ㅇ慄慄(율률)-
부들부들 떨다. ㅇ朝飢(조기)-아침에는 배가 고프다. 세도가는 야
심이 넘치므로 노상 욕구불만이다. ㅇ口忘味(구망미)-배가 고프면
서도 음식의 참맛을 모른다. ㅇ夕惕(석척)-저녁에는 걱정한다. 세
도가는 노상 불안하고, 권세를 잃지나 않을까 겁을 낸다.

(解說) 　이 시는 백낙천이 62세 때에 지은 것이다. 벼슬을 물러나 한가롭
게 지내면서 명리(名利)나 권세에 집착하고 있는 사람들을 딱하게
여기고 있다. '조용히 편하고 한가롭게(靜然安且逸)' 지내는 자기는
'게으름 피고 싶을 때는 10여일씩 누워 자고, 흥이 나면 매일 나간
다(慵發經旬臥, 興來連日出)'라고 했듯이, 마냥 유연하게 자적(自
適)하고 있다. 그러나 자기가 보는 바 세도가들은 어떠한가? 그들은
'고생스럽게 자신을 물질의 노예로 삼고(苦以身徇物)' 밖으로는 허
세를 부리지만 내심은 항상 떨고 있으며, 자나깨나 항상 욕구불만과
초조불안에 젖어 제대로 음식맛도 모르고 편히 잠도 못자고들 있다.
그러니 그들은 '이름만이 부귀를 누릴 뿐 정말로 부귀롭게 살고 있
지 않다(但有富貴名, 而無富貴質)'. 결국 부귀는 다른 곳에 있는
것이 아니다. 내 안에 있는 것이다. 백낙천은 '신한자위귀(身閑自爲
貴)' '심족즉비빈(心足卽非貧)'이라 했다.

316

96. 贈內 (증 내) 아내에게

1. 生爲同室親 (생위동실친) 死爲同穴塵 (사위동혈진)

2. 他人尙相勉 (타인상상면) 而況我與君 (이황아여군)

3. 黔婁固窮士 (검루고궁사) 妻賢忘其貧 (처현망기빈)

4. 冀缺一農夫 (기결일농부) 妻敬儼如賓 (처경엄여빈)

5. 陶潛不營生 (도잠불영생) 翟氏自爨薪 (적씨자찬신)

6. 梁鴻不肯仕 (양홍불긍사) 孟光甘布裙 (맹광감포군)

7. 君雖不讀書 (군수부독서) 此事耳亦聞 (차사이역문)

8. 至此千載後 (지차천재후) 傳是何如人 (전시하여인)

9. 人生未死間 (인생미사간) 不能忘其身 (불능망기신)

10. 所須者衣食 (소수자의식) 不過飽與溫 (불과포여온)

11. 蔬食足充飢 (소사족충기) 何必膏粱珍 (하필고량진)

12. 繒絮足禦寒 (증서족어한) 何必錦繡文 (하필금수문)

군 가 유 이 훈　　　청 백 유 자 손
13. 君家有貽訓　　　清白遺子孫

아 역 정 고 사　　　여 군 신 결 혼
14. 我亦貞苦士　　　與君新結婚

서 보 빈 여 소　　　해 로 동 흔 흔
15. 庶保貧與素　　　偕老同欣欣

살아서는 한 집에서 사랑하고, 죽어서는 한 무덤에 묻히리라

남들도 부부의 도를 지키거늘, 나와 그대는 더할 나위 없을 거요

검루는 궁핍한 선비였으나, 현명한 처는 가난을 잊었고

기결은 일개 농부에 불과했으나, 처는 그를 귀빈 모시듯 공경
했으며

도연명은 생계를 꾸리지 못했으나, 부인 적씨가 살림을 꾸려나
갔고

양홍은 끝내 벼슬살이를 물리쳤으나, 그의 처 맹광은 무명옷에
만족했네

그대는 비록 책으로는 읽지 못했어도, 그들의 말을 귀에 듣기
는 했으리

천 년이 지난 오늘에 와서, 그들이 어떠한 부인들이라 전하
는가를

사람은 죽기 전 살아 있는 동안에는, 육신의 존재를 잊을 수
가 없을 것이며

또한 배를 채우고 몸을 감싸기 위해, 옷을 입고 음식을 먹어
야 하오

허나 소채로 굶주림을 채우면 되지, 어찌 진귀한 고기나 쌀

318

이 필요하며

무명 솜옷으로 추위를 막으면 되지, 어찌 비단에 무늬가 필
요하리요

그대 친정에서 지켜내려온 가훈에는, 청렴결백을 자손에게
물리라 했으니

나도 정절과 근면을 높이는 선비로서, 그대와 새삼 부부가
된 이상에는

바라건대 가난과 소박함을 지키고, 언제나 즐겁게 부부 해로
하리다

語釋 ㅇ贈內(증내)—아내에게 주는 시다. ㅇ同室親(동실친)—한 방에서
사랑을 하다. ㅇ同穴塵(동혈진)—죽어서는 같은 무덤에서 흙으로 화
한다. ㅇ尙(상)—더욱. 역시. ㅇ相勉(상면)—서로 노력한다. 부부의
도를 힘써 지킨다. ㅇ況(황)—하물며. ㅇ黔婁(검루)—춘추시대 제
(齊)나라의 고결한 선비였다. 노(魯)나라의 공공(恭公)이 재상 자리
를 주고자 했으나 이를 마다하고 평생을 곤궁하게 살았다. 그가 죽
자 시신을 덮을 천의 길이가 모자랐다. 이에 어떤 사람이 비스듬히
덮으라고 하자, 그의 처는 '비스듬하게 함으로써 남음이 있는 것보
다는 바르게 함으로써 모자라는 편이 좋다(斜之有餘, 不若正之不
足)'라고 했다. ㅇ冀缺(기결)—춘추시대 진(晋)나라 사람이다. 성은
각(卻), 시호는 성자(成子). 기(冀)에서 농사를 지었으며, 부부가 서
로 사랑하고 존경하기를 마치 큰손님 모시듯 했다. 구계(臼季)가 보
고 진(晋) 문공(文公)에게 천거하여 하군대부(下軍大夫)가 되었
다《左傳》, 僖公 三十三 및 《國語》〈晋語〉). ㅇ陶潛(도잠)—도연
명(陶淵明). ㅇ爨(찬)—불을 때다. ㅇ薪(신)—땔나무. 장작. 즉 살림
을 꾸려 나가다의 뜻. ㅇ梁鴻(양홍)—후한(後漢) 평릉(平陵) 사람.
자는 백란(伯鸞). 학문과 덕행이 높았으며 장제(章帝)의 부름에도

응하지 않고 끝까지 농사를 지었다. 그의 부인 맹광(孟光)도 현처로서 잘 받들었다《後漢書》113, 〈高士傳〉〈逸民傳〉). ㅇ布裙(포군)－무명 치마. ㅇ所須(소수)－써야 할 물건. 필요한 것. ㅇ蔬食(소식)－소박한 음식. 야채나 잡곡밥 같은 것. ㅇ膏粱(고량)－기름진 고기와 좋은 쌀. 즉 기름진 미식(美食). ㅇ珍(진)－진귀한 것. ㅇ繒絮(증서)－무명의 솜옷. ㅇ禦(어)－막는다. ㅇ錦繡文(금수문)－비단 수를 놓은 옷. ㅇ君家(군가)－그대의 집. 백낙천의 처는 홍농군(弘農郡)의 양씨(楊氏)로 당시 세도가 컸던 양우경(楊虞卿)의 종매(從妹), 양여사(楊汝士)의 누이동생이다. ㅇ貽訓(이훈)－가훈을 남기어 주다. ㅇ貞苦士(정고사)－정절(貞節)과 근고(勤苦)하는 선비. ㅇ庶(서)－바란다. ㅇ保(보)－간직하다. 지키어 나가다. ㅇ偕老(해로)－함께 늙다. ㅇ欣欣(흔흔)－즐기다. 기뻐하다.

(解說) 이 시를 통하여 부인을 맞는 백낙천의 인생관이나 생활태도가 어떠한 것이었는가를 알 수가 있다. 그는 청렴결백한 생활을 같이 견디어 나갈 수 있기를 바랐던 것이다. 그는 늦게 장가를 들었다. 35세에 지은 시에서 '소부인 나는 처가 없어 봄에도 적막하니 장차 꽃이 피어나면 당신을 부인으로 삼고자 하오(少府無妻春寂寞, 花開將爾當夫人)〈戲題新栽薔薇〉'라고 장미꽃에게 농을 했다. 그리고 38세에 지은 시에서는 '나이 40을 바라보며 딸아이 금란이가 있다(行年欲四十, 有女曰金鑾)'라고 했으니, 결국 그는 36, 7세에 장가를 들었을 것이다.

백낙천은 평생 자기 부인을 사랑했고 정의가 두터웠으며, 함께 동분서주(東奔西走)도 하고 동감공고(同甘共苦)도 했다. 원래가 청백하게 정절을 지키고 안빈낙도(安貧樂道)하겠다던 백낙천이었으므로 부인에게 호강도 못시켰을 것이다. 다행히 목종(穆宗)이 즉위한 장경(長慶) 원년(821년, 50세)에 백낙천이 중서사인지제고(中書舍人知制誥)가 되었고 따라서 부인 양씨도 홍농군군(弘農郡君)이 되었다.

가장으로서의 백낙천은 좋은 남편이요 자상한 아버지였다. 그는 자기 아내나 아이들 및 한 집안의 친척들을 위해서도 많은 시를 지었으며, 특히 자기 부인을 위한 시를 누구보다도 많이 썼다. 참고로 '증내자(贈內子)'라는 시를 보이겠다.

　　백발방흥탄 청아역반수(白髮方興歎 靑蛾亦伴愁)
　　한의보등하 소녀희상두(寒衣補燈下 小女戲牀頭)
　　암담병위고 처량침석추(闇淡屛幃故 凄凉枕席秋)
　　빈중유등급 유승가검루(貧中有等級 猶勝嫁黔婁)

내가 백발을 한탄하고 있으면, 젊은 그대도 따라서 수심지으며
등불 앞에서 겨울 옷을 꿰매고, 어린 딸아이는 침상 머리에서 놀고 있네.
방안의 방장도 어두컴컴하고, 가을의 처량한 기가 침실에 스며들었노라.
가난에도 여러 등급이 있거늘, 그대는 그래도 검루에게 시집간 것보다는 나으리라!

한편 그의 부인 양씨는 몸이 약하고 자주 신병에 시달렸던 모양인데, 이를 걱정하는 시도 많다. 또한 백낙천은 58세에 늦게서야 아최(阿崔)를 낳았으나 2년 후에 요절했다.

97. 養拙 어리석게 살리라
양 졸

철유불위검	목곡불위원
1. 鐵柔不爲劍	木曲不爲轅
금아역여차	우몽불급문
2. 今我亦如此	愚蒙不及門
감심사명리	멸적귀구원
3. 甘心謝名利	滅跡歸邱園
좌와모자중	단대금여준
4. 坐臥茅茨中	但對琴與尊
신거강쇄루	이사조시훤
5. 身去韁鑠累	耳辭朝市喧
소요무소위	시규오천언
6. 逍遙無所爲	時窺五千言
무우낙성장	과욕청심원
7. 無憂樂性場	寡欲淸心源
시지부재자	가이탐도근
8. 始知不才者	可以探道根

쇠가 휘면 칼을 만들 수 없고, 굽은 나무는 멍에로 쓰지 못하리

이제 내가 바로 그렇듯이, 어리석어 쓸모가 없구나

달갑게 명리를 버리고, 전원으로 돌아가 숨으리라

띠풀 지붕 밑에 앉았다 누웠다 하며, 오직 거문고와 술잔을 마주 대하리

몸을 고삐의 구속에서 빼고, 귀를 막고 속세의 소요 안듣고
하는 일 없이 소요하며, 이따금 노자의 말을 읽노라
걱정없으니 본성은 바탕에서 즐겁고, 욕심 적으니 마음은 뿌
리에서 맑아지네
비로소 재주없이 어리석은 나는, 도(道)의 근원 찾아야 함을
깨달았노라

語釋 ○養拙(양졸)―어리석음을 키운다. 세속적인 간교나 꾀를 부리지 말
고 무위자연(無爲自然)의 도를 따라 졸렬한 본성을 지키고 함양
한다는 뜻. ○鐵柔(철유)―쇠가 연하고 휘청하다. ○轅(원)―멍에.
○愚蒙(우몽)―어리석고 몽매하다. ○不及門(불급문)―입문(入門)할
수도 없다. ○甘心(감심)―자진해서 달게. ○謝名利(사명리)―명리
를 버린다. ○滅跡(멸적)―몸을 감춘다. 흔적을 없애다. 즉 은거(隱
居)한다. ○邱園(구원)―산림(山林)이나 전원. ○茅茨(모자)―띠풀
로 덮은 집. 초가집과 같은 뜻. ○尊(준)―술잔. ○韁鏁(강쇄)―고
삐. ○朝市喧(조시훤)―조정이나 거리의 시끄러움. ○逍遙(소요)―
소요하다. 《장자(莊子)》〈소요유(逍遙遊)〉에서 인용한 말일 것이다.
○窺(규)―들여다본다. ○五千言(오천언)―노자(老子)의 《도덕경(道
德經)》은 모두 5천 자로 쓰여졌다. ○樂性場(낙성장)―본성의 바탕
대로 즐긴다. ○淸心源(청심원)―마음속까지 맑아진다. ○探道根(탐
도근)―도의 근원으로 깊이 찾아 들어가다.

解說 젊어서 진사에 오른 백낙천은 한때는 간관(諫官)으로서 국가 정
치에 적극적인 관심을 보였었다. 그러나 그는 차츰 혼탁한 정치계에
서 밀려나기 시작했고 드디어는 강주사마로 쫓겨나게까지 되었다.
그로부터 백낙천은 도가와 불교에 기울었고 마침내는 이런 시를 짓
게 되었다. '감심사명리(甘心謝名利), 멸적귀구원(滅跡歸邱園)'하게
된 그는 느지막하게나마 '시지부재자(始知不才者), 가이탐도근(可以

探道根)'했기 때문이니라.

효 도 잠 체 시
98. 效陶潛體詩-其一　연명의 시를 본뜨다-제1수

1. 朝飲一杯酒　冥心合元化
조 음 일 배 주　명 심 합 원 화

2. 兀然無所思　日高尚閒臥
올 연 무 소 사　일 고 상 한 와

3. 暮讀一卷書　會意如嘉話
모 독 일 권 서　회 의 여 가 화

4. 欣然有所遇　夜深猶獨坐
흔 연 유 소 우　야 심 유 독 좌

5. 又得琴上趣　按絃有餘暇
우 득 금 상 취　안 현 유 여 하

6. 復多詩中狂　下筆不能罷
부 다 시 중 광　하 필 불 능 파

7. 唯玆三四事　持用度晝夜
유 자 삼 사 사　지 용 도 주 야

8. 所以陰雨中　經旬不出舍
소 이 음 우 중　경 순 불 출 사

9. 始悟獨往人　心安時亦過
시 오 독 왕 인　심 안 시 역 과

아침에 한 잔의 술을 마시니, 그윽한 마음 천지조화에 맞네
올연한 자세로 하등의 야심도 없이, 해가 높거늘 아직도 한가

롭게 누웠네

날 저물어 한 권의 책을 읽으니, 즐거운 벗과 말하듯 뜻이 통하네

만날 사람 만난 듯 기쁨에 넘쳐, 밤이 깊어도 여전히 홀로 앉았네

또한 거문고에 흥취 느끼고, 줄을 타니 더욱 한가롭구나

더더욱 시 속에서 마냥 미친 듯하여, 붓을 들어 휘갈기며 그칠 줄 모르네

오직 이러한 일들로써, 낮과 밤을 지냈노라

음산한 장마철에도, 10여일을 두문불출했으며

비로소 알았노라 고독하게 사는 인간만이, 마음 편하게 세월 보낼 수 있음을

語釋　○效陶潛體詩(효도잠체시)—도연명의 시를 모방해서 지은 시. 원시는 16수가 있으나 여기서는 몇 수만을 뽑았다. ○冥心(명심)—속에 있는 깊은 마음. ○元化(원화)—원(元)은 우주의 근원. 화(化)는 운행변화. ○兀然(올연)—홀로 우뚝한 자세로 있다. ○思(사)—생각. 사심이나 야심. ○閒臥(한와)—한가롭게 누워있다. ○會意(회의)—뜻이 맞는다. 또는 깊은 뜻을 획득하다. ○嘉話(가화)—즐거운 이야기. ○欣然(흔연)—속으로 기뻐하다. ○有所遇(유소우)—만나는 바가 있다. ○趣(취)—흥취. ○按絃(안현)—줄을 누른다. 거문고를 탄다. ○詩中狂(시중광)—시 속에는 미친 듯 참된 소리를 한다. ○不能罷(불능파)—끝이 없다. ○三四事(삼사사)—서너 가지 일. 즉 술·책·거문고와 시작(詩作). ○持用(지용)—쓰다. 사용하다. ○度(도)—시간을 보내다. ○陰雨(음우)—음산하게 내리는 장마비. ○經旬(경순)—열흘이 넘도록. ○不出舍(불출사)—집에서 나가지 않는다. ○獨往人(독왕인)—독주인(獨住人)으로 된 판본도 있다. 즉 고독하게 사는 사람.

解說　원시에는 대략 다음과 같은 뜻의 서문이 붙어 있다.

'위상(渭上)에 물러나 두문불출했다. 마침 장마철이라 무료했거늘 새 술을 빚어 연일 마시고 장취했다. 취중에 이것저것 다 잊고 도연명의 시를 본떠서 16수의 시를 지었다. 취중에 한 광언(狂言)으로 깨어나 보니 스스로도 우습기만 하다. 그러나 역시 나의 일면을 알릴 만한 것이기에 감추지 않고 발표한다.'

즉 정원(貞元) 20년 교서랑(校書郞)을 지내던 때의 작품이다.

99. 效陶潛體詩-其二　도연명의 시를 본뜨다-제2수

효 도 잠 체 시

1. 東家采桑婦　雨來苦愁悲
동 가 채 상 부　우 래 고 수 비

2. 蔟蠶北堂前　雨冷不成絲
족 잠 북 당 전　우 냉 불 성 사

3. 西家荷鋤叟　雨來亦怨咨
서 가 하 서 수　우 래 역 원 자

4. 種豆南山下　雨多落爲萁
종 두 남 산 하　우 다 낙 위 기

5. 而我獨何幸　醞酒本無期
이 아 독 하 행　온 주 본 무 기

6. 及此多雨日　正遇新熟時
급 차 다 우 일　정 우 신 숙 시

7. 開瓶瀉罇中　玉液黃金巵
개 병 사 준 중　옥 액 황 금 치

8. 持翫已可悅　歡嘗有餘滋
지 완 이 가 열　환 상 유 여 자

일 작 발 호 용 　　재 작 개 수 미
9. 一酌發好容　　再酌開愁眉

연 연 사 오 작 　　함 창 입 사 지
10. 連延四五酌　　酣暢入四肢

홀 연 유 물 아 　　수 부 분 시 비
11. 忽然遺物我　　誰復分是非

시 시 연 석 우 　　명 정 무 소 지
12. 是時連夕雨　　酩酊無所知

인 심 고 전 도 　　반 위 우 자 치
13. 人心苦顚倒　　反爲憂者嗤

동쪽 집의 뽕잎 따는 아낙은, 비에 막히어 슬프게 비탄하고
북당 앞에서 기른 누에는, 차가운 비에 실을 토하지 않으며
서쪽 이웃의 호미를 멘 노인은, 비를 원망하며 투덜댄다
남산 밑에 콩을 심었으나, 비에 떨어져 쭉정이가 되었다고
그러나 나만은 얼마나 행복하냐. 때를 가리지 않고 술을 빚
으며
비 많이 내리는 이때에도, 마침 술이 새로 익었으므로
술독을 열고 술통에 퍼 넣어, 옥같은 술을 황금 잔에 따르고
술잔을 드니 마냥 즐겁고, 술맛 볼 새 단맛 남아도네
한 잔 술에 얼굴이 활짝 피고, 두 잔 술에 수심이 훌쩍 가시네
연거푸 네댓잔의 술 마시니, 거나하며 팔 다리가 풀어지네
홀연히 세상도 나도 잊을 새, 어찌 더욱 시시비비 따지리
그런 때 연일 밤비가 오든 말든, 마냥 취한 주정뱅이 모른 척
하며
내 마음이 마냥 뒤죽박죽이 되니, 도리어 불쌍한 사람들의 웃

음거리 되었네

語釋 ㅇ采桑婦(채상부)-뽕잎 따는 부인. ㅇ苦愁悲(고수비)-고(苦)는 몹시, 심히. 수비(愁悲)는 걱정하고 슬퍼하다. ㅇ蔟蠶(족잠)-누에를 치다. ㅇ荷(하)-등에 메다. ㅇ鋤(서)-호미. ㅇ叟(수)-노인. ㅇ怨咨(원자)-원망하고 탄식하다. ㅇ其(기)-쭉정이. ㅇ醞酒(온주)-술을 빚는다. ㅇ瀉罇中(사준중)-술통에 쏟아서 붓는다. ㅇ巵(치)-술잔. ㅇ持飜(지완)-손에 술잔을 들고 보다. ㅇ嘗(상)-술맛을 보다. ㅇ滋(자)-단맛. ㅇ發好容(발호용)-얼굴이 잘 피다. ㅇ開愁眉(개수미)-찌푸렸던 눈썹도 펴진다. ㅇ酣暢(함창)-술이 거나하니 사지가 노근하게 풀어진다. ㅇ遺(유)-잊는다. ㅇ物我(물아)-나와 남. 또는 이 세상의 모든 일. ㅇ分是非(분시비)-시비를 가린다. ㅇ是時(시시)-이 때에는, 즉 술에 취해 시비도 못가리게 된 때. ㅇ連夕雨(연석우)-매일 밤 연달아 비가 오는 일도 아랑곳 없다(無所知). ㅇ酩酊(명정)-흠뻑 취하다. ㅇ人心(인심)-인간의 마음. 즉 술 취하지 않았을 때의 건전한 마음의 뜻. ㅇ苦顚倒(고전도)-몹시 뒤죽박죽이 되었다. 술 취해 생각하는 게 엉망진창이 되었다는 뜻. ㅇ反爲(반위)-도리어 ~하게 되었다. ㅇ憂者(우자)-비를 걱정하는 사람들. 술 안 먹고 맨 정신으로 걱정하는 사람들. ㅇ嗤(치)-웃다. 조소하다.

解說 도연명(陶淵明)의 시에 〈연우독음(連雨獨飮)〉이 있다. '한 잔 술에 모든 생각 멀어지고 두 잔 술에 하늘조차 잊노라(試酌百淸遠, 重觴忽忘天)'.

백낙천도 '이 세상과 나도 잊거늘 누가 다시 시비를 따지랴(忽然遺物我, 誰復分是非)'고 했다. 그러나 백낙천은 끝내 인간이나 자신을 잊지 못하고 끝에 가서는 '술 위한 망난이가, 도리어 술 안 취하고 비를 걱정하는 사람들의 웃음거리가 되었다'고 하여 현실로 되돌아왔다. 술꾼으로서는 철저하지 못했다고 하겠다. 본래 백낙천은 술을 많이 못 했다. 다음의 시를 보면 잘 알 수가 있다.

효 도 잠 체 시

100. 效陶潛體詩-其三　도연명의 시를 본뜨다-제3수

<table>
<tr><td>조 역 독 취 가</td><td>모 역 독 취 수</td></tr>
<tr><td>1. 朝亦獨醉歌</td><td>暮亦獨醉睡</td></tr>
<tr><td>미 진 일 호 주</td><td>이 성 삼 독 취</td></tr>
<tr><td>2. 未盡一壺酒</td><td>已成三獨醉</td></tr>
<tr><td>물 혐 음 태 소</td><td>차 희 환 이 치</td></tr>
<tr><td>3. 勿嫌飮太少</td><td>且喜歡易致</td></tr>
<tr><td>일 배 부 일 배</td><td>다 불 과 삼 사</td></tr>
<tr><td>4. 一盃復一盃</td><td>多不過三四</td></tr>
<tr><td>편 득 심 중 적</td><td>진 망 신 외 사</td></tr>
<tr><td>5. 便得心中適</td><td>盡忘身外事</td></tr>
<tr><td>갱 부 강 일 배</td><td>도 연 유 만 루</td></tr>
<tr><td>6. 更復强一盃</td><td>陶然遺萬累</td></tr>
<tr><td>일 음 일 석 자</td><td>도 이 다 위 귀</td></tr>
<tr><td>7. 一飮一石者</td><td>徒以多爲貴</td></tr>
<tr><td>급 기 명 정 시</td><td>여 아 역 무 이</td></tr>
<tr><td>8. 及其酩酊時</td><td>與我亦無異</td></tr>
<tr><td>소 사 다 음 자</td><td>주 전 도 자 비</td></tr>
<tr><td>9. 笑謝多飮者</td><td>酒錢徒自費</td></tr>
</table>

아침에도 홀로 취해 노래하고, 저녁에도 홀로 취해 잠을 잔다
한 항아리 술도 미처 못 마셨거늘, 이미 세 번이나 제물에 취
했노라

　주량이 너무 적다고 탓하지 말게, 그만큼 쉽게 취하니 좋기도

하네

한 잔 또 한 잔 거듭해 봤자, 고작 서너 잔 넘지 못하네

이내 가슴속까지 후련해지고, 속세의 번거로움 몽땅 잊노라

다시 한 잔 억지로 더 마시면, 도연히 만 갈래 고민도 사라
지네

한 번에 한 섬의 술을 마시는 자는, 공연히 많은 주량을 자랑
하지만

곤드레만드레 취한 다음에는, 그대나 내나 다를 바가 없노라

웃으며 경음자(鯨歡者)에게 말하노니, 술값을 헛되게 낭비하지
말지어다

語釋　o壺(호)－술병이나 작은 항아리. o歡易致(환이치)－기쁨이 쉽
게 느껴진다. o身外事(신외사)－외형세계의 일들. 물질이나 명리에
엉킨 일들. o遣萬累(유만루)－만 가지의 쌓인 너절한 걱정들을 다
잊는다. o徒自費(도자비)－헛되게 혼자 낭비한다.

解說　백낙천은 애주가(愛酒家)였으나 경음가(鯨飮家)는 되지 못했다.
고작 서너 잔에 도연히 취해 속세와 명리(名利)의 번거로움을 잊고
취중에 유연하게 소요하며 자적할 수 있었다. 그러기에 무작정하고
많이 먹는 사람에게 술값을 아끼라고 웃으며 나무라기도 했다. 허나
진짜 술꾼인 이태백(李太白)이 만약에 이 말을 들었다면 무어라고
대답했을까?

330

효도잠체시

101. 效陶潛體詩 – 其四　　도연명의 시를 본뜨다 – 제4수

중추삼오야　　명월재전헌
1. 中秋三五夜　　明月在前軒

임상홀불음　　억아평생환
2. 臨觴忽不飲　　憶我平生歡

아유동심인　　막막최여전
3. 我有同心人　　邈邈崔與錢

아유망형우　　초초이여원
4. 我有忘形友　　迢迢李與元

혹비청운상　　혹락강호간
5. 或飛青雲上　　或落江湖間

여아불상견　　어금사오년
6. 與我不相見　　於今四五年

아무축지술　　군비어풍선
7. 我無縮地術　　君非馭風仙

안득명월하　　사인내오언
8. 安得明月下　　四人來晤言

양야신난득　　가기묘무연
9. 良夜信難得　　佳期杳無緣

명월우부주　　점하서남천
10. 明月又不駐　　漸下西南天

기무타시회　　석차청경전
11. 豈無他時會　　惜此清景前

중추절 보름날 밤에, 명월이 앞마루에 밝을 새

술잔 앞에 놓고 훌쩍 마시지 못하며, 평생의 친한 벗들을 생각

하노라

나의 벗 최현량과 전휘 두 사람은, 마음이 같건만 아득히 떨어

져 있고

나의 벗 이건과 원진 두 사람은, 정신적 친구이나 먼 곳에 떨

어져 사네

혹은 출세하여 높이 올랐고, 혹은 영락하여 강호에 살며

나와 서로 못 만나본 지, 어언 4,5년이 되노라

나에게 축지법 도술이 없고, 그대는 바람 타는 신선도 아니니

어찌 밝은 추석달 아래에 와서, 넷이 모여 맞대고 이야기 하리

참으로 좋은 밤 얻기 어렵고, 서로 즐길 기약도 아득하구나

명월 또한 걸음 멈추지 않고, 서남쪽으로 차츰 기우네

후일 만날 날이 없지 않겠으나, 맑고 밝은 달밤이 애석하구나

(語釋) ㅇ臨觴(임상)-술잔을 앞에 놓고 ㅇ忽不飮(홀불음)-홀연히 벗들
생각에 그냥 마실 수가 없다. ㅇ平生歡(평생환)-평생 즐겁게 사귀
어왔던 벗들. ㅇ邈邈(막막)-멀고 아득하다. ㅇ崔(최)-최현량(崔玄
亮, 772~833년, 字는 晦叔). 정원(貞元) 19년 백낙천과 같이 서판
발췌과(書判拔萃科)에 합격했다. ㅇ錢(전)-전휘(錢徽, 755~829년,
字는 蔚章). 전기(錢起)의 아들이다. ㅇ忘形友(망형우)-서로 제 몸
을 잊을 만큼 정신적으로 통하는 벗. ㅇ迢迢(초초)-아득하다. ㅇ李
(이)-이건(李建, 764~721년, 자는 杓直). 당시 그는 호남(湖南)
풍주(灃州)로 쫓겨났다. ㅇ元(원)-원진(元稹, 779~831년, 字는 微
之). 원구(元九)라고도 하는데 백거이와 가장 친분이 두터웠으며 서
로 글과 시를 주고 받은 것도 많다. 특히 〈원구에게 주는 글(與元九
書)〉은 유명하다. ㅇ靑雲(청운)-고관대작이 되었다는 뜻. ㅇ江湖

(강호)-양자강이나 동정호(洞庭湖). ㅇ縮地術(축지술)-《신선전(神仙傳)》에 보면 비장방(費長房)이 천 리를 좁혀서 눈앞에 당겼다고 한다. ㅇ馭風仙(어풍선)-바람을 타고 돌 수 있는 신선. ㅇ晤言(오언)-만나서 말하다. ㅇ信(신)-참으로. 진실로. ㅇ佳期(가기)-서로 만나는 좋은 때. 또는 좋은 기약의 날짜. ㅇ杳(묘)-아득하다. ㅇ無緣(무연)-걷잡을 수가 없다. 연줄이 없다. 계획할 도리가 없다. ㅇ駐(주)-멈추어 서다. ㅇ漸下(점하)-달이 점차로 기울다. ㅇ淸景(청경)-맑고 밝은 달빛.

(解說)　성품이 온화한 백낙천은 친하게 사귄 문인이나 벗이 퍽 많았다. 이 시에서 그는 추석 달밤에 멀리 떨어진 벗들을 아쉬워하고 있다.

달 재 낙 천 행
102. 達哉樂天行　달통한 백낙천

달 재 달 재 백 낙 천　분 사 동 도 십 삼 년
1. 達哉達哉白樂天　分司東都十三年

칠 순 재 만 관 이 괘　반 록 미 급 거 선 현
2. 七旬纔滿冠已挂　半祿未及車先懸

혹 반 유 객 춘 행 락　혹 수 산 승 야 좌 선
3. 或伴遊客春行樂　或隨山僧夜坐禪

이 년 망 각 문 가 사　문 정 다 초 주 소 연
4. 二年忘却問家事　門庭多草廚少烟

포 동 조 고 염 미 진　시 비 모 소 의 상 천
5. 庖童朝告鹽米盡　侍婢暮訴衣裳穿

처 노 불 열 생 질 민　이 아 취 와 방 도 연
6. 妻孥不悅甥姪悶　而我醉臥方陶然

기 래 여 이 주 생 계   박 산 처 치 유 후 선
7. 起來與爾畫生計   薄産處置有後先

선 매 남 방 십 묘 원   차 매 동 곽 오 경 전
8. 先賣南坊十畝園   次賣東郭五頃田

연 후 겸 매 소 거 택   방 불 획 민 이 삼 천
9. 然後兼賣所居宅   髣髴獲緡二三千

반 여 이 충 의 식 비   반 여 오 공 주 육 전
10. 半與爾充衣食費   半與吾供酒肉錢

오 금 이 년 칠 십 일   안 혼 수 백 두 풍 현
11. 吾今已年七十一   眼昏鬚白頭風眩

단 공 차 전 용 부 진   즉 선 조 로 귀 야 천
12. 但恐此錢用不盡   卽先朝露歸夜泉

미 귀 차 주 역 불 악   기 손 낙 음 안 온 면
13. 未歸且住亦不惡   飢殮樂飲安穩眠

사 생 무 가 무 불 가   달 재 달 재 백 낙 천
14. 死生無可無不可   達哉達哉白樂天

깨닫고 달통한 백낙천은, 낙양에 파견된 지 13년

칠순이 되자 이내 벼슬을 사직하고, 봉록이 반감되기 전에 관에서 물러났네

봄에는 놀이꾼과 짝지어 행락하고, 밤에는 중따라 좌선했노라

2년간 집안일을 돌보지 않으니, 뜰에는 잡초 자라고 부엌 불꺼졌네

아침에는 머슴아이 쌀 소금 떨어졌다 하고, 저녁에는 계집종 입을 옷이 떨어졌다 이르니

처자는 걱정하고 생질들 근심하나, 나는 도연히 취해 누웠노라

334

이윽고 일어나 처자와 생질 위해 생활대책 설계하노니, 얼마
되지 않는 재산일 망정 선후를 따져 처리하노라

먼저 남쪽의 10무의 동산을 팔고, 다음에 동곽의 5경의 밭을
팔고

아울러 살고 있는 저택까지 팔면은, 어렴풋이 2,3천 관의 돈
이 되리니

반은 그대들의 생활비로 충당하고, 반은 나의 술과 안주값에
쓰리라

지금 내 나이 이미 71세로, 눈 어둡고 수염 희고 정신 흐리니

아마도 내몫 다 쓰지 못하고, 아침 이슬보다 빨리 황천에
가리라

허나 죽기 전까지는 더 산다고 나쁠 것도 없으니, 허기지면 먹
고 즐거우면 마시며 조용히 잠을 자리라

사나 죽으나 별반 좋을 것도 나쁠 것도 없노라 ,깨닫고 달통했
노라 백낙천은 달통했노라!

(語釋) ○達哉(달재)-통달했다. ○樂天行(낙천행)-백낙천의 노래. ○分司
東都(분사동도)-분사(分司)는 파견되어 주재(駐在)하고 있다는 뜻으
로, 백낙천은 태화(太和) 3년 태자빈객(太子賓客)으로 동도(東都) 즉
낙양(洛陽)에 분사되었다. ○纔滿(재만)-간신히 채우다. 즉 70살을
간신히 채우다. ○冠已挂(관이괘)-이미 관을 걸었다. 즉 사직했다는
뜻. ○半祿(반록)-벼슬에서 물러나면 봉록의 반을 주었다. ○未及(미
급)-미처 하기 전에. 즉 자진해서 사직했다는 뜻. ○車先懸(거선
현)-앞질러 사직했다. 수레를 타지 않고 매어 달아둔다. ○廚(주)-
주방. 부엌. ○庖童(포동)-부엌에서 일하는 아이. ○穿(천)-옷이 떨
어졌다, 구멍이 났다. ○妻孥(처노)-처자. 노(孥)만으로도 처와 자식

의 뜻이 있다. ㅇ畫(획)-계획한다. ㅇ南坊(남방)-남쪽의 거리. 방
(坊)은 마을. 시가지. ㅇ東郭(동곽)-동쪽 성곽 밖. ㅇ髣髴(방불)-어
렴풋이. ㅇ獲(획)-얻는다. ㅇ緡(민)-돈꿰미. 한 꿰미의 돈. 즉 천금.
한 관(貫). ㅇ頭風眩(두풍현)-정신이 흔들흔들하고 흐릿하다. ㅇ先朝
露(선조로)-아침 이슬보다도 빨리. ㅇ歸夜泉(귀야천)-어둠의 황천
으로 돌아가다. 즉 죽는다. ㅇ未歸(미귀)-아직 죽지 않고 ㅇ且住(차
주)-더 이 세상에 머물러 살다. ㅇ飢飧(기찬)-굶주리면 먹는다. 손
(飧)은 손(飱)과 같다. 여기서는 찬(餐)으로 읽고 또 풀었다.

(解說) 나이 70을 넘은 백낙천은 머지 않아 닥쳐올 죽음을 태연히 맞을
자세로 나머지 여생을 있는 그대로 안온하게 지내고자 했다.
　본래, 사람이란 삶이나 죽음을 구별해서는 안 된다. 삶이 있는 것
이라면 죽음도 있는 것이고, 죽음이 무(無)라면 삶도 무인 것이다.
삶만이 있고[有] 죽음은 없다[無]고 하는 생각은 편파적인 생각이
다. 따라서 백낙천은 '죽음이나 삶이 다같이 좋다고도 하겠고 또는
다같이 나쁘다고도 하겠다(死生無可無不可)'라고 했다. 즉 죽으나
사나 좋을 것도 없고 또 나쁠 것도 없다. 살게 되니 살고 죽게 되니
죽는다. 그는 오직 모든 것이 물화(物化)하는 것이라는 노장(老莊)
사상에 투철했다. 따라서 그는 자신을 '깨닫고 통달했노라! 백낙천
은!(達哉達哉白樂天)'이라고 했던 것이다.
　단 여기서 잘 살펴야 할 점이 있다. 일반적으로 노장사상에 빠지
면 현실 생활을 지나치게 무시하고 심지어 처자식까지도 돌보지 않
는 경우가 있으나 백낙천의 경우는 그렇지 않다. 본성이 인자하고
자상하며 남을 동정하고 불쌍한 사람을 연민하는 성품을 지닌 백낙
천은 처자와 생질들 및 머슴이나 계집종들까지도 포함하여 자기 주
변에 있는 모든 사람들의 생활 대책을 걱정하고 있다. 이 점이 백낙
천의 특색이며, 평범하면서도 용한 점이라 하겠다. 이러한 경지가
건전한 달도(達道)라 하겠다.
　백낙천은 자기가 죽기 얼마 전에 지은 시 〈자영노신시제가속(自

詠老身示諸家屬)〉에서 다음과 같이 읊었다.

壽及七十五	俸霑五十千	수급칠십오 봉점오십천
夫妻偕老日	甥姪聚居年	부처해노일 생질취거년
粥美嘗新米	袍溫換故緜	죽미상신미 포온환고면
家居雖濩落	眷屬幸團圓	가거수호락 권속행단원
置榻素屏下	移爐靑帳前	치탑소병하 이로청장전
書聽孫子讀	湯看侍兒煎	서청손자독 탕간시아전
走筆還詩債	抽衣堂樂錢	주필환시채 추의당락전
支分閑事了	爬背向陽眠	지분한사료 파배향양면

75세로 수를 누리고, 5만금의 봉록을 받으며

부부 해로하고, 생질들과 함께 지낸다

햅쌀죽이 맛있고, 새로 지은 솜옷이 포근하고

집안은 텅 비었으나, 가족들이 단란하게 지낸다

흰 병풍 앞에 걸상을 놓고, 푸른 방장 앞에 화로를 놓고서

아들의 책읽는 소리를 듣고, 또한 머슴아이 탕약 달이는 것을 본다

나는 붓을 빨리 놀리어 시채(詩債)을 갚고, 옷을 벗어 잡히어 약값을 치룬다

모든 일을 처리하니 한가롭기만 하고, 등을 긁으며 양지에 누워 잠이 든다.

사람이란 이렇게 깨끗하고 한가롭고 맑고 조용하게 늙을 줄 알아야 하겠다!

제 7 장

백낙천의 사회시社會詩

권세가 중하면 오래 지키기 어렵다
높은 자리나 세도는 끝나기도 용이하다
權重持難久 位高勢易窮

딱하고 슬프다 신선이 되려는 꿈을 꾸고
허튼 꿈 때문에 일생을 망치고 있노라
悲哉夢仙人 一夢誤一生

임금의 총명을 가리는 모든 장해물을 제거하고
백성들의 사정을 상달하게 하기 위해서는
　먼저 민간의 시가를 채집하고, 그 속에 담겨진
풍자를 찾아야 하노라
　欲開壅蔽達人情 先向歌詩求諷刺

시문학도 국가와 국민의 평화와 번영에 이바지해야 한다. 동시에 인류의 역사와 문화 발전에 기여해야 한다.

정치를 바르게 하기 위해서는 백성의 소리를 듣고 민의의 소재를 바르게 알아야 한다.

'민간의 시를 채집하고 노래를 듣는 것은 백성들의 언론을 도입하기 위해서이다.(采詩聽歌導人言)'

'시가를 통해서 정치를 풍간(諷諫)해도 말한 사람은 죄가 되지 않으며, 듣는 사람은 스스로 경계하게 마련이다.(言者無罪聞者誡)'

'백성들의 생각이나 뜻이 물이 흘러 퍼지듯이 자연스럽게 위에 통하면, 따라서 상하가 함께 태평하게 된다.(下流上通上下泰)'

【증보 제7장 해설】 현재까지 전하는 백낙천의 시는 총 2천8백 수나 된다. 그 수는 이태백(李太白)의 1천1백 수, 두보(杜甫)의 2천1 백 수보다 월등 많다. 수량만 많은 것이 아니고 작품의 내용이나 격식도 다양하다.

그는 자신이 편찬한 시집《백향산시집(白香山詩集)》에서 자기의 시를 다음과 같이 추렸다. '풍유악부시(諷諭樂府詩)', '한적고시(閑適古詩)', '감상고시(感傷古詩)', '감상가행곡인잡체(感傷歌行曲引雜體)', '율시(律詩)', '격시(格詩)' 등이다. 잘 알려진〈장한가(長恨歌)〉가나〈비파행(琵琶行)〉은 '감상가행곡인잡체' 속에 있다. 시집의 앞에 내세운 바로 알 수 있듯이, 백낙천은 풍유시(諷諭詩)를 가장 중하게 여겼다.

풍유시는 내용면에서는 주로 임금에게 정치를 풍간(諷諫)하고, 관료 사회의 비리를 고발하고 아울러 백성들의 고통을 알리는 시들이며, 그의 신악부시(新樂府詩) 및 진중음(秦中吟) 등이 이에 속한다. 그의 풍유시는 곧 '정치를 비판하고, 사회악을 고발하고 동시에 근로대중을 옹호하는 참여의식이 높은 시들이다.'

그가 풍유시를 지은 시기는 주로 그의 나이 35세에서 44세까지 약 10년 미만이다. 즉 그가 35세에 과거에 급제하여 주질현위(盩厔縣尉)에 임명되고, 36세에는 집현교리(集賢校理), 한림학사(翰林學士), 37세에는 좌습유(左拾遺)를 겸임하였던 시기다. 좌습유는 곧 간관(諫官)이다. 그러므로 직책상으로도 과감하게 시폐(時弊)를 시로 적어 올렸다.

이어 39세에 경조호조참군(京兆戶曹參軍)이 된 그는 장안에서〈진중음 10수〉를 지어, 백성들의 고통과 애원을 알게 했다. 그가 이렇게 많은 풍유시, 즉 '정치사회의 비리를 고발하는 시'를 쓸 수 있었던 큰 이유는 임금의 애호가 있었기 때문이었다. 당시는 당(唐) 왕실의 중

홍기(中興期)였다. 안녹산(安祿山)의 난으로 쇠퇴한 국운을 중흥하려고 덕종(德宗)과 헌종(憲宗)이 신진의 선비를 등용하고 정치 개혁에 힘을 썼으며, 그 밑에서 백낙천이나 그의 동료 원진(元稹) 같은 신진 엘리트가 개혁적인 시, 즉 신악부시(新樂府詩)를 지어낼 수 있었다. 그러나 그들의 과감한 현실 고발적인 '시문학 운동(詩文學運動)'은 이내 보수적 관료나 문인들의 미움과 반발을 샀으며, 마침내는 그들이 지방으로 쫓겨나게 되었다. 즉 백낙천은 44세에 강주사마(江州司馬)로 폄적(貶謫)되었다. 그 후, 백낙천은 대체로 한적(閒適)이나 감상(感傷)의 시를 많이 쓰게 되었다.

비록 백낙천이 좌천됨으로써 전 같이 과감하게 현실 고발적인 풍유시를 쓰지는 않았지만, 그의 '인자(仁慈)·온유(溫柔)·성실(誠實) 및 엄정(嚴正)'한 성품은 그로 하여금 계속 '사랑이 넘치고, 부드럽고, 우아하면서도, 정치나 사회의 악덕을 고발하고 풍자하고 동시에 밑에서 고생하는 평민 대중이나 근로 민중에 대한 동정의 시'를 짓게 했던 것이다. 우선 그의 인자한 성품에서 '자연 만물과 모든 사람을 평화롭게 화합하는 시' 즉 그의 한적시(閒適詩)가 나왔다. 다음으로 그의 인자한 성품에서 '정치적 악덕에 시달리는 백성들을 동정하고 또 가렴주구에 착취당하는 근로 대중을 동정하고 함께 울분을 터뜨리는 시' 즉 감상시(感傷詩)가 나왔다.

백낙천의 시문학에 대한 주장을 다음같이 요약할 수 있다. '시는 정치에 기여해야 한다. 이는 곧 유가의 선비 사상이다. 학문과 수양의 목적은 경세제민(經世濟民)이다. 나라를 바르게 다스리고 백성을 잘 살게 해주기 위하여 군자들은 글을 배우고 글을 쓴다. 그러므로 시문학도 풍월을 읊는 귀족적 유흥문학으로 끝나면 안 된다. 시문학도 사회적 정치성을 지녀야 한다. 동시에 시문학도 대중을 대변하고 대중을 교화하는 데 기여해야 한다. 그러므로 백낙천은 대중의 말로 알기 쉽게 시를 썼다. 귀족문학에서 탈피하고 대중과 함께 호흡하는 평이한 대중문학이 되어야 한다'는 것이다.

백낙천의 이와 같은 진보적 시문학관은 오늘에도 적용될 만하다. 그러므로 1,300년 전의 고루한 많은 선비들이 반대하고 배척한 것은 당연하다. 심지어 명(明)대에 편찬한 《당시선(唐詩選)》 같은 책은 그의 시를 단 한 편도 싣지 않았다. 그러나, 오늘의 우리는 그의 사회시(社會詩)를 새로운 눈으로 평가해야 한다. 증보(增補) 제7장에서는 신악부에서 〈흉택(凶宅)〉·〈몽선(夢仙)〉 및 〈채시관(采詩官)〉 3수와, 진중음에서 〈의혼(議婚)〉·〈상우(傷友)〉·〈입비(立碑)〉 3수를 뽑아 보충했다.

342

103. 凶宅 흉가
흉 택

1. 長安多大宅 列在街西東
장 안 다 대 택　열 재 가 서 동

2. 往往朱門內 房廊相對空
왕 왕 주 문 내　방 랑 상 대 공

3. 梟鳴松桂枝 狐藏蘭菊叢
효 명 송 계 지　호 장 란 국 총

4. 蒼苔黃葉地 日暮多旋風
창 태 황 엽 지　일 모 다 선 풍

5. 前主爲將相 得罪竄巴庸
전 주 위 장 상　득 죄 찬 파 용

6. 後主爲公卿 寢疾歿其中
후 주 위 공 경　침 질 몰 기 중

7. 連延四五主 殃禍繼相鍾
연 연 사 오 주　앙 화 계 상 종

8. 自從十年來 不利主人翁
자 종 십 년 래　불 리 주 인 옹

9. 風雨壞簷隙 蛇鼠穿牆墉
풍 우 괴 첨 극　사 서 천 장 용

10. 人疑不敢買 日毀土木功
인 의 불 감 매　일 훼 토 목 공

11. 嗟嗟俗人心 甚矣其愚蒙
차 차 속 인 심　심 의 기 우 몽

12. 但恐災將至 不思禍所從
단 공 재 장 지　불 사 화 소 종

아 금 제 차 시   욕 오 미 자 흉
13. 我今題此詩   欲悟迷者胸

범 위 대 관 인   연 록 다 고 숭
14. 凡爲大官人   年祿多高崇

권 중 지 난 구   위 고 세 이 궁
15. 權重持難久   位高勢易窮

교 자 물 지 영   노 자 수 지 종
16. 驕者物之盈   老者數之終

사 자 여 구 도   일 야 래 상 공
17. 四者如寇盜   日夜來相攻

가 사 거 길 토   숙 능 보 기 궁
18. 假使居吉土   孰能保其躬

인 소 이 명 대   차 가 가 유 방
19. 因小以明大   借家可諭邦

주 진 택 효 함   기 택 비 부 동
20. 周秦宅崤函   其宅非不同

일 흥 팔 백 년   일 사 망 이 궁
21. 一興八百年   一死望夷宮

기 어 가 여 국   인 흉 비 택 흉
22. 寄語家與國   人匈非宅匈

장안에는 큰 저택이 많으며, 거리마다 동서로 줄지어 있다
이따금 붉은 대문 안을 들여다보면, 방과 복도가 텅텅 비었고
올빼미가 소나무와 계수나무 가지에 울고, 여우가 난초나 국
화꽃 숲에 깃들어 있다
푸른 이끼와 누런 낙엽 덮인 정원에 해가 지자, 회오리바람이
감돌고 있노라

전 주인은 장군이고 재상이었으나, 정치적으로 죄를 얻고 사천 (四川)·호남(湖南) 같은 오지로 추방되었다 하며

다음 주인은 공경(公卿)을 지낸 고관이나, 병들어 누웠다가 그 집에서 사망했다고 하며,

내리 4, 5명의 집주인이 바뀌어도 계속해서 앙화가 몰아 닥쳐 10년 전부터 항상 집주인 영감에게 해를 끼쳤다 하노라

한편 비나 바람이 처마를 무너뜨리고 틈새가 벌어지고, 뱀이나 쥐가 담이나 벽을 뚫고 드나드니

사람들이 그 집을 의아하게 여기고 감히 사려고 하지 않으니, 점차로 공들여 지은 집이 허물어졌노라

속인들의 마음이 참으로 딱하고 심히 어리석고 몽매하여라

재화(災禍) 닥쳐올 것만을 겁낼 뿐, 그 재화의 연유에 대해서는 생각하지 않노라

나는 지금 이 시를 지어서 미혹하는 사람들의 마음을 깨우치려고 하노라

무릇 높은 벼슬에 오른 사람은 연령도 많고 작위도 높고 녹봉도 많으며

권세가 크고 중하면 오래 지키기 어렵고 높은 자리나 세도는 이내 끝나게 마련이니라

교만한 자리에 올랐다는 것은 곧 가득찼다는 뜻이고, 연장자로 존경을 받게 되었다는 것은 곧 수명의 종착점에 이르렀다는 뜻이니라

그러므로 '권세·지위·녹봉·연장자'의 네 가지가 도둑같이 밤낮으로 돌려가며 자신과 나라를 해치고 좀먹게 하는 것이니라

따라서 설사 좋은 터에 집을 짓고 산다한들, 어느 누가 자신을

잘 보전할 수 있겠느냐?

작은 일을 가지고 큰 도리를 밝힐 수 있으니, 이 흉가를 빌어 나라 다스리는 도리를 깨우칠 수 있노라

주(周)와 진(秦) 두 나라는 같이 효관(崤關)과 함곡관(函谷關)을 터로 한 나라이며, 그 터는 같았노라

그러나 주나라는 8백 년 간을 흥성했고, 다른 한 나라 즉 진 나라는 2세가 이궁(夷宮)에서 살해되고 멸망했다(그는 궁전에 살지도 못하고 바라보면서 죽었다)

그러므로 내가 집이나 국가에 대해서 한 마디 하겠노라, (집이나 국가가 망하는 근본은) 사람이 나빠서이지 터가 나빠서가 아니다

(語釋) ㅇ凶宅(흉택)—불길한 집, 즉 흉가(凶家). 집주인에게 해를 끼치는 집. 이 시는 풍간(諷諫)의 오언고시(五言古詩)이다. ㅇ長安多大宅(장안다대택)—장안에는 큰 저택이 많이 있다. ㅇ列在街西東(열재가서동)—거리마다 동서로 줄지어 있다. ㅇ往往朱門內(왕왕주문내)—왕왕, 즉 이따금 붉은 대문 안을 (들여다보면). ㅇ房廊相對空(방랑상대공)—방이나 복도가 텅 빈 채, 마주 대하고 있다. ㅇ梟鳴松桂枝(효명송계지)—올빼미가 소나무와 계수나무 가지에서 울고 있다. ㅇ狐藏蘭菊叢(호장란국총)—여우가 난초나 국화꽃 숲에 깃들어 살고 있다. ㅇ蒼苔黃葉地(창태황엽지)—푸르게 이끼가 끼고, 누렇게 낙엽이 덮인 정원에. ㅇ日暮多旋風(일모다선풍)—날이 저물자, 회오리바람이 세차게 분다. ㅇ前主爲將相(전주위장상)—그 집의 전 주인은 장군이나 재상을 지냈던 사람이다. ㅇ得罪竄巴庸(득죄찬파용)—(정치적으로) 죄를 얻고 사천(四川) 혹은 호남(湖南) 같은 오지로 추방되었다. 파(巴)는 사천성, 용(庸)은 호남성(湖南省). ㅇ後主爲公卿(후주위공경)—그 다음의 주인은 공경(公卿)을 지낸 사람

이다. 공경은 삼공(三公)과 구경(九卿), 고위고관(高位高官). ○寢
疾歿其中(침질몰기중)-병들어 누웠다가 그 집에서 사망했다. ○連
延四五主(연연사오주)-계속해서 4, 5명의 집주인이 바뀌었으나,
연(延)은 이어져 내려오다. ○殃禍繼相鍾(앙화계상종)-앙화(殃
禍)가 계속해서 (그 집 혹은 주인에게) 몰아닥쳤다. 앙화는 지은
죄의 앙갚음으로 받는 재앙. 종(鍾)은 모인다. ○自從十年來(자종
십년래)-10년 전부터 계속해서. ○不利主人翁(불리주인옹)-집주인
영감에게 불길하고, 해를 끼치었다. ○風雨壞簷隙(풍우괴첨극)-
비나 바람이 처마를 무너뜨리고 틈나게 한다. ○蛇鼠穿牆墉(사서
천장용)-뱀이나 쥐가 담이나 벽을 뚫고 드나든다. 장(牆)은 담, 용
(墉)은 벽. ○人疑不敢買(인의불감매)-다른 사람들이 그 집을 의
아하게 여기고 감히 사려고 하지 않는다. ○日毁土木功(일훼토목
공)-날로 공들여 지은 집이 허물어진다. 토목공(土木功)은 '토목의
공' 즉 공들여 지은 훌륭한 건축물이라는 뜻. ○嗟嗟俗人心(차차속
인심)-참으로 딱하다, 속인들의 마음. ○甚矣其愚蒙(심의기우몽)-
심히 어리석고 몽매하다. ○但恐災將至(단공재장지)-재화(災禍)가
닥쳐올 것만을 겁낼 뿐이다. ○不思禍所從(불사화소종)-그 재화
가 발생하는 근원에 대해서는 생각하지 않는다. ○我今題此詩(아금
제차시)-나는 지금 이 시를 지어서. ○欲悟迷者胸(욕오미자흉)-
미혹하는 사람들의 가슴, 즉 마음을 깨우치려고 한다. ○凡爲大官人
(범위대관인)-무릇 누구나 높은 벼슬에 오른 사람들은. ○年祿多高
崇(연록다고숭)-연령도 많고, 작위도 높고, 녹봉도 많다. ○權重持
難久(권중지난구)-권세가 중하면 오래 지키기 어렵다. ○位高勢易
窮(위고세이궁)-높은 자리나 세도는 끝나기도 용이하다. ○驕者物
之盈(교자물지영)-교만한 자리에 올랐다는 것은 곧 가득 찼다는
뜻이다. 즉 정치적으로 최고점에 도달했으며, 따라서 앞으로는 내려
갈 길만이 남았다는 뜻이다. ○老者數之終(노자수지종)-늙은이로
존경을 받게 되었다는 것은 곧 수명의 종착점에 이르렀다는 뜻이다.
○四者如寇盜(사자여구도)-네 가지는 도둑과 같이 '자신을 망친

다'. 사자(四者)는 '함부로 휘두르는 권세(權勢), 지나치게 높은 지위(地位), 막대한 녹봉(祿俸), 존대한 장로행세(長老行勢)'의 네 가지다. 이 네 가지를 함부로 남용하면, 자신도 망하고, 나라도 망한다. ㅇ日夜來相攻(일야래상공)─밤낮으로 서로 돌려가며 공격한다. 즉 항상 자신과 나라를 해치고 좀먹게 한다. ㅇ假使居吉土(가사거길토)─설사 좋은 터에 집을 짓고 살아도 ㅇ孰能保其躬(숙능보기궁)─누군들 자신을 잘 보전할 수 있겠는가? ㅇ因小以明大(인소이명대)─작은 것을 바탕으로 큰 것을 밝히겠다. ㅇ借家可諭邦(차가가유방)─집을 빌어 나라 다스리는 도리를 깨우칠 수 있다. 가르칠만하다. ㅇ周秦宅崤函(주진택효함)─주와 진(秦) 두 나라는 다 같이 효관(崤關)과 함곡관(函谷關)을 터로 한 나라이다. ㅇ其宅非不同(기택비부동)─그 터가 같지 않은 게 아니다. 다 같다. ㅇ一興八百年(일흥팔백년)─한 나라, 즉 주나라는 8백 년 간을 홍성했다. ㅇ一死望夷宮(일사망이궁)─다른 한 나라, 즉 진나라는 제2대에 멸망했다. 이궁(夷宮)은 진나라의 궁전. 진나라 2대 왕 호해(胡亥)는 진시황이 지은 웅장한 궁전에 살지도 못하고 바라보기만 하다가 죽었다. 즉 간흉(奸凶)한 환관(宦官) 조고(趙高)가 2세를 죽였다. ㅇ寄語家與國(기어가여국)─집이나 국가에 대해서 말하겠다. ㅇ人匈非宅匈(인흉비택흉)─(집이나 국가가 망하는 근본은) 사람이 나빠서이지, 터가 나빠서가 아니다.

(解說) 장안에는 흉가가 많다. 옛날에는 고관이 살던 호화 주택이었으나, 지금은 아무도 들어가 살려고 하지 않는다. 이에 시인은 말한다. 사람이 잘못하고 죄를 얻은 것이지, 집터가 나쁘거나 건물 자체에 허물이 있는 것이 아니라고──.

348

104. 夢仙 신선되기를 꿈꾸는 사람

인유선몽자　　몽신승상청
1. 人有仙夢者　夢身升上淸

좌승일백학　　전인쌍홍정
2. 坐乘一白鶴　前引雙紅旌

우의홀표표　　옥난아쟁쟁
3. 羽衣忽飄飄　玉鸞俄錚錚

반공직하시　　인세진명명
4. 半空直下視　人世塵冥冥

점실향국처　　재분산수형
5. 漸失鄕國處　纔分山水形

동해일편백　　열악오점청
6. 東海一片白　列岳五點靑

수유군선래　　상인조옥경
7. 須臾羣仙來　相引朝玉京

안기선문배　　열시여공경
8. 安期羨門輩　列侍如公卿

앙알옥황제　　계수전치성
9. 仰謁玉皇帝　稽首前致誠

제언여선재　　노력물자경
10. 帝言汝仙才　努力勿自輕

각후십오년　　기여불사정
11. 却後十五年　期汝不死庭

재배수사언　　기오희차경
12. 再拜受斯言　旣寤喜且警

비 지 불 감 설　　서 지 거 암 경
13. 秘之不敢泄　　誓志居巖扃

은 애 사 골 육　　음 식 단 전 성
14. 恩愛捨骨肉　　飲食斷羶腥

조 찬 운 모 산　　야 흡 항 해 정
15. 朝餐雲母散　　夜吸沆瀣精

공 산 삼 십 세　　일 망 치 병 영
16. 空山三十歲　　日望輜軿迎

전 기 과 이 구　　난 학 무 래 성
17. 前期過已久　　鸞鶴無來聲

치 발 일 쇠 백　　이 목 감 총 명
18. 齒髮日衰白　　耳目減聰明

일 조 동 물 화　　신 여 분 양 병
19. 一朝同物化　　身與糞壤幷

신 선 신 유 지　　속 력 비 가 영
20. 神仙信有之　　俗力非可營

구 무 금 골 상　　불 렬 단 대 명
21. 苟無金骨相　　不列丹臺名

도 전 벽 곡 법　　허 수 소 단 경
22. 徒傳辟穀法　　虛受燒丹經

지 자 취 근 고　　백 년 종 불 성
23. 只自取勤苦　　百年終不成

비 재 몽 선 인　　일 몽 오 일 생
24. 悲哉夢仙人　　一夢誤一生

신선 되기를 꿈꾸는 자가 있으니, 그는 꿈에서 몸이 푸른 하늘
에 올라갔고

한 마리의 백학을 타고 가니, 앞에는 두 마리의 학이 붉은 기를 들고 인도했노라

날개옷이 훨훨 펄럭펄럭 휘날리고, 난새 모양의 옥 방울이 쟁쟁하게 울려 퍼지노라

하늘을 반쯤 올라가서 곧바로 아래를 보니, 인간세상이 먼지에 가려 아득하게 보이노라.

점차로 고향과 나라의 위치도 모르게 되고, 간신히 산과 물의 한계가 보일 뿐이었노라

동해 바다도 한 조각으로 희게 보이고, 줄지어 솟은 오악(五嶽)이 푸른 점같이 보였노라

이내 많은 신선들이 와서, 서로 인도하고 옥경으로 향했으니,

안기(安期)나 선문(羨門) 같은 신선들이 공경(公卿)처럼(옥황상제를 모시고) 늘어서 있었노라

마침내 옥황상제를 알현하고, 고개를 숙이고, 앞에 나가서 정성을 다 바치니

옥황상제가 '그대는 선인이 될 재목이니 열심히 노력하고 경솔한 짓을 하지 마라'고 하더라

또 '앞으로 15년 후에, 그대는 불로불사의 선경에 올 것을 기하라'고도 말했노라

송구하여 재배하고 말을 듣는 순간, 꿈에서 깨어난 그는 기쁘면서도 몹시 놀랐노라

그후 그는 꿈을 숨기고 아무에게도 말하지 않고 스스로 맹세하고 암석 동굴 속에 가서 살았으며

부모와 처자식, 형제들을 다 버리고, 누린내 나는 육식을 피하고 생식만 했노라

아침에는 운모산이라는 선약을 먹고, 저녁에는 하늘 이슬의 정기인 항해정을 마셨노라

아무도 없는 산에서 30년을 살며, 매일같이 휘장 두른 수레 오기만을 기다렸노라

전에 기약한 15년이 지나간 지 이미 오래되었으나, 난새와 학이 울며 오지 않노라

그는 날로 늙고 시들어 이가 빠지고 머리가 백발이 되고, 귀와 눈도 흐리고 총명이 감퇴했노라

하루아침에 죽어 물질로 화하게 되었으며, 육신이 분토와 같게 되었노라

신선이 참으로 있을 수도 있겠지만, 속인의 힘으로는 될 수 있는 것이 아니노라

천생으로 신선의 골상을 타고나지 않으면, 신선이 사는 단대에 이름을 올리지 못하노라

다만 벽곡법을 전수받고, 허망하게 소단경을 배운 것만으로

혼자서 애를 쓰고 고생을 해도, 영원히 신선이 될 수가 없노라

딱하고 슬프다, 신선이 되려는 허망한 꿈을 꾸면서, 일생을 망치고 있는 사람들이여

語釋 ○夢仙(몽선)－신선 되기를 몽상한다. 신선 되기를 꿈꾸다가 일생을 망치는 어리석은 사람을 풍자한 시다. ○人有仙夢者(인유선몽자)－사람들 중에는 신선의 꿈을 꾸는 자가 있다. ○夢身升上淸(몽신승상청)－꿈속에서 자기 몸이 높이 푸른 하늘에 올라갔다. 도가(道家)에서는 하늘을 '상청(上淸)'이라 한다. '상청은 아득히 먼 놀 밖에 있으며, 팔황노군(八皇老君)이 구천(九天)의 신선들을 다스리며, 상청궁(上淸宮)이 있다.'《운급칠첨(雲笈七籤)》. ○坐乘一白鶴(좌승일백

학)-한 마리의 백학을 타고 있었으며. ○前引雙紅旌(전인쌍홍정)-앞에는 두 마리의 학이 붉은 기를 들고 전도(前導)하고 있다. 정(旌)은 천자(天子)의 기. ○羽衣忽飄飄(우의홀표표)-날개옷이 훨훨 펄럭펄럭 휘날리고. ○玉鸞俄錚錚(옥난아쟁쟁)-갑자기 옥을 굴리는 듯, 난새가 우는 듯 맑고 쟁쟁한 소리가 울려 퍼진다. 옥란(玉鸞)을 난새 모양의 옥 방울로 풀기도 한다. 아(俄)는 갑자기. ○半空直下視(반공직하시)-하늘을 반쯤 올라가서 곧바로 아래를 보니. ○人世塵冥冥(인세진명명)-인간세상이 먼지에 가려 아득하게 보인다. ○漸失鄕國處(점실향국처)-점차로 자기의 고향이나 나라의 위치도 알지 못하게 되었다. ○纔分山水形(재분산수형)-간신히 산과 물이 나뉘어진 모양을 볼 수가 있었다. ○東海一片白(동해일편백)-동해 바다가 한 조각으로 희게 보이고. ○列岳五點靑(열악오점청)-줄지어 솟은 오악(五嶽)도 다섯 개의 푸른 점같이 보였다. 오악은 태산(泰山)·화산(華山)·형산(衡山)·항산(恒山)·숭산(崇山). ○須臾羣仙來(수유군선래)-얼마 있자, 많은 신선들이 와서. ○相引朝玉京(상인조옥경)-서로 인도하고 옥경(玉京)으로 향했다. 옥경은 하늘이나 선경(仙境)을 다스리는 옥황상제(玉皇上帝)의 궁전 혹은 도성. ○安期羨門輩(안기선문배)-안기(安期)나 선문(羨門) 같은 선인들이. ○列侍如公卿(열시여공경)-지상세계의 공경같이 (옥황상제를 모시고) 배열(陪列)하고 있다. 안기는 선인(仙人)이며, 포박자(抱朴子)라고도 한다. 선문도 동해에 살고 있는 선인의 이름이다. 진시황(秦始皇)이 그를 찾아 동해에 갔다고 전한다. ○仰謁玉皇帝(앙알옥황제)-마침내 옥황상제를 알현하고. ○稽首前致誠(계수전치성)-고개를 숙이고, 앞에 나가서 정성을 바쳤다. ○帝言汝仙才(제언여선재)-옥황상제가 말했다. '그대는 선인이 될 재질이 있다.' ○努力勿自輕(노력물자경)-'그러므로 열심히 노력하고 경솔한 짓을 하지 말라.' ○却後十五年(각후십오년)-앞으로 15년 후에. ○期汝不死庭(기여불사정)-그대가 불로불사의 선경(仙境)에 올 것을 기약하리라. ○再拜受斯言(재배수사언)-두 번 절을 하고 그 말을 듣는 순간에.

ㅇ旣寤喜且驚(기오희차경)-그는 꿈에서 깨어나자, 기쁘고 놀라는 것이었다. ㅇ秘之不敢泄(비지불감설)-꿈을 숨기고 아무에게도 말하지 않았으며. ㅇ誓志居巖扃(서지거암경)-스스로 맹세하고 암석 동굴 속에 가서 살았다. 경(扃)은 빗장. ㅇ恩愛捨骨肉(은애사골육)-부모와 처자 형제를 다 버리고. ㅇ飮食斷羶腥(음식단전성)-누린내나는 고기를 먹지 않고, 생식만 했다는 뜻. 전(羶)은 누린내, 성(腥)은 비리다. ㅇ朝餐雲母散(조찬운모산)-아침에는 운모산(雲母散)을 들었다. 운모산은 선약(仙藥)이다. ㅇ夜吸沆瀣精(야흡항해정)-저녁에는 항해정(沆瀣精)을 마셨다. 항해정은 하늘에서 내리는 이슬의 정기(精氣)로 신선이 먹는다. 항(沆)은 넓다, 해(瀣)는 이슬 기운. ㅇ空山三十歲(공산삼십세)-아무도 없는 산에서 30년을 살고. ㅇ日望輜軿迎(일망치병영)-매일같이 (선경에서 보내 줄) 밀폐된 수레가 오기만을 기다렸다. 치병(輜軿)은 사방이 꽉 닫혀진 수레, 치(輜)는 짐수레, 관을 싣는 수레, 병(軿)은 휘장 두른 수레. ㅇ前期過巳久(전기과이구)-전에 기약한 날, 즉 15년이 지나간 지 이미 오래되었으나. ㅇ鸞鶴無來聲(난학무래성)-앞장서서 인도해줄 난새나, 자기를 태워줄 학이 소리내어 울며 오지 않는다. ㅇ齒髮日衰白(치발일쇠백)-그러는 동안에 날로 늙고 시들어 이가 빠지고 머리가 백발이 되었으며. ㅇ耳目減聰明(이목감총명)-귀 먹고 눈이 어두워 총명이 다 감퇴하고 흐리멍텅하게 되었다. ㅇ一朝同物化(일조동물화)-하루아침에 죽어 물질로 화하게 되었으며. ㅇ身與糞壤幷(신여분양병)-육신이 분토(糞土)와 같게 되었다. ㅇ神仙信有之(신선신유지)-신선이 참으로 있을 수도 있겠지만. ㅇ俗力非可營(속력비가영)-속인의 힘으로는 될 수 있는 것이 아니다. ㅇ苟無金骨相(구무금골상)-적어도 천생으로 신선의 골상을 타고나지 않으면이란 뜻. 금골상(金骨相)은 신선의 골상. ㅇ不列丹臺名(불렬단대명)-붉은 대각에 이름을 오르게 할 수 없다. 단대(丹臺)는 신선이 사는 곳. ㅇ徒傳辟穀法(도전벽곡법)-다만 벽곡법(辟穀法)을 전수받고. 벽곡법은 곡식을 안 먹고, 하늘의 이슬이나 정기만을 받아먹는 법. ㅇ虛

受燒丹經(허수소단경)-허망하게 소단경(燒丹經)의 가르침을 받고.
소단경은 단사(丹沙)를 구워서 불로불사의 선약을 만드는 법을 가르
친 책. ㅇ只自取勤苦(지자취근고)-아무리 혼자서 애를 쓰고 고생
을 해도 ㅇ百年終不成(백년종불성)-영원히 신선이 될 수가 없다.
ㅇ悲哉夢仙人(비재몽선인)-딱하고 슬픈 노릇이다. 신선이 되려는
허망한 꿈을 꾸기만 하니 딱하다는 뜻. ㅇ一夢誤一生(일몽오일생)-
허튼 꿈 때문에 일생을 망치고 있노라.

(解說) 불로장생(不老長生)의 미망(迷妄)에 빠져 일생을 망치는 어리석
은 사람을 풍자한 시다. 인간은 육신을 터로 한 동물적 삶을 산다.
그러나 동시에 숭고한 정신을 바탕으로 이성적 윤리, 도덕적 삶도
영위한다. 그러므로 인간을 영장이라고 높인다. 그러므로 인간의 욕
심이나 욕구에도 '동물적 본능적 욕심'과 '정신적 도덕적 욕구'가 있
게 마련이다.

'동물적 본능적 욕심'은 이기주의에 직결된다. 즉 내가 잘 먹고,
내가 관능적 쾌락을 취하고 또 내가 죽지 않고 오래 살려고 한다.
따라서 '남을 살상하고, 남의 재물을 탈취하고, 나만이 잘살려는 악
덕'과, 동시에 '그 같은 악덕한 관능적 쾌락을 영원히 누리려는 환
상'에 사로잡히게 된다. 그러므로 인간 세상에는 '살인·전쟁·탈취
및 미망'이 성하게 마련이다. 이와 같은 '악덕과 미망'을 '정신적·도
덕적 이성'으로 억제하고 조절해야 한다. 그래야 개인적으로나 국가
적으로나, 절대선(絶對善)인 천도(天道)를 따라 선가치적(善價値的)
문화생활을 영위할 수 있다.

105. 議婚 의혼 며느리 취할 때

1. 天下無正聲 천하무정성　悅耳則爲娛 열이즉위오
2. 人間無正色 인간무정색　悅目卽爲姝 열목즉위주
3. 顔色非相遠 안색비상원　貧富則有殊 빈부즉유수
4. 貧爲時所棄 빈위시소기　富爲時所趨 부위시소추
5. 紅樓富家女 홍루부가녀　金縷繡羅襦 금루수라유
6. 見人不斂手 견인불렴수　嬌癡二八初 교치이팔초
7. 母兄未開口 모형미개구　已嫁不須臾 이가불수유
8. 綠窓貧家女 녹창빈가녀　寂寞二十女 적막이십녀
9. 荊釵不直錢 형채불치전　衣上無眞珠 의상무진주
10. 幾回人欲聘 기회인욕빙　臨日又踟躕 임일우지주
11. 主人會良媒 주인회양매　置酒滿玉壺 치주만옥호
12. 四座且勿飮 사좌차물음　聽我歌兩途 청아가양도

　　　부 가 여 이 가　　가 조 경 기 부
13. 富家女易嫁　嫁早輕其夫

　　　빈 가 여 난 가　　가 만 효 어 고
14. 貧家女難嫁　嫁慢孝於姑

　　　문 군 욕 취 부　　취 부 의 하 여
15. 問君欲娶婦　娶婦意何如

　세상에는 규정된 바른 음악은 없고 자기의 귀를 즐겁게 해주면 그것이 즐거운 음악이다

　세상에는 절대적 미인도 없고 자기 눈에 예쁘고 또 마음에 차면 그 여자가 미인이다

　여자의 용모 미색에는 별로 차이가 없지만 다만 빈부의 차이가 있는 경우에

　가난한 여자는 버림을 받게 되고 부자일 때에는 급속도로 (혼사가) 진행되지만,

　붉은 누각에 사는 부잣집의 딸, 금실로 수놓은 엷은 비단옷을 입은 아가씨는

　어른 앞에서도 수족을 수습하지 못하고 열여섯 살이 되어도 버릇없이 교태를 부리거늘

　어머니나 형들이 혼사에 대해서 입을 열기도 전에, 기다릴 틈도 없이 출가하게 되노라

　한편 푸른 창문 가난한 집의 딸은, 나이 20에도 홀로 쓸쓸한 노처녀로 처져 있으며

　머리에 꽂은 가시나무 비녀는 몇 푼 가치도 없고 무명옷에는 진주 장식도 없으니

여러 차례 사람들 예물을 보내겠다고 말하면서도 막상 날이
되면 너나없이 주저하노라

지금 주인도 좋은 중매들을 모아놓고 술상을 차리고 옥 항아
리에 술을 가득 채워놓고 잔치하고 있으나

사방에 둘러앉은 여러분들, 잠시 술 마시기 전에, 며느리 택하
는 두 길을 내가 노래할 테니 들어보시오

부잣집 딸은 시집가기 쉬우나 시집가는 그 즉시 남편을 경시
할 것이요

가난한 집 딸은 시집가기 어렵고 더디어도 시부모에게 효도할
것이오

그대 주인에게 묻겠노라, 며느리를 취하려는 그대는 어떠한 뜻
으로 며느리를 얻으려 하오

語釋 ㅇ議婚(의혼)-결혼을 논함, 특히 백낙천은 신부감으로는 버릇없이
자란 부잣집의 딸보다, 어른 공경하고 살림 잘할 가난한 집안의 딸
을 택하라고 권했다. 다른 판본에는 〈빈가녀(貧家女)〉라고 제목을
단 것도 있다. ㅇ天下無正聲(천하무정성)-세상에는 (표준이 될 만
한) 바른 음악 같은 것은 없다. 즉 절대적으로 옳다고 규정된 음악
소리가 없다는 뜻. ㅇ悅耳則爲娛(열이즉위오)-저마다 자기의 귀를
즐겁게 해주는 음악이면, 그 음악이 즐거운 것이다. ㅇ人間無正色
(인간무정색)-안간 세상에는 절대적 미인도 없다. ㅇ悅目卽爲姝
(열목즉위주)-자기 눈에 아름답게 보이고 또 마음에 차면, 그 여자
가 곧 자기에게는 미인이다. 열(悅)은 기쁘다, 주(姝)는 예쁘다.《장
자(莊子)》〈제물편(齊物篇)〉에 있다. '모장(毛嬙)'이나 여비(麗妃)를
사람들은 절세 미인이라고 한다. 그러나, 물고기는 그들을 보면 깊이
숨고, 새들은 높이 날고, 사슴은 놀라서 뛰어 도망간다. 그러니, 사
람·물고기·새·사슴 넷 중의 어느 것이 참다운 아름다움을 안다

고 말하랴?(四者孰知天下之正色哉)'. ○顔色非相遠(안색비상원)－
(신부감으로 물망에 오른) 여자의 용모 미색은 별로 차이가 없고.
○貧富則有殊(빈부칙유수)－다만 빈부의 차이가 있게 마련이다.
○貧爲時所棄(빈위시소기)－(그 여자가) 가난한 경우에는 버림을
받게 되고. ○富爲時所趨(부위시소추)－(그 여자가) 부자일 때에는
(혼담이나 혼사가) 급속도로 진행된다. 추(趨)는 달리다. ○紅樓富
家女(홍루부가녀)－붉고 화려하게 장식한 누각에 사는 부잣집의
딸. ○金縷繡羅襦(금루수라유)－금실로 수놓은 엷은 비단옷을 입고
있는 아가씨. 루(縷)는 실, 수(繡)는 수놓다, 라(羅)는 비단, 유(襦)
는 저고리. ○見人不斂手(견인불렴수)－어른 앞에서도 수족을 수습
하지 않는다. 즉 부잣집 딸은 버릇없이 자랐기 때문에, 예의범절을
차릴 줄 모른다. 렴(斂)은 거두다. ○嬌癡二八初(교치이팔초)－나이
가 열여섯이나 되어도 얼뜨고 경솔하게 교태나 교만을 부린다. 교
(嬌)는 아리땁다, 치(癡)는 어리석다. ○母兄未開口(모형미개구)－
어머니나 형들이 (혼사에 대해) 입을 벌리기도 전에. ○已嫁不須臾
(이가불수유)－기다릴 틈도 없이 이미 출가한다. 수(須)는 기다리다,
유(臾)는 잠깐. ○綠窗貧家女(녹창빈가녀)－푸른 창문이 달린 가난
한 집의 딸. 녹창(綠窗)은 홍루(紅樓)의 대구(對句)로써 푸른 나무
아래에 세워진 초가집의 창문. ○寂寞二十女(적막이십녀)－나이
20에도 (시집을 못 가고) 홀로 쓸쓸하게 노처녀로 뒤처져 있다.
○荊釵不直錢(형채불치전)－머리에 꽂은 가시나무 비녀는 몇 푼 가
치도 없다. 후한(後漢) 시대의 양홍(梁鴻)의 처는 '가시나무 비녀를
꽂고 베옷을 입었다(荊釵布裙)'고 했다. 가난한 살림에도 잘 견디어
내조의 공을 세웠다. ○衣上無眞珠(의상무진주)－무명옷에는 진주
같은 장식품도 없다. ○幾回人欲聘(기회인욕빙)－여러 차례 사람들
이 들락날락하면서 예물을 보내고 맞이하겠다고 말을 하면서도란
뜻. 신랑집에서 채단(綵緞)과 폐물을 보내고 정식으로 청혼하는 것
을 '빙(聘)'이라 함. ○臨日又踟蹰(임일우지주)－막상 약정한 날이
되면, 누구나 다 주저한다. 즉 성사가 되지 않는다. 지(踟)는 머뭇거

리다, 주(躕)는 머뭇거리다. ㅇ主人會良媒(주인회양매)-(지금) 이
집의 주인도 (아들 장가를 위해서) 좋은 중매들을 불러 모아놓고.
ㅇ置酒滿玉壺(치주만옥호)-술상을 차리고 옥 항아리에 술을 가
득 채워놓고(잔치를 벌이고 있다). ㅇ四座且勿飮(사좌차물음)-사
방에 둘러앉은 (여러분) 잠시 술 마시기 전에. ㅇ聽我歌兩途(청아
가양도)-(신부를 택하는) 두 가지 길을 내가 노래할 테니 들어보
시오. ㅇ富家女易嫁(부가여이가)-부잣집 딸은 시집가기 쉬우나.
'가(嫁)'는 '혼사를 성취시키기는 쉬우나'의 뜻이 담겨져 있다. ㅇ嫁
早輕其夫(가조경기부)-시집가는 그 즉시 남편을 경시할 것이오.
ㅇ貧家女難嫁(빈가여난가)-가난한 집의 딸은 시집가기 어려우나,
즉 혼사를 성취시키기는 어려우나. ㅇ嫁慢孝於姑(가만효어고)-시집
가기 더디어도 (가난한 집의 딸은) 시부모에게 효도한다. ㅇ問君欲
娶婦(문군욕취부)-그대 주인에게 묻겠노라, 며느리를 취하려 하
겠거든. ㅇ娶婦意何如(취부의하여)-그대가 며느리를 얻으려는 뜻
이 어느 길이요? 어떠한 며느리를 얻으려 하오.

(解說) (1) 옛날의 대가족제도(大家族制度)하에서 아들이 장가들고 신부
를 맞이한다는 것은 곧 시부모나 시집 식구들이 새댁 즉 새 며느리
를 맞이함이다. 그 새댁은 자기 남편만의 아내가 아니라, 시집 모든
식구를 돌보고 받들어야 한다. 그러므로 백낙천은 이 시에서 '그대
에게 묻겠노라, 어떠한 며느리를 얻으려 하느냐?(問君欲娶婦, 娶婦
意何如)'하고 의문을 제시하고, 다음같이 결론을 내렸다. '부잣집 딸
은 시집가기 쉬우나, 즉 혼사를 성취시키기 쉽지만 그 부잣집 딸은
버릇없이 자라 오만 무례하므로 시집가는 그 즉시 남편을 경시할
것이다(富家女易嫁, 嫁早輕其夫).'
한편 '가난한 집안의 딸은 시집가기 힘들다. 즉 혼사를 성취시키
기 어렵다. 그러나 가난한 집안의 딸을 맞이하면 시부모에게 효도한
다(貧家女難嫁, 嫁慢孝於姑).'
이 시는 궁전에서 물러난 백낙천이 39세에 경조호참군(京兆戶參

軍)이 되어 장안에서 지은 〈진중음(秦中吟) 10수〉 중의 하나다.

(2) 〈진중음(秦中吟) 10수〉는 백낙천이 장안에 있을 때에 지은 신악부시(新樂府詩)로 풍유(諷諭)의 뜻이 넘치는 시다. 즉 비판과 교육을 겸한 의도로 만든 시다. 10수는 다음 같다. 의혼(議婚)·중부(重賦)·상택(傷宅)·상우(傷友)·불치사(不致仕)·입비(立碑)·경비(輕肥)·오현(五絃)·가무(歌舞)·매화(買花)다.

그 중의 '중부(重賦)·상택(傷宅)·불치사(不致仕)·경비(輕肥)·가무(歌舞)·매화(買花)'의 6수는 이미 제3장에 수록했다. 이 증보편에는 '의혼(議婚), 상우(傷友), 입비(立碑)' 3수를 보충한다.

다음에 〈진중음(秦中吟) 10수〉에 대한 자서(自序)의 원문과 풀이를 참고로 붙이겠다.

　서　정원원화지제　　여재장안　　문견지간
序 貞元元和之際　予在長安　聞見之間

　유족비자　　인직가기사　　명위진중음
有足悲者　因直歌其事　命爲秦中吟

(서문) 정원, 원화 연대에 나는 장안에 있었으며, 보고 들은 여러 가지 일들 중, 서글픈 일들이 많았다. 그래서 그 일들을 노래로 불러, 〈진중음〉이라 이름지었다.

語釋　ｏ秦中吟(진중음)─장안(長安)에 있을 때 지은 노래. 장안은 옛날 진(秦)나라의 국도였다. ｏ貞元元和之際(정원원화지제)─정원 말에서 원화(元和) 초기에 (백낙천은 장안에 있었다). 정원은 덕종(德宗)의 연대, 원화는 헌종(憲宗)의 연대. 백낙천은 나이 39세, 원화 4년(810)경에 〈진중음(秦中吟) 10수〉를 지었다.

상 우
106. 傷友 서글픈 벗

1.	누항고한사 陋巷孤寒士	출문고서서 出門苦栖栖
2.	수운지기고 雖云志氣高	기면안색저 豈免顏色低
3.	평생동문우 平生同門友	통적재금규 通籍在金閨
4.	낭자교칠계 曩者膠漆契	이래운우규 邇來雲雨睽
5.	정봉하조귀 正逢下朝歸	헌기오문서 軒騎五門西
6.	시시천구음 是時天久陰	삼일우처처 三日雨凄凄
7.	건려피로립 蹇驢避路立	비마당풍시 肥馬當風嘶
8.	회두망상식 廻頭忘相識	점도상사제 占道上沙堤
9.	석년낙양사 昔年洛陽社	빈천상제휴 貧賤相提攜
10.	금일장안도 今日長安道	대면격운니 對面隔雲泥
11.	근일다여차 近日多如此	비군독참처 非君獨慘悽
12.	사생불변자 死生不變者	유문임여여 唯聞任與黎

누추한 마을에서 빈한하게 사는 선비는 문밖에 나가도 고생스럽고 불안하며

비록 뜻과 기개가 높다 해도 안색이 풀 죽고 시드는 것을 어찌 면하랴

함께 동문수학하던 벗이 벼슬에 올라 대궐문에 명패를 걸고 대궐 출입을 하게 되자

전에는 아교풀처럼 친밀했던 두 사람 사이가, 지금은 구름과 비같이 서로 나뉘었노라

마침 벼슬하는 벗이 조정에서 돌아오는 길이라, 수레를 몰고 오문(五門) 서쪽으로 가고 있었으며

그 무렵에는 하늘이 계속 흐리고 사흘간 연달아 비가 처량하게 내리고 있었노라

빈천한 친구가 나귀를 멈추고 비켜서자 출세한 친구는 바람결에 말울음을 높이고 가며

고개 돌리고 모른 척하며 길을 독차지하고 거드름 피우며 모래 돋은 제방으로 올라가노라

옛날에는 낙양의 모임에서 함께 시를 읊던 사이며, 빈천했을 때는 서로 손잡고 끌었거늘

오늘 장안 길에서 대면하는 그들은 구름과 진흙같이 간격이 벌어지게 되었노라

근래에는 그와 같은 일이 많이 있노라, 그러니 그대 혼자만이 처참한 것이 아닐세!

죽으나 사나 우정과 의리를 변치 않고 지킨 사람은 다만 임공숙(任公叔)과 여봉(黎逢)뿐인가 하노라.

（語釋） ㅇ傷友(상우)-서글픈 벗, 마음을 상하게 하는 벗, 어려서 빈천할 때에 함께 공부하던 벗이 출세를 한 다음 모른 척하므로 마음이 상한다는 시다. 시제(詩題) 아래 '상고절사(傷古節士 : 절개를 지키며 고생하는 선비를 마음 아프게 여긴다)'라는 자주(自注)가 있다. ㅇ陋巷孤寒士(누항고한사)-누추하고 좁은 뒷골목 마을에서 외롭고 쓸쓸하게 가난에 시달리는 선비 ㅇ出門苦栖栖(출문고서서)-문밖에 나가도 고생스럽고 불안하다, 고(苦)를 '몹시, 심하게'로 풀어도 된다. 서서(栖栖)는 분주하고 불안하다. ㅇ雖云志氣高(수운지기고)-비록 (속에 품은) 뜻과 기개는 높지만. ㅇ豈免顔色低(기면안색저)-안색이 초췌하고 기가 시드는 것을 어찌 면하랴? 초췌하고 풀 죽은 꼴이 나타나 보인다는 뜻. ㅇ平生同門友(평생동문우)-평생 동문수학한 벗. 동문(同門)은 같은 스승 밑에서 글을 배운 글벗. ㅇ通籍在金閨(통적재금규)-벼슬에 올라, 대궐 출입을 한다. 적(籍)은 대나무로 만든 명패다. 그 위에 성명, 관직 기타 인적 사항을 써서 궁문에 걸어둔다. 그 명패가 있는 사람은 대궐을 출입할 수 있다. 그러므로 사환(仕宦)을 통적(通籍)이라고 한다. 통(通)은 성명이 궁전에 통달된다는 뜻이다. 금규(金閨)는 금마문(金馬門), 한나라의 궁문의 이름. 규(閨)는 여기서는 문(門). ㅇ曩者膠漆契(낭자교칠계)-전에는 아교 풀처럼 꽉 맺은 사이였다. 낭(曩)은 접때, 교(膠)는 아교, 칠(漆)은 옻, 계(契)는 맺다. ㅇ邇來雲雨睽(이래운우규)-근래에 와서는 구름과 비같이 서로 나뉘었다. 구름은 하늘에 있고, 비는 땅에 떨어진다. 이(邇)는 가깝다, 규(睽)는 등지다. ㅇ正逢下朝歸(정봉하조귀)-마침, (벼슬을 하는 벗이) 조정에서 돌아오는 때였다. 정봉(正逢)을 '정면으로 옛벗을 길에서 만나다'로 풀이할 수도 있다. ㅇ軒騎五門西(헌기오문서)-수레를 몰고 오문(五門) 서쪽으로 가다. 오문은 다섯 개의 궁문. 노문(路門)·청문(廳門)·고문(皐門)·치문(雉門)·고문(庫門). 헌(軒)은 수레, 기(騎)는 말타다. ㅇ是時天久陰(시시천구음)-그 무렵 하늘이 계속 흐렸고. ㅇ三日雨凄凄(삼일우처처)-사흘간 계속해서 비가 처량하게 내렸다. 처(凄)는 쓸쓸하다. ㅇ寒驢避

路立(건려피로립)-(빈천한 친구는) 타고 가던 나귀를 멈추고 서서 길을 피했다. 건(蹇)은 절다, 멈추다, 려(驢)는 나귀. ○肥馬當風嘶 (비마당풍시)-출세한 친구가 탄 살찐 말조차 (거만하게) 바람을 향해 소리 높여 울며 지나간다. 嘶(울 시). ○廻頭忘相識(회두망상식)-고 개를 돌리고, 모른 척한다. 망상식(忘相識)은 '전에 서로 벗했던 것 을 잊은 듯'의 뜻. ○占道上沙堤(점도상사제)-길을 독차지하고 거 드름 피우며 모래를 돋운 제방으로 올라간다. 사제(沙堤)는 '흰모래 로 돋우어 올린 길 혹은 제방'. 지체 높은 고관만이 다닌다. 제(堤) 는 방죽. ○昔年洛陽社(석년낙양사)-옛날에는 낙양의 음사(吟社) 에서 함께 시를 읊었다. 낙양사(洛陽社)는 낙양에 있는 '시를 음(吟) 하는 단체'. ○貧賤相提攜(빈천상제휴)-빈천했을 때는 서로 손을 잡 고 끌었다. 제(提)는 끌다, 휴(攜=携)는 끌다. ○今日長安道(금일장안 도)-오늘은 장안의 길에서. ○對面隔雲泥(대면격운니)-서로 대면 을 하고도 (두 사람 사이가) 구름과 진창같이 간격이 있다. ○近日 多如此(근일다여차)-근래에는 그와 같은 일이 많다(백낙천이 고생 하는 선비에게 하는 말). ○非君獨慘悽(비군독참처)-그대 혼자만 처참하고 처절한 것이 아니다. ○死生不變者(사생불변자)-죽으나 사나 (우정이나 의리를) 변치 않고 지킨 사람은. ○唯聞任與黎(유문 임여여)-오직 임공숙(任公叔)과 여봉(黎逢)뿐이라고 들었다. 두 사 람은 당시에 의리를 잘 지키는 사람으로 알려졌다. '여봉'은 대력(大 曆) 12년의 진사(進士). 기타 자세한 것은 알 수 없다.

(解說)　출세한 친구가, 출세하지 못한 친구를 보고도 모른 척하는 야박 한 인간을 탓하는 시다. 어려서 가난하게 살며 함께 동문수학(同門 修學)하던 한 친구가 출세하고 고관이 되었다. 그는 호화로운 수레 를 타고 가다가 퇴청 길가에서 옛 친구를 만났다. 그는 초라한 몰골 로 길 한 구석에 비켜 서 있었다. 그런데도 출세한 친구는 모른 척 외면을 하며 오만하게 그 앞을 지나갔다. 백낙천은 다음같이 읊었 다. '오늘은 장안의 길에서, 서로 대면을 하는 두 사람 사이는 구름

과 흙탕길같이 간격이 있다(今日長安道, 對面隔雲泥).'그리고 다음 같이 덧붙였다. '근래에는 그와 같은 일이 많으니, 그대만 처참한 것이 아니다(近日多如此, 非君獨慘悽).' 몰인정한 세태를 통탄한 시다.

107. 立碑 함부로 세운 비석

1. 勳德既下衰 (훈덕기하쇠) 文章亦陵夷 (문장역릉이)

2. 但見山中石 (단견산중석) 立作路旁碑 (입작로방비)

3. 銘勳悉太公 (명훈실태공) 敍德皆仲尼 (서덕개중니)

4. 復以多爲貴 (부이다위귀) 千言直萬貲 (천언치만자)

5. 爲文彼何人 (위문피하인) 想見下筆時 (상견하필시)

6. 但欲愚者悅 (단욕우자열) 不思賢者嗤 (불사현자치)

7. 豈獨賢者嗤 (기독현자치) 仍傳後代疑 (잉전후대의)

8. 古石蒼苔宇 (고석창태우) 安知是愧詞 (안지시괴사)

9. 我聞忘江縣 (아문망강현) 麴令撫惸嫠 (국령무경리)

10. 在官有仁政 (재관유인정) 名不聞京師 (명불문경사)

신 몰 욕 귀 장　　백 성 차 로 기
11. 身歿欲歸葬　百姓遮路岐

반 원 부 득 거　　유 장 차 강 미
12. 攀轅不得去　留葬此江湄

지 금 도 기 명　　남 녀 체 개 수
13. 至今道其名　男女涕皆垂

무 인 립 비 갈　　유 유 읍 인 지
14. 無人立碑碣　唯有邑人知

　　사람들의 공훈과 덕행이 시들고 쇠하자, 문장의 격도 천박하게
되었노라

　　어디에 가나 산중의 돌을 옮겨다가 길가에 세운 비석들을 볼
수가 있으며

　　비석의 글은 모두가 강태공 같은 공훈을 적은 글이고, 비석에
기술한 덕행은 모두가 공자 같은 것이라

　　또 비문의 글자 많은 것을 귀하게 여기고, 천 자를 돌에 새기
니, 그 비용이 만 금의 재물에 해당하노라

　　비석의 글을 초하는 사람은 어떠한 사람일까? 내가 생각하기
에는 붓을 들고 글을 초할 때에

　　어리석은 사람만을 즐겁게 해주고, 현명한 사람들이 웃을 것
을 미처 생각하지 못한 듯하여라

　　현자들이 웃기만 하겠는가? (비석에 적힌 거짓된 글이) 후세
사람에게 의아한 것을 전할 것이니,

　　결국 푸른 이끼 낀 낡은 비석의 글이, 욕이 될 말들인지를 (비
석을 초한 사람이) 어찌 알겠는가?

　　내가 듣고 아는 바, 망강현의 국(麴)현령은 불쌍한 사람이나

외로운 과부들을 잘 돌보았다 하고

　현령에 있으면서 어진 다스림을 폈다고 하며, 비록 그 이름이
임금이 있는 장안에 알려지지는 않아도

　그가 죽자, 그를 고향으로 돌아가 매장하려 했을 때, 현의 백
성들이 갈림길을 막고 차단하고

　운구하는 수레의 끌채를 잡고 가지 못하게 막았으므로, 그곳
망강현 강가에 매장했다 하며

　지금에도 그의 이름을 부르며 남녀 모두가 울고 눈물을 떨군
다 하더라

　그를 위해 비석이나 갈석을 세우지 않았으나, 고을 사람들은
그의 어진 덕을 잘 알고 있다 하노라

(語釋)　ㅇ立碑(입비)-비석을 세우다, 혹은 서 있는 비석. 아무런 공적이
나 덕도 없는 사람이 비석을 함부로 세우고, 후세에 이름을 내려고
하는 어리석은 짓을 탓한 시다. 제목을 〈고비(古碑)〉라고도 한다.
ㅇ勛德既下衰(훈덕기하쇠)-(옛날에 비해서 오늘의) 훈공이나 도덕
의 기준이 이미 시들고 하치가 되었다. 훈(勛=勳)은 공. ㅇ文章亦
陵夷(문장역릉이)-문장의 격도 역시 천박하고 하치가 되었다. ㅇ但
見山中石(단견산중석)-어디에서나 산중의 돌을 옮겨와서. ㅇ立作
路旁碑(입작로방비)-길가의 비석으로 세운 것을 (볼 수 있다). ㅇ銘
勳悉太公(명훈실태공)-비석에 새긴 명문(銘文)은 모두가 강태공
(姜太公) 같은 공훈을 적은 글이다. 명(銘)은 새기다. 태공(太公)은
곧 강태공, 여상(呂尙). 주(周) 무왕(武王)의 군사(軍師)로 은(殷)
의 주왕(紂王)을 토멸하는 데 공을 세웠다. ㅇ敍德皆仲尼(서덕개
중니)-비석에 기술한 덕행은 모두가 공자와 같은 것이다. 중니(仲
尼)는 공자의 자. ㅇ復以多爲貴(부이다위귀)-또 (비문의 글자가)
많은 것을 귀하게 여기고. ㅇ千言直萬貨(천언치만자)-천 자를 돌

에 새기니, 그 비용이 재물 만 금에 해당한다. 치(直=値)는 값. ○爲
文彼何人(위문피하인)—비문의 글을 초(草)하는 사람은 어떠한 사
람이냐 하면. ○想見下筆時(상견하필시)—상견(想見)은 '……하려
는 것처럼 생각되고 또 보인다'. 하필시(下筆時)는 '붓을 들고 글을
초할 때에'란 뜻. ○但欲愚者悅(단욕우자열)—단욕(但欲)은 '다만
……하려고 원한 것 같다'. 우자열(愚者悅)은 '어리석은 사람들만을
즐겁게 해주고'란 뜻. ○不思賢者嗤(불사현자치)—현인들의 조소를
생각하지 않은 듯하다. 치(嗤)는 웃다. ○豈獨賢者嗤(기독현자치)—
어찌 현자들이 웃기만 하랴? ○仍傳後代疑(잉전후대의)—더욱 후
대에 엉터리 기록을 전하게 된다. ○古石蒼苔宇(고석창태우)—(결
국) 푸른 이끼가 긴 낡은 비석에 (적힌 글이)란 뜻. 우(宇)는 공간
(空間), 여기서는 '비석 바닥'의 뜻. ○安知是愧詞(안지시괴사)—(글
을 쓴 사람이 비석에 적힌 글이, 장차 역사적으로) 욕이 될 말인지
어찌 알겠느냐? ○我聞忘江縣(아문망강현)—내가 듣고 아는 바, 망
강현(忘江縣)의 현령(縣令)이란 뜻. 망강현은 안휘성(安徽省)에 있
는 현. ○麴令撫惸嫠(국령무경리)—성을 국(麴)이라고 하는 현령이
의지할 곳 없는 사람이나 과부들을 잘 보살피고 돌보았다. 무(撫)
는 어루만지다, 경(惸)은 외롭다, 리(嫠)는 과부. ○在官有仁政(재
관유인정)—현령에 있으면서 인정(仁政)을 폈다. 인정은 인애(仁愛)
로운 정치. ○名不聞京師(명불문경사)—(비록 그 명성이) 경사(京
師)에는 알려지지는 않았으나. 경사는 임금이 있는 국도(國都), 즉
장안(長安). ○身歿欲歸葬(신몰욕귀장)—그가 죽자, 그를 고향으로
돌아가 매장하려 했으나. ○百姓遮路岐(백성차로기)—현의 백성들
이 길의 분기점, 즉 갈라진 길을 차단하여 막고. ○攀轅不得去(반
원부득거)—(마을 사람들이) 운구차(運柩車)의 끌채를 잡고 수레를
가지 못하게 막았다. 반(攀)은 매달리다, 원(轅)은 끌채. ○留葬此
江湄(유장차강미)—그래서 그곳 망강현 강가에 매장했다. 미(湄)
는 물가. ○至今道其名(지금도기명)—지금에도 그의 이름을 부르며.
○男女涕皆垂(남녀체개수)—남녀 모든 사람들이 울고 눈물을 떨군

다. ○無人立碑碣(무인립비갈)—아무도 그를 위해 비석이나 갈석을 세우지 않았으나. 비(碑)는 네모 돌, 갈(碣)은 둥근 돌. ○唯有邑人知(유유읍인지)—고을 사람들은 그의 인덕(仁德)을 잘 알고 있다.

解說 생전에 사회적으로 공덕(功德)을 세우지 못한 사람의 송덕비(頌德碑)를 그냥 사사로이 세우는 폐단을 풍자한 시다. 송덕비는 원래 지역사회의 주민들이나 국가적으로 국민을 위해 진정한 공덕을 이룩한 사람을 기리고 추모하기 위해 공적(公的)으로 세워지는 것이다. 그러나, 후손이나 친지들이 사적으로 세우는 경우가 많다. 이를 백낙천은 후세의 조소를 사고 또 역사적으로 혼란을 일게 하는 악덕으로 지적했다.

108. 采詩官 채시관

1. 采詩官 采詩聽歌導人言
채시관 채시청가도인언

2. 言者無罪聞者誡 下流上通上下泰
언자무죄문자계 하류상통상하태

3. 周滅秦興至隋氏 十代采詩官不置
주멸진흥지수씨 십대채시관불치

4. 郊廟登歌贊君美 樂府艷詞悅君意
교묘등가찬군미 악부염사열군의

5. 若求諷諭規刺言 萬句千章無一字
약구풍유규자언 만구천장무일자

6. 不是章句無規刺 漸及朝廷絶諷議
불시장구무규자 점급조정절풍의

7. 諍臣杜口爲冗員 諫鼓高懸作虛器
쟁신두구위용원 간고고현작허기

일 인 부 의 상 단 묵 　 백 벽 입 문 개 자 미
8. 一人負扆常端默　百辟入門皆自媚

석 랑 소 하 개 덕 음 　 춘 관 매 주 유 상 서
9. 夕郞所賀皆德音　春官每奏唯祥瑞

군 지 당 혜 천 리 원 　 군 지 문 혜 구 중 비
10. 君之堂兮千里遠　君之門兮九重閟

군 이 유 문 당 상 언 　 군 안 불 견 문 전 사
11. 君耳唯聞堂上言　君眼不見門前事

탐 리 해 민 무 소 기 　 간 신 폐 군 무 소 외
12. 貪吏害民無所忌　奸臣蔽君無所畏

군 불 견 려 왕 호 해 지 말 년
13. 君不見厲王胡亥之末年

군 신 유 리 군 무 리 　 군 혜 군 혜 원 청 차
14 羣臣有利君無利　君兮君兮願聽此

욕 개 옹 폐 달 인 정 　 선 향 가 시 구 풍 자
15. 欲開壅蔽達人情　先向歌詩求諷刺

민간의 시를 채집하고 노래를 듣는 것은 백성들의 언론을 정
치에 도입하기 위해서이다

시가로 풍자해도 죄를 묻지 않고, 듣는 위정자는 잘못을 경계
하니, 아래의 흐름이 위에 통하여 상하가 태평하게 된다

주(周)가 망하고 진(秦)이 일어나고 다시 수(隋)가 되니, 그간
10대에 걸쳐 채시관을 두지 않았으며

교제(郊祭)나 종묘 제사의 노래는 임금을 찬미하는 것뿐이고,
악부의 염려한 노래는 임금을 즐겁게 할뿐이다

풍자하고 기틀잡고 교화하는 시가가 있을까 찾아보아도 천만

구절 중에 한 글자도 찾아볼 수 없노라

　바로잡고 풍자하려는 글귀가 아주 없지 않으나, 풍간을 논하려
는 경향이 점차로 사라지니

　쟁신은 입을 다물고 쓸모없는 인원이 되고, 간고(諫鼓)는 높이
걸려 있을 뿐, 쓸모 없는 도구가 되었노라

　홀로 존엄한 천자는 등뒤에 병풍을 놓고, 항상 말없이 단정하
게 앉아 있으며, 모든 제후나 고관들은 입궐하여 저마다 아첨하
고 아부하고

　임금 곁에서 시중 드는 석랑(夕郎)이 아뢰어 올리는 말은 항
상 임금의 덕을 높이는 소리뿐이고, 예관은 언제나 나라에 서광
이 비치고 길상이 나타났다는 말만을 올리노라

　임금이 거처하는 궁전은 백성들과의 거리가 천 리나 멀리 격
했고, 대궐 문은 아홉 겹으로 겹겹이 닫혀 있노라

　임금의 귀는 다만 당상관들의 말만을 듣고 있으며, 임금은 눈
으로 직접 대궐 문앞의 일도 보지 못하노라

　탐관오리들은 기피하는 바 없이 백성들을 해치고, 간악한 신
하들은 두려움없이 임금을 가리고 있노라

　임금도 아시리라. 주나라의 여왕(厲王)과 진나라 호해(胡亥)의
말로를

　(임금이 백성들의 말을 듣지 않고 측근자의 말만 들으면) 군
신(群臣)들만 이득을 보고 나라와 임금은 이득을 보지 못하고 결
국에는 나라를 망치노라, 그러니 임금이여, 임금이여, 나의 말을
들으소서

　(임금의 총명을) 막고 기리는 모든 장해물을 제거하고 백성들
의 사정을 상달하게 하기 위해서는, 먼저 민간의 시가를 듣고,

그 속에 담겨진 풍자를 찾아야 하노라

＊주 : 전조의 수(隋) 왕이 나라를 망하게 한 일을 경계함이다.

（語釋） ㅇ采詩官(채시관)-주(周)대에 설치한 관직. 임금이 지방 순시(巡視)할 때에는 음악을 관장하는 태사(太師)가 동행했으며, 채시관들이 각 지방 민간의 시가를 채집하여 임금에게 바친다. 임금은 그 시가를 통해 민의(民意)를 살피고 또 정치의 득실을 바로잡았다. ㅇ采詩聽歌導人言(채시청가도인언)-민간의 시를 채집하고 노래를 듣는 것은 백성들의 언론을 도입하기 위해서이다. ㅇ言者無罪聞者誡(언자무죄문자계)-시가를 통해서 정치를 풍간(諷諫)해도 말한 사람은 죄가 되지 않으며, 듣는 사람은 스스로 경계하게 마련이다.《시경(詩經)》대서(大序)의 말이다. ㅇ下流上通上下泰(하류상통상하태)-아래 백성들의 생각이나 뜻이 물이 흘러 퍼지듯이 자연스럽게 위에 통하고, 따라서 상하가 함께 태평하게 된다. ㅇ周滅秦興至隋氏(주멸진흥지수씨)-그 좋은 전통이 주(周)나라가 멸망하고 진(秦)나라를 거쳐 수(隋)에 이를 때까지. ㅇ十代采詩官不置(십대채시관불치)-10대에 걸쳐, 채시관을 두지 않았다. '주말(周末)·진(秦)·한(漢)·위(魏)·진(晉)·송(宋)·제(齊)·양(梁)·진(陳)·수(隋)'까지 10대는 전란 시기로, 이상적인 채시관 제도가 시행되지 못했다. ㅇ郊廟登歌贊君美(교묘등가찬군미)-교제(郊祭)를 올릴 때나, 종묘(宗廟)에서 선조에게 제사를 드릴 때나 높이 올라가 부른 노래는 오직 임금의 미덕을 칭송하는 시가뿐이다. '교제'는 천지의 신령을 모시는 제사. 동지(冬至)에는 남교(南郊)에서 하늘을 제사지내고, 하지(夏至)에는 북교(北郊)에서 땅을 제사지낸다. ㅇ樂府艶詞悅君意(악부염사열군의)-악부에서 연주하는 염려(艶麗)한 시가들은 다 임금을 즐겁게 하는 것뿐이다. ㅇ若求諷諭規刺言(약구풍유규자언)-혹시라도 정치의 잘못을 풍자하고 바로잡는 데 도움이 될 말이 있을까 하고 찾아보아도 ㅇ萬句千章無一字(만구천장무일자)-천만으로 많은 시나 노랫말 중에 단 하나도 찾아볼 수가 없다.

ㅇ不是章句無規刺(불시장구무규자)-당시에도 많은 시인들이 정치를 풍자하고 틀을 잡으려는 시가를 안 쓴 것이 아니다. ㅇ漸及朝廷絶諷議(점급조정절풍의)-점차로 조정에서 풍간의 시를 들어 가지고 정치의 득실을 논의하려는 풍조가 사라졌던 것이다. ㅇ諍臣杜口爲冗員(쟁신두구위용원)-그러므로 간쟁(諫諍)하는 신하가 입을 다물고 따라서 소용없는 인원이 되었고. ㅇ諫鼓高懸作虛器(간고고현작허기)-백성들이 간언을 올리거나 하소연할 때에 치는 간고(諫鼓)도, 공연히 대궐 앞에 높이 매달린 쓸모없는 북이 되었다. ㅇ一人負扆常端默(일인부의상단묵)-만백성을 다스릴 한 사람 임금은 항상 등뒤에 병풍을 쳐놓고 말없이 단정하게 앉아 있고. 의(扆)는 병풍. ㅇ百辟入門皆自媚(백벽입문개자미)-모든 신하들은 대궐문으로 들어와서 저마다, 임금에게 아첨하기만 한다. 벽(辟)은 임금, 여기서는 신하의 뜻. ㅇ夕郎所賀皆德音(석랑소하개덕음)-밤에도 시중을 드는 황문시랑(黃門侍郎)은 항상 임금이 내리는 성은에 대해서 경하의 말을 올릴 뿐 (간언을 올리지 않는다). 덕음(德音)은 임금이 내리는 은총의 말. ㅇ春官每奏唯祥瑞(춘관매주유상서)-예악(禮樂)을 관장하는 관리들도 언제나 나라에 길상(吉祥)이나 서광(瑞光)이 넘친다고 음악을 연주한다. ㅇ君之堂兮千里遠(군지당혜천리원)-임금이 거처하는 궁전은 백성들과의 거리가 천 리나 멀리 격해 있다. ㅇ君之門兮九重閟(군지문혜구중비)-임금의 대궐 문은 아홉 겹으로 겹겹이 닫혀 있다. 비(閟)는 문 닫다. ㅇ君耳唯聞堂上言(군이유문당상언)-임금의 귀는 다만 당상관들의 말만을 듣고 있다. ㅇ君眼不見門前事(군안불견문전사)-임금은 눈으로 직접 대궐 문앞의 일도 보지 못한다. ㅇ貪吏害民無所忌(탐리해민무소기)-탐관오리들은 꺼리고 기피하는 바 없이 백성들을 해치고 있다. ㅇ奸臣蔽君無所畏(간신폐군무소외)-간악한 신하들은 두려워하는 바 없이 임금의 눈과 귀를 가리어 덮고 있다. ㅇ君不見(군불견)-임금은 안 보는가? ㅇ厲王胡亥之末年(여왕호해지말년)-주(周)나라의 여왕(厲王)과 진(秦)나라 호해(胡亥)의 말년을 (임금은 안 보이는

가?) 여왕은 주나라 말기의 무도한 임금으로 포악한 정치를 펴고 백성들의 재물을 겁탈하고 자신은 사치와 유흥을 일삼았다. 그리고 불평하는 사람을 잡아서 무참하게 죽였다. 결국은 백성들이 반란하여 쫓겨나고 말았다. 호해는 진나라 2세로 우매했으며 음흉하고 간악한 내시이자 재상인 조고(趙高)의 말에 놀아나다가, 결국에는 나라를 망치고 자신도 죽었다. ㅇ羣臣有利君無利(군신유리군무리)-(임금이 백성들의 말을 듣지 않고 측근자의 말만 들으면) 군신(群臣)들만 이득을 보고, 나라와 임금은 이득을 보지 못하고 결국에는 나라를 망친다. ㅇ君兮君兮願聽此(군혜군혜원청차)-임금이여, 임금이여, 나의 말을 듣기 바라오. ㅇ欲開壅蔽達人情(욕개옹폐달인정)-(임금의 총명을) 막고 가리는 모든 장해를 제거하고 백성들의 사정을 상달하게 하기 위해서는이란 뜻. 옹(壅)은 막다, 폐(蔽)는 덮다. ㅇ先向歌詩求諷刺(선향가시구풍자)-먼저 민간의 시가를 듣고, 그 속에 담겨진 풍자를 찾아야 하노라.

(解說)   시문학도 국가와 국민의 평화와 번영에 이바지해야 한다. 동시에 인류의 역사적 문화 발전에 기여해야 한다.

백낙천 연보

서기	중국 연대	연령	약 력	주요 작품	기 타
772	代宗 大曆 7	1	1월 20일 정주(鄭州) 신정현(新鄭縣)에서 출생		762 이백(李白) 졸 770 두보(杜甫) 졸
773	8	2	조부 백굉(白鍠) 졸		768 한유(韓愈) 생 773 유종원(柳宗元) 생
776	11	5	제(弟) 백행간(白行簡) 생		
777	12	6	조모(祖母) 설씨(薛氏) 졸		
779	14	8			원진(元稹) 생・대종(代宗) 붕(崩)
780	德宗 建中 1	9	부(父) 계경(季庚) 팽성현령(彭城縣令)이 됨.		양세법(兩稅法) 제정
783	4	11	강남(江南)으로 피난(父가 衢州別駕)		

서기	중국 연대	연령	약 력	주요 작품	기 타
786	貞元 2	15		강남송북객(江南 送北客 : 江樓望 歸) 부득고원초송별 (賦得古原草送 別)(787)	
788	4	17		왕소군(王昭君) 2편	
791	7	20	부리(符離)에서 면 학(勉學)	병중작(病中作, 789)	이하(李賀) 생 (790)
794	10	23	부(父) 양양(襄陽) 에서 서거	유양양회맹호연 (遊襄陽懷孟浩 然)	한유(韓愈) 진 사(進士) 급제 (792) 유종원(柳宗元) ·원진(元稹) 급제(793)
799	15	28	형 유문(幼文 : 浮 梁主簿)을 따라가 다. 선주(宣州)의 향시(鄕試)에 급제.	선주시사중정곡 부(宣州試射中 正鵠賦)	
800	16	29	2월 진사(進士)에 급제. 낙양(洛陽)으 로 돌아오다.	급제 후 귀친(歸 親) : 예부시책오 도(禮部試策五 道) 급제후억구 산(及第後憶舊 山) : 성시성습상 원근부(省試性習 相遠近賦)	

서기	중국 연대	연령	약 력	주요 작품	기 타
803	19	32	발췌과(拔萃科)에 급제, 교서랑(校書 郞)이 된다.		원진(元稹)도 발췌과에 급제, 교서랑이 된다.
804	20	33	위상(渭上:下邽) 에 복거(卜居)		
805	順宗 永貞 元年	34	영숭리(永崇里) 화양관(華陽觀)에 우거(寓居)	영숭리관거(永崇 里觀居), 춘제화 양관(春題華陽觀)	덕종(德宗) 붕 (崩), 순종(順 宗) 즉위(卽位) 8월 헌종(憲宗) 즉위
806	憲宗 元和 元年	35	재식겸무(才識兼 茂) 명어체용과(明 於體用科)에 급제, 주질현위(盩厔縣 尉)	장한가(長恨歌), 증원진(贈元稹)	정월 순종 붕 (崩). 원진 급 제, 좌습유(左 拾遺), 하남위 (河南尉)
807	2	36	집현교리(集賢校 理), 11월에는 한 림학사(翰林學士)	관예맥(觀刈麥), 곡강조추(曲江早 秋), 취중유별양 육형제(醉中留別 楊六兄弟)	
808	3	37	좌습유(左拾遺), 신창리(新昌里)에 살다. 양부인(楊夫 人)과 결혼.	초수습유(初授拾 遺), 송재자제(松 齋自題), 하일독 직(夏日獨直)	
809	4	38	딸 금란(金鑾) 출 생	신악부병형(新樂 府幷亨), 하우(賀 雨)	

서기	중국 연대	연령	약 력	주요 작품	기 타
810	5	39	경조호참군(京兆 戶參軍).	진중음병서(秦中 吟幷序), 자제사 진(自題寫眞)	원진 강릉(江 陵)으로 폄적 (貶謫).
811	6	40	모(母) 진씨(陳氏) 사망. 위촌(渭村) 에 퇴거하여 복상 (服喪). 조부모 및 부(父)를 하규((下 邽 : 渭村)로 이장 (移葬). 딸 금란 요절(夭折).	위상우작(渭上偶 釣), 백발(白髮), 자각(自覺), 병중 곡금란자(病中哭 金鑾子)	
812	7	41	하규(下邽 : 渭材) 에 있다.	자음졸십(自吟拙 什), 적의(適意)	
813	8	42	제(弟) 유미(幼美) 개장(改葬)	촌거고한(村居苦 寒), 효도잠체시 (效陶潛體詩), 염금란자(念金鑾 子), 제소제문(祭 小弟文)	
814	9	43	가을에 오진사(悟 眞寺)에 가다. 겨 울에 입조(入朝), 태자좌찬선대부(太 子左贊善大夫)가 되다. 소국리(昭國 里)에 살다.	유오진사(遊悟眞 寺), 영용(詠慵), 면암(眠暗), 위촌 퇴거(渭村退居)	

서기	중국 연대	연령	약 력	주요 작품	기 타
815	10	44	강주사마(江州司馬)에 폄적(貶謫)되다. 10월 심양(潯陽)에 도착. 12월 시집(15卷)을 편집(編輯)하다.	증표직(贈杓直), 초폄관과망진루(初貶官過望秦樓), 여원구서(與元九書), 자회(自誨)	무원형(武元衡)이 배도(裴度)의 자객(刺客)에게 피살되자, 이를 잡으라고 백거이(白居易)가 상소했다가 월권(越權)이라고 폄적됨. 배도는 후에 상(相)이 되었다.
816	11	45	딸 아라(阿羅) 출생. 형 유문(幼文)이 아들 및 친족의 고아(孤兒)를 맞아 키움.	비파인병서(琵琶引並序), 숙동림사(宿東林寺), 기행간(寄行間)	
817	12	46	여산(廬山) 향로봉(香鑪峯) 아래에 초당을 짓다. 형 유문(幼文) 사망.	향로봉하신치초당(香鑪峯下新置草堂), 폐관강남적거(閉關江南謫居)	
818	13	47	충주자사(忠州刺史)에 임명됨.		
819	14	48	충주 도착. 동생행간(行簡)도 수행.	자강주지충주(自江州至忠州), 기왕질부(寄王質夫)	한유(韓愈) 조주자사(潮州刺史)로 폄적됨. 유종원(柳宗元) 졸(47세).

서기	중국 연대	연령	약 력	주요 작품	기 타
820	15	49	상서사문원외랑(尚書司門員外郎)에 임명됨. 후에는 주객사낭중지제고(主客司郎中知制誥)가 됨.		헌종(憲宗) 붕(崩), 목종(穆宗) 즉위
821	穆宗 長慶 元年	50	조산대부(朝散大夫)에 들고 비의(緋衣)를 입다. 상주국(上柱國)에 전임(轉任), 중서사인지제고(中書舍人知制誥)가 되다. 신창리(新昌里)에 살다. 처 양씨(楊氏) 홍농군군(弘農郡君)의 호(號)를 받다.	초가조산대부(初加朝散大夫), 죽창(竹窓), 처초수읍호(妻初授邑號), 행간초수습유(行簡初授拾遺).	
822	2	51	항주자사(杭州刺史)로 부임.	마상작(馬上作), 상산로유감(商山路有感), 제별유경초당(題別遺慶草堂)	원진 2월에 재상이 됐다가 6월에는 동주자사(同州刺史)가 됨.
823	3	52	항주(杭州)에 있음.		
824	4	53	낙양(洛陽)에 오다. 태자(太子) 좌서자(左庶子)로 동도	삼년위자사(三年爲刺史), 낙하복거(洛下卜居), 이	한유 졸, 목종(穆宗) 붕(崩), 경종(敬宗) 즉

서기	중국 연대	연령	약 력	주요 작품	기 타
			(東都)를 분사(分司)함. 백씨장경집(白氏長慶集) 50권을 엮음.	가입신택(移家入新宅), 별주민(別州民), 분사(分司), 이도신거(履道新居)	위
825	敬宗 寶曆 元年	54	소주자사(蘇州刺史)가 되다.	문행간은사장복(聞行簡恩賜章服)	행간(行簡) 주객낭중(主客郎中)이 됨.
826	2	55	병으로 자사(刺史)를 그만두고 낙양으로 돌아감.	화전탄(花前歎), 자영(自詠), 별소주(別蘇州), 안병(眼病)	행간(行簡) 졸. 경종이 환관(宦官) 유극명(劉克明)에게 피시(被弑).
827	文宗 太和 元年	56	낙양에 도착, 비서감(秘書監)이 됨. 금자(金紫)를 배사(拜賜). 장안(長安) 신창리(新昌里)에 있음.	초수비감배사금자(初授秘監拜賜金紫), 신창한거(新昌閑居)	
828	2	57	형부시랑(刑部侍郎)이 됨.		
829	3	58	태자빈객(太子賓客)으로 동부(東部)를 분사(分司), 낙양에 있음. 원백창화인계집(元白唱和因繼集) 16권,	수태자빈객귀낙(授太子賓客歸洛), 중은(中隱), 지족음(知足吟), 대주(對酒), 불출문(不出門), 아최	

서기	중국 연대	연령	약 력	주요 작품	기 타
			유백창화집(劉白 唱和集) 2권. 아최 (阿崔) 출생.	(阿崔)	
830	4	59	하남윤(河南尹)이 됨.		
831	5	60	아최(阿崔) 죽음(3 세).	곡미지(哭微之), 곡최아(哭崔兒), 육십배하남윤(六 十拜河南尹), 재 거(齋居).	원진 졸(53세)
832	6	61	향산거사(香山居 士)라 호(號)함. 유백창화집(劉白 唱和集) 3권.		
833	7	62	병으로 하남윤(河 南尹)을 사(辭)하 고 다시 태자빈객 (太子賓客)으로 동도(東都)를 분사 (分司).	파부귀구거(罷府 歸舊居).	
834	8	63	낙시(洛詩)를 편찬		
835	9	64	백씨문집(白氏文 集) 60권 완성, 동 림사(東林寺)에 저장함. 아라(阿 羅), 담홍모(談弘 暮)에게 출가.		

서기	중국 연대	연령	약 력	주요 작품	기 타
836	開成 元年	65	백씨문집(白氏文集) 65권 완성, 성선사(聖善寺)에 둠. 풍익현후(馮翊縣侯)에 봉(封)됨. 유백화창집(劉白和唱集) 4권.		
838	3	67	취음선생전(醉吟先生傳)을 지음.		
839	4	68	백씨문집(白氏文集) 67권, 소주(蘇州) 남선사(南禪寺)에 둠. 풍질(風疾)에 시달림. 가기(家妓)를 내보냄.		
840	5	69	백씨낙중집(白氏洛中集) 10권, 향산사(香山寺)에 둠. 아라(阿羅)가 아들 각동(閣童)을 낳다.		무종(武宗) 즉위(841). 연호는 회창(會昌).
842	武宗 會昌 2	71	태자소부(太子小傅)를 면함. 형부상서(刑部尙書)로서 지사(致仕). 백씨문집(白氏文集) 70권 완성.		담홍모(談弘暮) 졸. 아라가 백가(白家)로 돌아옴.

서기	중국 연대	연령	약 력	주요 작품	기 타
845	5	74	칠로회(七老會) 참석. 백씨문집(白氏文集) 75권 완성.	백씨집후기(白氏集後記)	
846	6	75	8월 낙양(洛陽) 이도리(履道里) 집에서 서거. 상서우복야(尙書右僕射) 추증(追贈). 용문(龍門)에 매장.	자영노신시제가속(自詠老身示諸家屬), 재거우작(齋居偶作), 영신(詠身).	

색 인(索引)

386

388

[ㅁ]

394

400

402

406

408

[ㅊ]

410

412

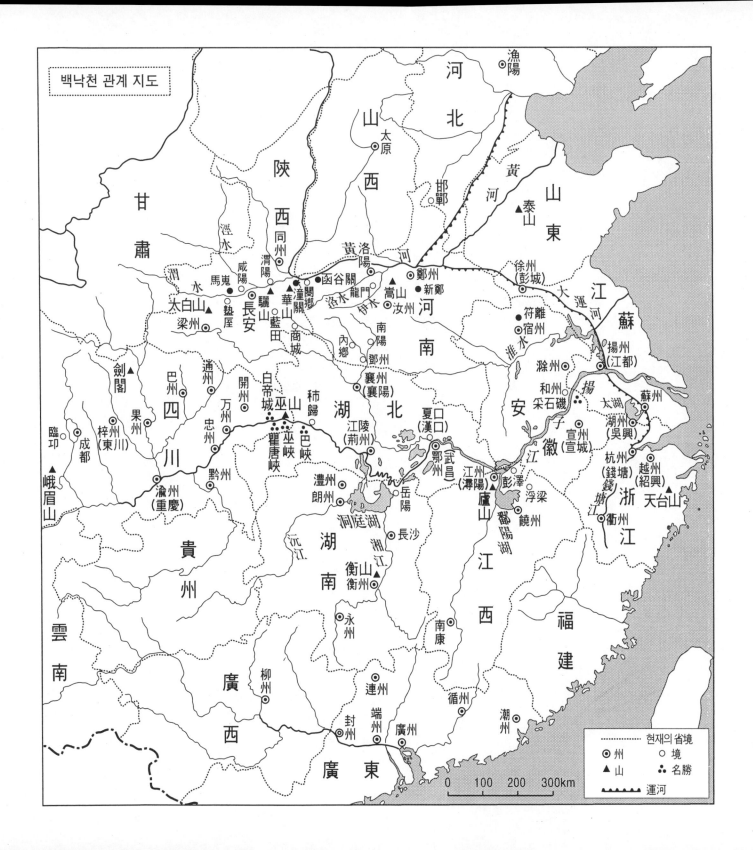

백낙천 관계 지도

中國古典漢詩人選③

新譯 白 樂 天

改訂 增補版 印刷 ●2002年	9月	5日
改訂 增補版 發行 ●2002年	9月	10日

譯著者 ● 張 基 槿

發行者 ● 金 東 求

發行處 ● 明 文 堂
　　　서울특별시 종로구 안국동 17~8
　　　대체　010041-31-001194
　　　전화　(영) 733-3039, 734-4798
　　　　　　(편) 733-4748
　　　F A X 734-9209
　　　Homepage www.myungmundang.net
　　　E-mail　　om@myungmundang.net
　　　등록　1977. 11. 19.　제1~148호

● 낙장 및 파본은 교환해 드립니다.
● 불허복제.

값 12,000원
ISBN 89-7270-697-3 04820
ISBN 89-7270-052-5(세트)

中國學 東洋思想文學 代表選集